- BEYZA ALKOÇ -

KARANTİNA

- İkinci Perde -

İ N D İ G O   K İ T A P

Karantina - II

Beyza Alkoç

Baskı: Ocak 2021
ISBN: 978-605-2361-82-5
Yayınevi Sertifika No: 31594

Editör: Büşra Kanoğlu
Kapak Tasarımı: Mustafa Berk Alkoç

Baskı
My Matbaacılık San. ve Tic. Ltd. Şti.
Maltepe Mah. Yılanlı Ayazma Sok. No: 8/F Zeytinburnu / İstanbul
Tel: 0 (212) 674 85 28
Sertifika No: 47939

İNDİGO YAY. DAĞ. PAZ. REK. LTD. ŞTİ.
Tozkoparan Mah. General Ali Rıza Gürcan Cad. Metropol Center A
No: 31 İç Kapı No: 54 Güngören / İstanbul
Tel: 0 (212) 438 17 83 • Fax: 0 (212) 438 17 84
www.indigokitap.com • info@indigokitap.com

İNDİGO YAY Bir İndigo Kitap Yayın Dağ. Paz. Rek. Ltd. Şti. markasıdır.

- BEYZA ALKOÇ -

KARANTİNA

- İkinci Perde -

İ N D İ G O K İ T A P

Bu kitap tükenen umutlarımıza gelsin…

Başımızı yaslayacak bir omuz bulamayıp yaslandığımız
duvarlara...

Her şey bitti sandığımız o anda gökte gördüğümüz o Ay'a...

Ve uyanmaktan korktuğumuz için uyuyamadığımız gecelere gelsin...

ÖNSÖZ

Ben Beyza Alkoç. Bu benim bu zamana kadar yazdığım on ikinci kitabım, basılan beşinci romanım. Yirmi yaşındayım ve hayatımın son on yılı yazarak geçti. Aslında her şey yıllar önce ben dokuz yaşındayken ablamla birlikte kaldığımız odada ablamın defterine bir şeyler yazmasını görmemle başladı. "Abla ne yazıyorsun?" diye sordum, "Roman yazıyorum." dedi. Ben ablasını çok örnek alan ya da bir diğer tabirle "kıskanan" bir kardeştim. Ablam ne yaparsa yapmak isterdim... O gece hemen elime bir defter, bir kalem aldığımı hatırlıyorum. Saatlerce uyumayıp bir roman nasıl yazılır diye düşünmüştüm. Babam bana çocukluğum boyunca uyumadan önce hep hikâyeler anlatırdı. Hem de öyle yazılmış çizilmiş hikâyeler değil, bunlar babamın her gece kendi kendine uydurduğu apayrı hikâyelerdi. Tabii bunlar genelde sağlıksız beslenen, erken uyumayan, okula gitmek istemeyen çocukların hayatlarının nasıl olacağıyla ilgiliydi. Klasik baba hikâyeleri yani. Aklıma onlar geldi, önce o tarz bir şey yazmayı düşündüm... Ama bu özgün değil, kopya olacaktı, çünkü içimde hiçbir kıvılcım uyanmıyordu.

Sonra nasıl oldu, aklıma nasıl geldi bilmiyorum ama gökyüzündeki bir yıldızın hayatını roman yapmak istedim. Deftere yazmaya başladım... Her gün her gece ablam ne zaman defterinin başına oturup yazmaya başlasa ben de oturdum. Pes etmeden yazabildiğim kadar yazdım. Otuz beş sayfa... İlk romanımın sayfa sayısı otuz beşti... Ve tek okuyucusu ablamdı. Onun okuyor olması bile beni inanılmaz mutlu ediyordu. Sanırım benim hayatımı şekillendiren insan ablam oldu... Çünkü o otuz beş sayfalık romanı yazmam benim kaderimin ilk satırlarıydı. O otuz beş sayfayı yazdım ve bir daha elimden kalemi düşüremedim. Tiyatro oyunları yazmaya başladım, okulda arkadaşlarımla sahnelemeye başladık. Yarışmalar kazandım, ödüller kazandım, ben yıllarca durmaksızın yazdım.

Sonra bir gün araya bazı sorunlar girdi ve ben kalemimi masaya bir daha elime almamak üzere bıraktım. Anlam veremediğim, nasıl düzelteceğimi bilmediğim sorunlar yaşadım. Bazen okurlarımdan mesajlar alıyorum. "Hayatım çok kötü, ne yapacağım nasıl atlatacağım bilmiyorum..." diye. Bana dertlerini anlatıyorlar, görebildiğim, ulaşabildiğim herkese destek olmak istiyorum. Ve hepsine tek bir şey söylüyordum: "Geçmeyecek sanıyorsun ama geçecek." Çünkü ben bunu tecrübe ettim, geçmeyecek sandığım ne varsa geçti, olmayacak sandığım ne varsa oldu. Sonra su aktı, yolunu buldu, her şey düzeldi ve ben o kalemi o masadan geri aldım. Bir gün oturdum ve dedim ki, ben bu işi çok seviyorum. Ve o günden sonra yazmadan geçen günüm olmadı.

İnsanlarla yeni yeni tanışmaya başladım. Forumlarda yazdım, sosyal medya hesaplarımda yazdım, fanfictionlar yazdım, tiyatrolar yazdım... Ve hiçbirinde yıllarca kendi ismimi kullanmadım. Hep utandım, çekindim. Sanki bu yeteneği gizli tutmam gerekiyormuş gibi hissettim. Sonra hayatımda çok büyük bir yeri olan bir arkadaşım bana bir gün, "İsmini gizleme artık. Buralarda harcanacaksın. Kendi isminle bir şeyler yap." dedi. O günden sonra her yere, her hikâyemin, romanımın altına ismimi yazmaya başladım. Ve insanlar bana ismimle hitap ederek yorumlar, mesajlar atmaya başlayınca her şeyin benim için değiştiğini hissettim. Beni biliyorlardı, ismimi biliyorlardı, fotoğraflarımı görüyorlardı, artık beni tanıyorlardı...

Herkes yazmak için farklı bir yol seçer. Farklı konular seçer. Herkesin farklı amaçları vardır. Benim en önemli amacım her zaman insanlara iyi gelmek oldu. İlk romanım Sınır'da engelli insanlara umut olmak istedim, ikinci romanım Sınırsız'da ise bir hastalıkla boğuşan insanlara güç vermek istedim. Karakterlerimi mükemmel karakterler yapmamaya çalıştım; hataları, kusurları, sorunları olan karakterler oluşturmaya çalıştım. Çünkü kitaptan çok okura önem verdim. Belki hata ettim ama hep söylediğim gibi, en önemli amacım insanlara iyi gelmekti ve ben buna inanıyorum.

Karantina'ya gelince... Dört kişiyi bir araya getirdim, onlara bir cinayet sundum, sizlerle birlikte yüzlerce sayfada bu işin içinden çıkarmaya çalıştık. Hepimiz Onur'la üzüldük, Zeynep'le korktuk, Mert'le sakin kalmaya çalışıp Burak'la güldük. Siz okurken ne yaşıyorsanız ben de yazarken onları yaşadım. Ağladığınız yerleri yazarken emin olun ben de çok ağladım... Karantina apayrı bir dünya oldu, hepimiz için ayrı bir yere sahip oldu bu iki yılda. İki yıl, dört yüz binden fazla beğeni, on binlerce yorum, binlerce mesaj...

İki yıla bir sürü şey sığdırdık sizinle Karantina maceramızda. Hayatımın en eğlenceli zamanlarını yorumlarınızı ve mesajlarınızı okurken yaşadım, yaşıyorum. Ürettiğiniz teorileri okuyorum, bana sunduğunuz ikinci seçenekleri okuyorum, tahminlerinizi okuyorum... Ve inanın bana beni siz eğitiyorsunuz. Bir kitap yazma kursu var mıdır yok mudur bilmiyorum, ama ben sizin tarafınızdan eğitiliyorum. Kusurlarımı yorumlarınızda, gönderdiğiniz mesajlarınızda okuyorum. Hatalarımı sizinle fark ediyorum. Bana sadece satırlarımı okuyarak bu kadar çok değer verdiğiniz için size sonsuz teşekkür ederim. Umarım bir gün her birinizle kavuşur, kucaklaşırız.

Hâlihazırda zaten yan yana olduğum, uzağımda olsa da kalbimde olan tüm sevdiklerime çok teşekkür etmek istiyorum. Tüm sevdiklerim bana hayatım boyunca bir yerlere adım atabilmem için destek oldu. Adım atmaya korktuğum yerlere beni elleriyle ittiler, kaybolduğum yerlerden beni elleriyle tutup çıkardılar. Umarım kendimi de onları da bir gün benimle gurur duyacakları ve benim kendimle gurur duyacağım bir güne götürürüm. Benim bu dünyada teşekkür etmem gereken çok insan var. Belki harika bir yerde değilim ama kendimce çok güzel bir yerdeyim. Hayatımda ilk defa bir kitabımda herkese teşekkür ettikten sonra bir kişiye daha teşekkür edeceğim: kendime. Kendimi soktuğum her zor yola katlandığım, ne kadar yorulursam yorulayım durmadığım ve atlatamam dediğim her şeyi atlattığım için, sevdiklerimin benimle gurur duymasını sağladığım için, bu kadar güzel okurlarım olmasına sebep olduğum için kendime teşekkür ederim...

Beni okuduğunuz için sonsuz teşekkürler. Umarım kitabı seversiniz. Onur'la, Burak'la, Mert'le ve Zeynep'le bol heyecanlı anlar diliyorum size. İyi okumalar!

Beyza Alkoç

-İkinci Perde

"Hâlâ bizimle misiniz?"

"Sevgilim... Sen şimdi nerede, kimle ya da kimlerlesin bilmiyorum... Bana bıraktığın kazağın kokusu bitmek üzere. Kokluyor ama seni hissedemiyorum. Oğlumuza baktıkça seni hatırlıyor, geceleri sırf bu yüzden uyumak yerine onu izliyorum. Gözleri senin gözlerin, dudakları senin dudakların... Asker gibi yürümeyi öyle çok seviyor ki evin içinde bir asker edasıyla yürürken seni izler gibi onu izliyorum. Havalar kötü olunca aklım sende kalıyor. Mektuplarım sana geliyor mu gelmiyor mu bunu bile bilmiyorum. Her Pazartesi kara bir haber var mı diye amcanın dükkânının önünden geçiyorum. Amcan mutluysa ben de mutlu oluyorum. Çünkü senin iyi olduğunu biliyorum. Halanın kızı Zuhal hamileymiş, sana bir yeğen geliyor. Mahalle aynı mahalle, ama biz aynı biz değiliz, bunu içim acıya acıya kabulleniyorum... Sonumuz ne olur bilmiyorum, ama heyecanla yolunu gözlüyorum. Kendini üzme, canını sıkma, beni üzüleceksen çok özleme. Sen üzülme yeter ki ben özlenmemeye de razıyım. Ama biliyorum ki kavuşmak yakın. Günleri sayıyorum..."

Sevgilerle, sevgilin...
28 Nisan 1999

KARANTİNA

Ben,

onunla gideceğim yolun

uçuruma çıkmasına da

razıyım.

Uçurumlar da

denize bakıyor sonuçta.

1. Bölüm

Hiç Kimsenin Toprakları

Uçurumlar da denize bakıyor sonuçta...

Yolları geçtik, dağları aştık, denizler bıraktık ardımızda. Çok yürüdük, çok gittik, bazen koştuk öylesine. Konuştuk, sustuk, baktık, gözlerimizi yumduk, sarıldık, ayrıldık, güldük, ağladık. Yollar kaldı geride, şehirler, tanıdık yüzler. **Şimdi hiç kimsenin topraklarındayız.** Biz buraya öyle dedik. Olmamız gerekenden çok uzakta, birer yabancı olduğumuz bu sokaklarda. Neden gittik bu kadar, ne için kaçtık her şeyden belki anlamıyorsunuz. Bizim tek bir isteğimiz var artık. Kurtulmak değil. Biz tek bir şey istiyoruz: **sessizlik.** Kulaklarımız beynimizin gürültüsünden o kadar yorulmuş ki tek istediğimiz sessizlik. Ve bu bizim sessizliği buluş hikâyemiz. Şimdi, hâlâ bizimle misiniz?

(Tiflis, Gürcistan)

"Haber verecekler bize..." Mert'in odaya telefonunu kapatarak girmesiyle başımı kaldırdım. Onur bir köşede, Burak bir köşede, ben bir köşede oturmuş Mert'in telefonla alacağı haberi bekliyorduk. Haber Mert'in babasından gelecekti, Onur'un babasının, daha doğrusu düşmanının, Ender Bey'in durumunu öğrenecekti bizim için. Tam on gün geçmişti vurulmasının üzerinden ve hâlâ yoğun bakımdaydı.

"Hâlâ mı haber verecekler!"

Burak sinirle kalkıp mutfağa daldı söylene söylene, "On gün oldu abi! Adam ne ölüyor ne yaşıyor, işe bak ya. Adam şu hâlde bile engel oluyor bize. Kaldık burada mal gibi!"

Mert de peşinden mutfağa dalarken bizim de duyabileceğimiz bir şekilde açıkladı:

"Gürcistan'ın en güzel evlerinden birinde kalıyorsun, durumun bayağı kötüymüş be Burak! Adamın durumunda hiçbir değişme yokmuş, kurşunu çıkardıklarından beri stabilmiş. Ama bitkisel hayatta da değilmiş, iyileşme ihtimali var. Hatta babam büyük ihtimalle kendine gelir dedi. Sorun şu, biz ne yapacağız? Diyelim ki öldü. Kaçmaya devam edeceğiz, ama diyelim ki uyandı. O zaman ne yapacağız? Ayrıca tamam, Gürcistan'a kolayca girdik babam sayesinde. Ama buradan öteye kaçabilir miyiz?"

Burak ve Mert ellerinde birer kutu kolayla odaya dönerlerken gözlerim Onur'a kaydı. Şöminenin hemen önündeki kahverengi büyük yastığa oturmuş, arkasına yaslanmış, gözleri çok uzağa dalmıştı ve öylece düşünüyordu. Fazlasıyla uzamış kahverengi saçları, fazlasıyla uzamış kızılımsı sakalları her seferinde gözlerime takılıyor, iç çekmeme sebep oluyordu. O kafasının içinde neler dönüyor, neler olup bitiyor bilmek istiyordum. Oysa on gündür tek tük kelimeler dışında hiç konuşmuyordu. O an, dudaklarını araladı.

"Siz sadece tatildesiniz," diye mırıldandı ona döndüğümüzde, "kaçak olan benim. Siz tatilinizi bitirip eve döneceksiniz. Ben her şey belli olduktan sonra tek başımayım."

Mert ve Burak gözlerini devirip söylenirlerken araya girdim, "Sen de eve döneceksin... Bir gün."

Gözleri duvarda cevap verdi bana. "Benim bir evim yok artık."

"Bizim olduğumuz her yerde senin bir evin var kardeşim! Bak kardeş diyorum, insanın kardeşinin evi kendi evidir. Babam, annem her zaman senin annen babandır. Biz bir aileyiz, sen asla tek başına olmayacaksın." Burak konuşurken Onur'un yüzünde tek bir tepki yoktu.

"Benim annem babam bile her aradıklarında seni de soruyorlar artık." diyerek girdim araya, "Mert'in babası ve Burak'ın babası onlara durumu ve güvende olduğumu öyle bir anlatmış ki her şeyi kabullendiler. Benden çok seni düşünüyorlar."

Yola ilk çıktığımızda kafamda sadece Onur'la ilgili sorular yoktu. Annem ve babama haber vermeden çıkışımız, onlara bunu yapmam beni düşündükçe delirecek noktaya getirmişti. Mert ve Burak durumu babalarına çok iyi özetlemişlerdi ve beklediklerinin aksine tepkileri inanılmaz derece ilginçti. Onur'un babasından bunu bekleyeceklerini, Onur'un suçsuzluğunun ispatlanabilmesi için her şeyi, gerekirse o adamın tedavisini bile üstlenebileceklerini söylediler. Yurtdışından doktorlarla görüştüler, Onur'la gerçek bir baba gibi ilgilendiler ve bizim Gürcistan'a sağ salim ulaşabilmemizi sağladılar. Mert'ten özellikle rica edip ikinci günümüzün akşamında babasının annemlerle konuşmasını istedim. Sadece Mert'in babası değil, Burak'ın babası da durumu çok iyi bildiği için gidip saatlerce konuştular. Konuşma bitiminde nihayet annemle bir telefon görüşmesi yaptım; iyi olduğumu, çok yakında geleceğimi anlattım. Duruma gayet ikna olmuş, Onur'u gayet düşünür bir hâldelerdi. Annem telefonda ağlasa da sonraki günler daha sakin konuşmaya başladı. Her gün arıyor, her gün iyi misin diyor ve her gün iyiyim diye cevap veriyordum.

Zaten mesele asla bizim kötü olmamızla ilgili değil. Ortada bir savaş var ve bu savaşın hedefi Onur. Biz iyiyiz ve hep iyi olacağız. Ama Onur'a olanların hepsi hiçbir şekilde bitmiş değil. On gündür hiçbir not geçmedi elime, ama on gün önce o sahilde elime geçen not hâlâ aklımda. Sanki babası yoğun bakımda olmasına rağmen bizimle uğraşan birileri var, bizi arayan birileri var. Ama her kimse, bizi henüz bulabilmiş değil çünkü artık notlar almıyorum. Ve ben bizi bulabileceğine ihtimal de vermiyorum. On gündür Gürcistan'dayız ve on gündür kesik kesik de olsa ikinci hayatımızda yeniden nefes alıyoruz.

Nefes almayı yeniden öğreniyorum sanki. Sanki hayatım boyunca hiç nefes alamamışım, boğularak bugüne kadar gelmişim de ilk defa nefes alıyormuşum gibi hissediyorum. Ama kesik kesik... Çünkü Onur'un hâlâ boğulduğunu, hâlâ nefes alamadığını biliyorum. Onur konuşmuyor, Onur bakmıyor, Onur oturduğu yerden kalkmıyor, Onur uyumuyor, Onur ağlamıyor. Hayata küstü. Sahilde yaşadığımız yakınlaşma beni biraz olsun umutlandırmıştı. Ama sanırım beklemek ve bilinmezlik onu mahvetti. Beklemek ve bilinmezlik insanı hep mahveder zaten. Buraya geldiğimizden beri ruh gibi. Defalarca konuşmayı denedim, olmadı. Günde iki üç saat uyuyor, kâbuslarla uyanıyor. Onu böyle gördükçe içim gidiyor, ama onu kollarından tutup sarsa sarsa kendine getiremiyorum!

"Hava epey kararmış, sabahtan beri markete gideceğiz diye oyalanıyoruz. Hadi çıkalım. Zeynep sen mi gelirsin benimle Mert mi gelsin?"

Burak'ın sorusuyla Mert'le göz göze geldik. Mert göz kırparak cevapladı. "Tabii ki ben. Seni kimseye bırakmam!" Mert Burak'a öpücük atarken hafifçe gülümsedim. Onlar her şeye rağmen neşesini koruyanlarımızdı.

"Bırakma beni! İstediğiniz özel bir şey var mı Zeynep? Onur?"

"Şu geçen aldığınız çikolatalı dondurmadan alın. Harikaydı." dedim ve Onur'a döndüm. Omuz silkti sadece. Başını şömineye çevirdiğinde odayı şömineden başka aydınlatan bir şey yoktu.

"Sanırım Onur marketten sessizlik istiyor!" Burak ve Mert gülüşerek odadan çıkarlarken ev kapısının kapanma sesini bekledim. Kapı kapanır kapanmaz şöminenin başına, Onur'un karşısına geçtim. Hâlâ bana bakmıyordu. Elimi kaldırıp gülerek gözlerinin önünde salladım.

"Beni daha ne kadar görmezden geleceksin?" dedim. Cevap vermedi. Derin bir nefes aldım, ardından sıkıntıyla geri verdim. "Onur." Bakmadı. "Bakmayacak mısın? Konuşmayacak mısın? Yokmuşum gibi mi davranacaksın?"

"Olması gereken bu." diye mırıldanınca heyecanla başımı kaldırdım.

"Olması gereken ne?"

"Yok olman. Burada olmamanız. Olması gereken sizin evinizde olmanız, benim tek başıma burada gerçeklerimle yüzleşmem. Ben de olması gereken gibi davranıyorum, tek başıma burada gerçeklerimle yüzleşiyorum. Sen yokmuşsun gibi. Siz yokmuşsunuz gibi."

"Ama biz varız! Ben varım! Görmezden gelme artık beni. Buradayım, yanı başında, karşında! Ben buradayım Onur. Aç gözlerini artık, gör beni. Daha ne kadar yanında değilmişim gibi davranacaksın? Daha ne kadar görmeyeceksin beni?"

Gözlerini bana çevirdi. "Gerçekten yanımda olmayıncaya kadar. Beni bırakıp gidinceye kadar."

"Seni bırakıp gitmemi mi istiyorsun?"

"Evet," dedi duygusuzca, "beni bırakıp gitmeni istiyorum."

"On gün önce sahilde öpüştüğüm, elini tuttuğum, bana beni bırakma diyen Onur nerede? Sen benim kalbimdeki tek güzel şeysin diyen Onur nerede?"

"Orada kaldı. Benim yüzümden bırakmak zorunda olduğunuz hayatlarınızı gördüğüm an gerçekler başladı benim için. Onları yanımda tutamam. Seni de yanımda tutamam. Onların arkadaşı olamam. Seni sevemem."

Kaşlarımı çattım şok içinde, "Sen beni çoktan seviyorsun ama!" dedim.

"Artık sevemem. Buna hakkım yok."

"Onur sen delirmişsin." dedim telaşla, "Hiçbir suçunun olmadığı bir olayın içindesin. Biz sana yardım etmeye çalışıyoruz. Sadece senin kafanın içinde mi gerçekler savaşıyor sanıyorsun? Benim kafamın içinde de savaş var! Ama ben bu savaşın ortasında seni sevmeye çalışıyorum. Oysa sen buna izin vermiyorsun. Onur... Neden seni sevmeme izin vermiyorsun?"

"Beni sevmen mermi dolu, ileri doğrultulmuş ve sürekli tetiğine basılan bir silahın önüne atlamandan farksız. Ölmek mi istiyorsun?"

Gözlerine baktım kararlı bir şekilde, "Ölmek istiyorum. Hayatında olabilmem için hayatımdan olmam gerekecekse ben ölmeye hazırım." dedim. Gözlerini benden kaçırıp şömineye çevirdiğinde doğruldum, dizlerimin üstünde önüne doğru eğilip çenesini tuttum hafifçe. Yüzünü yüzüme doğru çevirdim ve gözlerine baktım.

"Onur," diye mırıldandım, "lütfen izin ver seni seveyim." Yanağına küçücük bir öpücük kondurdum, "Lütfen kalbine izin ver beni sevsin." diyerek dudağına da küçük bir öpücük kondurduktan sonra alnımı alnına dayadım.

"Bazen gizlice bana bakıyorsun. Görüyorum." diye mırıldandım alnım alnında.

"Zeynep..." dedi kendine engel olmaya çalışır gibi, "Yapma bunu."

"Neyi yapmayayım?" İşe yarıyordu. Bana ördüğü duvarın bir taşı yere düşmüştü. Derin bir nefes aldı, sesi yalvarır gibiydi.

"Lütfen... Çok çaresizim..." dediğinde gözünden bir damla yaş akarken içim paramparça oldu, verdiği tepkiler beni şok ediyordu. "Daha fazla zorlaştırma."

"Beni istemiyor musun?" dedim alnım alnında. Şu düştüğü hâl o kadar acı vericiydi ki onu böyle görmek istemiyordum. Gözlerini kapattı. "Söylersen söz veriyorum. Artık sana yakın olmaya çalışmayacağım. Seni asla bırakıp gitmeyeceğim ama yakınında da olmayacağım. Oturduğun koltuğa oturmayacağım, söz. Şimdi söyle, beni istemiyor musun Onur?"

Derin bir nefes aldı gözleri kapalıyken, "Seni istemiyorum." dedi. Az önceki duygulardan arındırdığı sert sesi beynimin içinde yankılanırken hayal kırıklığına uğramış bir şekilde öylece kalakaldım, kendimi ağır ağır uzaklaştırdım ondan. Ayağa kalktım, şömineden uzaklaşıp koltuğa oturdum. Gözleri hâlâ kapalıydı, ağlamamak için zor duruyordu biliyordum. Ama madem beni istemiyordu ve yakınında olmam ona acı veriyordu, onu asla terk etmeyecek de olsam yakınında olmayacaktım. Eğer bana ördüğü o duvar yıkılacaksa, bunu kendisi yapacaktı. Tek bir taşını bile düşürmeyecektim o duvarın. O kendisi çekici eline alacak, vura vura yıkacaktı duvarları. Artık kendine gelmek zorundaydı.

Çok koştuk, çok yorulduk. Çok gittik, çok uzaklaştık. Uzaklaşmak bizi birbirimize yakınlaştırır sandım. Oysa biz evden uzaklaştıkça, o benden uzaklaştı. İçin için yanımda olmak, uzun uzun yüzüme bakmak, başını omzuma yaslamak istiyor biliyorum. Ama her geçen gün bir taş koydu aramıza, sonra bir tane daha, sonra bir tane daha. Ve sessiz kalabilmek uğruna kendini kendi ördüğü duvarların arasında bir hapishanede bıraktı. O şu an kendi ördüğü duvarların hapishanesinde. Ve onu o hapishaneden çıkarabilecek tek kişi yine kendisi. Günlerdir uyumuyor, günlerdir konuşmuyor, günlerdir sadece bir haber bekliyor. Aynanın karşısına her geçtiğinde kendi felaketini görüyor, biliyorum. Ve yine biliyorum ki bir gün o aynanın karşısına birlikte geçeceğiz onunla. Birbirimize güleceğiz, normal insanlar gibi. Normal bir hayatı olan, sıradan insanlar gibi birbirimize güleceğiz bir gün. Kafamızda hiçbir şey olmadan, aklımız bomboş, bir gün öylece güleceğiz...

Bazen bu koltukta oturuyorum, telefonumla uğraşıyorum. O an bana gizlice baktığını, gizlice beni izlediğini hissediyorum. Çünkü buna ihtiyacı olduğunu biliyorum. Hiç sesimi çıkarmıyorum ve telefonumla uğraşmaya devam ediyorum. Dakikalarca bakıyor bana. Dakikalarca izliyor beni. Kendisini bu savaşın tek cephesinde askersiz, silahsız, tek başına kalmak isteyen bir komutana dönüştürdü. Ama bir gün içindeki o komutan askerlerini, silahlarını geri isteyecek. Biliyorum, Onur Zorlu bir gün beni geri isteyecek. Çünkü bu hayatta son birkaç haftada emin olduğum tek bir şey var, biz birlikte olmak için geldik bu dünyaya. Kaderlerimizde farklı yollara girme ihtimalimiz yok. Nereye gidecekse o yol, biz birlikte gideceğiz. Çiçeklerle dolu bir bahçeye mi, dünyanın en büyük uçurumuna mı bilmem. Tek bildiğim, birlikte gideceğimiz... ***Ben onunla gideceğim yolun uçuruma çıkmasına da razıyım. Uçurumlar da denize bakıyor sonuçta.***

Sen
benim
sevgilimsin.

2. Bölüm

Sevgilim

Biz mahşerin dört atlısıyız, her şeye rağmen ayakta kaldık, hiçbir şey yüzünden yere düşmeyeceğiz.

Sessizlik. Hem de sessizliklerin en rahatsız edicisi, beyinler konuşurken dudakların sessiz kalması. Oysa ben tam tersini istiyorum artık, beyinlerimiz sussun, dudaklarımız konuşsun istiyorum. Onunla saçma sapan şeylerden konuşmak istiyorum, bu akşam yemekte yiyeceklerimizden, havanın nasıl olduğundan... Oysa biz öyle bir olayın içinde bulduk ki kendimizi havanın durumunu konuşmak, bizim için dünyanın en lüks muhabbeti. Yarım saat boyunca aynı odanın farklı köşelerinde oturup tek kelime konuşmadık. Yarım saat sonra kapı çaldığında sessizce kalktım ayağa, kapıya doğru ilerledim. Bana bakmıyordu bile. Kapıyı düşük bir suratla açtığımda Burak ve Mert gülüşerek girdiler içeri, dışarıdan içeri resmen soğuk hava dalgası giriyordu!

"Selam, bizim kuş konuşmaya başladı mı?"

Burak'ın neşeli sorusuna omuz silktim. "Hiç sorma. Boş ver... Çok fazla şey almışsınız, sanki aylarca çıkmayacağız buradan!"

"Ne ayları kızım, ben bunları iki günde bitiririm." Burak elindeki poşetlerle mutfağa dalarken hafifçe gülümsedim, ardından Mert'in elindeki iki poşeti alıp peşinden mutfağa gittim. Burak poşetleri buzdolabına yerleştirirken ona katıldım.

"Ne oldu?" dedi sessizce bana doğru eğilerek, "Hiç mi konuşmadı?"

Moral bozukluğuyla iç çektim. "Beni istemediğini söyledi. Hatta sizi de. Tek başına kalmak istiyormuş filan falan... Yalvardım, ama hiçbir etkisi olmadı. Ben de kendi hâline bırakacağım artık. Kendi isterse gelip konuşacak."

"Biz de öyle yapalım! Mert'e anlatacağım, üstüne gitmeyince ne yapacak bakalım. Biz kendi aramızda konuşur eğleniriz, bakalım ne kadar dayanacak. Bu arada garip bir şey aldık!" Poşetten çıkardığı bir paket yarım ay şeklindeki hamur işlerini bana gösterdi. "Gürcü mantısıymış bunlar. Yaparsın yeriz."

"Niye ben yapıyorum! Tek kız benim diye on gündür hizmetçi yaptınız beni!"

"Çünkü kızsın sen kızım! Seni bir gün kardeşimizle evlendireceğiz, ona iyi bakabileceğini bize kanıtlaman lazım!" Burak gülerek konuşurken ona sert bir bakış attım, hemen elleriyle saçlarımı bozdu gülerek, "Şaka şaka çirkin. Tamam ya kızma, beraber yaparız mantıyı. Eminim senden güzel yemek yapıyorumdur." dedi.

"Tamam! Madem eminsin, sen tek başına yapacaksın bu akşamın yemeklerini. Yapabileceğini sanmıyorum ama..."

"Bak Zeynep beni gaza getirme, gerçekten kötü olur."

"Aynen, yemekler gerçekten kötü olur! Ben de beceremeyeceğini düşünmüştüm zaten."

"Ben onu kastet... Zeynep! Beni delirtmeye çalışıyorsun değil mi? Tamam, hadi bakalım. İddiaya girilmiştir, bu akşam müthiş yemekler yapacağım. Sen çık mutfaktan. Çık, çık hadi!"

"Dur Burak! Bir dak..." derken beni ite kaka mutfaktan dışarı çıkarınca kıkırdayarak salonda buldum kendimi.

"Niye delirdi bu manyak?"

Mert'in sorusuyla gülmeye başladım. "Gaza getirdim yemek yapamazsın diye. Harika yemekler yapacağım diye attı beni mutfaktan!"

"Eyvah. Ev çok güzeldi, keşke Burak yemek yaparken bu güzel evi yakmasaydı."

Mert'in cümlesine büyük bir kahkaha attım. "Ya biz dışarı mı çıksak birkaç saatliğine, ben yanarak ölmek istemiyorum!" dedim gülerek. Mert büyük bir kahkaha attığında Onur öylece boş boş şömineyi izliyordu. Gülmek için deliriyordu, biliyordum.

"Biz değil de birazdan Onur şömine önünde oturmaktan alev alacak." Mert konuşurken Onur'un yüzünde kıpırdayan bir mimik bile yoktu. Omuz silkerek Mert'in yanına oturdum.

"Tüm bu olanlar geçtiğinde ne yapmak istiyorum biliyor musun..." dedim derin bir iç çekerek.

"Ne?"

"Tatil!" Sonra anlatmaya başladım, "Ama tatil dediğim öyle denize girmek, yüzmek, güneşlenmek filan da değil. Böyle sessiz sakin deniz kenarı bir yere gideceğim. Bir hamak kurup, üstüne yatıp saatlerce müzik dinleyerek kitap okuyacağım. Dinleneceğim, beynimin içindeki gürültünün susuşunu görmek istiyorum artık. Sessizlik istiyorum."

"Yemin ederim markette Burak'la aynısının hayalini kurduk. Şu an var ya, günlerdir kafam o kadar dolu ki tek istediğim şu kafamın susması. Ama az kaldı. Nasıl olacak, ne olacak bilmiyorum. Ama biliyorum, mahşerin dört atlısı sessizliğe kavuşacak. Her şey düzelecek."

Tam bu sırada Mert'in telefonu çalmaya başladı. Merakla ona bakarken ayağa kalktı. "Babam!" Telaşla evden çıktı, bahçeye doğru yürürken Onur'un da merakla peşinden baktığını gördüm. Anında cama çıktım, duyabildiğim kadar dinlemeye çalıştım Mert'i. Dediklerinin tek kelimesini bile duymadım ama çok kısa bir konuşma yaptı ve biter bitmez eve girdi. Merakla ayağa kalktım.

"Ne oldu?"

"Uyanmış!" Kalbim teklerken Onur'a döndüm, yüzü şok içindeydi.

"Ne? U... uyanmış mı? İyi... iyi mi... iyi miymiş!"

"Hayati tehlikeyi atlatmış, gözlerini açmış. Daha hiçbir şey söyleyememiş, konuşmuyormuş ama durumu gayet iyiymiş! Burak!" Mert mutfağın kapısına vurdu sertçe, "Abi Ender uyanmış!"

Burak şok içinde mutfaktan çıktığında mutluluktan gözlerimden akan yaşları durduramıyordum.

"Ne? Abi ciddi misin? Yemin ederim halay çekmek istiyorum şu an. Onur, abi! Uyanmış!" Oysa Onur tepkisizdi. Karşısına geçip, şöyle kollarından tutup sarsa sarsa vurmak istiyordum yüzüne.

"Abi sevinsene! Katil olma ihtimalin kalmadı! Söz veriyorum babamlar her şeyi çıkaracak ortaya!"

"Ölmesini isterdim." Onur'un ağzından çıkan tek cümleyle ölüm sessizliği yayıldı odaya. Kaşlarımız çatıldı, öylece baktık yüzüne.

"Abi sen katil olmak mı istiyordun!"

"Bana hiçbir suçum yokken bunları yapan adamı vurdum. Şimdi onu vurduğumu bile bile uyandı. Artık gerçekten de bir düşmanıyım onun." Haklıydı. Onur'un katil olmamasına sevinmiştik, ama Onur'un vurduğu düşmanı uyanmıştı şimdi ve her şeyin farkındaydı. Artık Onur'a zarar verebilmek için geçerli bir sebebi bile vardı.

"Hapishaneden mi zarar verecek sana? Biz varız biz!" dedi Burak, "Kimse bir şey yapamaz sana."

"Kendim için korkmuyorum." derken gözleri benim gözlerimle buluştu, "Artık siz de tehlikedesiniz."

"Onur..." Mert Onur'a doğru yöneldiğinde korkuyla bakıyordum Onur'a, "Bak, babam ve Burak'ın babası her şeyi halledecek. O adam hapse girecek, biz geri döneceğiz. Hiçbirimize hiçbir şey olmayacak. Tamam mı? Artık dön şu dünyaya! Konuş bizimle abi, yüzümüze bakmıyorsun. Tek başına değilsin bu evde, bu yolda, bu dünyada. Dört kişiyiz biz. Sen ne yaparsan yap gitmeyeceğiz."

"Pişman olacaksınız." dedi Onur duygusuzca.

"Asıl seni bırakırsak pişman olacağız." Onur cevap vermek yerine ayağa kalktı, ağır ağır duvardaki askılığa doğru ilerledi. Şaşkınlıkla onu izlerken askılıktan montunu aldı ve giymeye başladı.

"Nereye Onur?"

Mert'in sorusuna kısaca cevap verdi. "Yürüyeceğim biraz."

"Tamam biz de gelelim. Hangimiz gelsin?"

"Ben giderim abi," diye atladı Burak, "Ya da ben yemekleri yapayım. Mert, Zeynep siz gidin."

Onur umursamazca kapıya yöneldi biz telaş içinde hangimiz gitsin diye konuşurken, "Tek gideceğim. Peşimden gelirseniz eve geri dönerim." dedi.

"Onur! Kardeşim!"

"Abi ne yapıyor bu ya!"

Kapıyı sertçe çekip çıktı, ardından bakakaldık. Sinirle oturdum koltuğa, "Ya geri gelmezse?" diye mırıldandım korku içinde.

"Ya... takip mi etsek? Ben peşinden mi gitsem?"

Mert telaşla camdan bakarken Burak atladı konuşmaya. "Abi bir yandan gitsin gezsin, belki kendine gelir diyorum. Bir yandan ya bir daha geri gelmezse diyorum, bir yandan ya başına bir şey gelirse diyorum. Peşinden gitsek gittiğimizi anlarsa çok kötü olacak. Ah Onur ah! Şöyle bir temiz dövesim geliyor çocuğu!"

"Takip etsek yüzde yüz anlar. Onur bu. Bekleyeceğiz. Yapacak bir şey yok. Bir iki saate dönmezse aramaya gideriz."

"Tabii o sırada Gürcistan sınırlarından çıkıyor olmazsa. Yok ya, valla gelsin döveceğim ben Onur'u. Yeter, bu kadar sinirlendirilmez bir insan."

"Of, of!" Mert ve Burak huzursuzca evin içinde dolaşırlarken sıkıntıyla arkama yaslandım. Camın tülünü araladım, öylece dışarıyı izlemeye başladım. Sanırım Onur gelene kadar dışarıyı izleyecektim.

"Hadi şu yemeği hazırlayalım, Mert gel bir el at sen de."

Burak ve Mert mutfağa girdiklerinde camdan dışarıyı izliyordum. Saatler geçti, ben camdan dışarıyı izlemeye devam ettim, o sırada yemek yedik, konuştuk, Burak ve Mert evin etrafını gezdi, döndüler. Onur hâlâ yoktu. Eve döndükleri sırada şömine başında yatıp sohbet ederlerken uyuyakaldılar. Saate baktım, Onur gideli tam üç saat olmuştu. Saat 12'ye geliyordu. Ne yapmalıydım? Burak ve Mert'i uyandırmak istemiyordum, ama kendim gidip arasam tehlikeli olacaktı. Gerçi Gürcistan gece hayatı renkli bir ülke, belki de başıma hiçbir şey gelmeden Onur'u bulup dönecektim. Sessizce ayağa kalktım. Montumu üzerime geçirip ağır adımlarla çıktım evden. Evin olduğu yeşilliklerle çevrili bahçeyi geçip taşlı yola çıktım. Şehir merkezine kadar on dakika bomboş yolda yürüdükten sonra nihayet caddeye ulaştım. Tiflis'in Avrupai köprüsünü ileride görüyor, oraya doğru yürüyordum. Gece gayet canlıydı burası. Ama Onur'u nerede bulacağımı bilmiyordum! Dümdüz yürüyerek bulabileceğime de ihtimal vermiyordum. Bu yüzden ara sokaklara girip çıkmaya başladım. Yaklaşık on beş dakika bir sürü barın, gece kulübünün olduğu sokakları gezdim, caddeye döndüm. Daha sonra oldukça dar bir bar sokağı daha gördüm. Sokağa girdiğimde arkamdan bir Gürcü erkeğinin sarhoş bir hâlde bir şeyler söylediğini duydum.

"Türki, Türki!" tarzında bir şeyler gevelerken hızlandım. Ara sokağın arka yoluna çıktığımda peşimden konuşarak geliyordu. Bir geri zekâlı gibi ara sokaktan caddeye değil arka yola çıkmıştım ve burası bomboştu! Arkamda bir Gürcü erkeği, önünde ben geri zekâlı gibi yürüyordum yollarda.

"Heeey! Türki!" Türk olduğumu nereden anladığını tahmin etmek kolaydı. Herkesin sarışın olduğu bu ülkede nadir esmerlerdendim.

"Hey!" Bir şeyler gevelemeye devam ederken bir kez daha ara sokağa girdim caddeye çıkma umuduyla, ama bu bir çıkmaz sokaktı. Yalvarır gibi arkamı döndüğümde elindeki şarap şişesini bana doğru kaldırdı.

"Aaa, şere... fine!" dedi bozuk bir Türkçeyle.

"Lütfen, gitmem lazım. Çekilir misiniz?" Harika, tacizciyle kibar konuşmak!

"Türki sen?"

Başımı salladım. "Evet. Ama lütfen... izin verin gideyim..." Yuh Zeynep! Bari, "Merhaba, taciz ettiğiniz için teşekkürler ama şu an meşgulüm lütfen daha sonra tekrar taciz ediniz." deseydin.

"Ooo, olmaz! Yok gitmek!" Eli ağır ağır bana yaklaşıp önce omzuma sonra boynuma tutkuyla değdiğinde ani bir hareketle kolunu itip koşmaya başladım, gülerek peşimden geliyordu. Bu şekilde belki on dakika ilerledik. Garip bir şekilde öyle bir yola girmiştim ki sokaklarda sarhoşlardan başka insan yoktu! Ve ben koşuyor olsam da o yürüyerek bana ulaşabilir hâldeydi! Arkama bakarak koştuğum yolda tam birine çarpmıştım ki korkuyla çığlık attım. Başımı korkuyla kaldırıp baktığımda o tanıdık sesi duydum.

"Zeynep!"

"O... Onur... Ben... Sen..." Başımı arkamdan gelen Gürcü adama çevirdiğimde adam şarap şişesiyle bize doğru geliyordu. Onur sertçe bakışlarını adama çevirdi.

"Dokundu mu sana? Bir şey yaptı mı?" diye sordu korku dolu bir sesle. Bana dokunmasından korkuyordu.

"Hayır... yani... kaçtım... Lütfen gidelim buradan." Gürcü adam korkmuş olacak ki yanımızdan bizi es geçerek ilerledi.

"Bir şey yapmadı değil mi! Dokunmadı sana?" diye sordu bir kez daha öfkeyle.

"Ne yapacaksın bir şey yaptıysa adamı mı öldüreceksin!"

"Zeynep!"

"Onur! Lütfen gidelim!" Onur beni bir kenara iterek elinde siyah bir poşetle adama doğru ilerledi, adamı tek eliyle omzundan tutup kendine çevirdiğinde adam korkuyla elindeki şarap şişesini yere bıraktı ve ellerini havaya kaldırdı. Onur adamı duvara yapıştırırken telaşa kolunu tutmaya çalışıyordum.

"Dokundun mu ona?" Adam korku içinde başını sağa sola sallarken Onur'un eli adamın boğazını sıkıyordu.

"Onur lütfen bırak! Hiçbir şey yapmadı, kaçtım ondan! Lütfen gidelim!" Adam zar zor nefes almaya çabalarken Onur'u çekiştiriyordum.

"B... ben... türki... bilmiyor..."

Adam kesik kesik konuşurken Onur öfkeyle devam etti. "Sen Türki bilmiyorsan dokunmayacaksın milletin sevgilisine!"

Kullandığı 'sevgili' kelimesi beni şoka sokarken adama bir şey olmasından korktuğum için yalvarmaya devam ediyordum. "Onur... Yemin ederim bir şey yapmadı. Sadece peşimden geldi! Sarhoş işte. Bırak gitsin. Lütfen!" Onur birkaç saniye daha adama öfkeyle baktıktan sonra diğer elini sinirle yumruk yaparken adamın boynunu bıraktı. Adam yere yığılıp nefes almaya çalışırken Onur yolun sol tarafına döndü ve ben peşinden ilerlerken öfkeyle yürümeye devam etti.

"Hani şu sokağa uzaktan bakan her insan, burada taciz edileceğini anlar. Senin ne işin var burada!"

"Seni arıyordum, asıl senin ne işin var burada!" Onur öfkeyle burnundan solurken cevap vermiyordu. Birlikte yaklaşık on dakika boyunca konuşmadan sinirle yürüdük. Aklını oynatacak kadar sinirli görünüyordu. Yürüyüşün sonlarına doğru siniri azalmaya başladığı için büyük köprünün olduğu ışıl ışıl caddeye çıktık sonunda ve Onur nehrin tam kenarındaki banklardan birine oturdu. Yanına oturduğumda elindeki siyah poşetten üç bira çıkardı. Kaşlarımı çattım. Bira mı içecekti! Onur?

"Bunları alıyordum oradan." diye mırıldandı soğuk bir sesle, "Şimdi söyle. Sana dokundu mu o adam?" Yutkundum.

"Biraz…"

Dayanamıyor gibi baktı yüzüme, kendimi koruyamadığım için bana kızar gibi. "Ne kadar dokundu? Nerene?" Delirecek gibiydi.

"Omzuma dokundu, boynuma doğru eliyle okşarken…" derken elini kaldırıp susmamı işaret etti gözlerini kapatarak.

"Biz dokunmaya korkalım, elin adamı gelsin omzunu boynunu okşa…" derken dayanamayıp sustu. Öfkeyle birasını açarken bir tanesini bana uzattı.

"İçmeyeceğim." dedim, "Senin de içmeni istemiyorum."

"Hayatımda iki kere alkol aldım. Üçüncüsü şu an olacak. Çünkü kafayı yememek için içmem lazım." Birayı kafasına dikerken başımı nehre çevirdim.

"Her şey düzeliyor, hâlâ kafayı yemekten bahsediyorsun. O adam uyandı, Burak ve Mert'in babaları olayı çözmeye, senin suçsuz olduğunu ispatlamaya çalışıyorlar. Ve bunlar boş adamlar değiller, çözecekler."

"Burak ve Mert senin dışarı çıkmana nasıl izin verdi Allah aşkına?" dedi anlattıklarımın hiçbirini dinlememiş gibi.

Gözlerimi devirdim. "Uyuyakaldılar. Haber vermeden çıktım."

"Tehlikenin kucağına koşa koşa gideceksin değil mi her seferinde?"

Cevap vermedim. O içmeye devam ederken nehri izledim sessizce, sonra başımı ona çevirdim. "Adama dediğin şey... dokunmayacaksın milletin sevgilisine..."

Yüzüme bakmadan cevapladı. "Öylesine söylenmiş bir şeydi. Anlamsız."

Ters cevabıyla bir kez daha sustum. İkinci şişe birasını açarken derin bir nefes aldım. Hevesle yeni bir konu açmaya çalıştım. "Burak öyle bir yemek yapmıştı ki..." diye anlatmaya giriştiğimde yine ters bir şekilde cevapladı.

"Merak etmiyorum Burak'ın yemeğini."

Kaşlarımı çattım. Biliyordum, beni kendinden soğutmak ve onu bırakıp gitmem için böyle davranıyordu. Ama tehlikede olduğum an kafayı yemişti. Bu da gerçek duygularını gösteriyordu. Bir süre yüzüne baktıktan sonra ayağa kalktım. "Ben eve dönüyorum. Görüşürüz."

Sinirle yanından ayrılırken peşimden baktığını biliyordum. Beni delirtmişti! On gündür sürekli söylediklerimi cevapsız bırakması, şimdi de bu terslemeleri. Delirtmişti beni! Öfkeyle yürürken arkamdan geldiğini biliyordum. Onun o her zamanki sert asker adımlarını duyuyordum. Dimdik, öfkeyle geliyordu peşimden. Elindeki poşete geri koyduğu bira şişelerinin birbirine çarpma sesleri eve kadar benimle geldi ve bir kez bile arkamı dönüp ona bakmadım. O kadar öfkeli bir hızla yürüyordum ki eve dönmem beş dakikamı aldı! Onur'u bahçede bırakırken içeri sessizce girdim, Burak ve Mert şöminenin önünde uyumaya devam ediyordu. Kendimi şöminenin karşısındaki koltuğa attım ve derin nefesler alarak sakinleşmeye çalıştım. Onur içeri bile girmemişti. Bahçede ne yaptığı ya da nereye gittiği umurumda bile değildi. Öylece öfkeyle camdan dışarıyı izleyerek yatıyordum. Aklımdaki düşünceleri atmaya çalışırken sadece on beş-yirmi dakika sonra uyuyakaldım. Sanırım bir saat kadar sonra kapının sesini duyduğumda uyku ve uyanıklık arasında bir an yaşadım. Onur'un kapıdan girerken sendelediğini duyduğumda biraların tamamını içtiğini anladım. Odaya oldukça gürültülü bir şekilde girdi. Montunu çıkardığını hışırtı seslerinden anlayabiliyordum. Birkaç dakika sesler kesildiğinde nedense başımda durduğunu hissediyordum. Sonra bir anda haklı olduğumu ispatlar gibi kolları belimin ve bacaklarımın altından sardı beni. Beni kucağına aldığında uyuma numarama devam ediyordum. Ben kucağındayken sendeleye sendeleye ilerledi. Sonra yatak odamın kapısını ayağıyla iterek açtı, kapıyı kapatıp içeri girdi. Beni yatağa yatırdı ve üzerime doğru eğildi. Buram buram bira ve çaresizlik kokuyordu.

Eliyle saçlarımı okşarken birden hiç beklemediğim bir şey fısıldadı kulağıma. "Sen benim sevgilimsin. İyi geceler."

Bazen şöyle hissedersiniz ya hani, hayatınız karanlık bir oda ve yıllardır o odanın içinde oturuyorsunuzdur. Sonra bir gün biri geliyor, bir cümle söylüyor ve o odanın ışıkları açılıyor. Onur benim karanlık odamın ışıklarını açtı bir cümlesiyle. Biliyorum, korkuyor içten içe. Mahvolmuş, kendini çaresizlikten her şeyi unutabilmek için alkole bile teslim etmiş, en sevdiklerini kendinden uzaklaştırmak için dünyanın en sert insanına dönmüş bir hâlde. Ve ben de korkuyorum içten içe. Ama inandığım tek bir şey var, sevgi tüm korkulardan üstündür. O beni sevdikçe ben korkmayacağım. Ve ben onu sevdikçe onun korkmasına da izin vermeyeceğim. **Biz mahşerin dört atlısıyız, her şeye rağmen ayakta kaldık, hiçbir şey yüzünden yere düşmeyeceğiz.**

KARANTİNA

+içimdesin... ama çok zor.
-ne zor?
+seni içimde tutabilmek...

3. Bölüm

Seni İçimde Tutabilmek

Bu bir felaket hikâyesi

Sabaha karşı uyandığımda yatağın içinde birkaç dakika oyalandıktan sonra kalktım. Günlük kıyafetlerimle uyumuştum ve bu dünyanın en rahatsız edici şeylerinden biriydi! Üstümü değiştirip elimi yüzümü yıkadıktan sonra tek tek odaları kontrol ettim. Burak ve Mert şömine önünde el ele uyuyorlardı! Bunlar her yan yana uyuyakaldıklarında bir şekilde gecenin bir vakti el ele tutuşup sabaha kadar öyle kalıyorlardı! Gülerek Onur'un odasına girdim, yatağında yüzünü kapatmış şekilde uyuyordu. Örtüsünü başından kaldırıp gülerek baktım ona. Dün gece sarhoşken kurduğu cümle aklımdan çıkmıyordu. Elimi ağır ağır saçlarında gezdirdikten sonra iç çekerek odasından çıktım. Her sabah bulunduğumuz çiftlik sitesinin görevlisi tarafından kapıya asılan ekmek ve sütü almak için kapıyı açtım. Asılmış poşeti kapıdan aldım ve kahvaltı hazırlamak için mutfağa girdim. Ekmeği ve sütü poşetten çıkarırken içimde büyük bir umut vardı. On gündür izlenmiyor, takip edilmiyorduk ve her şey normale dönüyor gibiydi. Ailemin her şeyden haberi vardı, Ender uyanmıştı. Her şey düzeliyordu.

Sütü buzdolabına koyup üç yumurta çıkardığım sırada arka odadan çalan bir telefon sesi duydum. Bu Mert'in telefonuydu, sadece birkaç saniye sonra Mert'in sesini duydum.

"Alo, baba?"

"Evet. Uyuyorlar. Ne oldu?"

"Ne?"

"Buna inandınız mı?"

"Doktor ne diyor?"

"Geçici mi?"

"Ne diyor?"

"Ne anlatıyor? Durumunu sormuyor mu?"

"Kimi sordu? Annesini mi?"

"Bunu... bilmiyorum... ben sanmıyorum..."

"Okulda o sırada olayı gören bir sürü insan vardı."

"Biliyorum, öyle olduğunu biliyorum. Onur'u tehlikenin içine atamayız. Biliyorum baba. Ama..."

"Tamam, diğer doktorun diyeceklerini bekleyelim. Sen her şeyden emin ol."

"Hayır, Onur'u o adamla konuşturamayız." dediği sırada mutfaktan çıktım kaşlarım çatık bir şekilde. Mert'e soran gözlerle baktığımda bana bakmıyordu.

"Tamam," diye mırıldandı, "ara beni."

Telefonu kapattığında yüzüme şok edici şeyler söyleyeceğini belli eden bir ifadeyle baktı. O sırada yerde kıpırdanan Burak yavaşça doğrulunca Mert'e döndüm.

"Ne diyor? Ne konuşturması?"

"Onur!" diyerek içeri seslendi Mert, "Şunu uyandıralım. Üçünüzün de duyması gereken şeyler var." Mert Onur'un odasına dalarken Burak'a döndüm. Burak darmadağın olmuş kıvırcık saçları ve şişmiş yüzüyle yüzüme sudan çıkmış balık edasıyla bakıyordu.

"Ne oluyor ya?" diye mırıldandı saf saf.

"Mert'in babası aradı. Ender'le alakalı bir şeyler oluyor, Onur'u o adamla konuşturmaktan bahsediyorlardı telefonda."

"Onur'u Ender'le konuşturmak mı? Onur'u Ender'le konuşturmayı bırak aynı ülkenin içine sokmam ben."

"İşte bu yüzden merak ediyorum. Konuşma nasıl böyle bir noktaya geldi diye. Bir şey olmuş olmalı... Önemli bir şey." Tam o sırada Onur ve Mert odaya girdiği için gözüm Onur'a kaydı. Gözleri uykudan yeni uyanmış mahmurlukta, akşam içmenin vermiş olduğu sersefil hâlde yüzüme bile bakmadan gelip koltuğa bıraktı kendini. Başını ellerinin arasına aldı ve öylece duruyor. Mert salonun tam ortasına geçip üçümüze de sırayla baktı.

"Şimdi bir şey söyleyeceğim," dedi, "büyük bir şey oldu." Tüylerim günler sonra ilk kez diken diken olurken elimi kalbime götürdüm. Sanki bir kez ölmüştük, ikinci kez ölmemizden korkuyordum.

"Abi ne oldu yine!"

Burak şimdiden duyacağı haberin kötü olacağına kanaat getirircesine konuşunca Mert atladı. "Babam aradı. Ender... Ender hiçbir şeyi hatırlamıyormuş. Hafızasını kaybetmiş." Onur şok içinde başını kaldırdığında kalbim delicesine atıyordu.

"Ne?" Ağzımdan sadece bu iki harf çıkabildi. Şok içindeydim, şok.

"Hafızasını kaybetmiş. Üstelik daha şok edicisini söylüyorum. Adam uyanır uyanmaz karısını, Onur'un annesini sormuş. Yani geçici ve kısa süreli bir hafıza kaybı değil. Yıllarını kaybetmiş. Yıllar öncesini hatırlıyor. O yıllarda kalmış, ilerisini hatırlamıyor. Doktor beyninin yaşadığı bir şokla kendini koruma altına aldığını, aynı zamanda çarpmaya bağlı bir amnezi yaşadığını ve yaşına da bakarak hafıza kaybının geçici olmayacağını söylüyormuş."

"Abi adam şimdi... şeyi... hatırlamıyor mu... yani Onur'un annesinin..." derken kekeleyen Burak'a sert bir bakış attı Onur ve ekledi, "Annemin onu aldattığını." dedi duygusuz bir sesle.

"Abi ben onu hatırlatmak istemedim... Sadece merak ettim, yani bu adam şu an intikam almak isteyen o adam değil. Ailesini seven o eski Ender mi?" Mert başını salladı.

"Babam Ender'e durumu açıklamış. Eşinin öldüğünü, yıllar geçtiğini, Onur'un büyüdüğünü. Kendisini kimin vurduğunu sorunca okulda olduğunu ama kim tarafından olduğunu bilmediğini söylemişler. Onur'u sorduğunda ona okulda ve depoda işlenen o iki cinayetten bahsetmişler. Onur'un bir suçu olmadığını, suçsuzluğu ispatlanana kadar yurtdışında kalacağını anlatmış babam. Hemen Onur'la görüşmek istemiş. Telefonda konuşmak istediğini ve hatta hemen yanında görmek istediğini söylemiş. Onu saklayacağını, koruyacağını, mahkemesiyle ilgileneceğini söylemiş, adam delirmiş gibi olmuş oğlunun başına bunların geldiğini öğrenince."

Mert korkuyla Onur'a baktı, "Seni istiyor Onur. Türkiye'de, yanında."

Endişeyle konuşmaya atladım, "Hayır!" dedim, "Hayır! Onur asla o adamın yanına dönemez." derken Burak girdi konuşmaya şevkle, "Beni yollayın o adamın yanına bir kendine getireyim onu her şeyi tek tek hatırlatırım! Şerefsiz, besbelli yalan söylüyor!"

"Bir dinleyin! Bakın... Ben de yalan söylediğini düşündüm, ama babam çok emin. Zaten doktor uyanmadan önce hafıza kaybına yüzde doksan ihtimal vermiş. Babam iki doktora muayene ettirmiş, ikisi de doğrulamış. Emin olmak için üçüncü bir doktorun yolda olduğunu söyledi. Babam diyor ki, bu Onur için bir fırsat olabilirmiş..."

"Evet, onu öldürmem için elime ikinci bir fırsat geçmiş olabilir. Ya da onun beni öldürmesi için. Bahsettiği fırsat buysa." Onur'un cümlesiyle derin bir iç çektim. Korkuyordu, Onur kendinden korkuyordu. Çünkü biliyorduk ki artık intikam ateşiyle yanıp tutuşan hafızasını kaybetmiş Ender değildi, Onur'du. Artık tehlike Ender değildi, Onur'du. Artık tehlikede olan Ender'di. Ve Onur artık bu savaşta karşı taraftan değil, kendinden korkuyordu.

"Abi, ya burada kalacaksın, hayatının sonuna kadar bir kaçak olarak burada yaşayacaksın ya da ülkeye döneceğiz, o adamla yaşamayacaksın bile. Seni hatırlamıyor! Annenin ölümünü hatırlamıyor! İhaneti hatırlamıyor! Aklında bir plan yok, o sadece hafızasını kaybetmiş sevgi dolu bir babaya dönüştü, anlamıyor musunuz?"

"Mert! Yalan söylüyor! Yalan!" dedim bastıra bastıra, "Adam neler yaptı bize, bunu mu yapmayacak!"

"Adam vuruldu Zeynep. Adam vuruldu, yere düştü, kafası öyle bir çarptı ki ben beyin kanamasından ölür diye düşünüyordum. Günlerdir yoğun bakımda, beyin fonksiyonlarının yüzde ellisini kaybetmiş, vücudunun hareket mekanizmasının bile yarısını kullanamayacak hâlde. Doktorlar bunu doğruluyor, bu sefer yalan yok. Bir kez olsun beni dinleyin, bir kez."

"Peki ya tanıklar! Görgü tanıkları?"

"Hiçbiri, ama hiçbiri Onur'un suçunu itiraf etmiyor. Hepsi olayın farkında, Onur'u tanıyan bilen insanlar. İkişer kez sorgulandılar, görmedim deyip çıktılar o odadan. Şu an Onur bu yüzden aranmıyor, şu an Onur bu dosyanın şüphelisi değil. Onur'un aranmasını sağlayacak tek kişi Ender'di, o da hafızasını kaybetti. Onur şu an sadece okulda işlenen cinayetten ve depoda işlenen o cinayetten aranıyor. Ama Onur'u o iki cinayette de sahte şahitler tutup suçlu gösterdiler, biz aksini iddia edebiliriz. Onur'u temize çıkarabiliriz. Üstelik... üstelik şimdi Ender de yanımızda. Hafızasını kaybetti, oğlunu her şeyden çok seviyor. Ve onun suçsuz çıkması için elinden geleni yapacaktır. Bakın... hayatlarımıza geri dönebiliriz. Hiçbir şey olmamış gibi yeni baştan başlayabiliriz. En baştan, normal insanlar gibi, normal hayatlarımız varmış gibi."

"Mert bi..." diyerek bir kez daha itiraza giriştiğim sırada Onur başını kaldırdı, sertçe sözümü kesti, "Gidiyoruz." diye mırıldandı, "Dönüyoruz."

"Ne?"

"Ne?" Burak'la aynı anda şok içinde bir tepki verdiğimizde Onur'un önüne geçtim, oturduğu koltukta yanına iliştim, yalvaran gözlerle baktım ona o yüzüme bakmazken.

"Hayır Onur! Yapma bunu, yapma bunu! Bu da bir oyun olabilir, yine bir oyuna düşüyor olabilirsin!"

"Burada kalarak sizin de hayatınızı mahvediyorum. Mert söylediklerinde haklı, eğer gerçekten hafızasını kaybettiyse benden şikâyetçi olamaz, bana zarar da veremez."

"Peki ya üstüne kalan diğer iki cinayet! Aranıyorsun sen Onur!"

"Beni saklayacaktır, onu tanıyorum, benim suçsuzluğumu kanıtlamak için de elinden geleni yapacaktır. Bu sefer biz onu kullanacağız. Mahvettiği hayatımı düzeltecek. Beni düşürdüğü yerden kaldıracak. Madem bunu istiyor, bunları yapacak."

"Peki ya her şeyi hatırlarsa? Hafızası geri gelirse?"

"Zeynep..." Mert omzuma elini koyunca umutsuzca başımı kaldırdım, "Babam dedi ki, adamın hâlini görsen bir daha eskisi gibi olamayacağını anlarsın. Ender Zorlu efsanesi bitti, o artık hiçbir şey yapamaz."

Onur başını kaldırdı, önce bana kısa bir bakış attı temkinli gözlerle. Sanki beni sakinleştirmek istiyordu ama içinde bir şey onu tutuyordu. Sonra bakışlarını Mert'e çevirdi. "Babanı ara." dedi Mert'e doğru, "Bize araba yollasın. Dönüyoruz."

Mert telefonunu açıp mutfağa yönelirken Burak öfkeyle ayağa kalktı ve konuşmaya başladı.

"Beni o adamla yüz yüze getirmeyin, bir kez olsun onu karşımda görürsem sonuçlarına katlanırsınız. Kalan yüzde elli fonksiyonunu da ben bitiririm." Öfkeyle bahçeye çıkarken beni anlayan tek insanın Burak olduğunu biliyordum.

Elimi Onur'un koluna koydum. "Onur," diye fısıldadım, "Burada seninle sonsuza kadar kalabilirim... Yapma bunu." Cevap vermedi, öylece karşıdaki duvarı izliyordu. Hayatımda ilk kez bir duvara özeniyordum, o duvar olmak istiyordum.

"Onur," dedim bir kez daha, "Madem gitmek istiyorsun. Seninle olacağım, seninle geleceğim. Seni bırakmayacağım. Ama şu yaptığın kendini mermi dolu silahların önüne atmandan farksız. Kendini tehlikeye atıyorsun, şunu bil ki birinin hedefi olursan... bir silah sana doğrultulursa düşünmeden önüne atlarım, o mermiyi ben yerim Onur. Biliyorum. Aklında bir plan var, ama artık tek kişiymiş gibi düşünemezsin. Kendini attığın her tehlikede beni de oraya attığını bil. Bir silah senin için ateşlenirse o ateşin önüne atlayan ben olacağım Onur. Aklından çıkarma. Senin için şu duvar kadar bile önemli olmasam da, ben konuşurken bana değil o duvara baksan da sen benim için çok önemlisin." Gözlerim dolu dolu kalktım ayağa, tam yanından gidiyordum ki oturduğu yerden kolumu tuttu. Yüzüme bakmadan, duvara bakarak konuşmaya başladı.

"Zeynep," dedi sertçe, "Sana söylemek istediğim çok şey, vermek istediğim çok cevap, atmak istediğim çok bakış var. Kendimi o kadar uzun zamandır tutuyorum ki senin yanında, sana sarılmak istiyorum sarılamıyorum. Dokunmak istiyorum dokunamıyorum, öpmek istiyorum öpemiyorum, yüzünü izlemek istiyorum izleyemiyorum. Çünkü ikimiz de farkındayız, benim yanımda olman tehlikenin ortasında olman demek. Senin kalbini kendi sevgimle doldurmayacağım Zeynep. Senden uzak duracağım, uzak duracağım ki bir gün o ateş bana açılırsa önüme atlamak için yanımda olma diye."

Gözlerimden bir damla yaş akarken elimi çektim. "Beni asla yanından ayıramayacaksın Onur. Senin kalbinde, içinde olamıyorum belki ama yanında olacağım. Çünkü sana bir sözüm vardı benim. Sana, Burak'a, Mert'e."

Ayağa kalktı, beklemediğim bir şekilde gözlerini gözlerime dikti. Çaresizce baktı bana, "İçimdesin..." diye fısıldadı, "Ama çok zor..." dedi gözleri gözlerime bakarken.

"Neymiş zor?" dedim sanki kolay olan bir şey varmış gibi hayatımızda. Başını önce yere eğdi, sonra derin bir nefes aldı.

"Seni içimde tutabilmek." Başını kaldırıp yüzüme baktı içi acıyormuş gibi, "Seni hayatımda tutabilmek. Seni sana zarar vermeden yanımda tutabilmek çok zor Zeynep... Seni içimde tutabilmek için içimdeki bir sürü başka parçayı öldürmem gerekti. Hepsini tek tek öldürdüm. Ama şunu anla artık, yanımda zarar göreceksin. Gitmen gerek."

Başımı kaldırıp dimdik baktım yüzüne, "Sensiz hiçbir yere gitmiyorum."

Gitmeyecektim. Ona bir sözüm vardı benim, bana aylar önce "Bizimle misin?" diye sorduğunda "Sizinleyim." demiştim ve şimdi bu sözümden dönmeyecektim. Onunla olacaktım, onlarla olacaktım. Biliyordum, hissettiğim bir şeyler vardı. Onur'un aklında bir plan oluştuğunu gözlerinden okuyabiliyordum. Ve o plan bizi ikinci bir savaşa sürükleyecekti. Hissediyordum. O silah alev alacaktı, o kurşun Onur için çıkacaktı haznesinden ve önüne atlayan ben olacaktım. Sadece onlara değil, kendi kalbime vermiştim ben bu sözü. Onu kalbime aldığım ilk an söz vermiştim kendime, onu koruyacaktım. Onsuz bir yola çıkmayacaktım, onsuz bir şehirden geçmeyecektim, onun olmadığı topraklara adım atmayacaktım. Şimdi yepyeni bir hayat bekliyor bizi, Onur'un kendi celladının yardımıyla saklanacağı, benim her an tetikte olacağım bir hayat. Her şeye rağmen içimde ufacık bir umut var, belki her şeyi geriye döndürürüm umudu. Acılar dindirilmek içindir, çaresizlikler umutlanabilmek için, hastalıklar iyileşebilmek için. Bir hastalığa kapıldık sanki ya da bir kasırga aldı getirdi bizi bu topraklara. Şimdi kasırga dinmiş gibi geri dönüyoruz evimize, oysa bilmiyoruz, evimizde bizi çok daha büyük bir kasırga bekliyor. Kimimizi nereye, beni kimlerle kimlere savuracak bilmediğim bir kasırga. Bir felaket, hep demiştim ya size, bu bir felaket hikâyesi... Şimdi her hücremle hissediyorum bunu. Bu gerçekten de bir felaket hikâyesi, bu bizim asla bitmeyecek felaketimizin hikâyesi. Şimdi eve dönüyoruz. Mahşerin dört atlısı evine dönüyor. Ateşkes ilan ettiğimiz savaşa kaldığımız yerden devam etmek üzere, cepheye dönüyoruz.

KARANTİNA

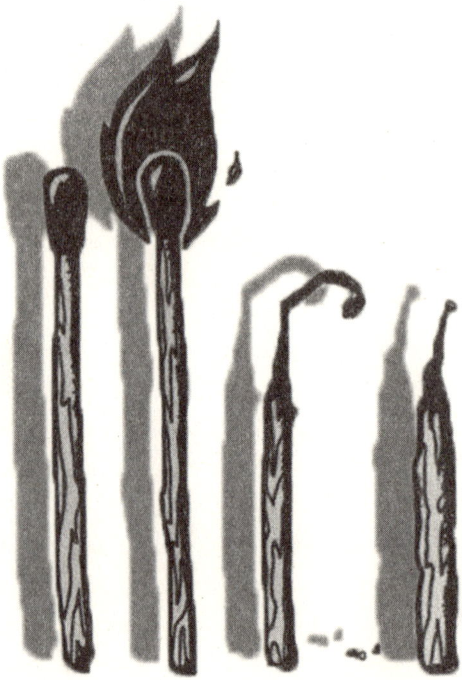

Yanarsak ***beraber,***
sönersek ***beraber.***

4. Bölüm

İki Küçük Kibrit Çöpü

Yanarsak beraber, sönersek beraber

Saatler sonra her zaman en sonunda kendimizi hep nerede buluyorsak oradayız bir kez daha. Yoldayız. Tanıştığımızdan beri bir şekilde başımıza gelen her şey, her olay, her yaşanan bizi yollara sürükledi. Önce başımıza gelenlerin ne olduğunu anlamak için çıktık yola ve aranıp dururken bir gün başımıza neler geldiğini anladık. Sonra kaçmak için çıktık yola, başımıza gelen her şeyden kaçmak için. Zaten aslında ister fark etsin ister fark etmesin insan yola her zaman bir şeylerden kaçmak için çıkar. Kendinden, aşkından, ailesinden, hayatından, ondan, bundan, şundan. Kaçtığı hep değişir, ama kaçan hiç değişmez. İnsan ömrü boyunca kaçar. İnsanın ömrü kaçmakla geçer. Ve değişmez bir gerçek vardır, insan ne kadar kaçarsa kaçsın bir gün mutlaka yakalanır…

"Abi şu yaşımızda mülteci gibi oradan oraya savruluyoruz hayata bak!" Burak söylenip dururken Mert gözlerini devirdi.

"Burak arkadaşımız Gürcü kızlarını bırakmak zorunda kaldığı için biraz sinirli." Hafifçe gülümsedim.

"Neydi kızın adı?" diye mırıldandım, "Hah! Sophie!"

Mert büyük bir kahkaha atarken Burak yavaşça koluma vurdu. "Öyle birini tanımıyorum."

Hafifçe kıkırdadım. "Seninle Türkiye'ye gelmediği için mi bu kızgınlık?"

"Hakkımda çok yanılıyorsun Zeynep." dediğinde sırıtışım büyüdü. "Kızı Türkiye'ye çağırmadım bile. Bana ülkemde kız mı yok? Berrin'ler, Ayşe'ler, Fatma'lar, Elif'ler, Sude'ler, Melis'ler, İlayda'lar, Esra'lar, Nehir'ler dururken elin Sophie'sini ne yapayım?"

Gülerek elimi uzatıp saçlarını karıştırdım. Mert anında söze atladı. "Abi nüfus müdürlüğü çalışanları bu kadar kız ismini art arda sayamaz!" Büyük bir kahkaha attığım sırada Burak Mert'e feci bir bakış attı ve hemen ardından her zamanki gibi söylenmeye devam etti.

"Bırak şimdi kızı da abi çok çişim geldi ya, mola filan vermeyiz değil mi?"

"Burak seni bebekliğinden tanıyorum, her an çişin var be abi."

Mert'in cümlesine güldüğüm sırada gözlerim Onur'a kaydı. Yerdeki büyük yastıklardan birine başını yaslamış, gözleri hafif açık bizi izliyordu. Bizim gülüşmelerimizi, şakalaşmalarımızı sessizce izliyordu. Gülmeden, konuşmadan, sadece öylesine bize bakıyordu. İyi olmasını her şeyden çok istediğiniz insanın gözlerinizin önünde her geçen gün mahvolması o kadar kötü bir duyguydu ki. Onu karşıma alıp şöyle omuzlarından sarsa sarsa kendine getirmek istiyordum. Bu hissi bilirsiniz. Çok sevdiğiniz bir insan kendi kendini mutsuzluğa sürüklüyordur, siz de şöyle bir güzel evire çevire dövsem de kendine getirsem diye düşünürsünüz. Tam olarak bunu hissediyordum işte. Onur'la tanıştığımdan beri ona dair en büyük hayalim bu.

"Şimdi biz Gürcistan sınırından çıkalı yarım saat oldu, iki saat kadar sonra Trabzon'da oluruz. Oradan da İstanbul'a gideceğiz. Yalnız bir şey diyeceğim, abi Onur'u götürüp Ender'e mi bırakacağız? Buyurun oğlunuzu getirdik hayatını çok karartamamıştınız alın biraz daha mahvedin mi diyeceğiz?" Burak'ın haklı serzenişiyle derin bir iç çektim.

Mert sinirle başını kaldırdı. "Anlamıyorsun değil mi Burak? Canım kardeşim... Defalarca anlattım. O adam bize yardım edebilecek tek insan. Bak, o adam şu an Onur'u oğlu sanıyor. Hiçbir şey hatırlamıyor ve hatırlamayacak da. Oğlunu sonsuz bir şekilde seven bir baba o şu an. Ve Onur'un suçsuzluğunu ispatlayabilmemiz için bize yardım edecek tek insan da Onur'u saklayacak tek insan da o. O adam bizim maşamız. Onur'u kurtarabilmek için onu kullanacağız ve sonra Onur o adamla bir daha görüşmeyecek bile. Bir süreliğine bundan faydalanmak bu çocuğu temize çıkarmak zorundayız! Kendimizi de… Hayatlarımızı mahvetti, ama toparlayacak kişi de o olacak. Normale döneceğiz, normale dönüyoruz... Okulumuza gideceğiz, arkadaşlarımızla konuşacağız, birlikte sinemaya gideceğiz. Normal insanlar gibi yaşayacağız. Ve bunu bize Ender sağlayacak. Bizden aldığı gibi geri vermesini de bilecek."

Mert o kadar mantıklı konuşuyordu ki eğer tüm bunlar yaşanırsa dünyanın en mutlu insanı ben olacaktım. Normal olmayı özlemiştim. O kadar çok üzüntü, o kadar çok gözyaşı, o kadar çok umutsuzlukla dolmuştu ki içim artık normal olmayı özlemiştim. Sıradan, sıkıcı bir hayat yaşamayı özlemiştim. Gözlerim bir kez daha Onur'a kaydığında bu sefer gözlerinin kapalı olduğunu gördüm. Bizi duyduğunu biliyordum. Dinlemiyor gibi görünse de bizi duyuyordu, dinliyordu. Hak veriyordu bize. Ve her ne kadar karamsar, her ne kadar mutsuz, her ne kadar umutsuz görünürse görünsün içinde bir yerlerde umutluydu. Biliyordum.

"Ama var ya o adam eğer bir ters yapsın bu çocuğa! Var ya…" Burak öfkeyle söylenirken kendimi minibüsün arkasında yere dizdiğimiz büyük yastıklardan birine bıraktım. Başımı yastığa koydum, gözlerimi Onur'a diktim. İnsanı gözlerini kapatmaktan daha fazla dinlendiren tek şey gözlerini açık tutup sevdiği insanı izlemesidir. Öyle de yaptım, gözlerim açık Onur'u izledim saatlerce. Burak ve Mert sohbete dalmışlardı, Onur da büyük ihtimalle çoktan uykuya dalmıştı. Saatler sonra gecenin karanlığında günlerdir Gürcistan'da başımızı bekleyen şoför Hüseyin Amca'nın sesini duyduğumda kısa bir süredir uyuduğumu anladım. Gözlerimi açtığımda arabanın durduğunu, Burak ve Mert'in kapıda beklediklerini gördüm. Arabanın arka kapısı açılırken telaşla Onur'a doğru eğildim.

"Onur!" diye fısıldadım, "Geldik." Onur'un evine gelmiştik. Aylarca peşinden koştuğumuz o adamın evine. Onur'un hayatını mahvetmek isteyen o insanın evine. Onur'un kendi cehennemine. İçimden yıllar önce bir yarışma için yazdığım şiirin *"Şimdi kapısındayım cehennemin. Kapısı cehennemden daha sıcak."* dizeleri geldi. Aklımda Onur'un bana haftalar önce kurduğu o cümle, *"Şu hâle bak, cehennemde hırkayla dolaşıyorum."* Ve kalbimde Onur. Ellerim saçlarında, ellerim titriyor, ellerim soğuk. Onur gözlerini açtı, kızarmış ela gözleriyle bana baktı.

"Geldik mi?" diye sordu ölüm fermanını bekleyen bir mahkûm gibi, "Geldik." dedim. Başını salladı, ağır ağır kalktı yastığın üzerinden. Elini tuttum, "Onur, eğer bunu yapmak istemiyorsan..." dedim.

"Artık hiçbir şey umurumda değil. Yapmak isteyip istememem bile."

"Onur... Böyle yapma. Kendini hayatının akışına teslim ettin, sanki tüm bu olanların karşısında pes etmiş gibisin. Seni kurtarmaya çalışıyoruz, sana yardım etmeye çalışıyoruz. Oysa sen bu içerideki adam sana ne yaparsa yapsın buna razı gelecekmişsin gibi konuşuyorsun." Başını kaldırdı, gözlerime duygusuz gözlerle bakıyordu.

"Denize giden yolumun ortasına ateş yaktılarsa ben yanmaya razıyım."

"Atlarsın..." dedim umutsuzca, yüzüme boş boş baktı. "Ateşin üstünden..." diye mırıldandım, "atlarsın. Her ateş gördüğünde yanmayı kabullenecek misin Onur?" Burak ve Mert arabadan inerlerken onlara döndüm, "Siz girin, geliyoruz." diye mırıldandım ve Onur'a döndüm. Başını bir eve çevirdi, bir bana. Girmek istemiyordu, biliyordum.

"Artık başıma gelebilecek her şeyi kabullendim. Bittim. Bitik hâldeyim. Pilim bitti. Gücüm kalmadı. Kıpırdamak bile istemiyorum. Ben o ateşin üstünden atlayamam Zeynep... Kendim için harcayacak ufacık bir gücüm bile kalmadı."

"Onur..." Birden sözümü keserek minibüsün içinde ayağa kalktı.

"Daha fazla konuşmak istemiyorum. Bir an önce gidip hayatımı mahveden, beni hapse attıran, bana akıl sağlığımdan şüphe ettiren ve sadece iki hafta önce kendisini vurduğum üvey babamı görmek istiyorum. Onu çok özledim." Çaresizce ayağa kalktım. Minibüsün arka kapısından atladığında peşinden indim. Bizi kapıda bir görevli ordusu bekliyordu.

Burak ve Mert içeri girerken Onur'un kolunu tuttum. "Kendini kaybetme." diye mırıldandım, "Karşında senin hayatını mahveden o insan yok. Karşında seni canından çok seven bir baba var. Her ne olursa olsun... kendini kaybetme." Yutkundu. Ağır ağır ilerledik eve doğru.

Nasıl hissediyordum biliyor musunuz? Sanki haftalar önce ailelerimizi şehrimizi insanlarımızı bırakıp bir cepheye gitmişiz, savaşmışız, yaralar almışız ve şimdi şehrimize dönmüşüz de evimize giriyormuşuz gibi. Kapıdaki görevliler öyle bir bakıyor ki sanki yüzümüze aldığımız yaralar gözle görülür gibi. Onur asker adımlarıyla ilerliyor evine doğru. Hep demiştim size, asker adımları... Onur'un adımları birer asker adımları gibi. Onu ilk tanıdığımda da böyle yürüyordu şimdi de böyle yürüyor. Hatta şimdi daha sert basıyor yere, daha güçlü basıyor. Ve biliyorum, önüne bir ateş çıktığı zaman yanmayı kabullenmeyecek. Çünkü yolun her anında yanında olacağım ve elleri ellerimi tutarken benim yanışımı izlememek için o ateşin üzerinden benimle birlikte atlayacak. Çünkü o da biliyor, *yanarsak beraber, sönersek beraber.*

"Hoş geldin Onur oğlum!" Onur evin aşçısına mesafeli bir şekilde sarılırken kendimi ondan ileride onu beklerken buldum. Her zaman sımsıkı sarıldığı bu kadına bile mesafeliydi şimdi. Biliyordum ki bir süre kimseye sıkı sıkı sarılamayacaktı, herkese mesafeli yaklaşacaktı.

"Ender nerede?" diye fısıldadım yanımda bekleyen Mert'in kulağına.

"Odasında. Kalkamıyormuş. Babam da yanında, gelir şimdi." O sırada merdivenlerin başında Mert'in babası göründü. Babası kır saçlı fakat oldukça genç duran etkileyici güzel vücutlu bir adamdı. Yüzünde harika bir gülümseme vardı.

"Heh, hayatımızın gün ışıkları gelmiş! Hoş geldiniz!" Mert birkaç adımda babasına sarılırken hafifçe gülümsedim.

"Zeynep! Kızım nasıldı yolculuk?"

Mert'in babasının elini sıktığım sırada konuşmaya Burak atladı. "Murat Amca her şey iyiydi de şu arabalara bir de tuvalet konulsa süper olacak!" Aralarında gülüştükleri sırada stresten ölecektim. Onur görevlilerle sarılmasını bitirip yanımıza geldiğinde kolunu tuttum destek olmak ister gibi. Stresten konuşacak hâlde değildi, Mert'in babasının sorularına bile sadece bir iki kafa hareketiyle cevap verdi. Birden Murat Amca eğilip Onur'a sıkıca sarıldı.

"Ben de senin bir babanım," diye mırıldandı. "Yalnız değilsin sen. Korkma oğlum, bundan böyle kimse zarar veremeyecek sana. Güvendesin." Onur başını sallarken birlikte merdivenlere yöneldik.

"Gördüğünüzde biraz şaşırabilirsiniz, durumu pek iyi değil." Elim hâlâ Onur'un kolundaydı. Sanki olası bir tehlikeden korumak istiyordum onu.

"Kendini kaybetme. Kendini kaybetme. Sakin ol." diye mırıldanıp durduğum sırada Onur'un bembeyaz olmuş yüzüne baktım. Yutkundu, Ender'in kapısının önüne geldiğimizde Burak, Mert ve Murat Amca içeri girerken Onur olduğu yerde öylece kaldı. Önüne geçtim.

"Hazır değilsen gidelim buradan Onur. İyi değilsin sen!" dedim. Başını bir sağa bir sola salladı.

"Hiçbir yere gitmeyeceğim." Kolunu tutan elimi yok saydı ve odaya doğru bir adım attı. O an, işte o an Onur'un ilk defa derinden sarsıldığını gördüm. Odanın kapısında yere yığılmamak için pervaza yaslanırken onu içim acıya acıya tuttum. Başımı odaya çevirdiğimde Ender'in geldiği hâli gördüm. Mahvolmuştu, çökmüştü. Bir anda yirmi yıl yaşlanmış gibiydi. Saçlarında beyazlar, yüzünde nedenini anlayamadığım morluklar... Birden Burak ve Mert'e gülerek bakan gözleri bizi buldu. Onur'u... Ellerini havaya kaldırdı.

"Oğlum! Onur... O... Onur... sen misin?" Tir tir titriyordu sesi. Kollarımın arasındaki Onur da ondan farksızdı, tir tir titremekten bile öte bir hâldeydi. Çaresizce Mert ve Burak'a baktım. Burak öfkeden delirmek üzere gibiydi.

"Gel oğlum, sana sarılmak istiyorum." Ender Bey titreye titreye konuşurken gözlerimden öfke dolu bir damla yaş aktı.

"Biz... Onur'u buradan götür..." dediğim sırada tir tir titreyen Onur başını kaldırdı. Derin bir nefes aldı. Kolunu ellerimden kurtardı ve odanın içine doğru birkaç adım attı. Ender Bey'in ona doğru uzattığı kollarının arasına girdi. Burak sinirle odayı terk ederken alt dudağımı paramparça etmiştim. Şu görüntü beni, bizi mahvediyordu. Onur'un hayatını mahveden bir adam için Onur'u kucaklıyordu. Onur, celladının kolları arasındaydı...

"Seni öyle merak ettim ki! Sen... tıpkı annene benziyorsun!" Onur sessizce Ender'in kolları arasından ayrılıp yatağının yanındaki koltuğa otururken bakışları sanki kendini iyi hissetmek ister gibi beni buldu. Ona onay verici sıcak bir bakış attım yanında olduğumu göstermek için. Hemen sonra Ender'e döndü.

"Hep böyle zayıf mıydı?" diyerek Murat Amca'ya döndüğünde Murat Amca konuşmaya başladı.

"Böyle değildi... Ama son olaylardan sonra yemek yemeye vakit bulabildiğini sanmıyorum." Ender Onur'a endişe ve aşk dolu gözlerle bakarken bakışlarında bir şey arıyordum. Ufacık bir şey olmalıydı tüm bunların bir oyun olduğuna dair. Oysa yoktu, gerçekten hafızasını kaybetmiş olabilir miydi?

"Ben ona kilo aldırırım! Oğlum benim, aşkımın bana biricik hatırası. Merak etme, bana her şeyi anlattılar. Düştüğün bu bataklıktan kurtaracağım seni." O an bağırmak istedim. Ayağa fırlamak ve yüzüne her şeyi bir çırpıda söylemek istedim. 'Sen ittin onu o bataklığa!' demek istedim.

"Bu işin ardında kim varsa tek tek cezasını çekecek." Sen varsın bu işin ardında!

"Başına gelen her şeyden kurtaracağım seni." Önce kendinden kurtarman gerek öyleyse.

"Sana bir oda hazırlattım, bu evin bir bodrum katı varmış, orada olacaksın bir süreliğine. Polis evi çoktan aradı ama eğer olur da bir kez daha polis tarafından aransa bile görünmeyeceksin, her şey kontrolümde olacak. Bu sırada suçlarını bir süreliğine üstlenecek birini bulacağız, para karşılığında hapse girecek bir dolu insan var dünyada. Sonra özgürlüğüne kavuşacaksın. Hayatını geri vereceğim sana." Bağırmak, çağırmak, üstüne atlamak istiyordum bu iğrenç adamın, 'O hayatı sen aldın ondan!' demek istiyordum... Ama yapamadım. Onur sessizce dinliyordu Ender'i. Yorum yapmadan, öylece yüzünü inceleyerek sessizce dinliyordu. Şoktaydı, bundan aylar önce canından çok sevdiği babasının geldiği şu hâl yüzünden şoktaydı. En büyük düşmanının ona söylediği şeyler yüzünden, onu kurtaracağını anlatması yüzünden şoktaydı.

"Kendini üzme." diye devam etti Ender elini uzatıp Onur'un elini tuttuğunda, "Baba oğul her şeyi çözeceğiz. Yeter ki bu eller birlikte olsun." dedi.

Gözlerim ellerine kaydı. Birbirlerini öldürmek için can atan o iki ele baktım. Bundan haftalar önce Onur'un ellerinin arasından bir kurşun çıkmış, Ender'i yere yığmıştı. Oysa şimdi el eleydiler. Bir arada, bir baba ve oğul gibi. Gerçek bir baba ve oğul gibi...

"Bu güzel kızımız benim gelinim mi oluyor yoksa?"

Gülerek bana baktığında yutkundum, hiçbir tepki veremediğim sırada Murat Amca söze atladı. "Aynen öyle oluyor Ender. Yani aralarında ne vardır bilmem ama ben çok yakıştırıyorum bu ikisini!"

"Böyle güzel esmer esmer torunlar isterim vallahi. Benim oğlan sarışındı küçükken. Esmer güzel kızı bulmuş, bulmuşken bırakmasın. Dedelerine benzesin torunlarım." O an kusacak gibi hissettim kendimi. Bir anda elimle ağzımı kapatarak odadan dışarı fırladım. Kapıda öfkeyle bekleyen Burak'ın önünden koşarak geçtim ve tuvalete daldım. Burak peşimden gelirken lavabonun başında iki kez öğürdüm. Kusmuyordum ama berbat bir hâle gelmiştim bir anda. Adam öyle bir konuşuyordu ki insan gerçekleri anlatmadığı için hem suçlu hissediyor hem de böyle berbat bir adamın karşısında durup onu dinlediği için bunları kendine yediremiyordu.

"Zeyno! Kızım ne oldu! Bir şey mi yaptı o orospu çocuğu!"

"Sus, şşş!" dedim elim karnımda, "Bir an... kötü oldum... Sanki Onur'un gerçek babası oymuş gibi konuşuyor. Torun sahibi olmaktan filan bahsediyor. O kadar kötü oldum ki az kalsın odanın ortasında kusacaktım."

"Ya Zeynep... Kimse inanmıyor bana. Adam besbelli oyun oynuyor. Dalga geçiyor bir de torun morun diye!"

"Oyun değil... Adam gerçekten hafızasını kaybetmiş, şu geldiği mahvolmuş hâli görmüyor musun, kolunu kıpırdatacak mecali yok, bu durumda bu kadar profesyonelce rol yapabilir mi! Eğer öy..." Tam konuşurken tuvaletin kapısında beliren Onur'u gördüğümde cümlem yarım kaldı.

"İyi misin?" diye mırıldandı donuk bir sesle. Burak aramızdan çekilip odaya dönerken Onur tuvalete girdi, yanı başımda durdu.

"İyiyim..." diye mırıldandım, "Sen iyi misin?"

"Değilim."

"Olacak mısın?"

"Olmayacağım." Ellerini lavaboya dayadı, aynaya baktı. Gözlerimi aynadaki yansımamıza çevirdim.

"Biliyor musun," diye mırıldandı Onur, "Artık aynaya baktığımda gördüğüm görüntüyü tanıyamıyorum. Kimim ben bilmiyorum. Ne için yaşıyorum, kim için yaşıyorum bilmiyorum. Hayatımda ne olup bitiyor bilmiyorum. Az önce hayatımı mahveden insana sarıldım ben Zeynep. İçimde bir parçayı ona sarıldığımda orada bıraktım. Kalbim, ruhum bedenimden uçup gitti o an. Çünkü ruhum da kalbim de bana kızgın. Bizi bu hâle getiren adama sarıldığım için kendi ruhum bile nefret ediyor benden. Ben artık eski ben olamam. Hani sana bir kere bir cümle kurmuştum ya... ***Ruhumdan her geçeni dudaklarımın arasına yollasam... ruhuma ne kalır?*** Şu andan itibaren bir ruhum kalmadı benim Zeynep. O adama sarıldığım an kendime olan tüm saygımı yitirdim. Kalbim atmıyor sanki. Tüm duygularım, hislerim bitti herkese her şeye hatta hayata karşı. Biliyorum umutların var. Her şey güzel olacak sanıyorsun, yanımda olmaya çalışıyorsun ama artık güzel olabilecek bir hayatta bana yer yok. Eğer benden bir beklentin varsa..." derken gözlerini gözlerimden kaçırdı ve o korktuğum kelimeyi söyledi. "Olmasın. Ben artık bir ölüyüm. Bunu kabullendim. Bu evde bir ölü gibi yaşayacağım.

Hayatın bana sunduğu tek seçenek bu. Duygusuz, hissiz, mutsuz ölü gibi bir hayat."

Yutkundum. Başımı kaldırdım. "Bu mu yani?" diye mırıldandım. "Kendini bu hayata mahkûm mu ediyorsun? Kalbinden beni öylece bir çırpıda atıyor musun? Gerçekten bunu yapacağını mı söylüyorsun bana şu an? Ya bir gün bir başkasıyla olursam? Kendimi sen yoksun diye sonsuz yalnızlığa mahkûm etmeyeceğim. Peki sen bir gün beni bir başkasıyla görmeyi kabulleniyor musun?" Başını kaldırıp gözlerimin içine bir darbe yemiş gibi baktı. Sanki yalvarıyordu gözleri. Yapma diyordu, gitme diyordu, bir başkasıyla olma diyordu. Oysa dudakları farklı şeyler söylüyordu.

"Hayat senin hayatın. Sen bile az önce içeride o adamın konuşmalarını duyup ne hâle geldin. Benim ne hâle geldiğimi tahmin edebiliyorsundur... Ben... İfade etmesi çok zor... Hiçbir şey hissedemiyorum Zeynep." Dolan gözlerini başını yukarı kaldırıp burnunu çekerek benden kaçırdıktan sonra devam etti. "Artık seni sevmem sana zarar vermekten başka hiçbir işe yaramayacak. Bunu anla artık." Umutsuzca gözlerine baktım. Ona kızgındım, çabalamadığı için, ayakta kalmaya çalışmadığı için ona kızgındım.

"Eğer bunu kabullendiysen... eğer canlanabilmek adına bir şansının olmasına rağmen ölmeyi kabullendiysen hiçbir şey demeyeceğim Onur. Çok uğraştım. Çok çabaladım kalbine girebilmek için. Ama bundan sonra tek uğraşım seni bir arkadaş olarak mutlu etmek olacak. Arkadaşın olarak her zaman yanında olacağım. Ama madem böyle istiyorsun, artık bir beklentim yok senden." Başını salladı, birkaç saniye tuvaletin ortasında öylece sessiz sedasız durduk.

"Ben... gidip odama bakacağım. Gelmek ister misin?"

Omuz silktim. "Hayır. Ben eve döneceğim."

Kurduğum cümle karşısında ufak çaplı bir yıkım yaşadığını gördüm gözlerinde. Başını salladı. "Tamam. Görüşürüz o zaman..." Başımı salladım, ona hafifçe çarpıp tuvaletten çıktım ve merdivenlere yöneldim.

Bu kadardı. Kabullenmiştim artık. Onur Zorlu'yla aramda arkadaşlıktan öte hiçbir şey olamazdı ve olmayacaktı. Onu getirip berbat bir hayatın ortasına bırakmıştık ve hep yanında olacaktım. Ama kalbinde olmayacaktım ve onu artık kalbimde tutmayacaktım. Çünkü ne onda bana yer, ne bende ona yer vardı artık... Hâlâ yanacaksak beraber yanacak, söneceksek beraber sönecektik. Ama o yangının içinde ellerini tutmayacaktım onun. Yanında duracak, yanışımızı izleyecektim. İki küçük kibrit çöpü gibi... Aynen öyle. İki küçük kibrit çöpü gibiydik. Bir ateşin ortasında yan yana duran, ama asla birlikte sönemeyen iki küçük kibrit çöpü. *Yan yana, ama asla bir arada olamayan...*

KARANTİNA

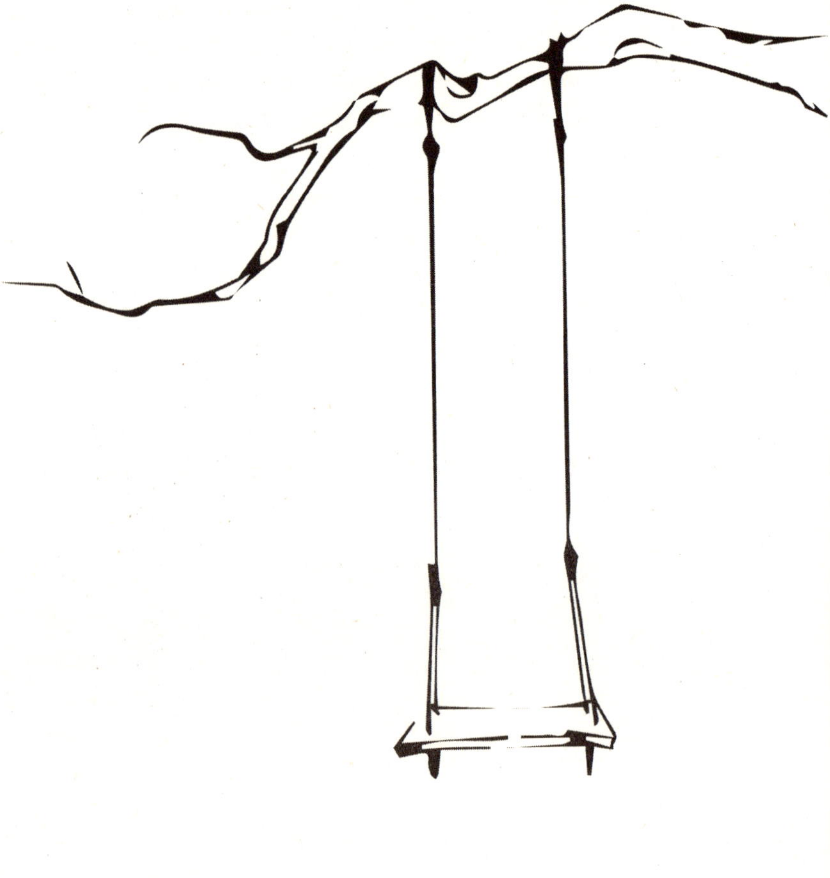

Biliyorum, siz de çok sevdiniz.
Ve biliyorum, sizi de çok sevmediler.
Siz vazgeçilmek ne demek çok iyi bilirsiniz.
Biliyorum, sizden de çok vazgeçtiler…

5. Bölüm

Vazgeçilmek

Siz vazgeçilmek ne demek çok iyi bilirsiniz.
Biliyorum, sizden de çok vazgeçtiler...

Onur'un evinden çıkar çıkmaz kendimi bir takside buldum. Gözlerimden akan birkaç damla yaşa aldırmadan evimin yolunu tarif ettim. Öfkeden, sinirden ağlıyordum. Kendime tüm bu olanları yediremediğim için ağlıyordum. Onur'un bu kadar aciz ve acınası bir hâle gelişine ağlıyordum. Neredeydi o güçlü Onur? Neredeydi o dimdik ayakları üzerinde duran Onur? Ona bir şans vermişti hayat, hayatını yeni baştan kurmak için eline kocaman bir fırsat geçmişti. Ama o eline geçen ilk fırsatta beni hayatından dışarı savurmuştu. Gözden çıkardığı ilk insan ben olmuştum. Hani en başta beni aralarına almak istemeyen tek insan oydu ya, bilmeliydim böyle olacağını. Beni hiçbir zaman mahşerin dördüncü atlısı olarak görememişti. Hiçbir zaman da göremeyecekti. Gücü kalmadığı an ilk vazgeçtiği ben olmuştum. Dün gece kulağıma "Sen benim sevgilimsin." diyen Onur bir anda gitmişti. Bir anda yok olmuştu o âşık olduğum Onur. Şimdi karşımda zavallı bir Onur Zorlu vardı. Zavallı... Daha fazlası değil.

Taksiye ilk bindiğim dakikalarda dönüp dönüp arkama bakıyordum. Sanki Onur arkamdan gelecek gibi hissediyordum. Daha doğrusu öyle olmasını istiyordum, bunu hayal ediyordum. Ama arkamdan gelmeyi bırakın camdan bile bakmamıştı. Onunla ilgili hayallerim tek tek yıkılmıştı, kendisi elleriyle yıkmıştı hayallerimi. Şimdi odasında bir başına oturuyor olmalıydı. Hep bir başına kalacaktı o odasında. Beni, bizi kendinden uzaklaştırdığı sürece hata yaptığının bile farkında olmadan bir başına kalacaktı. Salak... Salak! Aptal. Geri zekâlı. Geri zekâlı! Ah!

"Burası mı hanım kızım?" Dolu gözlerimi camdan dışarı çevirdim. Eve geldiğimi anlamam birkaç saniyemi aldı. Başımı sallayarak taksicinin parasını ödedim ve taksiden indim. Koca sırt çantamla ışıkları yanan evime baktım. Gözlerimden birer damla yaş akarken burnumu çeke çeke eve doğru ilerledim. Bahçeden geçtim, yanımdan miyavlayarak geçen bir kediye uzun uzun baktım. Siyah beyazdı, zıtlıklardan yaratılmıştı sanki. Onur gibi. Ah, ne saçmalıyorum! Kediye bakarken bile Onur'u gördüm bu ne saçmalık! Sinirle kediye omzumu silkip kapıya doğru ilerledim. Evet, kediye omzumu silktim... Kapının önünde durdum ve başıma geleceklere hazır olarak zile bastım.

İçeriden annemin sesi duyuldu önce. Babama kapıya bakmasını söylüyordu, sonra babamın sesi duyuldu.

"Kim gelir ki bu saatte?" Kaçak kızınız olabilir mi baba? Kapı anında açıldı. Babam şok içinde bana bakarken akan gözyaşlarımın arasında utançla gülümsedim.

"Zeynep! Zeynep!" Babam şok içinde bana sarılırken annemin şaşkın çığlığı duyuldu içeriden.

"Zeynep mi!" Devrilen bir tencere sesi ve koşan ayak sesleri...

"Durun, durun bağırmayın! Bütün mahalleyi uyandıracaksınız! İçeri gireyim bir!" Annem gözyaşları içinde ve şok olmuş bir hâlde üzerime atladığında üçümüz karmakarışık bir sarılma yaşıyorduk. Onları içeri çekiştirip kapıyı kapattığımda darmadağın olmuş hâllerine gülerek baktım.

"Kaçak olan benim ama darmadağın olan sizsiniz!"

"Kızım!" Annem bana sıkı sıkı sarılırken bizi izleyen babama gülerek göz kırptım.

"Gel bakalım sen içeri, önce sarıldık ama hesap soracağız! Sen bizi mahvettin, mahvettin bizi!" İşte başlıyoruz. Annem beni içeri çekiştirirken derin bir nefes alarak peşinden gittim.

"Kızım, bir evlat annesine babasına haber vermeden nasıl ülkeyi terk eder! Mert'in babası gelip durumu anlatana kadar kafayı yedik! Baban deliriyordu, sana yemin ederim bu adam aklını kaçıracaktı. Polislere mi gitmedik, hastanelere mi gitmedik, her yere gittik seni aramak için!"

"Biliyorum, biliyorum, özür dilerim anne! Haklısınız... sonuna kadar haklısınız. Ama o an yapmam gereken oydu."

"Neydi Zeynep! Ülkeden kaçmak mı!"

Babamın bağırışına başımı salladım. "Hayır. Öyle değil... Baba, onlar benim arkadaşlarım ve yanlarında olmak zorundaydım."

"Biz senin aileniz!" dedi annem kendini parçalar gibi.

"Biliyorum, özür dilerim. Ama ben..." Bir an durdum. Hani bazı anlar olur ya hayatta, konuşurken bir an durursunuz ve bittiğinizi anlarsınız. Gücünüzün kalmadığını anlarsınız. Tükendiğinizi anlarsınız, stop eder bütün vücudunuz. İşte o an, bu andı. "Anne, baba..." diye fısıldadım son gücümle, "ben gerçekten iyi değilim." Gözlerimden yaşlar boşalırken başımı ellerimin arasına aldım. "Çok yoruldum!" dedim hıçkırıklarımın arasından, "Kaldıramayacağım şeyler yaşıyorum aylardır. Bıktım! Yoruldum! Çok yoruldum!" Annem içi acır gibi bana sarılırken babam elini yumruk yapmış öylece öfkeyle bize bakıyordu.

"Hayatım, hayatım tamam!" Annem beni sakinleştirmeye çalışırken gözyaşlarından sırılsıklam olmuş yüzümü ellerinin arasına aldı. "Kıpkırmızı olmuşsun! Yüzün yanıyor! Gel... Seni yıkayalım, yatıralım. Hasta olacaksın." Sonra babama dönüp, "Sen ıhlamur yap. Ben yıkayıp yatıracağım." dedi.

Annem beni kaldırırken yürüyecek hâlde değildim. Günlerdir içimde tuttuğum her şey bir anda patlamıştı. Hep güçlü görünmeye çalışıyordum ya hani, şimdi o güçten eser kalmamıştı. Patlamıştım! Anlıyor musunuz? Bum! Duygularım, hislerim, içimde biriken her şey patlamıştı ve ayağa kalkacak durumda bile değildim şimdi.

Annem beni banyoya sokup üzerimdeki kıyafetleri çıkardı tek tek. Ben hıçkıra hıçkıra ağlamaya devam ederken o beni soyuyor bir yandan da küveti suyla dolduruyordu.

"Bebeğim tamam... Zeynep, yapma kızım! Gel, gel anneciğim... Geçti..." Beni küvete oturturken tir tir titriyordum. Duş başlığını aldı, gözyaşlarımı görmemek istiyormuş gibi başımdan aşağı tuttu. Ilık su yüzüme çarparken gözlerimi kapattım. Gözlerimi kapattığım karanlık bana Onur'un yüzünü gösteriyordu. Acıyla gözlerimi sıktım. Ağlayişım giderek artıyor, giderek güçleniyordu.

"Anne!" dedim titreyen sesimle, "Ben onun için her şeyimi feda ettim! Her şeyimden vazgeçtim! Ama o beni istemiyor!" dedim. Annem bir yandan saçlarımı yıkayıp bir yandan üzerime su tutarken birlikte ağlıyorduk.

"Ne yaptı? Ne dedi?"

"Ondan... ondan... bir beklentim olmamasını söyledi. Bir beklentin olmasın benden dedi... Bütün gücünü kaybetti anne! Kendini her şeye herkese kapattı ve ilk vazgeçtiği ben oldum."

"Ah kızım, ah bir tanem, ah bebeğim. Söyledim sana! Gitme dedim, yapma dedim. Seninle bu evin içinde defalarca kavga ettik. Ama dinlemedin. Sonunun böyle olacağı belliydi!"

"Nasıl istemez beni! Nasıl vazgeçer benden! Anne... bana yardım et..." Hıçkıra hıçkıra ağlıyor, bir yandan bağırıyor bir yandan acı içinde kıvranıyordum.

"O vazgeçtiyse sen çoktan vazgeçeceksin! Bir daha o çocukla görüşmeni istemiyorum, adını duymak bile istemiyorum. Şu geldiğin hâle bir bak Zeynep. Seni ben birileri kalbini kırsın diye doğurmadım!"

"Âşık oldum anne..." dedim ağlaya ağlaya, "Çok âşık oldum..."

"O sevmemiş seni kızım. Sevse vazgeçer mi senden?"

"Sevmemiş mi?" dedim gözlerimi açarak. Başımdan aşağı su tutan anneme baktım gözyaşlarımın arasından.

"Seven insan vazgeçmez. Arkanda durur." O an yüzüme öyle bir ateş bastı ki, gözlerim ağır ağır kapandı. Bayılmadım, arkama yaslandım ve küvette öylece gücümün bedenimi terk edişini izledim.

"Zeynep, anneciğim iyi değilsin sen! Gel, gel anneciğim!" Annem beni küvetten çıkarırken gücümün son damlasıyla ayağa kalktım. Annem beni kuruladı, bir bebek gibi giydirdi. Zar zor ve gözyaşlarımı durduramaz hâlde yürüdüm annemin kolları arasında, kendimi odamda buldum. Gözlerimi açtım ve huzur bulduğum tek yere, konfor alanıma öylece baktım. Biliyordum, kendimi yatağıma attığımda komaya girmiş gibi günlerce uyanamayacaktım. Çünkü sinir sistemim çökmüştü artık. Tüm bu yaşananlar beni bitirmişti.

Annem beni yavaş yavaş yatağıma yatırdığında emziğine sarılan bebekler gibi özlediğim yastığıma sarıldım. Yorganıma sarıldım. Sıkıca sardım onları, titreye titreye sakinleşmeyi bekledim yatağımın içinde. İçimden bir ses *"Burada kimse sana zarar veremez..."* diye fısıldadı sanki. *"Burada güvendesin..."* diye ekledi.

"Bebeğim, sen biraz uyu. Merak etme sürekli gelip seni kontrol edeceğiz, tamam mı? Korkma, geçti artık. Her şey bitti. Artık yorulmayacaksın. Dinlenme vaktin geldi."

Annemin cümleleri beni öyle güzel sakinleştirdi ki aylarca koşmuşum gibi bir anda uyuyakaldım. Derin, dinlendirici ve belki de günlerce uyanamayacağım bir uykuya yattım. Artık bitmişti, artık yorulmak yoktu. Artık kalbim de acımayacaktı Onur Zorlu'nun aşkından. Koşmayacaktım, kaçmayacaktım, yorulmayacaktım. Kendimi bırakmıştım, gerekirse aylarca uyanmayacaktım.

01.45

"Bebeğim, dur şu yastığını değiştireyim, sırılsıklam olmuş."

02.25

"Anneciğim çok ateşin var. Düz yat, alnına şu sirkeli bezi koyayım."

"Anne... kıpırdayamıyorum... çok yorgunum..."

"Gel anneciğim... Bak baban da burada, baban kaldırsın seni."

"Gel kızım, gel... Ellerin bile yanıyor!"

"Baba..."

03.15

"Bir doktor mu çağırsak, ben delireceğim! Kızın ateşi düşmüyor!"

"Anne... Çok sıcak... Çok sıcak... Hava çok sıcak..."

"Nasıl sayıklıyor yavrum! Bebeğim, gel, gel şu şurubu iç!"

03.45

"Anne... Onur..."

"Bebeğim dayan, şurubunu içtin birazdan etkisini gösterecek. Düşecek ateşin."

"Mahvoldu çocuk mahvoldu! Şu geldiği hâle bak! Bir daha bu kız evden dışarı adım atmayacak! Markete bile yollamak yok!"

"Baba... çok sıcak..."

04.30

"Düştü mü? Bak bakalım kaç çıkacak..."

"Oh! 37 yazıyor, İki saattir 39'du, Allah'ım sana şükürler olsun."

"Anne..."

"Uyu bir tanem, uyu. Sabah çok iyi olacaksın."

"Anne Onur gitmesin..."

"Hadi uyu anneciğim. Yorma kendini. Hadi anneciğim, lütfen!"

"Anne..."

14.50

Biliyorum. Siz de çok istediniz bir şeylerin olmasını hayatınız boyunca. Çok yalvardınız annenize, çok yalvardınız kendinize, çok yalvardınız Allah'a. Gitmesin dediniz, gittiler. Kalsın dediniz, kalmadılar. Sevsin dediniz, sevmediler. Yanımda olsun dediniz, olmadılar. Biliyorum, siz de çok sevdiniz. Ve biliyorum, sizi de sevmediler. Siz vazgeçilmek ne demek çok iyi bilirsiniz. Biliyorum, sizden de çok vazgeçtiler... O yüzden anlıyorsunuz beni. O yüzden anlıyorsunuz hâlimi. O yüzden acılarımız bir sizinle.

Şimdi ben yepyeni bir hayatın ilk günündeyim, saat öğleni geçmiş gözlerimi yeni yeni açıyorum. Annem ve babam sabaha kadar başımdalardı. Berbat bir gece geçirdik ve ben yeni uyanıyorum yepyeni hayatıma. Burnumu çeke çeke annemin az önce getirip yatağımın yanındaki komodinime koyduğu telefonuma uzattım elimi. Ekrana baktım mutsuz bir hâlde.

15 Cevapsız Arama – CİNAYET grubundan 20 mesaj – Burak kişisinden 6 yeni mesaj

Arayan numaralar: Burak (10) – Mert (5)

Grubumuza girmeden sadece Burak'ın mesajlarına girdim. Gruba girmiyordum çünkü Onur'a dair tek bir şey bile görmek istemiyordum. Burak'ın mesajlarını açtım ve sırayla okumaya başladım.

"Zeyno! Neredesin kızım ya çıkıp gitmişsin, bir haber bile vermemişsin."

"Zeynep, arıyoruz açmıyorsun merak etmeye başladık. Yakışıyor mu bu senin delikanlılığına? *Dil çıkaran emoji* *Yalnız cidden merak ediyoruz."*

"Bak gerçekten kızacağım ama başta şaka yaptık da ciddiye bindi iş. Bari bana haber ver!"

"Bravo, saat gecenin 4'ü oldu Onur ağzımıza sıçıyor. Meraktan deliye döndük."

"Bu mesaja da cevap yazmazsan anneni aramak zorunda kalacağım. Özür dilerim. Ama Onur bizi öldürmek üzere."

"Aradım anneni, çok hastaymışsın şu an yazdığım mesajlar adına utandım. Durumu öğrendik ama şimdi daha çok kafayı yiyor Onur! Keşke aramasaydım kayıp olman hasta olmandan daha iyi bir seçenekti! Kızım sen de durdun durdun bugünü mü buldun hasta olacak, gidin Zeynep'i hastaneye götürün diye tutturdu bu Onur, ama annen bizden o kadar nefret ediyor ki gelmeyin dedi. Uyanır uyanmaz bizi arıyorsun, yoksa Onur hayatı bize dar edecek. Sen bizim her şeyimizsin, iyi ol. Yoksa öldürürüm seni."

Mesaj sayfasından çıkıp telefonu yastığımın yanına koydum. Derin bir nefes alıp sessizce duvarı izledim. Anlam veremiyordum, dün benden bir beklentin olmasın dediği insandan haber alamayınca mı kafayı yemişti? Bunun sebebi neydi? Madem beni istemiyordu gece boyunca ne diye kafayı yemişti?

Telefonu tekrar elime aldım. Burak'ın mesajlarına girdim ve cevap yazdım. *"Uyandım. İyiyim merak etme. Arkadaşının da beni neden merak ettiğini anlamadım. Dün bana benden bir beklentin olmasın dedi açık açık."*

Anında cevap geldi. *"Vay şerefsiz."* Hemen ardından ikinci mesaj geldi. *"Sen bakma onun ne dediğine. Gece boyunca kafayı yedi kafayı!*

Bizi eve bile yollamadı, yok annesini arayın yok babasını arayın yok Zeynep'i arayın, mesaj atın, evine gidin. Annenle konuşana kadar eve yollamadı bizi. Annenle üç kez konuştuk, bir yarım saat önce konuştuk en son. Durumunun gayet iyi olduğunu söyleyince bizi de bıraktı, çocuk bizi sabaha kadar rehin tuttu! Şimdi özgürlüğümüze kavuştuk evlerimize gidiyoruz. Ama beş dakika önce mesaj atmış Zeynep'in annesini tekrar arayın durumu neymiş diye. Sen bunun benden bir beklentin olmasın dediğine inanıyor musun şimdi?"

Mesajı okuyup ekrana boş boş baktım. Bunlar bana hiçbir şey ifade etmiyordu. *"Öyle dedi. Ne yaptığı umurumda değil bu saatten sonra. Arkadaşım olarak kalacak, hep de yanında olacağım, ama artık kalbimde değil. Eğer sorarsa ona böyle söylersin."*

"Hiç kusura bakma! Ona bunu böyle söyleyemem! Bal gibi de kalbinde. Sen onun kalbindesin o da senin. Bu yüzden böyle çocuk numaralarınıza beni alet etmeyin. Ben sizin nikâh şahidiniz olacağım daha kızım."

Sinirle gülümsedim. *"Onur mahşerin üç atlısına bir başka dördüncü bulduğunda yeni kızla Onur'un nikah şahidi olursun. Size mutluluklar."* Yazdım.

"Mahşerin dördüncü atlısı sensin Zeynep. Bu grupta başka kimseye yer yok. Ben şimdi senin yüzünden sabaha kadar uyuyamadığım için izninle biraz uyuyacağım. Öptüm!"

"İyi uykular."

Mesaj sayfasından çıkıp ağır ağır yataktan kalktım. Ayaklarımı yere uzatıp birkaç saniye yerdeki halıyı izlediğim sırada telefonum çalmaya başladı. Kaşlarımı çatarak telefonu elime aldığımda yutkundum. O arıyordu. Onur. Açmalı mıydım açmamalı mıydım bilmiyordum. Ne diyeceğimi, nasıl konuşacağımı da bilmiyordum. Anlık bir cesaretle açtım telefonu. Kulağıma dayadım ve yorgun bir sesle konuştum.

"Alo..." Karşıdan aynı şekilde durgun bir ses geldi. Tek bir cümle, iki kelime, net bir soru.

"İyi misin?"

Burnumu çektim. Net sorusuna net bir cevap verdim. "Evet." Sessizlik. Birkaç saniye sonra kısık bir soru daha geldi.

"Ateşin düştü mü?"

"Evet." Bir sessizlik daha.

"Seni merak ettim..."

"Teşekkür ederim." Ve uzun bir sessizlik daha.

"Sanırım konuşmak istemiyorsun." Hiçbir şey demedim. Ben sustum. O sustu.

"Annem çağırıyor. Kapatmam lazım şimdi."

"Tamam..." Sesi öyle üzgündü ki böyle davrandığım için kendimden nefret ettim o an!

"Tamam... aradığın için teşekkürler. Görüşürüz."

"Önemi yok. Görüşürüz." Aptal! Aptal ben! Aptal Onur! Geri zekâlıyız biz, geri zekâlı! Nefret ediyorum bizden! Öfkeyle söylene söylene kalktım yataktan. Sakinleşmek için birkaç saniye odanın içerisinde dolaştım. Salaklar! İkimiz de salağız! İkimiz de! Kafalarımızı alıp birbirine vurmak istiyorum! Tamam, tamam sakin ol. Sakinim, sakinim, sakinim. Derin nefesler alarak odamdan çıktım, merdivenlere yöneldim.

Mutfağa annemin yanına indiğim sırada televizyondan gelen Müge Anlı sesiyle kendimi çok huzurlu hissettim. Evdeydim, dönmüştüm, ailemin yanındaydım. Sakin olmalıydım.

"Anne..." diyerek girdim mutfağa.

"A ah sen neden kalktın!" Tenceresinin başından ayrılıp direkt yanıma geldi, beni yavaşça mutfak masasının etrafındaki sandalyelerden birine oturttu.

"İyiyim, yanına geleyim dedim."

"İyisin değil mi?"

"İyiyim." dedim bir kez daha gülerek.

"Dur, hemen sana güzel bir kahvaltı hazırlayayım!"

"Anne gerek yok!" dedim yüzümü buruşturarak. "Midem bulanıyor."

"Olmaz öyle! Otur sen, on dakikaya hazırlarım." İstemeye istemeye oturdum, başımı televizyona çevirdim. Müge Anlı'yı izlemeye daldım. Bir an bütün sinirimi unutup evde annemle olmanın huzurunu yaşadığımı hissettim.

Sonra bir şey oldu… Hem de öyle bir şey oldu ki... Annemin mutfak tahtasında kestiği domatesleri kesen bıçağın tahtaya vurma seslerinin, Müge Anlı'nın bağıra bağıra konuştuğu sesinin yanına bir ses eklendi. Tanıdığım, bildiğim ve kalbimi hızlandıran bir ses. Ellerimin bir anda titremesine sebep olacak, anneme elindeki bıçağı yere düşürtecek bir ses.

Polis sirenleri…

"Zeynep! Odana çık!"

"Anne…"

"Odana çık!" Ayağa kalktım korkuyla. Annem beni zorla çekiştire çekiştire merdivenlerin başına sürükledi. "Çabuk odana çık!" O an evin zili çaldığında kalbim yerinden çıkmak üzereydi. Kafayı yemek üzere, sanki odamda yok olacakmışım gibi merdivenlerden koşa koşa çıktım. Odama giremedim, merdivenlerin başında korkuyla olacakları dinlemeye başladım.

"Buyurun…" Annem kapıyı açtı, konuşurken bile sesi titriyordu.

"İyi günler. Kızınız Zeynep Akay'ın evde olduğuna dair bir bilgi aldık, bu da arama emrimizdir, kızınızın bizimle karakola gelmesi gerek."

Sizin hiç yaşarken kalbiniz durdu mu?

Benim durdu…

Tam şu an.

Tam şu an durdu…

(Saatler Önce / Onur'un Evi / Yazarın Anlatımıyla)

Onur, Burak, Mert. Üç çocukluk arkadaşı, üç ömürlük arkadaş, üç kardeş… Çok şey yaşadılar birlikte, çok şey yaşayacaklar. Bu hayat onları bir kez daha nereye sürükleyecek bilmiyorlar, tek bildikleri bir arada olacakları. Ve bu üç arkadaş, yıllar sonra kalplerine birini daha aldılar. Kendilerine yıllarca *Mahşerin Üç Atlısı* dediler, sonra bir dördüncü buldular. Mert'in kardeşiydi Zeynep, Burak'ın da öyle. Fakat bu yeni arkadaş, Onur'un kalbinde kardeşten öte bir yer kaplamıştı. Onur bunu itiraf etse de etmese de duvarları bir bir yıkılmıştı. Onur Zorlu, bu kıza âşık olmuştu...

"Çıktı gitti... Bilmiyorum. Arkasından da bakmadım. Neyle gitti onu da bilmiyorum." Onur evine döneli birkaç saat olmuşken yeni bir telaşın içindeydi şimdi. Zeynep'e ondan bir beklentisi olmamasını söylemiş, gözlerinin önünde gidişine şahit olmuştu. Zeynep'i tutmuş, kendi elleriyle hayatından uzaklaştırmıştı. Oysa hesaba katmadığı şey ona duyduğu hislerdi.

"Abi kıza bir şey mi dedin?" diye sordu Mert merakla.

"Kesin bir şey demiştir bu." Burak'ın söze atlaması Onur'a sıkıntılı bir nefes aldırdı, "Saat gecenin ikisi oldu. Kızdan haber yok!"

"Annesini arayın." dedi Onur sert bir sesle. Odasının içinde dönüyor dolaşıyor kafayı yiyordu. Burak telefonunu çıkardı, önce Zeynep'i aradı. Bu Zeynep'i onuncu arayışıydı.

"Yok, Zeynep açmıyor. Nereye gittin be Zeyno!" Onur öfkenin ve endişenin son demindeydi. Odasından çıkamıyor, hiçbir şey yapamıyordu. Saklanmak için hapsedildiği bu odada sevdiği kızı koruyamıyordu. Üstelik onu bu evden kendi elleriyle yollamıştı. Bu düşünce onu delirtiyordu.

"Sabahtan beri açmıyor zaten siktiğimin telefonunu, annesini ara işte!"

"Tamam abi bir sakin ol!"

Burak telefonunda Zeynep'in annesinin numarasını ararken Mert söze girdi. "Aferin ya. Kızın gidişini görmüş, ama bize haber vermemiş. Eve bırakmamızı söylememiş, öylece yollamış kızı evden. Bir şey olmuş olmalı ya. Tartıştınız mı, aranız mı bozuldu, ne oldu?"

"Şu an gerçekten hiçbir şey konuşabilecek kafada değilim. Aklım burada değil, arayın annesini yoksa saklanmak filan umurumda değil, çıkıp evlerine gideceğim."

"Dur, çalıyor." Burak'ın umut dolu cümlesiyle Onur odanın ortasında olduğu yerde durdu, Burak'ın önünde diz çökerek umutla telefonun açılmasını bekledi.

"Alo!" dedi Burak, "Merhaba teyzeciğim," Telefonun açılmasıyla Onur'un sıkıntısı biraz olsun hafiflemişti. Derin bir nefes alıp merakla Burak'ı dinlemeye başladı.

"Ben Burak. Zeynep'in arkadaşı… Evet… Evet Onur'un arkadaşı olan Burak… Ben size Zeynep'i soracaktım. Epeydir telefonlarımı açmıyor. Merak ettim. Evde mi? Hah... Telefonlarımı neden açmıyor, uyuyor mu? Neden? Ciddi misiniz, tamam, tamam biz hemen oraya geliyoruz o zaman. Biliyorum, anlıyorum… Ama aklımız kalacak böyle. Doktor getirelim?"

Doktor kelimesini duyduğu an Onur'un içine büyük bir sıkıntı düştü. O an telefonu alıp neler olduğunu sormamak için kendisiyle savaş veriyordu. Stresten delirirken Burak birkaç cümle daha kurup telefonu kapattı.

"Nesi varmış, ne doktoru!?"

"Abi çok hastalanmış. Ateşi düşmüyormuş, yıkamışlar, ilaç veriyorlarmış, sirkeli su filan bir şeyler anlattı… Kendinde değilmiş."

"Tamam, kalkın. Hemen hazırlanın, gidiyoruz."

Onur odanın kapısına doğru ilerlerken Mert önüne geçti. "Onur!"

"Mert, sakın şu an bana dışarı çıkamazsın, oraya gidemezsin deme. Çünkü kafama koyduğumu yapacağımı sen gayet iyi biliyorsun. Boşuna uğraşma."

"Abi!" dedi Burak arkadan, "Kendileri biraz daha bekleyip ateşi inmezse doktora götüreceklermiş zaten. Kadın bizi istemiyor! Bize biraz ısınmış gibiydi de kız eve o hâlde gidince sinirlenmiş. Benimle telefon konuşmasını duysaydın şu an o kapıdan dışarı adımını atmazdın. Bırak, biraz bekleyelim. Ama söz veriyorum, bir iki saate iyi bir haber almazsak ben gideceğim. Söz! Şimdi otur yerine, odandan çıkma."

Onur stresle ve endişeyle gözlerini kapattı. Başını odanın kapısına yaslayıp yumruk yaptığı ellerini kapıya dayadı. Sakinleşmeye çalışıyordu.

"Şu hâle bak… Şu siktiğimin hayatına bak! Aklım başka yerde kalbim başka yerde ama şu odadan adımımı atamıyorum. Yeni hayatım bu mu yani? Harika." Onur sinirle kapının yanından ayrıldı, odanın içine girip yatağına oturdu, sinirini dindirebilmek için gözlerini kapattı. Mert ve Burak yerlerine geçip odadaki iki koltuğa otururlarken Mert gözlerini Onur'a dikti. En yakın arkadaşında, kardeşinde gördüğü bir şeyler vardı.

"Onur..." diye mırıldandı Mert ağır ağır, "Sen bu kıza bildiğin âşık oldun. Değil mi?"

Onur yatakta gözlerini açtı, Mert'in yüzüne baktı. Birkaç saniye düşündükten sonra burnunu çekti. "Bilmiyorum."

"Abi bırak yalanı!" diye atladı Burak, "Sen ölüyorsun, aşkından ölüyorsun! Biz kardeşimizi tanımaz mıyız!" Onur o an hislerini arkadaşlarının ağzından duymanın verdiği farkındalıkla üzerinde hafif bir heyecan hissetti.

"Âşıksın." dedi Mert heyecanla, "O da sana âşık."

Onur bakışlarını Mert'e çevirdi. Yutkundu. Tereddütle sordu. "Bunu... o mu söyledi sana?" Duyguları konusunda bile delicesine temkinliydi! Çok duvarını yıkmıştı ama kalan son duvarı, duygularını örten duvarı yıkamıyordu işte.

"Söylemesine gerek yok. Her hâlinden belli. Ama senin söylemene gerek var kardeşim. Biz senin kardeşleriniz, bize anlatacaksın. Söyleyeceksin. Biz senin hakkında her şeyi bilmek zorundayız. Şimdi söyle, âşık mısın Zeynep'e?"

Onur uzun uzun bir Mert'e bir Burak'a baktı. Gözlerini duvarlarda dolaştırdı. Halıya baktı. Odanın içinde bakabileceği her yere baktı. En sonunda derin bir nefes aldı. "Evet..." diye fısıldadı, "âşığım."

Burak büyük bir kahkaha atarken Mert heyecanla sırıtıyordu. "Kardeşim benim be!" dedi Burak gülerek, "Zeynep yarın iyileştiğinde onu telefona yenge diye kaydediyorum. Hadi bakalım!"

"Yalnız bu harika bir his ya. Bunu itiraf ettiğini duymak bile beni bu kadar mutlu etti siz evlenseniz kendi evliliğimden daha çok mutlu olurum herhâlde abi!" Mert gülerek konuştuğunda Onur'un bile içinde güzel bir his belirmişti. Aşkını itiraf etmenin en güzel yanı buydu zaten. Üzerinden bir yük kalkmıştı. Yükün yerini büyük bir bulut almıştı şimdi.

"Ayrıca ben Zeynep'i yenge diye kaydetmek yerine Onur'u enişte diye kaydedeceğim!"

Mert'in cümlesi Burak'ı güldürürken Onur sıkıntıyla nefes verdi. "Bir daha arasanıza. Ateşi düşmüş mü... ya da olmadı gidin evine bir bakın Allah aşkına! Yoksa ben böyle kafayı yiyeceğim."

"Tamam, biraz daha bekle. Arayacağım, ateşi düşmemişse evine gideceğiz. Tamam mı benim âşık kardeşim!" Burak mutluluktan gülüp duruyordu.

"Abi sabahı bekleyemedim." dedi telefon ekranını Onur ve Mert'e göstererek, "Zeynep'i Yenge diye kaydettim!" Ekrandaki Yenge yazısına gözlerini deviren Onur ayağa kalktı.

"Ben sadece hislerimi söyledim. Sizden saklamak istemedim. Ama Zeynep'le asla birlikte olmayacağız. Hatta mümkün olduğu kadar uzak tutacağım onu kendimden."

"Neden abi?"

Mert'in sorusuna Burak cevap verdi. "Çünkü Onur arkadaşımız bir geri zekâlı da o yüzden!"

"Benim yanımda olması tehlikeli. Ayrıca, benim ona verebileceğim hiçbir şey yok. Konuşmaya bile hâlim kalmadı. Ölü gibi hissediyorum kendimi. Ve Zeynep ruhu bitmiş bir insandan daha fazlasını hak ediyor."

"Onur," dedi Mert ciddi bir sesle, "Sen bir geri zekâlısın."

"Hah! En güzel cevap!"

Burak Mert'i elini sıkarak tebrik ederken Mert konuşmaya devam etti. "Sen benim kardeşimsin. Ruhum filan bitmedi senin. Zor şeyler yaşadın, bunları atlatıyorsun ama kimse senden daha iyisini hak etmiyor. Senden iyisi yok abi, sen Zeynep'i hak ediyorsun Zeynep seni! Şimdi şu saçma sapan uzak kalma oyununu bir kenara bırak. Yarın aşkını itiraf et ve doya doya yaşayın ilişkinizi!"

"Yarın aşkımı itiraf edeyim, öyle mi? Nerede itiraf edeyim? Bir lunaparka mı götürsem onu? Bir deniz kenarına? Güzel bir konsere? Aaa, ama pardon. Odamdan çıkamadığımı unutmuşum. Tamam, yarın onu odama çağırır aşkımı ilan ederim. Bu odaya kapanır güzel bir aşk yaşarız." Onur gözlerini devirirken Mert de Burak da içten içe hak verdiler Onur'a.

"Abi sen sonsuza kadar bu odada kalmayacaksın! Ender acil bir mahkeme ayarlamaya çalışıyor, yalancı bir itirafçı bulduğunda da özgür olacaksın."

"Ne mutlu bana, ben özgür olayım diye içeri bir başkası girecek. Harika."

"Suçları sen de işlemedin ki abi!" Burak öfkeyle cümlesini kurup bir küfür savurduğunda Onur derin bir nefes daha aldı.

"Zeynep'in annesini ara. Bu konuları da unutun. Âşık olduğumu söyledim, bu kadar. Zeynep'ten bunu duymak istemiyorum, haberi olmasını da istemiyorum. Şu an tek derdim iyi olması, iyileşmesi." Burak söylene söylene telefonunu çıkardı. Zeynep'in annesini bir kez daha aradı.

"Alo, merhaba teyzeciğim. Ben Burak. Evet, yarım saat önce aramıştım. Evet... Zeynep'i merak ettim, düştü mü ateşi? Heh... Çok sağ olun, tamam, çok teşekkürler. İyi geceler size..." Sonra başını kaldırıp Onur'a döndü. "Ateşi düşmüş. Uyuyormuş. Durumu iyiymiş."

Onur'un üstünden büyük bir yük kalkmıştı, sonra ayağa kalktı. "Tamam, özgürsünüz. Evlerinize gidebilirsiniz."

Burak anında ayağa kalktı. "Hele şükür! Adam bizi rehin aldı ya."

Burak kot ceketini koltuktan alıp giyerken Mert Onur'a oldukça sinirliydi. "Tamam, sana iyi geceler. Ha bu arada, umarım sen Zeynep'e duygularını bomboş sebepler yüzünden hiçe sayarken Zeynep'i bir başkası kapmaz. Hadi görüşürüz."

"Haydaaa!" dedi Burak gülerek, "Mert vurdu ve gol oldu!" Konuşarak odadan çıktıkları sırada Onur arkalarından cevap bile vermeden kapıyı kapattı, odanın ışığını da loş bir hâle getirip yatağına oturdu.

Aklı Mert'in kurduğu son cümledeydi. Ya olursa, dedi kendi kendine. "Ya onu tek başına bıraktığım bu hayatta yanındaki boşluğu bir başkasıyla doldurursa?" Ne olacağı belliydi, kafayı yerdi. Bunu kendisi de biliyordu. Bunun ihtimali bile onu delirtirken gerçekleştiği an Onur Zorlu kesinlikle ve daha emin olunamayacak bir şekilde, *kafayı yerdi. Ve Onur Zorlu'nun kafayı yemesi fazlasıyla yakındı...*

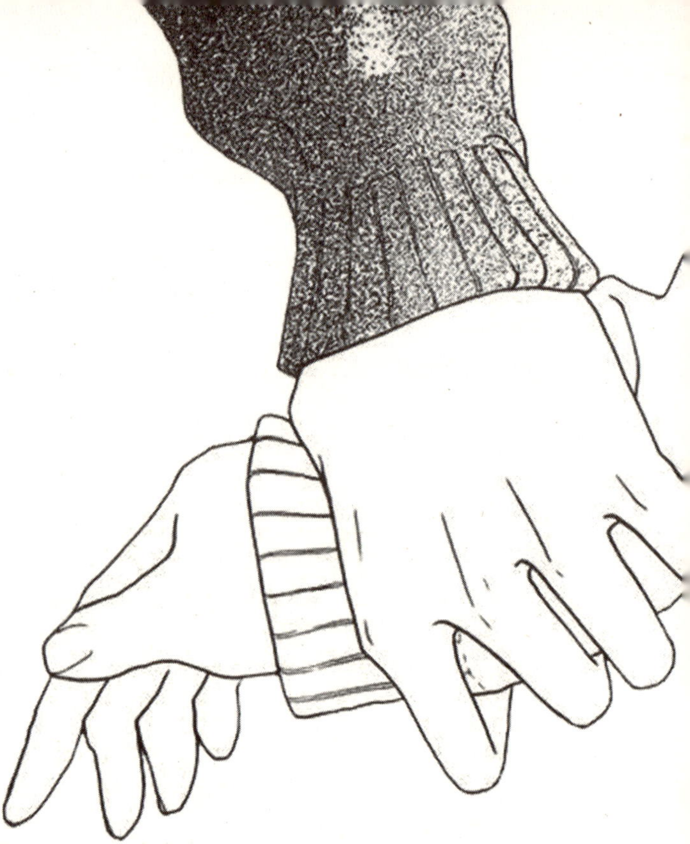

Bir arada olmak birlikte olmaya yetmiyordu.

6. Bölüm

Koskoca Bir Şehir

Şimdi aramızda bırakın tek bir duvarı,
koskoca bir şehir vardı...

"Ne için?" diye haykırdı annem mahvolmuş bir sesle polislere, "Ne için Zeynep'i karakola götürmek istiyorsunuz!"

"Hanımefendi bunu burada açıklayamayız. Ya kendiniz çağırın ya biz içeri girip alalım. Lütfen zorluk çıkarmayın." Korkudan tir tir titresem de annem için güçlü olmak zorundaydım. Ne yapacaktım, ne için çağırılıyordum bilmiyordum. Sonu ne olursa olsun tek odaklandığım nokta güçlü olmaktı. Güçlü olmak zorundaydım.

"Zeynep evde yok!" dedi annem sert bir sesle.

"Hanımefendi, lütfen zorluk çıkarmayın. İçeride olduğunu biliyoruz." Anneme öylesine üzülüyordum ki merdivenlerin tepesinde beklerken kafayı yemek üzereydim.

"İçeride kimse yok! Zeynep haftalardır eve uğramadı!" Zavallı annemin çabası polisleri asla etkilemiyordu. Annemin bu hâle düşmesine daha fazla dayanamayıp merdivenlerden hızla indim, annemin koluna dokunduğumda korkarak baktı yüzüme.

"Sen neden indin!" Gözleri dolmuş, yüzü kıpkırmızı olmuştu. Ona sıkıca sarıldım önce, hemen sonra polislere döndüm.

"Ben Zeynep Akay." diye mırıldandım en halsiz sesimle, "İzin verirseniz üzerimi değiştireyim." Gencecik iki polis memuru önce birbirlerine baktı, biri başını çevirip gözlerini kırptı.

"Tamam," dedi, "Beş dakikanız var. Burada bekliyoruz. Kaçmaya çalışırsanız iş çok büyür." Başımı salladım. Annem kapıyı yüzlerine kapatırken merdivenlere yöneldim.

"Zeynep! Hemen üst kattan bahçeye atlıyorsun bir şekilde, çarşaf sarkıtalım onunla bahçeye in! Mert'in babasını ara, seni alsın, o ne yapacağını bilir!"

"Anne..."

"Dün gece seni arayıp durdular, Burak'ı ara, haber ver!"

"Anne..."

"Ya da Onur'u ara, Mert'i ara! Ara birilerini seni alsınlar! Biz bunlarla başa çıkamayız ama onlar başa çıkabilir!"

"Anne!" dedim sesimi yükselterek, "Anne beni dinle! Hiç kimseyi aramayacağım. Yardım istemeyeceğim. Üstümü değiştirip onlarla karakola gideceğim, o kadar. Hiçbir şeyden, hiç kimseden kaçmayacağım!" Öfkeyle merdivenlerden çıkıp odama girdiğimde peşimden geliyordu. Dolabımı açtım ve kendime kırmızı boğazlı kazağımı ve siyah pantolonumu çıkardım.

"Kızım bu deli cesaretin nereden geliyor! Kapımızda polis var! Onlarla tıpış tıpış gideceğini mi söylüyorsun bana!"

Kazağı başımdan geçirirken başımı salladım. "Mafya tarafından kaçırılmıyorum anne. Karakola kadar gidip geleceğim. Bir şey olmayacak merak etme." Korkuyordum, deli gibi korkuyordum. Ama bunu annemden saklamak zorundaydım. Güçlü olmak zorundaydım. Halsizlikten, korkudan, soğuk soğuk terlemekten ölecektim. Vücudum artık dayanmıyordu tüm bu olanlara, fizyolojik tepkiler veriyordu ama ben dayanmak zorundaydım.

"Ya seni bırakmazlarsa?" dedi annem gözyaşları içinde, "Ya bir daha seni bırakmazlarsa..." O an içim paramparça oldu. Kendimi ağlamamak için zor tuttuğum sırada titreyen sesimle konuştum.

"Bırakacaklar anne... Söz veriyorum sana..." Annem hıçkıra hıçkıra ağlarken pantolonumu da üzerime geçirdim ve merdivenlere yöneldim.

"Ben de geliyorum!"

"Hayır anne! Bak söz veriyorum yolda Burak'ı ve Mert'i arayacağım, ama sen gelme! O ortama girmeni istemiyorum. Tansiyonun var. Lütfen, lütfen evde kal."

"Hayır, asla olmaz! Seni bırakmam artık!"

"Anne eğer gelirsen Burak'ı da Mert'i de aramam ve bir yardımları olmaz. Ama gelmemeye söz verirsen onları arayacağım." Annem öfkeyle gözlerini devirdi. Uzandım, ellerini tuttum. "Anne lütfen... seni karakolda görürsem her şey daha kötü olacak benim için... lütfen..."

Birkaç saniyelik çaresiz bakışmamızdan sonra başını salladı. "Tamam..." diye mırıldandı, "Ama onları arayıp yardım istemezsen sana hakkımı helal etmem."

"Tamam." dedim gülümsemeye çalışarak. Tir tir titreyen bacaklarımla yürüdüm kapıya doğru, tir tir titreyen ellerimle açtım kapıyı. "Hazırım." diye mırıldandım ürkek bir sesle. Polislerden biri birden belinden bir kelepçe çıkarırken annem mahvolmuş bir hâlde aramıza atladı benim nutkum tutuldu.

Annem, "Hayır, hayır!" diye bağırdı yalvaran sesiyle, "Kelepçe olmaz!" Titriyordum. Gözlerimin önüne gelen yaşları bir bir yutuyor ama içten içe mahvoluyordum. Ellerime kelepçe mi takacaklardı?

"Hanımefendi bu sadece bir prosedür, kızınızı tutuklamıyoruz."

"Lütfen, lütfen ona kelepçe takmayın!" Annemin yalvarışı beni mahvediyordu. Polislerden biri diğerine bakıp kaş göz işareti yaptıktan sonra elinde kelepçeyi tutan polis kelepçeyi beline geri taktı.

"Tamam," diye mırıldandı, "Kelepçe yok. Gidebiliriz." Son kez anneme döndüm, mahvolmuş hâline baktım. Ona sıkı sıkı sarıldığımda gözümden bir damla yaş aktı. Görmesin diye anında sildiğim sırada onun yüzü gözyaşlarıyla sırılsıklamdı.

"Geri geleceğim. Söz." diye mırıldandım.

"Geri gelemezsen dünyayı yakarım."

Derin bir nefes aldım. Başımı sallayarak polislerin arasına katıldım ve arabalarına doğru yürümeye başladık. Hiçbir soru sormadım, hiç konuşmadım. Sessizce yürüdük, sessizce bindik arabaya. Arka koltukta öylece oturdum yol boyunca. Anneme söz verdiğim gibi ne Burak'ı ne Mert'i aradım. Tek başıma gidecek, tek başıma çıkacaktım oradan. Burak ya da Mert'i aramak Onur'un anında durumdan haberdar olması demekti ve ben bunu asla istemiyordum. Onu hayatımın ortasında istemiyordum.

Korkuyordum, ama bir yandan da güçlendiğimi hissediyordum. Zaten insanı asıl güçlendiren korku değil midir? Araba en yakın karakolun önünde durduğunda polislerle birlikte indim arabadan.

"Zeynep Hanım, siz burada bekleyin. Birazdan bir arkadaşımız gelecek."

Beni karakolun içinde bir sorgu odasına aldılar. Hafif loş ışıklı soğuk bir odaya. Orada başıma gelebilecek her şeye hazır bir hâlde bekledim. Beni sorgulayacaklarını zaten tahmin ediyordum ama şu an aklımda bambaşka bir şey daha vardı. Beni aramaya geldiklerine göre Onur'u aramak için de Ender Bey'in evine gitmiş olabilirler miydi? Ya onu buldularsa? Ya Onur da şu an buradaysa?

"Merhaba." İri yarı bir polis içeri girip soğuk bir sesle selam verdiğinde başımı kaldırdım.

"Merhaba," diye mırıldandım. Karşıma elinde bir dosyayla oturdu, dosyasını biraz inceledikten sonra başını kaldırdı.

"Şimdi çok uzatmadan, direkt, açık ve net bir şekilde soracağım. Onur Zorlu nerede?" Duyduğum cümlenin sarsıcı etkisiyle olduğum yerde birkaç saniye donakaldıktan sonra sakinleşmeye karar verdim. Bana Onur'u soracaklarını biliyordum, sakin olmalıydım ve sakin cevaplar vermeliydim.

"Bilmiyorum."

Adam gülerek başını kaldırdı, o kadar korkunç görünüyordu ki sol bacağımın masanın altında hafifçe titremeye başladığını hissetmiştim. "Bilmiyorsun. Burak nerede, onu da bilmiyorsun. Mert nerede, hiçbir fikrin yok. Değil mi Zeynep? Hiç görmedin, duymadın, bilmiyorsun." Benimle öylesine dalga geçerek konuşuyordu ki o an ona kendimi ezdirmemeye karar verdim. Büyük bir cesaretle gülümseyerek başımı salladım.

"Bilmiyorum." dedim gülerek.

Başını kaldırdı, gülerek yüzüme baktı. "Çok garip değil mi? Onur da, Burak da, Mert de, sen de bir anda ortadan kayboluyorsunuz. Arkadaşınız Onur iki cinayetten aranıyor, kaybolduğu gece babası vuruluyor, ama kimin vurduğunu gören yok. Sonra bir şey oluyor, babası uyanıyor ve a ah! Burak, Mert ve Zeynep birdenbire ortaya çıkıyor. Onur nerede? Onur yok. Zeynep bilmiyor. Burak bilmiyor. Mert bilmiyor. Ne ilginç, ne garip, değil mi?"

Başımı salladım. "Evet," dedim dalga geçer gibi inanılmaz bir cesaretle, "Garip bir tesadüf."

Karşımdaki adam bu kadar rahat bir şekilde yalan söyleyişime sinirlendi. Başını kaldırdı ve kaşlarını çatarak baktı bana. "Seni tutuklayamayacağımı biliyorsun." diye mırıldandı, "O yüzden bu kadar rahat yalan söylüyorsun."

"Ben yalan söylemiyorum." dedim gülümseyerek.

"Basbayağı yalan söylüyorsun Zeynep. Sen beni salak mı sandın?"

"Bana Onur'un nerede olduğumu bilip bilmediğimi sordunuz, ben de bilmiyorum dedim. Kanıtlanmış hiçbir suçum yok, ortadan kaybolduğundan beri Onur'la yan yana görülmüşlüğüm bile yok. Elinizde hiçbir kanıt yokken bana hiçbir şey yapamazsınız. Tutuklayamazsınız, burada tutamazsınız. Beni sorguladınız, sorunuzu sordunuz, cevabınızı verdim. Şimdi beni bırakmaktan başka çareniz yok."

Adam yüzüme öfkeyle baktı. Önüne düşmüş siyah perçemleri kilolu yüzünü küçük gösterirken cüssesi onu oldukça büyük gösteriyordu. Ayağa kalktı, masadaki dosyaları sinirle topladı ve son cümlesini kurdu. "Bir gün aynı böyle bir masada oturacağız seninle. Öyle bir gün gelecek ki seni de arkadaşlarını da ellerinizi kelepçeleyerek çıkaracağız bu odalardan. O görünmez yaptığınız her nereye sakladıysanız sakladığınız Onur Zorlu tüm çabanıza rağmen kurtulamayacak. Şimdi, gitmekte özgürsün. Özgürlüğün elinden alınana kadar hayatının tadını çıkar." Odadan çıktı, kapıyı sertçe üzerime kapattı ve ben tüm çökmüşlüğümde o loş odanın sandalyesinin üzerinde öylece kaldım.

Artık dayanamıyordum... Artık kaldıramıyordum... Vücudum öyle güçsüz düşmüştü ki her şeyi bırakmış hasta olmaktan korkmaya başlamıştım. Gözümden süzülen bir damla yaşı aceleyle sildim ve ayağa kalktım, odanın kapısından çıktığım sırada üzerime doğru gelen iki tanıdık yüz gördüm.

"Zeynep!"

"Zeyno!" Burak ve Mert endişeyle bana doğru gelirlerken onlara halsizce gülümsedim. İkisi anında bana sarıldıklarında kendimi küçülmüş gibi hissediyordum, halsizliğimden dik duracak halde bile değildim.

"İyi misin?" Mert'in endişeli sorusuna başımı sallayarak cevap verdim.

"Siz?"

"Biz iyiyiz de aklımız sendeydi. Gel, dışarı çıkalım." Mert etrafa bakınarak beni kolumdan tutup dışarı çekiştirdiği sırada Burak bana hüzünle baktı.

"Sen zayıflamışsın..." dedi üzgün bir hâlde. Gülümsemeye çalıştım.

"Zayıflamadım da... dik duramıyorum... bilmiyorum..." Bana öylesine acır gibi bakıyorlardı ki neredeyse ben de kendime acıyacaktım.

"Bana öyle bakmayın!" dedim bir anda, "Hastaydım tüm gece. Nasıl görünmemi bekliyorsunuz?"

"Gel!" dedi Burak kolumdan çekerek, "Hastaneye gidelim, bir serum taksınlar. Vitamin filan versinler kızım bu ne hâl! Onur bizi öldürecek!"

Tam o sırada konuyu değiştirdim. "İyiyim ben! Onur ne hâlde?" dedim, "Onur'la konuştunuz mu? Polis evlerine gitmiş mi?" Çalmaya başlayan telefonuyla birlikte Burak gülerek elini cebine attı.

"Hah! İyi insan lafının üstüne!"

"Onur mu?"

"Evet. Alo? Merak etme, çıktı o da. Bizden beş dakika sonra çıktı. Evet." Bakışlarını benden kaçırırken Onur'a cevaplarını vermeye devam etti. "İyi görünüyor... Ne bileyim, iyi gibi abi işte. Ateşi mi?" Birden elini alnıma koydu ve telefona doğru konuştu. "Ateşi düşmüş." Gözlerimi devirdiğim sırada Mert hafifçe güldü. "Hastaneye gitmek istemiyor." dedi telefona doğru Burak, "Hayır abi, öyle bir durum yok. Tahmin ettiğin kadar kötü değil. Şimdi kapatmam lazım. Yola çıkacağız, ben seni arayacağım. Tamam. Görüşürüz."

Burak telefonu kapattığında öfkeyle söylendim. "Benden bir beklentin olmasın deyip dünden beri meraktan delirmesi ne dengeli bir davranış."

"Onur'dan bahsediyoruz." dedi Mert, "Dengeli tek bir davranışını görmedim. Ayrıca sen gerçekten inandın mı Onur'un seni kalbinden çıkarabileceğine? Sorguya alındığımızı öğrendiği ilk andan beri bizi arayıp durmuş, çıkar çıkmaz onu aradık ve sen dışarı çıkana kadar geçen o beş on dakikalık sürede bizi delirtti ya, belki elli kere aramıştır. Göremiyorsun ama Onur sana değer veriyor Zeynep. Onu da anla. Bir odaya kapatıldı, özgürlüğüne kavuşacak mı bilmiyor. Seni böyle bir hayata mahkûm etmek istemiyor. *Seni kendine mahkûm etmek istemiyor.*"

"O da üzülüyor," diye söze girdi Burak, "Emin ol o da üzülüyor. Senden benden bizden çok o yoruldu. Bir nevi seni kendinden uzaklaştırarak senin özgür olmanı sağlamaya çalışıyor. Hem baksana bana..." Burak'ın heyecanlı cümlesiyle ona bakarken kaşlarımı çattım,

"Sen Onur'a çok âşıksın, değil mi?"

Sorusunun yarattığı şok etkisiyle kaşlarımı kaldırdım. Mert ve Burak aralarında gülüşürlerken dudaklarımı araladım. "Bu... nereden çıktı şimdi?"

"Hadi Zeynep! Uzatma da itiraf et! Âşık mısın Onur'a? Biz senin arkadaşlarınız, söz, aramızda kalacak!" Derin bir nefes aldım. Bir Burak'a bir Mert'e baktım. Yüzlerinde umut vardı, gerçek bir arkadaş umudu.

"Evet..." diye mırıldandım sessizce, "Âşığım." Burak ve Mert heyecanla birer kahkaha atarlarken cümleme devam ettim. "Ama bu hiçbir şeyi değiştirmez. Asla birlikte olmayacağız. Benimki sadece bir his olarak kalacak."

"Tabii canım! Bak, şimdiden söylüyorum, seni telefona yenge diye kaydedeceğim!"

Burak'ın esprisiyle birlikte gözlerimi devirdiğim sırada Mert söze girdi. "Ben Onur'u enişte diye kaydedeceğim." Sonra durdu, anlamadığım bir şekilde gülerek Burak'a döndü ve anlamadığım bir soru sordu. "Abi biz bu konuşmayı daha önce yaşamış mıydık?"

"Yoo!" dedi Burak kahkahayla. Aralarında gülüştükleri sırada Burak kolunu omzuma attı. "Hadi yenge, seni eve bırakalım."

"Lütfen! Lütfen böyle şeyler söylemeyin bana! Size hislerimi itiraf ettim, ama Onur'la benden bir beklentiniz olmasın. Aramızda hiçbir şey olmayacak!" Arabaya doğru giderken sürekli aşk muhabbeti yapıp beni delirttiler. Neredeyse taksiye binecek ve eve tek başıma gidecektim!

Arabanın arka koltuğuna geçtiğim sırada Burak heyecanla bir fikir attı ortaya. "Ya hadi Onur'u ziyarete gidelim. Çocuk orada tek başına bizden haber beklerken onu yalnız bırakmak içime sinmiyor. Hem... Zeynep'in iyi olduğunu görene kadar bizi arayıp duracak."

"Zeynep pek iyi görünüyor sayılmaz." Mert'in cümlesiyle birlikte sıkıntılı bir nefes verdim. İyi değildim, berbat görünüyordum, her an yere yığılıp kalacak gibi görünüyordum. Ama içten içe Onur'u tek bırakmak da istemiyordum. Hele de beni böylesine merak ettiği bir günde...

"Tamam." diye mırıldandım, gururumu ayaklar altına aldım ve devam ettim, "Gidelim. Ama buradan direkt oraya gitmemiz çok tehlikeli. Takip edilebiliriz, Onur'un olmadığı bir eve neden gittiğimizi de açıklayamayız. Onur'un o evde bir yerde olduğunu yüzde yüz anlarlar. Ayrıca eve geç gidersem annem beni öldürür. O yüzden siz beni eve bırakın, eve gidin ve... akşam... ben odamdan gizlice çıkayım, beni kapıdan alın."

Burak keyifle bir kahkaha attı. "Demek evden kaçış planı! Abi benim ailem Onur'u görmeme izin veriyor ama yine de gizlice kaçacağım evden! Sırf heyecan için! Camdan atlayacağım!"

"Burak sen harbi salaksın he." Aralarında gülüştükleri sırada arkama yaslandım. Bitkin bir şekilde camdan dışarıyı izlemeye başladım. Sordukları sorulara başımı sallayarak cevap verdim. Anlatılamayacak kadar hâlsizdim, bir de gururumu ayaklar altına alışımın üzerinde eziliyordum. Tamam, onu asla kalbime almayacaktım. Ama en azından bir süre görüşmemeyi diliyordum. Bu dileğim, bu kararım anında bozulmuştu. Dakikalarca öylece camdan dışarıyı izledim.

"Geldik Zeynep."

"Hooop Zeynoo!" Birden seslerini duyup kendime geldiğimde gözlerimin daldığını anladım, yerimden hareketlenip onlara baktım.

"Dalmışım..." dedim.

"Geldik dünyanın en tatlı Zeynep'i. Hadi, akşam ara bizi. Gelelim."

Burak'ın tatlı cümlesine soğuk bir cevap verdim. "Tamam... akşam görüşürüz..." Arabadan indim. Kapıyı zar zor iterek kapattım ve eve doğru yürürken Burak'ın arkamdan konuştuğunu duydum.

"Bu kızın hâli hiç iyi değil abi."

Biliyordum, iyi değildim. Giderek dibe çekildiğimi hissediyordum. Kolumu kaldıracak hâlim yoktu. Burak ve Mert kapının önünden ayrılırlarken evin zilini çaldım. Annem kapıyı açtığı an telaşla sorularına başladı.

"Ne oldu hayatım? iyi misin! Ne dediler!"

"İyiyim anne..." diye mırıldandım, "Sadece ufak bir sorgu. Onur'un yerini sordular, bilmiyorum dedim. Sonra bıraktılar."

"Onur nerede peki?"

"Anne! Sana söyleyemeyeceğimi biliyorsun."

"Seni kim bıraktı eve?"

"Burak ve Mert."

"İyi misin peki yavrum? Bakayım, ateşin var mı?" Annem yemek kokulu elleriyle ateşime bakarken ayakta gözlerimi kapattım. "Ateşin yok, ama bembeyaz olmuşsun."

"Çok yorgunum anne. Ben odama çıkıp uyuyacağım. Kapımı kilitleyeceğim, siz odaya girip çıktıkça uykum kaçıyor." Merdivenlere yöneldiğim sırada peşimden söylenmeye başladı.

"Neden kilitliyorsun kızım! Tamam girmeyiz odana! Yemek yemeyecek misin?"

"Yemeyeceğim anne, midem kötü."

Odama çıktım, kapıyı yavaşça kapattım ve kilitledim. Anahtarını kendi anahtarlarıyla açamasınlar diye üstünde bıraktım ve yatağıma yattım. Telefonumun alarmını dört saat sonraya kurdum. Dört saat uyuyup dinlenecektim. Onur'un karşısına böyle hâlsiz bir şekilde çıkmak istemiyordum.

Bedenim dibe çöken bir kum torbası gibi yatakta anında uyuyakaldı. Karmakarışık denecek kadar korkunç rüyalardan alarm sesiyle uyandığımda yatakta yerimden sıçradım. Korkuyla ve ter içinde odada etrafıma baktım. Hava kararmaya başlamıştı. Camdan içeri giren cırcır böcekleri sesine telefonumun çalış sesi eklendi. Burak arıyordu.

"Alo…" dedim nefes nefese.

"Zeynep, iyi misin sen? Sesin neden öyle?"

"İyiyim… Kâbus gördüm…"

"Bak iyi değilsen ciddi ciddi hastaneye götürelim seni."

"Hayır… hayır iyiyim…" dedim zar zor. Durumum giderek kötüleşiyordu. Kendimi dinlenmiş hissetmek yerine yorgun hissediyordum. Her şeye rağmen ayağa kalktım.

"Geliyor musunuz?"

"Evet, çıktık şimdi. On beş dakikaya oradayız. Sen hazırlan, seni bir şekilde camdan alacağız."

"Tamam görüşürüz." Telefonu kapattım, hızla kalktım ve üzerime dolabımdan aldığım kalın kırmızı kazağımı geçirdim. Donuyordum! Havanın sıcak olduğuna emindim ama tir tir titriyordum. Aynanın karşısına geçtim, mahvolmuş bir hâldeydim. Yüzüm bembeyazdı, dudaklarım kurumuştu. Bu hâlimi hiçbir makyaj kurtaramazdı. Yine de yüzüme biraz allık sürüp dudağımı nemlendiriciyle toparlamaya çalıştım. Saçlarımı tepeden dağınık topuz yaptım. Telaşla ilaç çekmecemden kendime bir soğuk algınlığı ilacı aradım. Bulduğum ilk hapı ağzıma atıp komodinin üzerinde duran su şişemi kafama diktim. O sırada telefonum çalmaya başladı. Burak arıyordu. Telefonu açtım ve hiçbir şey diyemedim.

"Aşağıdayız." dedi Burak. Allah'ım, konuşabilecek bir hâlde bile değildim ama evden kaçıyordum.

"Ta... tamam... Camın önüne gelin." Telefon kulağımda, çantamı sırtıma asıp cama çıktım. Burak ve Mert aşağıda bekliyorlardı. Odam ikinci katta olmasına rağmen alt kat yarı bodrumdu ve odam yerden çok yüksekte sayılmazdı.

"Oradan atlarsın." dedi Burak fısıltıyla, "Kucağıma atla! Tutacağım seni!" Başımı salladım. Telaşla etrafıma bakındım ve telefonumu kapatıp çantama attım. Önce çantamı Mert'e attım, sonra camın mermeri üzerine çıktım. Başımın döndüğünü hissediyordum, ama sakin olmak zorundaydım. Derin bir nefes aldım. Burak'a ve Mert'e baktım, telaşla aşağı atlamamı söylüyorlardı. Bir an kendimi bıraktım, yere düşeceğime o kadar emindim ki Burak beni tuttuğu an ani bir şokla kendime geldim. Nefes nefese kalktım Burak'ın üzerinden.

"Hadi..." dedi Burak elimden tutarak, "Arabaya!" Birlikte hızlı adımlarla arabaya ilerledik. Mert çantamı arka koltuğa koyup sürücü koltuğuna geçerken Burak benim için arka kapıyı açık tutuyordu. Arka koltuğa oturdum ve Burak'ın kapıyı kapatmasını bekledim. Burak kapıyı kapatıp ön koltuğa geçtiğinde karnıma giren bir sancıyla başa çıkmaya çalışıyordum.

"Yes be!" dedi Burak, "Adrenalini iliklerime kadar hissediyorum."

"Arabanın..." diye mırıldandım, "Klimasını kapatabilir misiniz? Üşüyorum." Mert endişeyle bana döndüğü sırada arabayı durdurdu.

"Hava çok sıcak, iyi misin Zeynep?" İkisi de endişeli gözlerle bana bakıyordu.

Başımı salladım. "İyiyim! Sadece üşüyorum. Hastalıktan..."

"Hastaneye gi..."

"Hayır. İyiyim."

"Tamam... Tamam klimayı kapatıyorum..." Başımı salladım. Klimayı kapatıp arabayı tekrar çalıştırdığında akıllarında ben vardım. Konuşmuyorlardı, birbirleriyle bakışıp duruyorlardı. Arka koltukta kırmızı kazağımla oturmuş öylece iyi olmayı bekliyordum. Onur'a iyi olduğumu göstermek için gidiyordum, beni düşünmesin diye ona iyi olduğumu göstermek istiyordum. Öyle de olacaktı, beni iyi hâlde görecekti.

Araba yarım saatlik sessizliğin sonunda Ender'in evinin önünde durduğunda arka kapıyı kendi kendime açıp indim. Burak arabadan inip yanıma geldiğinde kolunu omzuma attı.

"Üşüyor musun?" diye sordu ilgili bir sesle.

"İyiyim." dedim titreye titreye.

Burak zili çaldığında kapıyı evin görevlilerinden biri açtı. "Hoş geldiniz!" diye mırıldandı ellili yaşlardaki tatlı kadın. Başımı sallayarak gülümsedim. Birlikte eve girdik. Direkt olarak merdivenlerden inip evin bodrumuna ulaştım. Onur evin bodrumunun bile altındaydı. Kimsenin fark edemeyeceği bir yerdeydi. Burak bodrumdaki eski püskü piyanoyu öne doğru çekti. Piyanonun altında kalan tahta bir kapıyı açtı ve beliren tahta merdivenden aşağı indi.

"Gel Zeynep!" Başımı salladım, Mert başımda beklerken beni çağıran Burak'a güvenerek sağlam görünmeyen merdivenlere adımımı attım. Merdivenlerden indiğim sırada kendimi oldukça sıcak, güzel bir odada buldum. Tam o an, arkamı döndüm ve onunla göz göze geldim. Hem de benim gelmeme şok olmuş, gözlerime şefkatle bakan Onur Zorlu'nun gözleriyle... Mert merdivenlerden inerken yatağından kalkan Onur, gelmiş olmama inanamayan gözlerle bana bakıyordu. Yutkundu, beni baştan aşağı süzdü. Bakışlarında bir iç yanması görüyordum. Biliyorum, öylesine hasta görünüyordum ki bu onun içini acıtıyordu. Bana öyle bakmasını istemediğim için gözlerimi kaçırdım.

"Hoş geldin..." diye mırıldandı. Başımı salladım. Tam o anda Mert merdivenden düşerken bütün dramatik ortam bozuldu. Mert son üç basamak kala tahta merdivenle birlikte yere devrildiğinde Burak büyük bir kahkaha attı. Mert acı içinde kıvranırken kendimi tutamayıp hafifçe güldüm. Burak Mert'e elini uzatırken kahkahalardan ölecekti.

"Orospu çocuğu!" dedi Mert acı içinde.

"Bana mı diyorsun merdivene mi!" Burak kahkahalarının arasında sorduğunda Mert yerden zar zor kalktı ve cevap verdi.

"Sana diyorum! Gülüyor ya! Ya ölseydim?"

"Özür dilerim ama yine gülerdim. Vay be…" dedi Burak mutlu bir sesle, "Dağıldık sandınız değil mi? Bir daha zor bir araya geliriz sandınız… Ama yanıldınız, mahşerin dört atlısı bir arada. Birimiz sakat, birimiz hasta, birimiz bunalımda ve birimiz olan ben her zamanki gibi harika. Ve yeniden bir arada. Asla dağılmamak üzere."

Oysa ben bundan emin değildim. Buradaydım, Onur da buradaydı, Burak da, Mert de. Ama eksik olan bir şeyler vardı. Bir arada olmak birlikte olmaya yetmiyordu. İçimizde birileri içlerindeki bir şeyleri kaybetmişti. Onur'un gözleri bana öyle bir bakıyordu ki içim acıya acıya kabullenmek zorundaydım, Onur Zorlu'nun yıktığım duvarları yeniden inşa olmuştu. Şimdi aramızda bırakın tek bir duvarı, koskoca bir şehir vardı…

sen bana geldin,
ama ben kalkıp sana gelemedim.

7. Bölüm

Enkaz Bölgesi

Oysa enkaz kalktı, savaş bitti, kasırga söndü, biz kurtulduk, öldük sandık ama yeniden doğduk.

Saatlerdir Onur'un odasındayız, onlar playstation oynarken ben Onur'un tekli koltuğunda oturmuş onları izliyorum. Öyle hâlsizim ki kalkacak, yanlarına gidecek mecalim bile yok. Onur ara ara dönüp bana bakıyor, ne durumdayım diye kontrol ediyor. Üzüldüğü gözlerinden belli. Burak ve Mert sürekli laf atıyorlar, kısa cevaplardan başka hiçbir şey gelmiyor elimden. Gözlerim yavaş yavaş kapanıyor, zor açıyorum. Kendime gelmeye çalışıyorum, oysa yeniliyorum... Kendimi sıcak bir uykunun kollarında buluyorum.

Karmakarışık bir rüyanın içine uyanıyorum. Bir ormandayım, koşuyorum, üzerimde kırmızı bir elbiseyle ağaçların arasında bir şeyden kaçıyorum. Bu sırada kalbimin göğüs kafesimi delip çıkacakmış gibi atışı beni nefes nefese bırakırken omzumda bir el hissediyorum, dizlerimin üstüne çöküyorum, korkuyla gözlerimi kapatıyorum ve tam o an sıçrayarak uyanıyorum.

"Zeynep!" Onur'un telaşlı sesi, oyunu unutup başıma toplanmaları, kan ter içinde korkuyla onlara bakışım ne hâle geldiğimi özetliyor. Bitiğim, bitik hâldeyim... Hâlim yok, rüzgârım dinmiş. İçimdeki rüzgâr bir milim bile esmiyor. Yorgunum, dinlenemiyorum ama biliyorum ki otuz yıl bile uyusam bu yorgunluk geçmeyecek.

Çünkü benimki ruhî bir yorgunluk. Tüm yorgunluklardan öte, kalbim yoruldu benim...

"İ... iyiyim..." Onur korku dolu gözlerle önümde diz çökmüş bana bakıyordu.

"Kızım sen iyi filan değilsin! Abi alıp doktora götürelim şu kızı, kafayı yiyeceğim ya, göz göre göre ölecek!" Burak başımda delirirken gözlerimi kapattım. Birkaç saniye derin nefesler alarak kendime gelmeye çalıştığım sırada alnımda bir el hissettim. Gözlerimi açtığımda Onur'un elini alnıma koyduğunu, ateşimi ölçtüğünü gördüm. Öyle çok ihtiyacım vardı ki o elin alnımda olmasına... Öyle çok isterdim ki yanağımı o ele dayayıp uyumayı... Derin bir nefes alarak başımı dikleştirdim. Onur'un eli alnımdan kayıp giderken dik oturmaya çalıştım.

"İyiyim ben. Gerçekten. Sadece üşüttüm. İlaç kullanıyorum, geçecek, merak etmeyin..."

Onur yüzüme birkaç saniyelik suçlu bakışlar attıktan sonra acı çeken gözlerini Burak ve Mert'e çevirdi. "Hastaneye götürüyorsunuz." diye emretti sertçe, "Hatta... hatta ben de geliyorum. Hadi..."

"Abi sen delirdin mi?" diye söze atladı Burak, ardından Mert devam etti.

"Kardeşim sen otur odanda. Biz götürürüz, merak etme, Zeynep bize emanet."

Gözlerimi devirdiğim sırada bunalarak konuya son noktayı koydum. "Hiçbir yere gitmiyorum. Beni burada istemiyorsanız eve giderim, ama hastaneye filan gitmem. Ya burada sizinle kalmama izin verin ya da eve gideyim." Üçü de yüzüme birkaç saniye öfkeyle baktıktan sonra Onur gözlerimin içine baka baka sertçe mırıldandı.

"Hastaneye götürüyorsunuz."

"İyi o zaman," dedim ayağa kalkarken, "Size iyi eğlenceler. Ben evime dönüyorum."

Merdivenlere yöneldiğim sırada Onur kolumu tuttu, öyle öfke doluydu ki beni kolumu sıkıca tutarak kendine çevirdi. "Zeynep..." dedi sinirle, sonra bir şey oldu. Kızmasını, öfkeyle konuşmasını beklediğim sırada öyle bir şey dedi ki donakaldım. "Bana acı çektiriyorsun. Elim kolum bağlı, bir odaya hapsedildim ve sen bana bu gerçeği hatırlatıp duruyorsun. Dünden beri hastaydın, odada kafayı yedim ama yanına gelemedim, duvarları yumrukladım ama yanına gelemedim, sen bana geldin ama ben kalkıp sana gelemedim bu kadar aciz bir durumdayım işte, kafayı yedim ama kalkıp kapıdan çıkıp sana gelemedim Zeynep. Şimdi hastasın ve seni alıp hastaneye bile götüremiyorum. Siktir et geçmişini geleceğini al şu kızı kucağına çık git hastaneye götür diyorum, her şeyin üstüne bas al kızı götür diyorum kendime. Ama yapamıyorum. Ve sen sırf bir inat uğruna bana acı çektiriyorsun. Yapma." dedi acı içinde, alnında beliren damar öfkesini öylesine gösteriyordu ki mahvolmuş bir hâldeydi. Sonra benden daha da bitik bir durumda devam etti. "Yapma..." Başka hiçbir şey diyemedi. Donakaldım o an. Onur'u böyle göreceğim aklımın ucundan geçmezdi. Kendini engellenmiş hissediyordu, hapsedilmiş hissediyordu, biliyordum. Başımı salladım.

"Tamam... Burak ve Mert'le hastaneye gideceğim." Burnunu çekti, derin bir nefes alırken başını salladı ve sıktığı kolumu yavaş yavaş bıraktı. Kolumu bırakana kadar canımın yandığını hissetmiyordum, eli kolumdan uzaklaştığında kolumdaki acıyla birlikte dudağımı ısırdım.

"Hadi, üç yüz metre ötede bir hastane var zaten. Gidelim."

Tam merdivenlere yöneldiğimiz sırada hayatımda dördüncü kez duyduğum ve artık kalbimi durdurmaya yetecek kadar korkutan o ses bir kez daha duyuldu odanın içinde.

Polis sirenleri.

Duymaya alıştığım, alışmaktan utandığım o polis sirenleri.

Korkuyla birbirimize baktığımız sırada Onur'un yüzünde acı dolu bir gülümseme belirdi.

"Sanırım yolun sonu burasıymış." dedi acı dolu bir gülümsemeyle. Korku dolu bir bakış attım yüzüne. Pes etmiş gibi görünüyordu. Artık her şeyden bıkmış ve kaderine teslim olmak istiyor gibi görünüyordu.

"Sakin olalım. Ender'le konuşmaya gelmiş olabilirler. Sorgu için gelmiş olabilirler ki Onur için geldilerse bile bizi bulamazlar. Yerin altındayız, üstümüzde halı, onun üstünde dolap. Kimse dolabı kaldırıp halının altındaki parkenin açılacak bir yeri var mı diye bakmaz. Sakin olup sessizce bekleyeceğiz." Kalbim deli gibi atarken evin içinde bir zil sesi duyuldu, polisler zile basıyor olmalıydı.

"Yere oturun." Mert'in fısıltısıyla başımı salladım. Onur inatla ayakta duruyordu. Kolunu tuttum, öfkeyle baktım yüzüne.

"Otur." diye fısıldadım. Benden böyle bir emir beklemiyor olacaktı ki hafif bir şaşkınlık ifadesi belirdi yüzünde, ağır ağır yere otururken korkuyla beklemeye başladık. Sessizce yerdeki halıyı izliyor, öylece sonumuzun ne olacağını görmek için bekliyordum. Kalplerimiz bir atıyordu o an. Aynı anda, aynı hızda... Garip olan şu ki en sakinimiz Onur'du, çünkü söylediğim gibi, kaderine razı olacağı noktaya gelmişti. Pes ettiği nokta buydu işte.

Hepimizin hayatlarında böyle noktalar oldu, olacak da. Bir yere kadar üzüldüğümüz, korktuğumuz her şey bir gün bizim için hiçbir şey ifade etmeyecek. İşte o gün bizim pes ettiğimiz gün olacak, ruhumuzun dizlerinin üstüne oturup "Hazırım, öldür beni." dediği gün olacak.

"Üst kata çıkıyorlar." dedi Mert fısıldayarak, "Ender'le konuşacaklar." Gergin bekleyişimiz sürerken tam o sırada titreyen bir telefon sesiyle sıçradım, Burak'ın telefonu çalıyordu!

"Hassiktir!" Burak telefonunu çıkarıp telaşla kapatmaya çalışırken bir şekilde üst kattan duyulma ihtimalimize karşı korkudan ölüyordum.

"Telefonlar..." diye fısıldadı Mert, "Telefonlarınızı kapatın!" Aynı anda telefonlarımızı çıkardık, aynı hızla aynı telaşla kapattık, aynı derecede korkuyor aynı korkuyla bekliyorduk. Ve bir ortak noktamız daha vardı, hiçbirimiz kendimiz için korkmuyorduk. Biz Onur için, Onur bizim için...

Dakikalarca sesimizi bile çıkarmadan öylece bekledik korku içinde. Belki on beş belki yirmi dakika sonra bir ses duyuldu yukarıdan. Tepemizdeki dolabın kenara çekiliş sesi... Korkuyla doğruldum, Onur'un kolunu tuttum.

"Hayır..." diye fısıldadım.

Dolap çekildi, halı kaldırıldı, kapı açıldı... Kalbim durdu.

"Onur Bey, polisler gitti, babanız sizinle görüşmek istiyor. Hepinizle."

Temizlikçilerden birinin sesiyle ömrümden giden ömür geri geldi. Tuttuğum nefesimi verdim, neredeyse ağlayacaktım. Onur'a baktığımda ise yüzünde bir rahatlama göremedim. Nedenini biliyordum. Ben rahatlamıştım, çünkü sevdiğim, âşık olduğum insan tam şu an alınıp götürülmemişti yanımızdan. Oysa o rahatlamamıştı, çünkü bu ev hapsinde tepesinde en büyük düşmanıyla yaşamaya devam edecekti.

"Bu sefer iyi haber gelecek abi!" dedi Burak ayağa kalkarken, "Yeter ya, kadersiz miyiz biz! Hadi, kalkın çıkıp öğrenelim ne olmuş!" Burak'ın bana uzattığı elini tutup ayağa kalktığımda Mert merdivenden çıkıyordu. Birlikte merdivenlerden çıktık, koridordu yürüyerek diğer merdivenlere ulaştığımız sırada hâlâ tedirgindim.

"Düşünsenize bir giriyoruz odaya, polisler içeride." dedim korkuyla. Burak ve Mert endişeyle güldükleri sırada Onur donakalmış bir hâlde merdivenlerden çıkıyordu. Sonunda ikinci merdiveni de aşıp Ender'in odasının olduğu koridora girdik, odasının kapısı açıktı. Özel hemşiresi odadan çıkarken odaya girdik. Yattığı yerden yüz kaslarının izin verdiği kadarıyla gülümsedi. Elini kaldırarak selam verdi bize. Ne yapmamızı bekliyordu "MERHABA ENDER AMCA, VER ELİNİ ÖPEYİM. NE GÜZEL MAHVETTİN HAYATIMIZI!" diyerek eline yapışmamızı mı?

Başımızla selam verdikten sonra Mert en olgunumuz olduğu için nefretini hiçe sayıp konuşmaya girdi.

"Ne oldu Ender Amca?" diye mırıldandı, gözlerimi devirdim.

"İyi haberlerim var çocuklar. Çok iyi." Yüzüne bir yumruk savurmamak için zor duruyordum. Ama iyi haberleri olduğunu duyunca bakışlarımı ona çevirdim.

"Söz verdiğim gibi... Onur'un suçlarını üstlenecek birini buldum. Mert, baban sağ olsun bu sabah anlaşma yapıldı. Ve bu akşamüzeri bulduğumuz adam gidip teslim olmuş. Üç tane de görgü tanığı ayarladık, gencecik birinin üstüne suç atma gibi ağır bir durum söz konusu olduğu için mahkeme tarihini erkene alabildik. İki gün sonra dava görülecek. Ve Onur'un suçsuzluğu iki gün sonra anlaşılacak. **Özgür olacak.**"

Hani bazı anlar vardır, o an geldiğinde görünmez bir yük sırtınızdan uçar gider ve "Benim sırtımda yük varmış, gidince anladım." dersiniz ya, işte aynen öyle hissediyordum şu an. O yük uçup gitti sırtımdan. Onur'un özgürlüğüne kavuşacak olması, normal bir hayata dönecek olmamız o kadar büyük bir yükü aldı götürdü ki benden heyecanla Onur'a baktım. Oysa Onur hâlinden hiç memnun değildi.

"Bir başkasını hapsettin, beni özgür kılabilmek için. Öyle mi?"

"Bir başkası dediğin adam masum bir adam değildi oğlum. Adam zaten bir ton şeyden aranıyormuş, adam yaralama, gasp, yasak madde satışı, daha sayamadığım bir ton şey. O adamın dışarıda insan içinde olması hata. Biz hem kendisine hem ailesine parasını verdik, sokuyoruz içeri, için rahat olsun. Masum birinin hayatını mahvetmiyorsun." Sonra bize döndü ve devam etti. "Çocuklar... Bu iki gün içerisinde ne birbirinizle ne Onur'la iletişim hâlinde olun. Mahkeme bittiği an hepiniz her şeyi yapmakta özgürsünüz. Ama şu an itibariyle mahkemeye kadar görüşmeniz çok tehlikeli."

"Onur mahkemeye gelecek mi?" diye sordu Burak temkinli bir sesle.

"Hayır. Onur mahkeme sonuna kadar evden çıkmayacak. İşimizi sağlama almak zorundayız." Başımızı sallayarak birbirimize baktık. Mert ayağa kalktığı sırada ben de ayaklandım.

"O zaman biz çıkalım, mahkemede görüşürüz."

"Tamamdır çocuklar, merak etmeyin. Her şey çok güzel olacak. Sonra bana bir ara hafızamı yitirdiğim yıllarda neler yaşadığınızı anlatırsınız. Çocukluklarınızı, ergenliklerinizi, gençliğinizi..." Ender gülerken yüzüne iğrenerek baktım ve çıktım odadan. Burak hemen yanımda belirdi, nefretle fısıldadı.

"Bono nolor yoşodoğonozo onlotorsonoz çocoklor." Sinirle güldüğüm sırada gözüm arkada, Onur'daydı. Odadan Mert'le birlikte çıkarken bakışları bana kaydı. Hiçbir şey demedi, hiçbir şey demedim, birkaç saniye birbirimize baktık ve merdivenlere yöneldik. Merdivenlerden inip kapıya vardığımız sırada bakışlarım tekrar Onur'a kaydı, o da bana bakıyordu.

"İki gün sonra buraya sana özgürlüğünü haber vermek için geleceğiz kardeşim." diye mırıldandı Mert, birbirlerine sarılırlarken Onur konuşmuyordu.

"Görüşürüz." diye mırıldandı sadece. Burak'la da sarıldıktan sonra bana hiçbir adım atmayınca arkamı döndüm. Kapıdan hızla çıktım ve arabaya ilerledim.

"Yengemiz sinirlendi!" Burak arkamdan gelirken omuz silktim. Mert anahtarının otomatik düğmesine basıp kapıyı açar açmaz arka koltuğa oturdum.

Onlar da ön koltuğa yerleştikleri sırada söylenmeye başladım. "Hapsedildim diyor üzülüyor, özgür olacaksın diyorlar üzülüyor. Ne zaman kendine gelecek, ne zaman mutlu olacak!"

Mert arabayı çalıştırırken anlayışlı bir sesle açıklamaya başladı. "Onu anlayamazsın Zeynep. Senin bu kadar hasta bir hâle gelmen, seni tutup hastaneye bile götürememesi, bizim hayatımızı da mahvettiğini düşünüyor olması, kendisinin özgürlüğü için bir başkasının hapsedildiğini biliyor olması, bunlar ağır şeyler..."

"Biliyorum. Başına kötü şeyler geldi, onu anlıyorum. Ama artık mutlu olmasını istiyorum Mert. Kendine gelmesini istiyorum. Gerçek Onur'u görmek istiyorum, tüm bu olaylardan önceki gerçek Onur'u!"

"Zaman ver ona, sabret... Göreceksin."

Arkama yaslandım. Sessizce camdan dışarıyı izledim. Çok koşmuştum, çok düşmüştüm, çok yorulmuştum, tüm bunları bacaklarım, ayaklarım, dizlerim değil ruhum yapmıştı. Ama artık dinlenme vaktimiz gelmişti. Artık susma vaktimiz gelmişti. Çok konuşmuştuk...

Beni evime bıraktıkları sırada sessizce bir veda ettim onlara. Arabadan indim, saat gecenin 4'üydü. Annemler uyuyor olmalıydı. Kapıyı sessizce anahtarımla açtım. Sessiz adımlarla odama çıktım. Odamın anahtarıyla kapımı açtım ve derin bir nefes verdim. Yakalanmadan her şeyi halletmenin mutluluğuyla üzerimi değiştirdim, saçlarımı topladığım sırada gözlerim aynadaki yansımama takıldı.

Öylece kendime baktım. O kadar yorgun görünüyordum ki birkaç saniye öylece gözlerimin kenarlarındaki çizgileri inceledim. Geçecekler miydi bu çizgiler? Dinlenecek miydim artık? Gerçekten bitiyor muydu her şey, bitmiş miydi?

Bir şarkı çalıyor beynimin içinde, durumumuzu özetliyor. "Emin adımlarla terk ettim enkaz bölgesini..." diyor şarkı. Bir adım atıyorum aynaya doğru, başımı sallıyorum. Evet diyorum, enkaz bölgesini terk ediyorum. Bitti artık, bir depreme yakalandık sanki, enkaz altında kaldık. Bir savaşın ortasında kaldık, düşman safları üzerimize yıktı şehrimizi, bir kasırga aldı götürdü bedenlerimizi oradan oraya, gelmemek üzere gittik, kurtulmamak üzere savrulduk, yeniden doğmamak üzere öldük sandık. Oysa enkaz kalktı, savaş bitti, kasırga söndü, biz kurtulduk, öldük sandık ama yeniden doğduk. Artık bu bir mahvoluşun değil, kurtuluşun hikâyesi.

Benim, Onur'un, Burak'ın, Mert'in, ***ve senin.***

Bu hepimizin kurtuluşunun hikâyesi.

Aynadan uzaklaşıyorum, yatağıma giriyorum ve kendime iki gün veriyorum. "İki gün," diyorum içimden, "son iki gün." Gözlerimi kapatıyorum ve derin bir uykuya dalıyorum.

(2 Gün Sonra İstanbul Adliyesi)

"Heyecandan öleceğim."

"Ben de, ben de."

"Ben de abi, Onur evde ne hâldedir kim bilir."

Adliye koridorundayız, üzerimde mavi bir elbise, Mert ve Burak takım elbiselerini giymiş, Ender Bey'in yedi kişilik avukat ordusu başımızda, Mert'in babası avukatların yanında öylece Onur'un kaderinin ne olacağını öğrenmek için bekliyoruz. Önce mahkeme salonuna iki askerin kolları arasında serseri tipli bir adamın sokulduğunu gördük.

"Bu o mu?" diye mırıldandım sessizce.

"Evet." dedi Mert başını sallayarak.

"İsmi neydi?"

"Necdet." Derin bir nefes aldım, etrafıma bakındığım sırada anonsumuzun yapıldığını duydum. Dava numaramız anons edilip hepimiz salona davet edilirken titreyen ellerimle Burak ve Mert'in kolunu tuttum. Birlikte girdik içeri, tek tek oturduk bu korkutucu mahkeme salonunun tahta sandalyelerine.

Mahkeme başladığı ilk andan itibaren kalbim deli gibi atıyordu. Önce Necdet denen bu adam konuşturuldu.

"Ben yaptım," diye girdi söze, "Önceleri birkaç kez taciz ettim kızı. Yüz vermeyince sinirlendim öldürdüm. Sonra okul müdürünün oğlu olduğunu bildiğim çocuğa atmaya karar verdim suçu, böyle bir plan yaptım..." Böyle girdi anlatmaya. Öyle ayrıntılı eğitilmişti ki on beş dakika aralıksız her detayıyla anlattı her şeyi. Depodaki kızı, Ender'in vuruluşunu, her şeyi...

Sonra tek tek tanıklar alındı içeri, Onur'u suçlamak için Necdet'ten para aldıklarını söylediler. Tek tek gördüklerini, görmediklerini anlattılar. Sonra avukatlar savunmalarını yaptı ve sıra bize geldi. Önce Burak kalktı ayağa. Onur'u uzun zamandır görmediğini anlattı, Ender'in vuruluşuna şahit olmadığını söyledi, Onur'un bu suçları asla işlemeyeceğini anlattı. Sonra Mert'in sırası geldi. Aynı şeyleri bir bir anlattı, Onur karıncayı bile incitmez diyerek üstüne basa basa konuştu.

"Zeynep Akay." Ve sonra bana geldi sıra. Titreye titreye ayağa kalktım. Hâkimin tam karşısında titremekten yere düşecekmiş gibi zar zor durduğumda sorularını sormaya başladı.

"Onur Zorlu'yu en son ne zaman gördün?"

"Tutuklandıktan sonra ziyaretine gittiğimizde."

"Ondan sonra hiç görmedin mi?"

"Hiç görmedim."

"Peki Ender Zorlu'nun vurulmasına tanık oldun mu?"

"Olmadım. Okulun içindeydim ama hiçbir şey görmedim."

"Onur Zorlu'nun kaçtığı sırada nereye gidebileceği hakkında bir fikrin var mı?"

"Hiçbir fikrim yok sayın hâkim. Ama kaçmasının sebebini anlıyorum. Onur asla kimseye ve hiçbir şeye zarar verecek bir insan değildir, kaçtıysa yanlış yere hayatının mahvolmasını istemediği içindir. Onur suçsuz, biz buna eminiz sayın hâkim."

"Tamam, geç kızım yerine." Yerime titreye titreye geçer geçmez bir elimle Burak'ın bir elimle Mert'in elini tuttum.

"Karar!" diye bağırdı hâkim, "Yaz kızım..."

Kalbim tir tir titrerken hep birlikte ayağa kalktık. Bayılmak üzereydim, gözlerimi kapattım ve duymayı umduğum cümleyi bekledim.

"Necdet Akkan'ın itiraf ettiği cinayet suçlarından müebbet hapsine..." Nefes alamaz bir hâlde gözlerimi sıktım.

"Onur Zorlu'nun üstüne işlenen cinayet suçlarından beraatine..."

Kalbim durdu. Size yemin ederim, kalbim durdu.

"Yargıdan kaçma suçundan elli bin Türk lirası cezai ödemeye çarptırılmasına karar verilmiştir."

O an hıçkıra hıçkıra ağlamaya başladığım andı, Burak ve Mert'le ağlaya ağlaya birbirimize sarıldığımız andı. O an kurtulduğumuz andı, o an Onur'umuzun özgürlüğüne kavuştuğu, artık sıradan hayatlarımıza döneceğimiz andı.

Bitmişti, işte şimdi gerçekten bitmişti.

Özgürdük artık.

Bir kuş kadar olmasak da, dünyanın en özgür insanlarıydık artık. ***Çünkü tutsak olmanın tadını bir kez tatmıştık.***

KARANTİNA

Bir Onur'umuz vardı kurtarılmayı bekleyen.

8. Bölüm

Kan

Nelerin üstesinden geldik biz beraber, unuttun mu?

Siz hiç donakaldınız mı? Etrafınızdaki her şey akıp giderken öylece tüm akışı tüm insanları tüm sesleri tüm görüntüleri her şeyi unutup tüm o kalabalığın ortasında dakikalarca hem ağlayıp hem donakaldınız mı? Ne oluyor, ne bitiyor bilmeden, en sevdiğiniz arkadaşlarınızın kolları arasında, arkadaşlarınızın kahkahaları gözyaşları arasında, kendi gözyaşlarınız yanaklarınızı ıslatırken, tüyleriniz diken diken olurken öylece donakalıp kıpırdamadan beklediniz mi? Ben şu an dondum. Zaman akıp giderken benim kolumdaki saat durdu sanki, kalbim durdu, ruhum durdu. Bedenim oradan oraya sallanırken içimdeki her neyse o durdu işte. Durdum. Ve aylar sonra ilk defa uzun zamandır hissetmediğim bir şey hissettim o an.

Huzur.

Evet, ben o an huzurdan kıpırdayamayacak kadar huzurluydum. Üzerimden öyle büyük bir yük kalkmıştı ki kendimi mahkeme salonunun soğuk zeminine bırakıp huzurdan kahkahalar atarak uzanmak istiyordum. Onur kurtulmuştu, biz kurtulmuştuk, hepimiz kurtulmuştuk. Ruhlarımız, bedenlerimiz kurtulmuştu! Bitmişti, savaş bitmişti. Ve biz sağ kalmıştık. Şimdi yaraları olan biri vardı onu iyileştirmemizi bekleyen. Bir Onur'umuz vardı kurtarılmayı bekleyen. Ve ona gidiyorduk şimdi, ruhunu iyileştirmeye.

"Abi, o kadar mutluyum ki yemin ederim hâkimi öpmemek için zor tuttum kendimi! Atlayıp öpecektim adamı!"

"Ve anında tutuklanacaktık! Usta bizim özgürlükler iptal!" Mert ve Burak kahkahalarla konuşurlarken yanlarında saf saf yürüyordum.

"Şimdi de Zeynep'i kaybettik yalnız. Kız salondan çıktığımızdan beri gülmüyor, konuşmuyor. Zeyno!" Burak'ın elini yüzümün önünde oynatmasıyla gözlerimi kırparak ona baktım. Gülerek bana bakıyordu. Hatta bakıyorlardı, ikisi birden!

"Ben..." diye mırıldandım, "Şoktayım." Başını salladı Mert, o kadar mutlulardı ki yanlarında geri zekâlı gibi kalmıştım.

"Atlat şokunu! Çünkü bizim oğlana kurtuluşunu müjdelemeye gidiyoruz! Hadi!" Binmem için arabanın arka kapısını açtığında yeni yeni kendime geliyordum. Burak arabaya biner binmez arabanın radyosunu son ses açtı, fonda çalan Can Ozan'ın Dünyaya şarkısıyla hislerim yavaş yavaş çalışmaya başladı. O an bir şeyleri yeni idrak ediyordum, "Nasıl yani?" diyordu kalbim, "Biz şimdi kurtulduk mu?" Evet diyordu beynim, evet... Kurtulduk...

Oysa kalbimden beynimden çok Onur'un bunu anlamasını istiyordum, Onur'a bunu bağıra bağıra söylemek istiyordum. Kurtuldun demek istiyordum, kurtulduk demek istiyordum.

"Şu üzgün şarkıyı değiştirir misin?" dedi Mert Burak'a neşeyle, "Despacito filan açalım bu aralar bayağı meşhur! Artık üzülmek yok, artık mutsuz olmak yok." Burak radyo kanalları arasında gelip giderken telefonumu çıkardım. Konuşma uygulamasına girdiğimde önce gözüme CİNAYET grubu çarptı. Hafifçe gülümsedim, her şey geçip gidiyordu. Size yemin ederim, bu sefer kurtuluyorduk. Sonra Onur'un profil fotoğrafına tıkladım, aylardır değiştirmediği o kot ceketli müthiş etkileyici fotoğrafına baktım. Farkında olmadan parmağımla okşadım fotoğrafını. Sonra çıktım oradan, annemle mesajlaşmamıza girdim.

"Bitti anne, Onur'un suçsuzluğu kanıtlandı. Bugün onlarla olacağım, merak etmeyin geç kalmam. Öptüm!" yazdım. Aylar sonra ilk kez birine mutlu bir mesaj atıyordum. Külleri uçuşup giden yanmış bir binanın yerine yeni bir bina dikiliyor gibi hissediyordum. O an radyoda Son Feci Bisiklet çalmaya başladı, "Ay benim, gece senin." diyordu şarkı, aylar önce Onur'un okuldaki edebiyat yarışmasında kurduğu cümleler geldi aklıma. Hafifçe gülümsedim. O an bir anda küçük bir kahkaha çıktı ağzımdan. Burak ve Mert şaşkınlıkla bana bakarlarken kahkaham büyüdü. Resmen katıla katıla gülmeye başladım.

"Allah'ım!" dedi Burak bana bakarak, "Zeynep'in kafası şimdi geldi!" Büyük bir kahkaha daha attım ayların acısını çıkarır gibi!

"Ya da kafayı yedi." diye tamamladı Burak cümlesini. Ön koltuklara doğru eğildim.

"Bitti!" dedim gülerek, "Her şey bitti!"

"Heh, tamam, istediğim kıvama gelmiş!" Burak neşeyle eğilip yanağıma bir öpücük kondurduğunda gülerek kendimi geri çektim. Mert şarkının sesini açtı.

"Vay be, neler yaşadık." diye mırıldandı elini radyodan çekerken.

"Bizden çok Onur neler yaşadı," dedim sakinleşmeye çalışarak, "Biliyor musunuz," diye devam ettim. "Sanki Onur özgür olduğuna mutlu olmayacak gibi geliyor."

"Aynen öyle, Onur onun yerine bir başkasının hapse girecek olmasından son derece mutsuz. Ama yavaş yavaş özgürlüğünün ne kadar mutluluk verici olduğunu idrak edecek. Anlayacak... Zamana ihtiyacı var sadece."

"Dışarı çıkıp elini kolunu sallaya sallaya gezdiğinde anlayacak abi, çocuk aylardır hayatını yaşayamıyor. Hadi biz neyse, onun yaşadığı şeylerin onda birini yaşadık sadece."

"Ya bizimle dışarı gelmek istemezse?" diye sordum korkuyla.

Burak bana sırıtarak baktı. "Sence..." dedi, "Bende Onur'u evde bırakacak göz var mı?" Gülerek başımı salladığım sırada Onurların evinin bahçesine girmiştik. O an kalbimin içine büyük bir sıkıntının girdiğini hissettim. Bu evde bir şeyler vardı, insana büyük bir sıkıntı yayan, bahçesine girildiği anda karnına ağrılar saplayan büyük bir sıkıntı vardı. Ender'in bu evin bir odasında yatıyor olduğunu bilmek bunun için yeterli bir sebepti aslında.

"Acaba haberi olmuş mudur?" diye mırıldandı Burak.

"Babama kimseye haber vermemesini söyledim. Ender'den de rica edecekti. Onur'a bizim söylememiz en iyisi. Haberi olduğunu sanmıyorum. Bizi bekliyordur."

Arabadan indik, kapıları kapatıp yutkunduğum sırada kapıya yöneldik. O an kalbim öyle bir atıyordu ki neler olacağını hissediyor gibiydim. Girdik kapıdan, geçtik koridorları, aştık odaları, Onur'un gizli odasının üstten girilen kapısını açtık. Önce ben girdim içeri, merdivenden indim yavaş yavaş ama bir o kadar da heyecanlı. Onur yatakta yatıyordu. Beni görmesi, odasına giriyor oluşumuz onu heyecanlandırmadı. Uyumuyordu, gözleri açıktı, kalkmadı bile. Kıpırdamadı. Merdivenden indim, öylece karşısında durdum. Onur bitkisel hayattaymış gibi bakışlarını halıda bir noktaya sabitlemişti. Ardımdan Burak indi, sonra Mert indi. Öylece sessizce birbirimize baktık. Onur'da kıpırdanma yoktu.

"Abi," diye mırıldandı Burak Onur'a doğru, "İyi misin?" Onur'dan ses çıkmadı.

"Onur, zamanı değil bunalıma girmenin. Biz seni kaldırmaya geldik, bu odadan çıkarmaya, normal hayata döndürmeye..."

"Onur..." dedim çekinerek, "Artık özgürsün." Başını salladı ağır ağır.

"Teşekkür ederim." dedi sessizce, "Artık gidebilirsiniz." Kaşlarımı çattım. Burak ve Mert'e şaşkınlıkla baktığımda onlar da bana bir o kadar şaşkınlıkla bakıyorlardı.

"Bu kadarını beklemiyordum." Mert'in cümlesiyle birlikte derin bir nefes aldım, şu an içim acıyordu. "Bu kadar büyük bir tepkisizlik beklemiyordum." diye devam etti Mert, "Abi özgürsün. Suçun kalmadı, dışarı çıkıp rahat rahat gezeceksin. Bu mu vereceğin tepki? Uyuyacak mısın şimdi? Bu kadar mı? Bu mu?" Onur gözlerini halıdan ayırmadan yutkundu.

"Bu kadar."

"Saçmalama abi!" diye çıkıştı Burak, "Kalk!" Onur'un kolunu tuttuğu sırada hiç beklemediğimiz bir şey oldu. Onur'un gözünden akan bir damla yaş bizi şoka soktuğunda Burak'ın eli Onur'un kolunda donakaldı. Mert'e baktım şok içinde. Ne olmuştu! Onur'un gözünden neden yaş akmıştı! Acıdan yere çömelmek üzereydim.

"Zeynep..." diye mırıldandı Mert, "Sen biraz odadan çıkar mısın?" Başımı anında hayır der gibi salladım.

"Çıkmam!" dedim öfkeyle, "Çıkmam! Hani sizden biriydim ben!"

"Zeynep, sen zaten bizden birisin. Ama bu... yani... erkeklikle alakalı bir şey..."

"Umurumda değil!" diye mırıldandım acı içinde, Burak'ı kenara ittim, yatakta yatan Onur'un önünde diz çöktüm.

"Yapma!" dedim gözlerimden bir bir yaşlar akarken, "Kurtuldun!" dedim sesimi tanıyamaz bir hâlde. Onur dimdik duruşunun altında burnunu çekti ağlamamak için. Gözünden bir damla yaş daha akarken bana arkasını döndü.

"Onur..." dedim hıçkıra hıçkıra, **"Sen nelere dayandın..."** Tir tir titriyordum. Mert elini omzuma koyduğunda burnumu çektim. "Sen nelere dayandın... neler atlattın..." dedim titreyen sesimle, "Nelerin üstesinden geldik biz beraber, unuttun mu? Şimdi bitti... hepsi bitti... hepsi geçti... Geride kaldı, tek yapmamız gereken onları unutmak. Yapma..." dediğimde hıçkırıklarımdan konuşamıyordum. Onur'u böyle görmek mahvetmişti beni. Bana döndüğü sırtına koydum elimi. Bu sırada Burak'ın burnunu çekişini duymak beni daha da mahvetti. Bir odanın içine toplanmış hep birlikte ağlıyorduk. Hep birlikte mahvoluyorduk. Kurtuluşumuza ağlıyorduk.

"Oğlum yapma ya..." Burak titreyen sesiyle mırıldanıp odanın en ıssız köşesine ilerlerken yutkundum. Mert yanımda diz çöktü, elleriyle yüzünü kapatırken konuşmaya çalıştım.

"Bu odadan sensiz çıkmam. Bu odadan ne ben ne Mert ne Burak sensiz çıkacağız! Sen bu odada mı kalmak istiyorsun, öyleyse tamam. Sonsuza kadar burada birlikte kalır birlikte ölürüz. Ama seni tek başına bırakacağımızı sanıyorsan fazlasıyla yanılmışsın. Şimdi ya sen de bizimle bu evden çıkarsın. Ya bizi de kendinle bu odaya mahkûm edersin." Birkaç saniye bekledik, sessizce bekledik ve hatta o an dördümüz de sessizliğin sesini dinledik. Sonra beklenmedik bir şekilde Onur konuşmaya başladı.

"Ben..." diye mırıldandı titreyen ama güçlü kalmaya çalışan sesiyle, "Artık dışarı çıkamam. Bu hayata uyum sağlayamam, devam edemem."

"Sen var ya!" dedi Burak kendini tutamayıp, "Salaksın oğlum, salaksın! Şeytan diyor tut kolundan sürükleyerek dışarı çıkar!" Onur doğruldu, yatakta oturur hâle geldi ve dolu gözleriyle dimdik bize baktı.

"Ne yapacağım, ne yapmamı bekliyorsunuz? Biri benim yerime hapse girdi, ben çıkıp güle oynaya hayatıma devam mı edeyim? Her gün okula gideyim, insanların yüzlerine bakayım, sonra eve geleyim biricik babama günümün nasıl geçtiğini anlatayım. Bunları yapmamı mı istiyorsunuz? Tüm bu yaşananlardan sonra kendime geleyim, hiçbir şey olmamış gibi davranayım, bunları mı istiyorsunuz?"

"Abi," dedi Mert çıldırmak üzereymiş gibi, "Kimse senin yüzünden hapse girmedi! Adam zaten aranıyordu, bulunduğu an hapse girecekti. O adamın üstüne suçu yıkıp bir de de yüzyıl yetecek kadar para verdik adama! Adamın hayatı kurtuldu, çocuklarının hayatı kurtuldu. Ve sen bu evde yaşamak zorunda değilsin. Ayrı eve çıkmak istiyorum dediğin anda Ender sözünü ikiletmez."

"Onun sözünü s*keyim!" Burak çıldırmak üzere gibi konuşurken gözlerimi Onur'a çevirdim.

"Bu evde kalmayı mı tercih ediyorsun tüm bunlara? Ender'in çatısı altında ömrünü bir odada geçirmeyi mi tercih ediyorsun?"

Onur'dan ses çıkmayınca Mert atladı konuşmaya. "Hayır abi, yok öyle bir şey. Kalk. Yürü." Onur'u kolundan tutup kaldırdığı sırada Onur öyle bitkin bir hâldeydi ki yürüyemeyecek kadar yorgun görünüyordu. Mert hızla Onur'un dolabının kapağını açtı. Onur'un kot ceketini çıkardı, Onur duygusuzca karşı duvara bakarken Onur'a giydirmeye başladı.

"Hadi, Zeynep, Burak, siz yukarı çıkın. Onur'u getiriyorum." Hızla merdivenlere yöneldim. Burak peşimden gelirken alt dudağımı ısırıyordum. Sonra beklenmedik bir şekilde merdivenlerde Onur'u gördüm. İstemeye istemeye, yavaş yavaş ölü gibi çıkıyordu merdivenlerden. Merdivenlerden çıktı, burnunu çekti ve kapıya yöneldi.

"Onur Bey, babanız sizi bek..." Evin hizmetlilerinden birinin konuşmasına dahi izin vermeden kapıdan çıktı gitti, hızla peşinden ilerliyorduk.

Onur öyle hızlı ilerliyordu ki o an ilk kez aylar önce okul koridorunda arkasından yürüdüğüm zamanı hatırladım. *Asker adımları... Her zamanki asker adımları... Sert, dimdik, hızlı.*

Onur evin bahçesinden çıktı, biz de peşinden. Hızla dimdik ilerliyordu. Nereye gittiğini bilmiyorduk, o da nereye gittiğini bilmiyordu. Öylece yürüyorduk. Sokaktaydık, kimse tarafından aranmıyorduk ve öylece yürüyorduk. İşte ona anlatmak istediğimiz buydu, özgürdü, özgürdük.

Size şöyle söyleyeyim, yaklaşık bir saattir öylece nereye gittiğimizi bilmeden Onur'un peşinden ilerliyoruz. Sokaklara dalıyor, caddelerde yürüyor, üst geçitlerden geçiyoruz. Adım attıkça rahatladığımı hissediyorum ve Onur'un da adım attıkça rahatladığını hissediyorum. Sanki yürüdükçe her şeyi ardımızda bırakıyoruz.

"Ve Onur Zorlu özgür olduğunu anlar!" dedi Mert neşeyle. Mert Onur'u öylesine iyi tanıyordu ki biliyordu bir şeyleri ardında bıraktığını.

Sesini çıkarmadı, cevap vermedi, biz de sesimizi çıkarmadık. Yürüyüp durduk öylece, en sonunda kendimizi deniz manzaralı bir tepenin merdivenlerinde bulduk.

"Burası," diye fısıldadı Burak kulağıma, "Bu olaylar olmadan önce her akşam geldiğimiz tepe. Dert tepesi diyoruz buraya. Her akşam gelip dertleşiyoruz. Sadece biz de değil, millet burayı bildiğin dertleşmek için kullanıyor."

Merdivenlerden ağır ağır çıktık, tabii Onur hızla çıkıyordu. Bizi beklemeden tepenin denizi en net gören kısımlarından birine gitti, toprağın üzerine oturdu. Etrafta yirmi-yirmi beş kadar insan vardı. Bir de hani şu çiçek satan çingeneler var ya, onlar burayı mesken tutmuştu resmen.

Onur'un yanına oturduk, derin bir nefes alarak gözlerimi manzaraya çevirdim.

"Eee," dedi Burak, "Gelmişken dertleşmemek olmaz."

"Ben başlıyorum," dedi tekrar kimseden ses çıkmayınca, "Abi benim bu sevgilisizliğim ne olacak? Çok sevgilisizim ya. Hiç sevgilim yok."

Kıkırdadığım sırada Mert gözlerini devirdi. Onur ise duygusuzca denizi izliyordu.

"Merak etme, yeni okulda sana fazlasıyla kız çıkar. Bu koşuşturmalar seni yakışıklı yaptı, değil mi Zeynep? Saçları uzayınca teni bronzlaşınca biz hoş olmadı mı?"

Başımı salladığım sırada Burak Mert'e elini uzattı. "Öyle mi aşkım?"

Kendimi tutamayıp büyük bir kahkaha attım. Burak ve Mert kendi aralarında gülüşürlerken bir çiçekçi belirdi yanı başımızda.

"Gençler, almaz mısınız bu güzel kıza bir çiçek?"

Burak birden atladı. "Alırız abla almaz mıyız! Ama o kendisi zaten dünyanın en güzel çiçeği. O yüzden gerek yok." Gülerek Burak'a baktıktan sonra çiçekçi kadına döndüm.

"Teşekkürler, ben çiçek sevmiyorum." diye mırıldandım.

"Çiçekler sevilmez mi be güzel kızım? Yavrum, merak ettim, çiçek sevmeyecek kadar ne yaşadın sen? Aç bakalım elini, bakayım falına. Ben her şeyi görürüm avucundan." Gülerek elimi çektim.

"Yok, teşekkürler. Ben fala da inanmam."

"Aaa, olur mu öyle şey? Benimki bildiğin fallardan değil. Ben hislerimi söyleyeceğim sana, eline bakacağım, kime ne dediysem çıktı bu zamana kadar. Hem bilmek istemez misin bu ortadaki suratsız oğlan da seni sevmez mi diye!"

Gülerek gözlerimi devirdiğim sırada Burak bana döndü. "Açsana Zeynep, Allah aşkına. Ben merak ettim, benim için. Ne diyecek diye deliriyorum şu an."

"Saçmalama Burak, ne falı!"

"Lütfen ya, eğleniriz!" Gülerek başımı salladım. Açtım elimi, çiçekçi abla yanıma doğru eğildi. Elimi ellerinin arasına aldı.

"Sever sever…" diye mırıldandı. "Bu oğlan da seni sever." Utanıp yutkunduğum sırada bana sorular sormaya başladı. "Tek çocuksun, değil mi?"

"Evet."

"Evde hep kavga, gürültü..."

"Yani... evet..."

"Allah Allah... Her yerde kavga, her yerde gürültü, bir durulmamış senin hayatın be kızım. Ama bir sessizlik girecek hayatına. Durulacak bunlar... dur bakalım nasıl..."

O an elimi iyice açtı ve birkaç saniye sonra donakaldı. Yüzüme şok içinde bakarken esen rüzgârla birlikte tüylerimin diken diken olduğunu hissettim.

"Sessizlik..." diye mırıldandı kadın. "Durulacak..." Sonra beni şoka sokan, kalbimi yavaşlatan o kelimeyi fısıldadı. "Kanla..."

"Ne?" Ben şok içinde mırıldanırken Mert sıkıntıyla elimi çekti.

"Ablacığım, istemiyoruz biz fal filan. Saçma sapan şeylerle bulandırmayın insanların aklını."

"Ben bakmam bu ele zaten!" dedi kadın doğrulurken, Onur'un gözleri benim gözlerimi buldu ben korkuyla elim açık bir şekilde donakaldığımda.

"Kan var." dedi, "Kan." Kadın şok olmuş gibiydi. Yanımızdan söylenerek uzaklaştığı sırada kalbim hızlanmaya başladı. Deli gibi atıyordu şimdi de. Nasıl oluyor bilmediğim bir şekilde içimden bir ses kadının dediklerine gerçekten inanmıştı. Gözlerimi titreyen elime çevirdim. Yutkundum.

"Zeynep, sakın böyle bir şeye inanmaya kalkma. Saçmaladı gitti işte. Çiçek almak istemedik diye yapıyor bunu." Mert beni sakinleştirmeye çalışırken Onur'a bakmaya devam ettim, gözlerinde beni kaybederse ne yapacağını düşünür gibi bir ifade vardı. Gözlerimi ondan kaçırdım, titrek bir nefes aldım.

Ne olacaktı, bu söylediği gerçekten doğru bir hissiyat mıydı bilmiyordum. Fallara asla inanmazdım ama içimde öyle bir karmaşa oluşmuştu ki ne düşüneceğimi bilemez bir an yaşıyordum. Ne geliyordu, ne gelecekti tahmin edemiyordum. Ama o an kalbimin içinde bir his oluşmuştu. O güçlü his bana diyordu ki, bu sefer gelecek olan her neyse bana gelecekti. *Bizzat bana.*

Pençesiz bir aslan
gibi bakıyordu şimdi,
çaresiz
bir ormanlar kralı gibi.

9. Bölüm

Benim Hayatım

Pençesiz bir aslan gibi bakıyordu şimdi, çaresiz bir ormanlar kralı gibi.

"1 hafta..." diye mırıldandım anneme doğru, "1 haftadır konuşmuyoruz."

"En iyisi. Uzak dur şu çocuktan. Bırak yavrum, başına beladan başka hiçbir şey getirmedi. Böyle diyorum ama bugün okulda mutlaka karşılaşacaksınız... Neden yine aynı okula yazılmak için tutturduysanız... Diğerleriyle görüşüyor musun peki? Neydi isimleri, Sinan ve Kemal miydi?"

"Burak ve Mert'ti. Yaklaştın anne."

"Aman ne bileyim, kafam yerinde değil seni düşünmekten. Onlarla konuşuyor musun?"

"Evet... Her gün. Üçü de kötü insanlar değil. Bunu sana defalarca anlattım. Onur başına gelen bu olaylardan sonra benden uzak olmayı seçti, tek sorun bu. Hayatından birilerini elemesi gerekiyordu, beni eledi yani."

"İyi yapmış, ellerine sağlık. Seni kendisinden kendi kurtarmış." Yutkundum. Annem cümlelerinin ne kadar ağır olduğunu fark etmiyordu ve asla da fark etmeyecekti, beni asla anlamayacaktı. Sesimi çıkarmadan çayımdan bir yudum aldım.

Onur'la bir haftadır ne konuşuyorduk ne görüşüyorduk. Burak ve Mert'le sürekli iletişim hâlinde olsam da onlara da Onur'un nasıl olduğunu sormuyordum. Çünkü açıkçası umurumda değildi. Beni kendinden uzaklaştırmayı seçtiyse kararına saygı duyacaktım...

O gece, o falcı kadın el falıma baktığı andan itibaren benimle konuşmayı, görüşmeyi kesti. Üstelik bana bir açıklama bile yapmadı. O günden beri her gece kâbuslar görerek uyandım, ama ona anlatamadım. Eski Onur yoktu artık. Bedenini kurtarmıştık, ama ruhunu asla kurtaramayacaktık, artık biliyordum. Onur Zorlu etrafına bir duvar örmüştü, yanına gidemeyeyim, onu göremeyeyim, sesini duyamayayım diye. Öyle de olacaktı. Ne istiyorsa verecektim ona. Beni görmek istemiyorsa gözlerinin önünde olmayacaktım, beni duymak istemiyorsa kulaklarının yanında olmayacaktım... Bitmişti, bu kadardı. Onur Zorlu defteri benim için kapanmıştı. Bu defteri tekrar açacak tek insan o olabilirdi. Ben değil.

Birkaç gündür Burak ve Mert'le birlikte yeni bir okul arayışındaydık. Sonunda kendimize hepimizin evlerinin ortasında bir okul bulduk. Tabii Onur'un da... Aslında Onur'la aynı okula gitmek istemediğimi onlara defalarca anlatmaya çalıştım. Ama olmadı, beni dinlemediler. Aynı okula, aynı sınıfa aldırdılar kaydımızı. Problem değildi, Onur'u görmüyormuş gibi davranacaktım.

Ve bugün o okula gideceğimiz ilk günümüzdü.

"Hazırsın sen değil mi? Ben bırakacağım bugün seni okula."

"Hazırım anne. Biraz karnım ağrıyor ama... ağrı kesici var mı?" Annem yüzüme hayıflanarak bakarken mutfak dolaplarından birini açtı, bana bir tablet ağrı kesici uzatır uzatmaz elinden aldım ve ağzıma attım.

"Stres yapıyorsun değil mi?" dedi üzüntüyle, "Yapma kızım. Geçti artık. Normal bir hayata dönüyorsun. Eğer o Onur'dan da uzak durursan eski hayatına dönebileceksin. Zor şeyler yaşadın. Bak ne diyeceğim... Sana en kısa zamana bir psikolog randevusu alayım. Psikoloğa gidelim."

"Hayır!" dedim birden, sonra birkaç saniye durdum ve kaşlarımı çattım. Aslında bu iyi bir fikir olabilirdi, kendime gelmem gerekiyordu artık.

"Aslında... olabilir... Tamam anne, iyi birini bulabilirsen bir randevu al. Gidelim."

"Aferin yavrum, hadi bakalım, çıkıp yeni okuluna bırakalım seni."

Birlikte evden çıktığımızda sabahtan beri atıştıran yağmur hâlâ devam ediyordu, kırmızı yağmurluğumun kapüşonunu başıma geçirip babamın arabasının yan koltuğuna geçtim. Annem sürücü koltuğuna geçerken çantamı kucağıma alıp emniyet kemerimi taktım. Gözlerim camdan dışarı kaydı, *İstanbul'a kış geliyordu...*

Araba yolculuğumuz rutin geçti, ki zaten yirmi dakika kadar sonra koskoca Aras Koleji tabelasının önünde durduk. Karın ağrım sancıya dönüşürken tüylerimin diken diken olduğunu hissediyordum. Her şey bir sene öncesine dönüyor gibiydi, şimdi okula girsem ve okul karantinaya alınsa hiçbir tepki vermezdim, biliyor musunuz?

"Hadi bakalım, iyi dersler tatlım."

"Görüşürüz anne." Arabadan inerken kapüşonumu tekrar kapattım ve ıslanmamak için başımı yere eğerek hızla okula girdim. Kapıdan girer girmez kapüşonumu çıkardığımda kimseye bakmıyordum. Kimse umurumda değildi. Telefonumu çıkardım ve Burak'a mesaj yazmaya başladım.

"Hangi sınıftayız ve sınıf nerede?"

"En üst kattayız, 12-B. Onur heyecanla seni bekliyor."

"Aynen. Eminim heyecandan deliriyordur! Beni görmezden gelmek için deli gibi sabırsızlanıyordur."

"Ahahaha, kızım Onur böyle davranıyor ama ben sana söyleyeyim, bu işin sonu evlilik. Düğününüzde çeyrek altın takacağım size."

"Ben de aynı çeyrek altını sen ve Mert'in düğününde sana geri takacağım. Gelinlik sana çok yakışacak :')"

"Ahahaha biliyorum. Gel hadi mesaj yazacağına!" Telefonu yağmurluğumun cebine atıp hızla merdivenlerden çıkmaya başladım.

Gözlerim merdiven basamaklarında kimseye bakmadan hızla ilerliyordum yukarı doğru. Tam o sırada geri zekâlının birine çarptım! Daha doğrusu o bana çarptı.

"Keşke biraz etrafına baksan." Bana çarpıp bir de suçlu benmişim gibi beni azarlayan bu tip esmer, simsiyah saçlı, uzun boylu, hoş bir çocuktu. Ama ne kadar hoş olursa olsun içinde ufaktan bir öküz yattığı gerçeği bas bas bağırıyordu.

"Sen de keşke etrafındaki kızlara bakıp duracağına merdiven basamaklarına baksan!" Omzuna hafifçe çarparak yanından geçip gittiğim sırada bana bakakaldığını hissettim. Umurumda olmadan merdivenleri hızla çıktım. En üst kata ulaştım, 12-B yazısını görür görmez hızla ilerledim. Gözlerim sınıfı hızla taradı. Saçma sapan yapmacık kızlar, saçma sapan yapmacık erkekler ve heh, işte. Cam kenarının en arka iki sırası. Onur, Burak ve Mert. Burak ve Mert birlikte otururlarken arka sıralarındaki Onur'un yanı boştu. Onur başını bile kaldırmadan önündeki deftere bir şeyler karalıyordu. Karamele dönen saçları o kadar güzel duruyordu ki gözlerimi kaçırdım. Ondan etkilenmek istemiyordum. Burak ve Mert bana heyecanla el salladılar.

Kendimi ciddi anlamda geçen seneye dönüyor gibi hissediyordum. Ve bu sefer elbette Onur'un yanına oturacak değildim. Onlara başımla selam verip oldukları düzlemdeki en ön sıraya geçtim, tek başıma oturdum.

"Haydaaaa!" diye bir ses geldi arkadan. Anında Burak ve Mert'i başımda buldum.

"Sen canına mı susadın!" diye sordu Mert şaşkınlıkla.

"Oraya oturmamı ne o istiyor ne ben."

"O da istiyor sen de!"

"Zeyno, gerçekten iki salaksınız siz. Kalk hadi, aynı okula gelmeyi kabul edip bizden ayrı mı oturacaksın?"

"Onur'un yanına oturamam. Oturmam. Beni görmek bile istemiyor."

"Nah istemiyor!"

"Tamam Burak, sakin ol. Şöyle yapalım. Ben Onur'un yanına geçeyim. Sen Burak'ın yanına otur. Olur mu?"

"Lütfen... izin verin burada oturayım..."

"Yürü..." Burak elimden tutarken istemeye istemeye ayağa kalktım. Mert çantamı almış peşimizden geliyordu. Burak beni kendi sırasına oturttu, Onur hâlâ başını defterinden kaldırmamıştı. O an fark ettim ki kulağında kulaklığı vardı. Beni ne duyuyor, ne görüyordu...

"Onur, kardeşim... Çıkarsana şu kulaklıkları." Burak Onur'un kulağındaki kulaklıkları çekip çıkarırken gözlerimi devirdim. Onur'a bakmayacaktım bile.

"Neden?" diye sordu Onur donuk bir sesle.

"Çünkü bizler birer insanız. Duvar değiliz, sen de öylesin. Birbirimizle konuşmak için birbirimizi duymaya ihtiyacımız var."

"Ne konuşacağız?" Onur öyle donuk öyle sert konuşuyordu ki bir an için klonlandığını filan düşünecektim. Bu kimdi böyle?

"Havalar, sular, hayvanlar, bitkiler. Konuşacak çok konu var Onur Zorlu."

"Abi akşamki Juventus maçını izlediniz mi?" Mert yeni bir konu açtığı sırada gözlerim sınıfın kapısına kaydı. Az önce çarpıştığım çocuk sınıfın kapısından girdiği sırada kaşlarımı çattım. Bu çocuk bizim sınıfta mıydı? Garip bir şekilde gözleri benim üzerimdeydi. Direkt olarak bana doğru yürürken kaşlarım daha çok çatıldı. Bana doğru mu geliyordu? Aynı anda konuşan Burak, Mert ve Onur'un da dikkati çocuğa yoğunlaştı.

"Bu kim?" diye söylendi Burak. Tam o sırada çocuk yanı başımda durdu. Bana doğru eğilirken şok içinde yüzüne baktım.

"Haydaaa!" diye bir fısıltı çıktı Burak'tan.

"Ne oluyor?" diye sordum şaşkınlıkla. Çocuk bana etkileyici bir bakış atarken elini cebine attı. Cebinden bir şey çıkarırken gözlerim eline kaydı. Şaşkınlıkla baktığım sırada elinde annemin yıllar önce bana aldığı anahtar kolyesini gördüm.

"Bu... sende... ne arıyor?" diye eveleyip geveleDiğim sırada kolyeyi bana uzattı.

"Merdivenlere bakmak yerine etrafımdaki kızlara baktığım sırada sana çarptığım için boynundan düştü. Özür dilerim. Benim hatam." Yutkundum. Gözlerim hafifçe yana kaydığında Onur'un karşımdaki çocuğa öfke dolu bir şaşkınlıkla baktığını gördüm.

"Te... teşekkür ederim..." diye kekeledim.

"Takmana yardımcı olmamı ister misin?" Şok içinde yüzüne baktım.

"Hayır tabii ki. Getirdiğin için sağ ol, şimdi gidebilirsin."

"Aslında bakarsan gidecek bir yerim yok. Burası benim de sınıfım. Yani... bir nevi sınıf arkadaşıyız. Memnun oldum." diyerek elini uzattı bana. Elini sıkmak yerine yüzüne baktım. "Sanırım el sıkmayı pek sevmiyorsun. Problem değil, bir gün elimi kendi isteğinle tutarsın. Belli olmaz." Doğruldu, dikkatlice dördümüze de baktıktan sonra derin bir nefes aldı. "Ben Rüzgâr. Tekrar memnun oldum. Kabalık ettiysem özür dilerim. Bu arada, çarpıştığımızda senden bir şey daha düştü. Ama onu teneffüste vereceğim. Üstünde konuşmak istiyorum. Görüşürüz."

Yanımdan ayrılıp yan sırama geçerken yutkundum. Yüzümün kıpkırmızı olduğunu hissediyordum. Şaşkınlıkla Burak'a döndüğümde göz ucuyla Onur'a baktım. Başını defterine çevirmiş bir şeyler karalıyordu. Karalıyordu derken mecazi anlamda değil, defteri gerçekten karalıyordu!

"Kim bu ya? Teneffüste konuşacakmış bilmem ne. Sikik." Burak sinirle söylenirken önüme döndüm. O an garip bir şeyler hissediyordum. Evet, bu Rüzgâr denen çocuk hadsizdi, gereksiz bir konuşma yapmıştı. Ama yine de her şeye rağmen Onur'un gözlerinde günler sonra ilk kez bir duygu görmüştüm. Resmen şok ve öfke dolu gözlerle bakıyordu. Üstelik... eğer Onur beni istemiyorsa hayatıma bir başkasını almamın hiçbir zararı olmazdı, bu benim de hakkımdı. Kaşlarım çatılı bir şekilde başımı Rüzgâr'a çevirdim. Bana hafifçe gülümsediği an gözlerimi kaçırdım. Evet, teneffüste yanına gidecektim. Onunla konuşacaktım. Belki de Onur'un gözleri önünde bir başkasına şans verecektim.

Ders müthiş sıkıcı geçti. Daha doğrusu benim kulaklarım da gözlerim de derste değildi. Öylece bir mal gibi kafamın içinde dönüp dolaşan düşünceleri kovalıyordum. Sonuçlarının ne olacağını düşünmeden hareket etmek istemiyordum. Ders biter bitmez tereddütle ayağa kalktım.

"Nereye?" diye sordu Mert, onlara doğru dönüp baktığımda Onur'un hâlâ defter karalamakla meşgul olduğunu gördüm.

"Arkadaşımla konuşacağım." O an Onur'un dudağının kenarı gayri ihtiyari hafifçe kıvrıldı. Bu ne anlama geliyordu bilmiyordum.

"Kızım saçmalama. Arkadaşın değil o senin."

"Ama olabilir. Ayrıca, onda bana ait bir şey var... Merak etmeyin, birazdan geleceğim." Yanlarından ayrıldığım sırada Rüzgâr'ın ayağa kalktığını gördüm, elini çantasına atıp bir kitap çıkardı. Kitaba dikkatle baktığımda bunun benim kitabım olduğunu gördüm. Çantamdaki Dan Brown'ın Melekler ve Şeytanlar kitabı düşmüş ve eline geçmişti.

"Merhaba," dedim, "Kitabımı alabilir miyim?" Bana etkileyici bir ifadeyle döndü.

"Bir şartla."

"Şarta gerek yok. Direkt kitabımı almak istiyorum."

"Hayır, öyleyse bende kalıyor."

"Bu gaspa giriyor yalnız."

"Öyleyse seni gasp ediyorum."

Gülerek yüzüme baktığı sırada gözlerimi devirdim. Elimi uzattım. "Tamam, şartını söyle. Kitabımı ver."

"Tamam... Şartım ismini öğrenmek." Bu muydu yani?

"İsmim Zeynep. Şimdi kitabımı alabilir miyim?" Başını salladı. Kitabı bana uzatırken merakla konuşmaya başladı.

"Dan Brown seven bir kız... Tüm kitaplarını okudun mu?"

"Evet... Bu okuyacağım son kitabı. Hepsini okudum."

"Dijital Kale'yi de okudun mu?"

"Evet, sen de mi?"

İşte o an ilgimi çeken bir konuyla derin bir muhabbete daldık. Ve gariptir ki kendimi zorlamıyordum, kötü hissetmiyordum, bu konuşmadan gerçekten zevk alıyordum.

"Hani şu şey sahnesini hatırlıyor musun... Kızın şifreyi kaybettiği sahne!" Hafifçe kıkırdadığım sırada gözlerim Onur'a kaydı. Ve o an benim gülüşümü duyunca konuşmamızın başından beri ilk defa Onur'un bize baktığını gördüm...

Yüzü öyle çaresizdi ki, sanki bir şeyleri yediremiyor gibiydi. Acı, öfke, çaresizlikle dolu bir bakış yakaladım sadece bir saniyeliğine.

Yavrusu elinden alınmış bir aslan gibi görünüyordu.

Pençelerini açmaya hazır, oysa pençeleri yavrusundan önce kesip alınmış... Pençesiz bir aslan gibi bakıyordu şimdi, çaresiz bir ormanlar kralı gibi.

Ben konuşmaya devam ederken gözlerini kaçırıp camdan dışarı baktığı sırada içim içimi yiyordu aslında. Ama güçlü olmalıydım. Bunu o istemişti, bunu unutmamalıydım. İnsanları doğal seleksiyonla eler gibi hayatınızdan çıkaramazdınız. Eğer bunu yapıyorsanız, o insanların başka insanların hayatlarına katılmasına karışamazdınız. Bunu onun gözlerinin içine soka soka gösterecektim ona.

Onur Zorlu kızgındı, çaresizdi, biliyordum. Ama zaten kızgın olmalıydı, çaresiz olmalıydı. Çünkü bunları bana yaşatarak bire bir aynılarını yaşamayı hak etmişti.

Şimdi sıra bendeydi, şu andan itibaren kendi etrafına onun giremeyeceği bir duvar örecek olan bendim... Çünkü bu **benim hayatımdı.** Mahvolmasına asla izin vermeyeceğim bu hayat bana aitti. Sevilmediğim yerlerde durmayacaktım, değer görmediğim yerlerde değer vermeyecektim. Beni istiyorsa, gelip alacaktı. Her şey bu kadar basitti. Ve her şey şimdi başlıyordu.

Ben
senin
hayatının
tam
ortasındayım
Zeynep.

10. Bölüm

İçimde Bir Dağ

Hayatının tam ortasındayım!

"Şöyle başlıyor o meşhur sonenin dizeleri... *Aslanın pençesini körelt, acımasız zaman... Besle dünyayı kendi yavrularıyla...*"

Başımı kaldırdım. Son dersteydik, edebiyat dersi. Edebiyat hocamız Candan Hoca hayatını edebiyata adamış bir kadındı, bu her hâlinden belliydi. Sıraladığı dizeleri kitaba bakmadan okurken o kadar etkileyiciydi ki gün boyunca ilk defa bir dersi dinliyordum.

"Sonra devam ediyor Shakespeare. *Yerle bir et dünyayı istersen, hoş simaları soldur. Ama ne yaparsan yap sevgilimin yüzünü saatlerinle karalama... Yine de elinden geleni ardına koyma; çünkü senin adiliğine rağmen benim sevgilim dizelerimde sonsuza dek yaşayacak.*" Tüylerim diken diken olurken yüzünde dumura uğramış bir ifadeyle derin bir nefes aldı. Yutkunarak bize baktı.

"Sanki bir yazara sesleniyor, değil mi? Karakterlerinden birinin hayatını mahvetmek üzere olan bir yazara sesleniyor bu şiirde, 'Yapma!' diyor. 'Hayatını mahvedeceğin o insan benim sevdiğim. Kalemin onu boğmamalı.' diyor. Bu şiir eğitim hayatımdan beri benim tüylerimi diken diken eder hep... Belki de bir ressama sesleniyor bu şiirde. 'Resmini yaptığın o kadın benim sevgilim, öldürme onu o resimde ey ressam!' diyor. Olamaz mı?" Farkında olmadan gözlerimin dolduğunu hissettim o an. Sanki bir yerlerde bizim de birilerine seslenmemiz, yapma dememiz gerekiyormuş gibi hissettim. Hepimizin hayatının bir yazarı var değil mi? Bir ressamı var...

Zil çaldığı sırada herkes toparlanırken burnumu çektim. Burak yüzüme gülerek bakıyordu. "Sen ağlıyor musun? Oh benim minik duygusal kelebeğim!" Burak elleriyle yanaklarımı çekerken utanarak kendimi geri çektim. Mert aramızdaki bu samimiyete gülerken anlamadığım bir şekilde Onur'un arka sıramızdan kalkıp dışarıya doğru ilerlediğini gördüm. Kaşlarımı çatarak kapıya baktığımda Burak sıkıntılı bir nefes verdi.

"Ve Onur Zorlu kıskançlıktan delirir."

"Benimle olmak istemeyen oydu. Ben her şeye hazırken benden uzaklaşan oydu."

"Hep söylüyorum. O da haklı." diyerek araya girdi Mert.

"Tamam, her neyse. Bu onun hayatı, onun kararı. Eğer hayatına bakmak istiyorsa ben de hayatıma bakacağım. Kitaplarımı çantama koyup ayağa kalktığım sırada tüm sınıf boşalırken Rüzgâr'ın kapının önünden bana baktığını gördüm.

"Şey... Siz gidin, ben Rüzgâr'la konuşacağım."

"Haydaaa! Kızım sen Onur'u delirtecek misin?" Burak'a gözlerimi devirdiğim sırada Mert araya girdi.

"Zeynep'e kızmaya hakkı yok. Onu buna iten Onur. Sen keyfine bak. Hadi yürü Burak."

"Tamam aşkım, ne kadar sert bir erkeksin." Burak'a bakarak büyük bir kahkaha attığım sırada Mert gülerek gözlerini devirdi. Onlar gülüşerek sınıftan çıktıkları an Rüzgâr garip bir neşeyle yanıma doğru yürüdü.

"Güzel gülüyorsun." diye mırıldandı.

"Teşekkür ederim."

"Ama ciddi anlamda güzel gülüyorsun." Kendimi tutamayıp kıkırdadım.

"Çok teşekkür ederim."

"Ve çok güzel teşekkür ederim diyorsun." Bu neydi şimdi, utanıyor muydum?

"Eh, sağ ol."

"Sağ ol kelimesinin bu kadar güzel söylendiğine ilk kez şahit oluyorum." Bunu dalga geçmek için yaptığı o kadar belliydi ki büyük bir kahkaha daha attım.

"Tamam, abartmayalım!" Gülerek derin bir nefes aldı.

"Beni yanlış anlama. Yavşak değilim. Bunları şaka olarak söylüyorum ve yine yanlış anlama ama sana bir teklifim var. Eğer boşsan gidip yemek yiyelim mi? Seni harika bir yere götürebilirim. Yavşamıyorum, asılmıyorum, hiçbir ters durum yok. Ben sadece arkadaş arıyorum."

Gülerek başımı salladım. "Ondan şüphem yok... Ama..." Onur bunu duysa ne derdi, ne düşünürdü?

"Ama ne? Şu çocuk senin sevgilin miydi yoksa? Bana az önce koridorda öldürecek gibi bakıyordu. Gerçi sevgilin olsaydı şu an yanında olurdu, değil mi? Uzaktan bakmayı seçmezdi." Sanki söylediği cümleler o an bir anda aklımı başıma getirdi. Haklıydı, o benim sevgilim değildi. Sevgilim olsaydı şu an koridorda değil yanımda olurdu. Ve açıkçası Onur'la alakası olmayan bir arkadaşım olması beni mutlu ederdi. Buna ihtiyacım vardı.

"Evet. Sevgilim değil. Onlar arkadaşlarım benim."

"Arkadaşların... Ama bil ki o çocuk sana köpek gibi âşık. Bu her halinden belli. Tabii sizin aranızdaki mesele. Ben karışmayayım, eee, yemeğe çıkıyor muyuz?"

"Aslında benim bir işim vardı..."

"Hayır, bir işin yok Zeynep. Sen de o çocuktan hoşlanıyorsun. Ve şu an onu kaybetmekten korktuğun için böyle söylüyorsun." Kaşlarımı çattım.

"Sen üstün zekâlı filan mısın?" Gülmeye başladı.

"Aslında bakarsan öyle sayılırım. Ve insan sarrafıyımdır. Her şeyi anlayabiliyorum. Ama dediğim gibi, sadece arkadaş olmak istiyorum. Var mısın?" Bana elini uzattığında o kadar ikna ediciydi ki hafifçe gülerek elini sıktım.

"Varım, ne yiyoruz? Nereye götüreceksin beni?"

"Daha önce hiç duymadığın bir yere. İlk kez duyacaksın, Burger King!"

Kıkırdayarak şaşkınlıkla yüzüne baktım. "Ciddi misin?"

"Evet, yoksa duymuş muydun?" Çocuk cidden komikti! Gülerek oyununu devam ettirdim.

"Hiç ama hiç duymamıştım! Lüks bir yere benziyor. Gidelim..." Birlikte sohbet ederek sınıftan çıktığımız sırada gözüm direkt koridora kaydı. Oradalardı. Koridorun sonunda bekliyorlardı. Onur'un gözü üzerimizde değildi ama Burak fazlasıyla bizi izliyordu. Onları görmezden gelerek Rüzgâr'la birlikte merdivenlere yöneldik. Birlikte merdivenlerden indik ve sohbet giderek koyulaşıyordu.

"Buraya bursla geldim. Öyle zengin bir ailenin çocuğu filan da değilim. Mesela şimdi seni buraya en yakın alışveriş merkezine götüreceğim yemek yemek için. Bir başkası olsa lüks bir restorana götürürdü. Ama sen bunları umursayacak birine benzemiyorsun."

"Iyy, lüks restoranlar uzak dursun benden." dediğim sırada keyifle güldü.

"İşte beklediğim cevap."

Okul bahçesine çıktığımız sırada dönüp dönüp arkama bakıyordum onları görebilecek miyim diye. Rüzgâr tam o an beni şaşırtacak bir cümle kurdu.

"Ben de peşimizden gelecekler mi diye merak ediyorum. Arkamızdalar mı?" Kaşlarımı çatarak ona döndüğümde etkileyici bir gülümsemeyle önüne bakarak yürüyordu.

"Sen... müneccim misin!"

"Seni daha çok şaşırtacağım Zeynep."

Rüzgâr garip bir çocuktu. Yol boyunca sohbet ettik, hatta sohbet öyle güzeldi ki arkama bakmayı bile kestim. Sanki dakikalar boyunca her şeyi, herkesi, tüm hayatımı unuttum. Kitaplardan bahsettik, filmlerden, şarkılardan. Rüzgâr'la her şey konuşulabiliyordu. Ciddi anlamda, çocuk her şeyden anlıyordu! Üstelik gerçekten yakışıklıydı da. Bu kadar esmer birini beğenebileceğimi düşünmezdim, ama ciddi anlamda yakışıklıydı. Yakışıklılıktan öte, çocukta şeytan tüyü vardı.

Alışveriş merkezine girip yemek katına doğru ilerlediğimiz sırada gülerek konuşmaya başladım. "Beni götüreceğin o muhteşem restoranın yemeklerini çok merak ediyorum!"

Ufak bir kahkaha attı. "Çok şaşıracaksın."

Birlikte Burger King'e doğru ilerlediğimiz sırada kendi kendime gülüyordum. "Menü seçimlerini bana bırak. Sen bir masa bulup otur, ben yemeklerimizi alıp geleceğim. Ben ısmarlıyorum."

"Hayır, be..."

"Lütfen, boşuna kendini yorma." O kadar ikna ediciydi ki pes ederek derin bir nefes aldım ve yanından ayrıldım. Boş masalara bakarken tam cam kenarında güzel bir masanın boş olduğunu gördüm. Masaya yerleşip telefonumu çıkardığım sırada gözüm etraftaydı. Sanırım gelmemişlerdi. Ve sanırım ben kendimi çok önemli sanıyordum. Tabii ki gelmeyeceklerdi. Dikkatimi telefonuma verdim, sosyal medyada gezinerek bir on dakika geçirdiğim sırada Rüzgâr elinde muhteşem hamburger kokulu tepsilerle döndü. Tepsileri masaya koyarken derin bir nefes aldım.

"Muhteşem kokuyorlar! Sanırım açlıktan ölüyormuşum."

"Benimkini de yiyebilirsin." Ona güldüğüm sırada açlıktan titreyen ellerimle hamburgerimi elime alıp ısırdım.

"Sen Dan Brown kitaplarının film versiyonlarını izledin mi?" Omuz silktim.

"Hayır. Genel olarak kitapların film olmasına karşıyım. Sen?"

"Ciddi misin? Biz seninle ikiz filan olabilir miyiz?"

"Sen de mi karşısın! Bunu daha önce kime anlatsam tam tersi fikri savundular."

"Peki bir filmin kitap olmasına karşı mısın?"

"Ona karşı değilim. Bir filmi kitap olarak okumak, karakterlerin iç dünyasını öğrenmek isterim."

"Zeynep..." diye mırıldandı Rüzgâr, "Hayatımda kimseyi kendime bu kadar benzetmemiştim. Sanırım tanışmak bizim kaderimizdi." Yutkunduğum sırada ne diyeceğimi bilemeyerek bakışlarımı kaçırdım, çünkü biraz flörtümsü bir ortam oluştu bir anda. Bir dakika...

Bir dakika...

Hamburger boğazımda kalırken Rüzgâr bana önümdeki içeceği uzattı. "İyi misin?"

Yaşadığım şok hamburgeri boğazımdı bırakmıştı. Çünkü az önce önümden Burak, Mert ve Onur mu geçti bana mı öyle geldi? Çaktırmadan bir kez daha o yöne baktığımda çok uzaklardaki bir masaya oturduklarını gördüm! Evet, bunlar onlardı!

Buradalardı! Arkaları dönük oturmuşlar bir de, gözetlemesi için de Burak'ı hafifçe yana doğru döndürmüşler ama maşallah öküz gibi bize bakıyor!

"İyiyim... Ben... iyiyim... Bir an yemek boğazımda kaldı. O kadar acıkmışım ki."

"Sen fazla utangaçsın, değil mi?"

"Biraz... Neden böyle dedin?"

"Sana iltifat eder etmez yemek boğazında kaldı da." Ondan değil de arkadaşlarım ve sevdiğim çocuk beni gözetlemeye gelmiş olduğundan olabilir mi Bay İnsan Sarrafı?

"Evet... Pek alışkın değilim açıkçası." Toparlanmalıydım. Çocuğun karşısında odun gibi durmamalıydım. Madem beni izliyorlar, madem bizi görmeye geldiler onlara istediklerini vermemeliydim.

"Ben biraz erkek gibi yetiştirildim aslında. Böyle şeylere hiç alıştırılmadım."

"Biliyor musun, ben de biraz erkek gibi yetiştirildim." dediği an ufak bir kahkaha attım, umarım beni duyuyorlardır.

"Belli!" dedim gülerek, "Sen İstanbul'da mı doğup büyüdün?"

"Hayır. Ben Eskişehir'de doğup büyüdüm, İstanbul'a geleli dört yıl oluyor. Ya içimde tuttum, tutmaya devam edecektim ama aklıma takıldı. Bu çocuk... sanırım ismi Onur. Siz neden hem birbirinize âşık gibi hem de düşman gibisiniz?"

"Âşık değiliz." diye mırıldandım, "Yani... ne desem bilmiyorum... Bu duyguya ne denir bilmiyorum... Birlikte olmak isteyen ama olması imkânsız olan iki insandık diyebilirim. Ama her şeyi kabullendik. İhtimal kalmadı, olasılıklar tükendi ve pes ettik. Birlikte olmamayı kabul ettik."

"Sebebini sorabilir miyim? Ne gibi bir sebep sizi birbirinizden ayrı olmaya mahkûm etmiş olabilir?"

"Basit sebepler aslında." Basit sebepler, evet. Sevgili Rüzgâr, okulumuz bir karantinaya alındı. Okulda bir cinayet işlendi. O cinayet Onur'un üstüne kaldı, ardından bir cinayet daha işlendi, o da Onur'un üstüne kaldı. Sonra tüm bunları yapanın Onur'un babası olduğunu öğrendik, Onur babasını vurdu. Ve biz ülkeden kaçtık. Yeni döndük ve şimdi bana zarar vermemek için benden uzak olmaya çalışıyor. Bayağı basit aslında, değil mi?

"Basit sebepler olmadığını biliyorum. Belki bir gün anlatırsın sebeplerinizi, değil mi?" Başımı salladım.

"Ben bir tuvalete gidip geleyim. Sen devam et." Rüzgâr masadan kalkarken Onurlara bakmayacağıma dair bir söz verdim kendime. Telefonumu elime aldım, sosyal medyada oyalanmaya başladım.

Şaka gibi, beni izlemeye gelmişlerdi. Beni takip etmişlerdi! Bunu bana nasıl açıklayacaklardı gerçekten çok merak ediyordum. Üstelik akıl kârı bir iş değildi bu. Bir insanı hayatınızda istemiyorsanız o insanı hayatınızdan uzak tutmalıydınız, sürekli dibinde bitmemeliydiniz. Neyse, Onur'u düşünmemeliydim bile. Hayatıma odaklanmalıydım. Rüzgâr'la olan arkadaşlığıma odaklanmalıydım.

Oysa bir gariplik vardı. On dakika geçti. On beş, yirmi dakika. Yirmi beş dakika geçti ve yarım saat. Rüzgâr masaya dönmedi. Öfkeyle başımı kaldırıp Onurların oturduğu masaya baktım. Masa bomboştu. Neredelerdi?

Düşünsenize Rüzgâr benim hayal dünyamdanmış, buraya tek başıma gelmişim. Onur'lar da hiç beni takip etmemiş. Zeynep ne saçmalıyorsun?

Çocuğa bir şey yapmış olabilirler miydi? Ciddi anlamda, dördü birden nereye kaybolmuştu? Sinirle telefonumu elime alıp Burak'ı aradım. Çaldı, çaldı, açmıyordu. Kapattım, öfkeyle Mert'i aradım. Onun telefonu açık bile değildi. Tamam, başka çarem yoktu. Sinirden delirmek üzere Onur'u aradım. Telefon çaldı, çaldı ve ikinci çalışta açıldı.

"Efendim?"

"Rüzgâr'a ne yaptınız?"

"O kim?" Delirecektim. Pişkin pişkin soruyordu bir de!

"Onur… Rüzgâr'a…" derken Onur kulağında telefonla masaya tam karşıma oturdu. Yüzüme boş boş bakıyordu, telefonu kulağımdan indirip masaya koydum ve sinirle yüzüne baktım. Telefonunu kapatıp bana döndü.

"Yalnız kalmışsın." diye mırıldandı.

"Evet, çünkü arkadaşımı alıkoydunuz."

"Arkadaşın mı? Dört saat önce tanıştığın herkes arkadaşın mı oluyor?"

"Sizinle tanıştıktan yarım saat sonra birlikte ceset taşıyorduk!" dedim sesimi kısarak.

"Bedeli ağır oldu. Bence bundan sonraki arkadaşlıklarına dikkat et. Bedelleri ağır olmasın." Onur yüzüme öyle bir bakıyordu ki bunu size tarif bile edemezdim. Hem boş bir ifadeyle, hem kızgın bir ifadeyle, böyle insanı içten içe delirten bir ifadeyle bakıyordu.

"Arkadaşının nerede olduğu hakkında hiçbir fikrim yok. Randevunuzu yarıda bırakıp kaçtı mı? Ne yaptın çocuğa?" Öfkeyle gözlerimi devirdim. Arkama yaslanıp etrafa bakarak sakinleşmeye çalıştım.

"Tehdit filan mı ettiniz onu…" dedim sakin kalmaya çalışarak.

"Neyiz biz? Mafya filan mı?"

"Evet. Çocuğu alıkoydunuz. Bunun başka türlü bir açıklaması olabilir mi?"

"O çocuğun adını bilmiyorum, yüzü neye benziyor bunu da tam olarak bilmiyorum. Şu an nerede inan bunu da bilmiyorum, Burak ve Mert aşağıda masa hokeyi oynuyor, onların da hiçbir şeyden haberleri yok. Bu alışveriş merkezine yemek yemeye ve gezmeye geldik ve öyle de yapıyorduk. Sen beni arayınca seni merak edip buraya geldim, yalnız kaldığını gördüm, bu kadar."

"Hayret, benimle günlerdir konuşmayan Onur Zorlu'nun çenesi açıldı."

"Susmamı istersen susarım."

"Ben senin konuşmanı çok önce istemiştim. Çok önce konuşacaktın benimle. Hayatıma biri girdiğinde değil."

Ona bakamıyordum. Öfke doluydum, içim acıyordu. Gözlerim dolu dolu yanımdan geçen insanları izliyordum.

"Hayatına biri girmedi Zeynep. Beni kıskandırmak için biriyle vaktini boşa harcıyorsun, bu kadar."

"Biz onunla arkadaş oluyoruz Onur, ister inan ister inanma. Harika anlaşıyoruz."

"Öyle mi? Ne güzel. Yakışıklı filan da buluyor musun onu?"

"Evet!"

"İyi." Dolu gözlerimi ona çevirdim. Ona doğru eğildim, gözlerinin içine baktım. O ela gözlerinin içine baktım, acı içinde olduğumu görmesini istedim. Gözlerime bakarken onun da içinin acıdığını biliyordum. Buna adım kadar emindim.

"Hayatıma kimseyi almama izin vermeyeceksin, ama hayatıma da hiçbir zaman girmeyeceksin... değil mi?"

Yutkundu. Gözlerime uzun uzun baktı, sonra derin bir nefes alarak üstüne basa basa konuştu. "Ben senin hayatının tam ortasındayım Zeynep. Belki sana görünmeyeceğim, belki seninle konuşmayacağım ama hep hayatının tam ortasında olacağım."

"İşte şimdi tam bir mafya gibi konuştun. Hiçbir zaman kendini bana bırakmayacaksın, değil mi? Hiçbir zaman kendini bana kaptırmayacaksın, bana izin vermeyeceksin... değil mi?" Başını kaldırdı. Sıkıntılı bir nefes alırken ona doğru eğildim. "Onur... Hiçbir zaman benim sevgilim olmayacaksın sen. Hiçbir zaman kendini bana o kadar bırakmayacaksın. O zaman iyi bir arkadaş ol... Ve randevularımı mahvetme." Ayağa kalktım. Öfkeyle çantamı ve telefonumu alıp yüzüne bile bakmadan yürümeye başladım. Peşimden gelmedi, gelmesini de istemiyordum zaten. Alışveriş merkezinden gözümde yaşlarla çıktım. Ağır ağır yürüdüm sokakları, hava kapalıydı.

İçimde bir dağ vardı sanki. Yıkılmaya hazır bir dağ. Hiçbir iş makinesi tarafından yıkılmayacak, sadece bir çift elle yıkılabilecek bir dağ. Ve Onur'un elleri o dağa dayanıyor, dokunuyor, sarstıkça sarsıyordu. Bu kadar kolay mıydı birinin içini bu kadar acıtmak? Bu kadar kolay mıydı birini bu kadar üzmek?

Oysa benim ne hayallerim vardı, el ele tutuşacaktık, sokaklarda yürüyecektik. Benimle arasına bir duvar ördü ve şimdi o duvarı yıkamıyor, aptal! Beyinsiz, salak! İçten içe deliriyor, beni kıskanıyor. Ama işte, duvarı yıkıp adım atamıyor. Bu zamana kadar hep onu anlamaya çalıştım. Hep ona hak vermeye çalıştım, ama kör mü bu çocuk? Her şey bitti işte, görmüyor mu? Özgür kaldı, normal hayatımıza döndük. Şimdiden sonra bana yaptığı her türlü korumacılığı ben tamamen kendi özgür iradesine dayandırırım. Benim içimde, benim kalbimde şu an Onur beni istemiyor. Evet beni kıskanıyor, belki başkasına kaptırmak istemiyor. Ama benim ellerimi tutmak istemiyor, beni öpmek istemiyor, bana sarılmak istemiyor.

Biliyor musunuz, Onur'la bir kez olsun şöyle içimiz rahat, mutlu bir şekilde sıkı sıkı gülerek sarılamadık birbirimize. Biz bunu hak etmedik ve benim tüm umudum her şey düzeldiğine ona kahkahalarla sarılmaktı. Olmadı, yapamadık, bu hakkımı aldı benden.

Ve şimdi ben, benim üstümde ne hak görüyorsa alacağım ondan.

Çünkü o benim hiçbir şeyim.

Artık o benim arkadaşım bile değil.

KARANTİNA

Aşk acısı
öyle zor geliyormuş ki aslana,
'Keşke,' demiş aslan,
'Keşke öldürseydi
bu kuzu beni,
kendine âşık etmek yerine'

11. Bölüm

Aslan ve Kuzu

Bir kurşun girse bedenime, dağıtsa kalbimi,
onun dağıttığı kadar dağılmazdım...

"Aslan nasıl âşık olduysa kuzuya, bunun bilinmezliğiyle çaresizce geçiriyormuş günlerini ormanın bir köşesinde. Bunalıma girmiş bir aslan hayal edin. Koşsa koşamaz, ava çıksa çıkamaz. Bu zamana kadar yüzlerce hayvanı avlamış aslan, ayağa kalkamaz hâldeymiş şimdi. *Çünkü bu sefer avlanan aslanın ta kendisiymiş.* Bir kuzu tarafından avlanan kalbi yaralıymış âdeta. Aşk acısı öyle zor geliyormuş ki aslana, *'Keşke,' demiş aslan, 'Keşke öldürseydi bu kuzu beni, kendine âşık etmek yerine...'* Aşk buymuş ormanlar kralının gözünde. Acı çekmek, ölümü tercih etmekmiş. İşte benim bu kitaptan anladığım budur. Haftaya sizin de düşüncelerinizi bir A4 kâğıdına yazılmış bir şekilde masamda görmek istiyorum. Hepiniz lütfen dediklerimi düşünün fakat kendi hislerinizle yorumunuzu yapın. Dersimiz bitmiştir, iyi günler dilerim çocuklar."

"Hocam, siz gördüğüm en iyi edebiyatçısınız."

"Siz de gördüğüm en sessiz öğrencilersiniz. Yahu biraz konuşun, fikirlerinizi belirtin. Haftaya hepinizi konuşkan görmek istiyorum. Bu arada, benim odam bir üst katta, kapıda ismim yazıyor. Edebiyat üzerine konuşmak istediğiniz bir konu olursa beklerim. Görüşürüz."

Candan Hoca'ya hayranlıkla baktığım sırada gözüm ağır ağır arka sıralara kaydı. Onur sınıfın en köşesinde, arka sırada tek başına oturuyordu. Burak ve Mert bir önünde, ben de ortadaki sıralardan birinde yine tek başımaydım. Onur'la oturmuyordum ama Rüzgâr'ı sabahtan beri göremiyordum. İlk derse gelmemişti. Aklım onda olsa da bende ne telefon numarası vardı ne başka bir şeyi. Onur arka sırada oturmuş yine defterini karalarken birden sınıfa Rüzgâr girdi! Şaşkınlıkla ona döndüğüm sırada gayet normal görünüyordu. Hiçbir şey olmamış gibi gülümsedi, bana başıyla selam vererek yanıma geldi. Kaşlarımı çattım.

"Neredeydin sen! Seni çok merak ettim!"

"Çok acil bir işim çıktı, haber veremedim. Ailevi bir durum. Haber vermeyi çok isterdim ama telefon numaran bende yoktu. Özür dilerim, iyi miyiz?" Yutkundum. Gülen yüzüne karmakarışık bir ifadeyle baksam da başımı salladım.

"Sorun yok. Sağlıkla ilgili bir durum mu? Kimseye bir şey olmadı, değil mi?"

"Hayır... Ufak bir kaza sadece. Sonra anlatırım. Eee, dün çok bekledin mi beni?"

"Hayır. Yarım saat kadar."

"Bayağı beklemişsin. Ben olsam beş dakika sonra kalkar giderdim." dediği sırada ufak bir kahkaha attı, "Şaka yapıyorum tabii."

Konuşmaya devam ettiğimiz sırada Onur bana bakıyor muydu deliler gibi merak ediyordum. Ama başımı çevirip bakamazdım da. Elimi yanağıma koydum, biraz o şekilde bakmayı denedim. Ama bu açıdan göremiyordum onu. Bir yandan Rüzgâr'ı dinliyor bir yandan Onur'a bakmak için yollar deniyordum. Tam o sırada Rüzgâr beklemediğim bir şey yaptı. Kulağıma doğru eğildi, ben ne olduğuna anlam vermeye çalışırken gülerek fısıldadı.

"Bakıyor. Merak etme." Kendimi geri çekip yüzüne baktığım sırada öyle flörtöz bir tavrı vardı ki hem rahatsız olmuş hem de beni düşünerek yaptığı için minnettar olmuştum. Başımı salladım.

"Merak etmiyordum." diye mırıldandım.

"Ediyordun güzellik." Yutkunduğum sırada sınıfa nöbetçi bir öğrenci girdi. Sınıfta kalan yaklaşık yirmi kişi olarak dönüp ona baktık.

Elindeki kâğıtlardan ikisini sınıfın panosuna astı. Sınıftan çıkar çıkmaz sınıftaki kızlardan biri koşar adım panoya gitti.

"Haftaya Fizikten test yapılacakmış. Sözlü notu yerine geçecekmiş. Ve hazır mısınız? Bomba gibi bir duyuru geliyor! Tam altı gün sonra, haftaya Pazartesi... Okulun kuruluşunun yedinci yılıymış ve bir balo düzenlenecekmiş! Bütün eğitim kadrosu, okulun kurucuları orada olacakmış. Sürpriz bir sanatçı da gelecekmiş. Hepimizi davet ediyorlar! Ay ne giyeceğim!"

Bütün herkes neşeyle birbirlerine dönerken bu baloya tepkisiz kalan tek iki insan Onur ve bendik. Şu an kendimi çok garip hissediyordum. Burada, Rüzgâr'la oturuyor olmak bana kendimi kötü hissettiriyordu... Burak ve Mert yan sırada hangi kıza balo için çıkma teklifi edeceklerini tartışırlarken onların yanında olmak istiyordum, "Birlikte gidin!" diye dalga geçmek istiyordum. Ait olduğum yer orasıydı. Ama Rüzgâr'ı dün yanımdan alıkoyan onlardı, buna emindim. Ve onlara kızgındım. Başımı istemeye istemeye önüme çevirdim.

"İyi bari, o gün okul tatil olur. Evde yatarım." diye mırıldandığım sırada Rüzgâr birden şaşkınlıkla yüzüme baktı.

"Baloya gelmeyi düşünmüyor musun?"

Omuz silktim. "Öyle ortamları sevmem."

"Peki beni yalnız mı bırakacaksın? Ben öyle ortamları severim ve tek arkadaşım sensin."

"Üzgünüm. Gelemem... Senin de gitmeni tavsiye etmem."

"Üzgün olma, geleceksin. Kendini aş artık biraz. Müzik dinleriz, dans ederiz."

"Ben gerçekten..." dediğim sırada Rüzgâr oturduğu sıradan ayağa kalktı. Ne yapacağına anlam veremediğim sırada sıraları dolaşıp tam yanıma geldi. Birden şaşkınlıkla ona baktığım sırada önümde diz çöktü.

"Rüzgâr ne yapıyorsun?" Şok içinde bakıyordum ona. Birden gülerek elimi tuttu. Kendime engel olamayarak yanımızdaki sırada oturan Burak, Mert, Onur üçlüsüne baktım. Şok içinde bizi izliyorlardı. Onur'u görmeniz lazımdı, kaşlarını çatmış, dik dik Rüzgâr'a bakıyordu. Başımı Rüzgâr'a çevirdim.

"Zeynep..." diye mırıldandı gülerek, "Senin gibi bir kızla aynı sınıfta olmak bile bir şerefken baloya benimle gelip beni dünyanın en mutlu insanı yapar mısın?" dedi.

Ne saçmalıyordu bu? Bu yaptığı şey de nereden çıkmıştı şimdi! Ne diyecektim? Düşünmeliydim... Tam şu an acilen düşünmeliydim. Dün Onur, Burak ve Mert bu çocuğa ne yaptılar bilmiyordum, ama gördüğüm kadarıyla yıldıramamışlar hatta daha büyük bir inada sebep olmuşlardı. Dün bana yaptıkları şey hadlerini fazlasıyla aşmaktı. Ve belki de bir dersi hak ediyorlardı. Şu an bu teklife evet dediğimde dünün intikamı benim için alınmış olacaktı. Biliyordum, Onur acı çekecekti, üzülecekti. Ama gerçekleri görmesi gerekiyordu. Sonsuza kadar yalnız kalmayacaktım. Beni istiyorsa beni gelip alacaktı... başkaları almadan.

"Ay, çok romantik!"

Az önce duyuruyu okuyan kız arka sırada aşk dolu bir ses tonuyla bize imrenirken yutkundum. "Tamam..." diye mırıldandım. "Yani, evet... Gelirim..."

Rüzgâr gülerek ayağa kalktığı sırada birkaç saniyeliğine bana göz kırptığına şahit oldum. Ayağa kalkıp sıraya, yanıma otururken burnumu çekerek Buraklara döndüm. Burak bana eliyle, "Ne ayaksın sen?" tarzında bir hareket yaptığında kendimi inanılmaz kötü hissettim. Ağzımla "Sonra konuşalım." diye mırıldandım. Burak gözlerini devirirken Mert o kadar da kızgın bakmıyordu. Beni anlıyordu. Ama Onur arka sıralarında defterini karalamaya geri dönmüştü. Hem de nasıl bir karalamak... Defterde neredeyse delik açılacaktı. Ama bunu o istemişti. Bu kadar delirmeyi, bu noktaya gelmeyi...

"Sen..." diye fısıldadım Rüzgâr'a doğru, "Bunları ne için yapıyorsun?"

"Hiç. Seni mutlu etmek için." Buna inanmıyordum. Resmen Onur'a inat benimle bu kadar ilgilenmeye başlamıştı. Ama bir yerde haklıydı, bir yerde ona da hak veriyordum. Sınıfa girdi, bir kızla tanıştı ve kızın üç adet belalısı ortaya çıktı. Şaka yapmıyorum, ciddiyim. Dün yaptıkları şey tam bir belalı hareketiydi. Rüzgâr'ın da tek başına karşı tepkimeye girmesi oldukça haklı bir hareketti. Ve sonuna kadar destekleyicisi olacaktım.

"Bu arada..." diye mırıldandı, "Bu benim telefon numaram." Bana bir kâğıt uzattı ve hemen sonra bir boş kâğıt ve kalem uzatarak bana baktı.

"Buna da sen numaranı yaz. Yine bir buluşmamızda acil bir işim çıkarsa sana haber verebileyim." Başımı salladım. Kâğıda numaramı yazıp ona geri verdim. Bana verdiği kâğıdı cebime koyarken sınıfın kapısı açıldı.

"Evet çocuklar, defterlerimizi açalım. Hızlı bir ders olacak. Çünkü yirmi dakika sonra çıkmam gerekiyor. Ve siz otuz dakika boyunca boş kalacaksınız. O yüzden hemen başlıyorum... Çizdiğim şekilleri aynen geçirin." Geometri hocamız derse hızlı bir giriş yaptığı sırada aklım hiçbir şekilde derste değildi.

Bütün gün derslerin bir tanesine bile odaklanamadım. Aklım Onur'daydı, şu an benim çözemediğim tek denklem Onur'du. Benimle olmak istemiyor, benim başkasıyla da olmamı istemiyor, eee? Ne istiyor? Dersler bitene kadar kafa karışıklığıyla boş boş akıllı tahtaya bakıp durdum. Dersler bittiğinde ise Rüzgâr çantasını hazırlarken yanı başımda Burak'ı buldum. Başımı kaldırıp ona baktığım sırada öfkeyle bana bakıyordu.

"Bir şey mi oldu?" Burak sinirle başını salladı.

"Benimle koridora gelir misin bir dakika?" Burak'ı ilk defa ciddi ve sinirli görüyordum. Başımı salladım, ayağa kalktığım sırada çantamı omzuma taktım ve peşinden ilerledim. Rüzgâr'a başımı sallayarak veda ettim ve sınıftan çıktım. Burak koridorun en köşesine kadar öfkeyle ilerledikten sonra bana döndü. Merakla ona baktım.

"Tamam... Başta hak verdim, haklıdır dedim. Kız çok üzüldü dedim. Onur kıza haksızlık ediyor dedim, Zeyno çok haklıdır dedim. Ama bugün çok fazlaydı Zeynep. Yanımıza oturmadın, o kendi imkânlarıyla doğmuş çocukla oturdun." derken şaşkınlıkla sözünü kestim.

"Kimle!"

"Kendi imkânlarıyla doğmuş o çocukla! Onu iki insan bile isteye yapamaz! Üstüne üstlük çocuk senin önünde diz çöktü! Baloya gitme teklifi etti, bak bak bak! Baloya gitme teklifi. Ne sanıyor bu çocuk kendini! O an içimden 'Hadi be Zeyno, haddini bildir şuna.' dedim, bir baktım Zeynep evet demiş! Bir baktım Zeynep çocukla baloya gidiyor! Yahu kızım, hiç mi hatırımız yok? Hadi bizi geçtim Onur'un ne kadar üzüleceğini düşünemiyor musun?"

Sinirle derin bir nefes aldım. "O düşünüyor mu Burak? Dün siz o alışveriş merkezine gelerek Onur'a karşı kalan son saygımı tükettiniz!"

"Ne alışveriş merkezi?" dedi salakmışım gibi.

"Oraya geldiğinizi biliyorum Burak."

"Ne alışveriş merkezi, hiçbir yere gitmedik biz. Anlamıyorum." Gözlerimi devirdim sinirle.

"Ya Onur benim yanıma geldi dün o alışveriş merkezinde! Sizin de orada olduğunuzu o söyledi bana! Üstelik ben kendim de gördüm sizi, bırak şimdi yalan söylemeyi."

"Ha, Onur mu geldi? Tamam ulan! Tamam kabul ediyorum, sizi takip ettik, sizi izlemeye geldik. Ama bu bizim en doğal hakkımız."

"Onur bana beni izlemeye geldiğinizi, takip ettiğinizi söylemedi. Yemek yemeye geldiğinizi söyledi." diye mırıldandığım sırada Burak'ın yüzü değişti.

"Zaten öyle yaptık. Seni izlemeye gelmedik tabii ki, takip de etmedik. Ben şaka olarak söyledim. Okuldan sonra yemek yemeye gittik. Sizin orada olduğunuzu bilmiyorduk bile."

Gözlerimi devirerek sıkıntılı bir nefes verdim.

"Bak, ne yaptığınızı biliyorum... her şeyin farkındayım. Sizin dün yaptığınıza karşılık benim bugün o teklifi kabul etmem hiçbir şeydi. Onur bunu hak etmişti."

"Tamam, tamam öyle olsun. Ama bari arkadaş kalmaya devam edin. Kabul edin sevgili olamayacağınızı, her şey en başına dönsün. Arkadaş kalalım. Eskiye dönelim, mahşerin dört atlısı olalım. Hadi ama..." Gözlerimi yere çevirdim. Bunu istiyor muydum emin değildim. Onur'u arkadaşım olarak görmek bile istemiyordum.

"Ender Onur'a ev aldı..."

Burak'ın cümlesine şaşkınlıkla tepki verdim. "Ne?"

"Evet... Onur ayrı eve çıkmak istediğini söylemiş. Buralara yakın bir daire satın almış dün. Birkaç gün içinde Onur dairesine taşınmış olacak. Biz de şimdi okuldan çıkıp Onur'un dairesine gideceğiz, bazı eşyaları geldi, onları düzenleyeceğiz. Ben diyecektim ki... eğer gelmek istersen..."

Burak'ın öylesine morali bozulmuştu ki içim acıyordu. Deli gibi gitmek istiyordum aslında. Onur'u her ne kadar arkadaşım olarak bile görmek istemesem de yanlarında olmak istiyordum. O evi düzenlerken ne kadar eğleneceklerdi kim bilir. Allah kahretsin ya, düştüğüm duruma bakın!

"Tamam. Gelirim."

Burak neşeyle başını kaldırdı. "Ciddi misin?"

"Evet... Gidelim."

"Ya sen var ya bir tanesin bir tane! Gel, bizimkilere haber verelim. Sınıfta beni bekliyorlardı."

Birlikte sınıfa doğru yürüdüğümüz sırada içim içimi yiyordu. Gergin bir ortam yaşayacağımızı biliyordum. Karnıma şimdiden stres ağrıları girmeye başlamıştı. Sonra bir an durdu, eliyle beni durdurup sessizce konuşmaya başladı.

"Dün seni takip ettiğimizi ağzımdan kaçırdığımı onlara söyleme."

Şaşırmış gibi baktım yüzüne. "Beni takip mi ettiniz dün?" Burak kafası karışmış gibi baktı bir anda.

"Nasıl yani? Anlamadın mı? Yani... Hayır, takip etmedik." Başka hiçbir şey söylemeyip sınıfa doğru ilerlerken arkasından gülmeye başladım. Bu çocuk gerçekten deliydi. Aramızda tüm bu olayların sonucunda en çok akli dengesini yitiren Burak olmuştu.

"Kanka, gelin hadi. Çıkalım. Zeynep de bizimle geliyor."

"Cidden mi?" Mert gülerek sorduğunda kapıdan kafamı uzattım, gülümseyerek el salladım.

"Cidden." Onur yüzüme bile bakmadı. Ayağa kalktı, en soğuk hâliyle sınıftan çıkıp yanımızdan çekip gitti. Burak, Mert ve ben peşinden ilerlerken Burak söyleniyordu.

"Al birini vur ötekine ya! Bunları var ya böyle kafalarından tutup birbirlerine vurmak istiyorum." Tam o sırada koridorda ilerlerken iki çocuk birbirlerini büyük bir kahkahayla iteklerken çocuklardan biri Burak'a çarptı.

"Yavaş, yavaş!"

"Pardon abi!"

Merdivenlere yöneldiğimiz sırada Burak öfkeyle söyleniyordu. "Bizim eski sokakta bir deli vardı. Mahallenin delisiydi. Mert hatırlar. Yanına insan yaklaşınca araba alarmı gibi ötmeye başlıyordu. 'Dari, darii...' diye. Yemin ederim en iyisini yapıyormuş ya ben de bunlar yanıma yaklaşınca alarm gibi ötmeye başlayacağım!" Büyük bir kahkaha attım, gülüşerek merdivenleri indiğimizde aklım Onur'daydı. Ama ne Mert'e ne Burak'a Onur'la ilgili bir soru soracaktım.

"Keşke evi biraz büyük tutsalardı. Ben kendime de bir oda yapacaktım çünkü Onur'un evinden çıkacağımı sanmıyorum."

"Üçümüze de birer oda yapsak harika olurdu değil mi abi, Zeynep'inkini pembe eşyalarla döşerdik."

"Ben pembeden nefret ederim!"

"Neyse susun şimdi, Onur kardeşimize yaklaşıyoruz ve kendisi son yarım saattir küplere bindiği için konuşmamızı pek hoş karşılayacak gibi değil."

Onur oradaydı, kot ceketini giymiş bizi bahçenin köşesinde Mert'in arabasının yanında bekliyordu. Aptal, çok hoş görünüyordu. Çok etkileyici. Ama bu benim umurumda değildi.

Birlikte yanına ilerlediğimiz sırada Mert uzaktan arabanın kapılarını açınca bize bakmadan şoför koltuğunun yanına geçip oturdu. Ben de hızla arka koltuğa geçip oturdum, Burak yanıma gelirken hiçbir konuşmaya katılmamak için elime telefonumu aldım. Sosyal medyada gezinmeye başladım. Ki zaten arabanın içinde pek fazla konuşma yaşanmadı da. Burak da Onur da Mert de gergin ortamı susarak geçiştirmeye çalıştılar. Okuldan eve gitmemiz on dakikamızı aldı. Çaktırmamaya çalışarak önünde durduğumuz binaya göz attım. Bina yaklaşık on beş katlı, bakımlı bir binaydı. Duvarları bembeyaza boyanmış, dışının bir kısmı mozaik taşlarla süslenmişti.

"Bütün eşyaları getirdiler mi?" Mert'in sorusuyla birlikte başımı Onur'a çevirdim. Soğuk bir cevap verdi.

"Bir kısmını. Kalan kısmı yarın gelecek..." Onur'un duvar gibi cevabından sonra sessizce binaya yöneldik.

"Burası akıllı bina, hiç duydun mu Zeyno?" diye söze girdi Burak.

"Nasıl yani?"

"Her şeyi elektrikle çalışıyor. Kapıları anahtarla açılmıyor mesela. Her kapının önünde şifreli sistem var."

"Güzelmiş." Cevabımın ilgisizliğine, hevessizliğine bakın. Beni bu hâle o getirdi. Hevesimi aldı, götürdü... Ona dair duyduğum tüm heyecanı aldı benden. Buna hakkı yoktu, ama yaptı.

Birlikte binaya girişimiz sessizdi, asansöre binişimiz sessizdi. Burak bile konuşmuyordu, tahmin edin artık durumumuzu. Bina öylesine lükstü ki bununla ilgili şaka yapmak istiyordum, ama susuyordum. Asansör gördüğüm en lüks asansördü! Birlikte dokuzuncu kata çıktık. İndiğimizde bizi dört daireli bir kat karşıladı. Onur iner inmez ilerleyip kapısının yanındaki şifreli sisteme şifresini girdi.

"Şifre 604956..." diye fısıldadı Burak kulağıma doğru, "Onur'a sürpriz filan yapmak istersen diye..."

Omuz silktim. "Çok isterim."

Birlikte eve girdiğimiz sırada birkaç saniyeliğine nefesimi tuttum. Ender Bey, oğlu için hiçbir şeyi sakınmamıştı. Muhteşem bir daire karşıladı bizi. Her yeri özenle kaplanmış gri siyah duvar kâğıtları, muhteşem bir mutfak, mutfakla birleşik şehir manzaralı bir oturma odası ve tüm duvarı kaplayan büyük camlar.

"Nasıl?" dedi Burak heyecanla bana bakarak.

"Güzelmiş."

"Of bu ikisi ölmüş ya, morga kaldıralım bunları. Bir saniye," diyerek telefonunu çıkardı Burak. Telefonunu kulağına götürdü ve abartılı bir sesle konuşmaya başladı. "Alo, merhaba. Ben vereceğim adrese iki adet cenaze taşıma aracı istiyorum. Şu an bulunduğum yerde iki ölü var da."

"Ha ha..." dedim yapmacık bir şekilde. Mert ve Burak gülmekten kırılırlarken Onur da ben de tepkisizdik.

"Bu eşyalar mı yerleştirilecek?" diye sordum. Oturma odasının ortasında paketlenmiş bir büyük koltuk, bir masa, birkaç sandalye ve bir sürü koli vardı.

"Evet bunlar." Onur bana cevap verince birden şaşkınlıkla birbirimize baktık. Sanırım dalgınlığına gelmişti. Burak ve Mert gülerek konuşurlarken Burak'ın aradan kaçan cümlesini duydum.

"Abi bak bak, küs olduklarını unuttu yanlışlıkla cevap verdi şimdi de birbirlerine bakıyorlar şaka gibi! Harika bir ortam yemin ederim!"

Gözlerimi devirdiğim sırada Onur'la aynı anda bir koliye doğru eğildik. İkimiz de aynı koliyi tuttuğumuzda birbirimize bırakmak için ikimiz de koliyi bırakıp ayağa kalktık. Sonra ben koliyi bana bıraktığı için tekrar koliye doğru eğildiğim sırada o da koliyi ona bıraktığım için tekrar eğilince tekrar koliyi birlikte tuttuk!

"Hahahahaha!" Burak ve Mert arkamızda yıkılıyorlardı.

"Tamam, sen al." dedim sinirle.

"Sen al." Onur'un öfkeli söylenmesiyle bu anı devam ettirmek istemediğim için eğilip koliyi aldım. Sinirle içine baktım. İçinde mutfak eşyaları vardı. Koliyle birlikte mutfağa doğru ilerlediğim sırada üçü de birer koli kapmış içindekileri inceliyorlardı. Sinirle sessizce söylene söylene mutfak eşyalarını mutfak tezgâhına ve dolaplara yerleştirmeye başladım. Tabakları üst raflara koyacaktım.

"Abi, biz Mert'in arabasından alet çantasını, matkabı filan alalım. Hadi Mert." Mert ve Burak evden çıkarlarken hiç ses çıkarmadan uzanıp paketli sandalyelerden birini kendime doğru çektim. O an Onur'un bana kaşları çatılı bakışını yakaladım.

"Ne yapacaksın onunla?" diye sordu tek düze bir sesle.

"Üst rafa tabak koyacağım."

"Üstüne mi çıkacaksın?" Başımı sallayarak sandalyenin paketini çıkarmaya başladım.

"Ben yaparım, düşersin."

Omuz silktim. "Hayır. Gerek yok. Basit bir şey."

"Tamam küsüz, konuşmamıza gerek yok. Ama izin ver yardım edeyim, düşeceksin filan şimdi."

Tekrar omuz silktim. "Gerek yok dedim. Sen diğer kolilerle ilgilen. Ben hallederim."

"İyi. Sen bilirsin." Onur diğer kolilerle ilgilenmeye döndüğü sırada öfkeyle sandalyeyi rafın önüne çekip sandalyeye çıktım. Sırf Onur'a inadımdan sandalyenin ayaklarındaki paketi açmamıştım. Umarım bu sandalyeden kayıp düşmez ve rezil olmazdım. Tabakları koliden çıkarıp yavaş yavaş rafa yerleştirdiğim sırada her şey güzel gidiyordu.

Sonlara yaklaşmıştım, tabakları bitirmiş tavaları yerleştirmeye başlamıştım. Ve ne olduysa o an oldu. Korkmayın, ben düşmedim! Çok daha kötüsü! Sandalye birden ayağımın altından kayar gibi olduğunda ufak bir çığlıkla telaşla dolabın üstüne tutundum, sandalye ayağımın altından kayıp düştü ve ben dolabın üstüne tutunmuş bir şekilde havada sallanıyorum!

"Zeynep!" Onur çığlığımı duyup korkuyla bana yöneldiği sırada ona ürkek bir kedi gibi bakıyordum. Ama Onur olduğu yerde kaldı. Ne duruyorsun, indirsene beni!

"Neyse..." dedi birden, "Sen halledersin." Ne? Allah'ım! Sakin ol Zeynep, sakin ol. Sorun yok. Sakin ol...

"İstemiyorum zaten yardımını filan. Kendim inerim." İnemezdim! Sandalye tam altımda yan yatıyordu, kendimi bıraksam yere basamayacaktım, sandalyeye düşüp bir yerimi sakatlayacaktım. O kadar rezil bir görüntü vardı ki şu an görseniz gülmekten ölürdünüz. Onur vicdansızca gidip kolilerle ilgilenmeye başladığı sırada ben dolaba asılı kalmış sallanıyordum. Neredeyse ağlayacaktım.

Bu şekilde yaklaşık beş dakika bekledim. Sesimi bile çıkarmadım. Survivor'a katılsam tam şu an şampiyon ilan edilirdim ama ellerim kollarım mahvolmuş bir haldeydi, bunu hissediyordum. Tam o an şükürler olsun ki Burak ve Mert kapıdan girdi.

"Zeynep!"

Burak alet çantasını yere atıp şok içinde bana koşarken öfkeyle söylendim. "İyiyim ben."

"Zevk için mi çıktın kızım oraya ne iyisi!" Burak beni kucağına alıp yere indirirken acıyla bileklerime baktım. Kıpkırmızı olmuşlardı. Mert şaşkınlıkla bileklerimi eline aldı, sonra Onur'a döndü.

"Abi sen kör müsün? Kız burada asılı kalmış."

"Yardımımı istemedi." Onur sessizce mırıldandığında bize bakmıyordu bile. Kolilerle ilgileniyordu.

"Gel, şu ellerini kollarını yıkayalım, buz tutalım." Mert beni banyoya götürürken öfkem yerini garip bir hüzne bırakmıştı. Geri dönülemez bir inatlaşma içine girmiştik. Dönüşü olmayan şeyler yaşıyorduk.

"İkinizden biri ölmeden bu inadı bırakmayacaksınız değil mi?"

"Mert lütfen... Bu konuda konuşmayalım. Ah..." Ellerimi soğuk suya tutmanın acısıyla hafifçe sızlandım.

"Tamam, dur... Şey yapalım. Sen ellerini kurutmadan içeri git. Ben yan komşudan buz ve sargı bezi isteyeyim." Mert'le birlikte içeri girdiğimiz sırada dayanamayıp paketi tam açılmamış koltuğun üzerine oturdum. O an Onur'un yan gözle bileklerime ve ellerime baktığını gördüm, içi acıyordu. Bakışlarından belliydi. Yutkunarak bakışlarını kaçırdı ve televizyon için aldıkları masayı duvara doğru itti.

Âşık olduğunuz, sevdiğiniz, bir kez olsun sarıldığınız, güvendiğiniz, hep özlediğiniz insanla bu noktaya gelmek... İçiniz acıyarak bakmak, ama yanına gidememek... Bunlar haksızlıktı. Bu kadar güzel hislerin bu noktaya gelmesi haksızlıktı.

Aklımdan edebiyat dersinde duyduğum cümleler geçti bir bir. Ormanlar kralı aslanın ve öylesine sıradan bir kuzunun birbirine âşık olmasından farksızdı durumumuz. Hani diyordu ya aslan, **"Keşke öldürseydi bu kuzu beni, kendine âşık etmek yerine."** İşte şimdi anlıyordum bunu. Aşkın olduğu yerde acı kaçınılmazdı.

Hele de birbirinize yasaksanız, hele de biriniz av biriniz avcıysanız... Onur bana zarar gelmesin diye benden kaçarken beni daha çok incitiyordu aslında. Farkında değildi, ama onun yüzünden ölsem bu kadar yanmazdı canım. *Bir kurşun girse bedenime, dağıtsa kalbimi, onun dağıttığı kadar dağılmazdım...*

KARANTİNA

Neden aramıza bir duvar ördün,
görmüyor musun
yıkıp geçemiyorum o duvarı?

12. Bölüm

oturma odası

Oysa ateş beni üşütüyordu.

"Zeynep, Zeynep..." Üşüdüğümü hissediyordum. Bedenimin sanki bir buzun üstünde yattığını, ben kıpırdandıkça buzun beni kaydırarak kalkmamı engellediğini... Burak'ın sesini duyduğumda gözlerimi açmaya çalıştım. Yattığım buzlu zemin kalkmamı engellerken nedenini bilmediğim bir acı saplanmıştı karnıma, kalbimin tam altına. Ufak bir sızlanmayla kendimi öne attığım sırada nefes nefese gözlerimi açtım. Elim kalbimin tam altındaydı.

"Zeynep! İyi misin? Kâbus mu gördün?" Nefes nefese etrafıma bakınırken Onur'un paketi açılmamış koltuğunun üstünde uyuyakaldığımı anladım. Onur ve Mert bana endişeyle bakarlarken bakışlarımı Burak'a çevirdim, önümde diz çökmüş korkuyla beni izliyordu.

"Ben... iyiyim... Kâbus gördüm."

Onur tereddüt eder gibi yutkunarak sessizce sordu. "Elin neden karnında? Karnın mı ağrıyor?" Başımı ağır ağır elime çevirdim. Kalbimin tam altında, göğsümün alt kısmıyla karnımın birleşiminde olan elime baktım. O an rüyamı hatırladım, buzların üstünde yattığım ve gözlerimi açamadığım, acıdan kıpırdayamadığım rüyam beni fiziksel olarak kendi içine çekmişti.

"Hayır... İyiyim ben." diye mırıldandım.

"Tamam, çok üstüne gitmeyin." Mert bana bir bardak su uzatırken suyu aldığım gibi içmeye başladım, "Kâbus görmüş belli ki."

"Biz işleri bitirdik, hadi eve bırakalım seni." Başımı sallayarak kalktığım sırada sargı beziyle sarılı bileklerime baktım. Ardından Onur'a döndüm. Bana çaresiz gözlerle bakıyordu. Gözlerimi ondan kaçırıp yerdeki çantamı aldım ve diğer elimdeki su bardağını mutfak tezgâhına bıraktım.

"Siz... burada mı kalacaksınız?" diye sordum onlara dönerek.

"Hayır, üçümüz de benim evimde kalacağız. İstiyorsan sen de gel."

Mert'e hafifçe gülümsedim. "Annem de öyle diyordu."

Aralarında gülüştükleri sırada kapıya yöneldik. Onur kapının şifresini girmek için öne atıldığı anda birden dairenin ışıkları söndü. Şaşkınlıkla etrafa bakındığımız sırada ne olduğuna anlam verememiştik.

"Ne oldu şimdi abi ya?" Burak dairenin ışığını tekrar tekrar açıp kapamaya çalışıyordu ama ışık açılmıyordu bile.

"Elektrik gitti herhalde. Jeneratörün devreye girmesi gerekiyordu ama..." dedi Onur etrafa bakınarak, "Neyse, biz çıkalım da onlar halleder." Sıkıntıyla kapının şifre yazma ekranına doğdu döndüğünde bir an donakaldı.

"Hassiktir," diye mırıldandı, "Kapı elektrikle çalışıyordu."

Hah, harika! Başımıza gelmeyen bir bu kalmıştı. Karantina altına alınmalar, cinayetler, kaçışlar, dolap üstünde asılı kalmalar, evde mahsur kalmalar... Bela mıknatısı olmaktan kurtulamayacak mıydım ben?

"Binanın kapıcısı filan yok mu? Arasak..."

"Şurada bir yerde telefon numarası olması lazım." Onur telefonunun el feneri özelliğini açıp karanlık dairede içeri doğru ilerlerken sıkıntıyla evin camına doğru ilerledim. Cama yaslandım, sakince şehir ışıklarını izlemeye başladım. Gördüğüm rüya beni bir savaştan çıkmışım kadar yormuştu. Onur evin içinde telefon numarası ararken telefonumun titrediğini hissettim. Tanımadığım bir numara arıyordu. Kaşlarım çatılı bir şekilde telefonu açıp kulağıma götürdüm.

"Alo?"

"Merhaba güzellik."

"Rüzgâr?" Arayan Rüzgâr'dı. Rüzgâr dememle birlikte Onur'un eğildiği masadan başını kaldırıp öfkeyle bana bakması bir oldu. Gözlerimi ondan kaçırdım ve telefona odaklandım. Onun umurunda filan değildim. Rüzgâr'a karşı verdiği tüm tepkiler egosuna yedirememesinden kaynaklanıyordu. Umurunda olsam bileklerim sargı beziyle sarılı olmazdı.

"Evet, ta kendisi. Nerelerdesin, mesaj attım sana ama gitmedi."

"Mesaj mı attın? Ha... Görmedim. Dışarıdayım ve internetimi açmadım. Arkadaşlarımlayım. Birazdan eve geçeceğim."

"Hangi arkadaşlarınla? Seninkiyle mi?" Boğazımı temizledim.

"Buraklarla."

"Güzel, yani seninkiyle."

"Öyle bir şey yok, Rüzgâr." dedim rahat konuşamadığım için.

"Öyle bir şey yoksa neden bana bir şans vermiyorsun?"

Kurduğu cümleyle birlikte kaşlarımı çattım. "Sen... böyle bir şey istemediğini söylemiştin bana."

"Âşık olunmayacak bir insan değilsin Zeynep. Bir gün kendime engel olamazsam, sana karşı hislerim oluşursa ne tepki vereceğini merak ediyorum." Yutkundum. Ne diyeceğimi ne hissedebileceğimi bilmiyordum. Ama belki de öyle bir gün geldiğinde Rüzgâr şans verilmesi gereken bir isimdi.

"Onu o gün görürüz. Öyle bir gün gelirse tabii..."

"Tamam, ben bunu olumlu bir cevap olarak alıyorum. Size iyi eğlenceler. Eve gidince bana yaz."

"Tamam, yazarım, görüşürüz." Telefonu kapatıp cebime koyduğum sırada Onur'un aradığı kâğıdı bulduğunu gördüm. Kâğıdı eline almış telefonuna yazıyordu. Yazma işlemini bitirdikten sonra telefonu kulağına götürdü. Burak ve Mert kapının önünde kendi aralarında sohbet ederlerken bakışlarımı tekrar camdan görünen şehir manzarasına çevirdim.

"Alo... Merhaba," diyerek konuşmaya başladı Onur, "Ben iki gün önce apartmanınızdan bir daire satın almıştım. Dokuzuncu kat, otuz altı numaralı daire. Onur Zorlu. Evet... Az önce elektrik gitti, jeneratör devreye girmedi ve kapıyı açamıyorum. Evet... Bilmiyorum diğer dairelerin durumunu. Ne kadar? Tamam, bana haber verirsiniz. İyi akşamlar."

Onur telefonu kapatıp masaya bırakırken sıkıntıyla konuşmaya başladı.

"Teknik bir sorun oluşmuş. Binaya bir ekip yolluyorlarmış. Düzelene kadar buradayız." Onur öne doğru ilerleyip evdeki tek oturulacak şey olan kahverengi üçlü koltuğun paketini çıkarmaya başladı. Burak ve Mert de ona yardım etmek için atılırlarken gözüm hâlâ şehir manzarasındaydı. Hep çok sevmiştim şehir manzaralarını, binaların ışıklarını izlemek bana hep huzur vermişti. O binaların o dairelerin içinde hayatlar olduğunu bilmek çok güzel bir histi. Hepsinde ayrı hikâye, hepsinde ayrı hayat, hepsinde bir sürü farklı atan kalp...

"Bu koltuğa dördümüz sığar mıyız abi, siz üçünüz oturun ben yerde otururum."

Burak yerde oturmak için çömelirken umursamazca omuz silktim. "Siz koltukta oturun, ben dışarıyı izleyeceğim."

"Mahşerin dört atlısı bir koltuğa sığamıyor." diyerek güldü Mert.

"Hadi deneyelim! Var mısınız, bu koltuğa dördümüz otururuz diyorum ben." Burak birden gaza gelip oturduğu yerden ayağa kalktı.

"Kucağıma oturman lazım." Mert'in cümlesine kendimi tutamayıp kıkırdadığım sırada Onur'un da tüm gergin ortama rağmen güldüğünü görüyordum. Burak gözlerini devirdi.

"Sapıksın sen sapık. Senin yanında kendimi güvende hissetmiyorum." Sonra koltuğa doğru ilerledi, koltuğun baş köşesine oturdu.

"Gel Onur, yanıma otur. Sığacağız, gaza geldim!"

Onur gözlerini devirdi. "Böyle bir şeye gerek var mı gerçekten Burak? Yerde otururuz."

"Hayır. Gaza geldim, bir kere sığalım sonra kalkarız abi. Şu Mert'e buraya sığabileceğimizi göstermek istiyorum." Onur istemeye istemeye gitti ve Burak'ın yanına oturdu.

"Zeynep. Gel buraya, Onur'un yanına otur. Abi zaten teknik olarak Zeynep bir insan sayılmıyor. Çeyrek insan filan sayılıyor. Sığarız."

"Burak... Tamam sığarız, lütfen beni uğraştırma bununla." dedim isteksizce.

"Yok kardeşim bu ikisi gerçekten ölmüş. Nefes alıyor musunuz siz?" Gözlerimi devirerek ağır ağır ilerledim. Onur'un yanına istemeyerek de olsa oturdum. Aramızda biraz boşluk bırakmak istememe rağmen Mert'in yanıma gelip oturması beni resmen Onur'a yapıştırdı.

Bakışlarımı ona çevirdim, kolum koluna, bacağım bacağına değerken nedense birden gözlerim de gözlerine değsin istedim. Ona baktığımda onun da bana baktığı gördüm bu karanlık soğuk oturma odasında. Gözlerini kaçırmadı benden. Öyle derin bakıyordu ki sanki karanlığı fırsat bilmiş çaktırmadan birbirimizi izliyor gibiydik. *Oysa çaktırıyorduk...* Hem de çok fazla çaktırıyorduk. Göz gözeydik, kol kola, diz dize. Tıraş losyonunun kokusu burnuma gelirken acaba yeni aldığım parfümümün kokusu burnuna gidiyor mu diye düşünüyordum. *Ne çok şey değişmiş değil mi Onur, sen losyonunu değiştirmişsin yeni haberim oluyor. Ben parfümümü değiştirmişim yeni haberin oluyor. Kokumuz değişmiş, fark etmemişiz...*

Acı içinde başımı önüme çevirdim. Gözlerim biraz sağa kaydığında karşı binanın turuncu ışıklarına takıldım. O an tüylerimin diken diken olduğunu hissettim. Uzun zamandır bu kadar ürpertici bir an yaşamıyordum. Onu yanı başımda hissetmek gerçekleri yüzüme vurmuştu. Onu yanı başımda hissetmek bana ne kadar uzak kaldığımızı hatırlatmıştı.

"Sanırım Zeynep'i yanımızdan ayırmadığımız sürece başımıza hep böyle olaylar gelecek. Kız belayı çekiyor abi." Burak'ın cümlesine hafifçe gülümsediğimde Mert koluyla dürttü beni. Ona baktığımda bana tek gözünü kırptı. Kendimi güvende hissediyordum, sanki ailemin yanındaymışım gibi.

"Ama olsun be, o yanımızda olsun her türlü olaya hazırız biz." Mert öyle bir konuşmuştu ki güven hissim katlanarak artmıştı. Gözlerimden bir damla yaşın aktığını hissettim. Bu gece bu koltukta onlarla sıkış tepiş oturmak ruhlarımızı yakınlaştırmıştı sanki.

"Şeyi de mi çağırsaydık ya, bizim enişteyi."

Burak gıcık bir ses tonuyla konuşurken kaşlarımı çattım. "Kim?"

"Rüzgâr. Sana bugün balo teklifi eden eleman. Eee, gidiyor musun ciddi ciddi?"

"Bilmiyorum... Sanırım."

O an Onur'un başı bana döndü, benimki de ona. Ruhlarımız konuşuyordu sanki. Hesap soruyorduk birbirimize. Ama dudaklarımız aralanmıyordu. Ağzımızdan tek kelime çıkmıyordu, çıkamıyordu. Birbirimize söyleyebileceğimiz tüm kelimelerimizi tüketmiştik, sessizlikle anlaşıyorduk artık. İçimizden bağırıyorduk birbirimize, içimizden kızıyorduk. İçimden ağlıyordum, içimden konuşuyordum, *'Neden?'* diyordum, *'Neden beni kendinden uzaklaşmaya mecbur ettin? Neden aramıza bir duvar ördün, görmüyor musun yıkıp geçemiyorum o duvarı? Neden yaptın bunu bize?'* Sonra sinirleniyordum içimden, *'Aptal!'* diyordum, *'Geri zekâlı!'* Sonra iç sesimi de susturdum. Belki de bizim artık içimizden bile konuşmamamız gerekiyordu... İçim acıya acıya bunu fark ettim, bunu kabullendim, kendimi buna hazırladım.

"Yağmur başladı, abi düşünsenize tüm bunlar Ender'in oyunuymuş. Bizi eve kilitliyormuş, yıllarca burada kalıyormuşuz." Bakışlarımı kucağımdaki ellerime çevirdim.

"Onun adını bu evde duymak istemiyorum." diye mırıldandı Onur.

"Haklısın ya, bazen unutup basit bir meseleymiş gibi konuşuyorum... Böyle saçma sapan konuları açtığımda bir tane ağzıma vurur musunuz?"

Onur hafifçe gülerek başını kaldırdı, "Seve seve." dedi.

"Yine böyle dördümüz bir arada olunca duygulandım... Aklımdan eski günler geçiyor."

"Cinayetler, karantinalar, mahkeme salonları, karakollar filan mı?" dedi Mert Burak'a doğru.

"İyi yönlerinden bakıyorum. Karantina sohbetlerimiz, hiçbir şeyin farkında olmadığımız günler, Gürcü kızları..." Mert büyük bir kahkaha atarken kıkırdadım.

"Allah belanı vermesin ya, Gürcü kızlarını unutamadın değil mi?"

"Bir şey söyleyeyim mi? Aslında şaka yapıyorum. O kadar da bir numaraları yok. Normal kız işte hepsi. Ama isimleri var işte, Gürcü kızı deyince akan sular duruyor. Erkeklerimiz beyinsiz olduğu için."

"Vay be!" dedim, "Senin beğenmediğin kızlar da varmış?"

"Aslında ben çoğu kızı beğenmem. Ama flört etmek hoşuma gidiyor."

"Arkadaş beş yaşından beri kızlarla flört ettiği için." Onur o an ilk defa enerjik bir ses tonuyla konuşmuştu. Sanki eski günlerdeymişiz gibi.

"Ah ah, beş yaş deme. Aklıma Nilsu geliyor. Unutamıyorum onu, ilk aşkım." Gülmekten ölecektik. Burak bir arkadaş grubunun olmazsa olmazıydı resmen.

"Sonra büyüdük, hisler yalan oldu, kalpler tuzak oldu. Ciddiyim abi, insanların kalbine girmek tuzağa yakalanmak gibi. Bir girdin mi bittin sen. Acı mı çekersin, ruhun mu ölür bilemem. Aşk mı yaşayacağız savaşa mı katılıyoruz belli değil."

Yutkundum. Çok haklıydı, o kadar haklıydı ki Burak ilk defa bu kadar doğru konuşuyordu. Aşk yaşamanın ne büyük zorluk olduğunu âşık olunca anlıyor insan. Ve ben olabileceğim en yanlış kişiye âşık olmuştum. Hem de çok. Onur sessizce başını öne eğdi. Ellerini izliyordu...

"Bu koltuğu çok sevdim ben ya," diye mırıldandı Mert, "Bu bizim dertleşme koltuğumuz mu olsa? Haftada bir gelip bu koltukta oturup dertleşelim. Ama böyle sıkış tepiş oturacağız." Güldüm. Haftada bir Onur'un evine gelmek. Bunun olacağına gerçekten inanıyorlar mıydı? Ben bir gün kopacağımızı hissediyordum, bir arada tutmaya çalıştığımız iki ip parçası bir anda elimizden kayıp gidecekti. Biliyordum.

"Siz de iyice evimi sahiplendiniz." dedi Onur, "Önce bir izin alın benden. Belki ben sizi istemiyorum?" Neden bilmiyorum, içten içe böyle konuşmasının sebebinin beni güldürmek olduğunu düşündüm bir an. Fazla mı ego yapmıştım bilmiyorum, ama öyle hissediyordum.

"Burası dördümüzün evi kardeşim. Kusura bakma. Ya bir hava mı alsak, gel Mert, balkona çıkalım. Siz de geliyor musunuz?" Omuz silktim.

"Ben üşüyorum. Çok yağmur yağıyor."

"Onur?"

"Ben de gelmeyeceğim. Hasta olacak gibiyim. Üşütmeyeyim."

"İyi, gel Mert." Onur'un dairesinin yatak odasında küçük bir balkonu vardı. Mert ve Burak milli koltuğumuzdan kalkıp yatak odasına girerlerken sessizce burnumu çektim. Bu karanlık odada, koltukta ikimiz kalmıştık şimdi. Ama ne garip, bizi yanlarımızdan ittiren kimse olmamasına rağmen hâlâ birbirimize yapışık oturuyorduk Onur'la. Ne o ayrılıyordu benden ne ben ayrılıyordum ondan. Yapamıyorduk, yapamazdık.

Birden başını bana çevirdi, gözlerim kucağımdaki ellerimdeyken bana baktı Onur. Dakikalarca, gözlerini ayırmadan beni izledi. Başımı kaldırıp cama değen yağmur damlalarına baktığım sırada dudaklarını araladı.

"Onunla baloya gidecek misin?" diye sordu sessizce. Durdum, ne diyeceğimi ne yapacağımı bilmiyordum. Burnumu çektim bir kez daha. Başımı salladım.

"Evet..."

"Neden yapıyorsun bunu?" Sesi çaresizdi, sertti, ama duygulardan arınmış değil duygularla boğuşuyor gibiydi.

"Bilmiyorum... O benim arkadaşım ve bana bunun için ısrar etti. Bir sakınca görmüyorum." Gözlerini benden ayırdı, cama bakmaya başladı.

"Haklısın..." diye mırıldandı, "Hayat, senin hayatın..."

"Sen baloya gidecek misin?" dedim ilgisiz bir sesle.

"Bilmiyorum..."

"Eve ne zaman taşınmış olacaksın?"

"Bilmiyorum."

"Üzüldün mü... ya da kızdın mı?"

"Ne için?"

"Baloya onunla gidiyorum diye. Onunla vakit geçiriyorum diye."

"Duygularımın bir önemi var mı?"

Yutkundum, neden bilmiyorum ama acımasızca bir cevap verdim o an. "Yok."

O an Onur'un içinden bir şeylerin kopup gittiğini hissettim sanki. Beklemediği bir cevap vermiştim. Beklemediği bir kelime çıkmıştı ağzımdan. Anlık bir şok yaşamış gibi kaşları çatıldı. Ayağa kalktı. Telaşla ayağa kalktım, elini tuttum.

"Onur, öyle demek istemedim."

"Ne demek istediğinin benim için bir önemi yok. Terledim, balkona çıkmak için kalktım." Donakaldım. Elini tuttuğum elimi iterek uzaklaştı benden. Yatak odasına girdi, balkona çıktı. Koltuğa oturdum, öylece tek başıma o koltukta donakaldım.

Bir savaşa girmiştik sanki, birbirimizi incitmenin önceliğini kapmaya çalışıyorduk. Bayrağı bir o alıyordu bir ben. Bir o üzüyordu beni bir ben. Bunun sonunda ikimizden biri çok büyük üzülecekti, biliyordum. Ama elimden hiçbir şey gelmiyordu.

İleride bu geceyi çok net hatırlayacaktım, kendi kendime konuşacak bu geceyi kendime anlatmaya çalışacaktım. *'O koltukta oturmuştuk, o gece birlikte geçirdiğimiz son gecemizdi. Oda karanlık, soğuktu. Koltuk yumuşak ve sıcaktı. Güvendeydim, ama korkuyordum. Konuşuyorduk, gülüyorduk, üzülüyorduk, özlüyorduk... O koltukta oturmuş birbirimize eskisi gibi bir şeyler anlatıyorduk. Sonra bir bir kalktılar koltuktan, ben tek başıma kaldım. Koltuk soğudu, üşümeye başladım. O an anladım, sıcak olan koltuk değil, yanımdakilerdi. Beni ısıtan yastıklar değil, sevdiklerimdi... Onlar gitti, titremeye başladım.*

Bir ateşin ortasındaydık birlikte. Onlar çıktı, ateş harlandı, ben tek başıma alevlerin ortasında kaldım. Oysa ateş beni üşütüyordu, hem yanıyor hem üşüyordum. Yaşadığım acının tarifi buydu. Zıtlıkların arasında boğuluyordum.'

Bir saat geçti, odaya geldiler ama pek konuşmadık. Onur'un morali bozuktu, Mert ve Burak çok üşüdükleri için pek konuşmuyorlardı. Ben de cama yaslanmış dışarıyı izliyordum. Sonrası bir film şeridinin gereksiz sahneleri gibi aktı geçti. Elektrikler geldi, evden çıktık. Beni eve bıraktılar, odama girdim, yatağıma yattım.

Aklımda düşünceler, aklımda onun sesi, aklımda onun gözleri... Elini elimden çekişi, gözlerindeki acı, ama aynı zamanda beni umursamayışları... Nereye gidiyorduk bilmiyorum. Nereye gittiğini bilmediğimiz bir trene binmiştik, son durağında ineceğimiz ama son durağının ne olduğunu bilmediğimiz bir trene... Bilinçsizce yatağımda yatmış tavanı izliyordum. Üzerime sinmiş tıraş losyonu kokusu bana acı çektirirken isteksizce kalktım, üzerimi değiştirdim. Annemle babamın yanına indim. Bir robot gibi onlarla biraz televizyon izledim. Biraz yemek yedim, biraz nefes aldım, biraz biraz bir sürü şey yaptım. Sonra odama çıktım, bana şu an iyi gelecek tek şey uyumak olacaktı. Sistemimi kapatmalıydım, dünyadan uzaklaşmalıydım, kendimi uyutmalıydım. Öyle de yaptım, uyudum, saatlerce uyanmamak üzere sabaha kadar uyudum...

Sabah gözlerimi telefonumun titremesiyle açtım. Telefonu söylenerek elime aldığımda o kaybolmaya yüz tutmuş bildirimi gördüm.

CİNAYET İsimli Whatsapp Grubundan İki Yeni Mesaj

İlgisizce mesajlara girdim, ruhumun kendim tarafından sömürüldüğünü hissediyordum. Artık bu gruba girerken karnıma sancılar giriyordu. Artık bu mesajları okurken kalbim acı bir hızlanmayla atıyordu. Mutluluğum, hevesim gitmişti. Tüm güzel duygularım yerini bire bir kötü olanlarına bırakmıştı. Mesajlar Burak'tan geliyordu.

"Zeynep, hazırlan. Okula öğleden sonra gideceğiz. Uyanınca haber ver seni almaya geliyoruz."

"Balo için kıyafet bakmaya gidelim."

Mesajlarını okurken kaşlarımı çattım. Onur da mı baloya gelecekti? Ve biz... hep birlikte kıyafet bakmaya mı gidecektik? Onur bunu gerçekten istiyor muydu?

"Tamam. Uyandım ben. Gelebilirsiniz. Sizi beklerken hazırlanıp kahvaltı yapacağım." Mesajı yazıp yolladım, cevap gelmesi iki dakikayı buldu.

"Biz de on dakikaya yola çıkıyoruz. Görüşürüz."

"Görüşürüz."

Telaşla kalkıp ellerimi yüzümü yıkadım. Saçlarımı atkuyruğu şeklinde tepede topladım, üzerime kahverengi kazağımı ve siyah dar pantolonumu geçirdim. Çantamı alıp hızla aşağı indim. Annemin kızarmış ekmek kokusunu takip ederek mutfağa daldım. Annem yine saçma sapan bir kadın programı izliyordu.

"Günaydın." dedi gülerek.

"Günaydın anne. Hemen bir şeyler yiyip çıkacağım. Arkadaşlarım beni almaya gelecek."

"Arkadaşların derken... Yeni arkadaşlar bulmuşsundur umarım." Annem hâlâ Onurlardan nefret ediyordu.

"Hayır. Onur'lar gelecek."

"Kızım... Neyse, özel hayatına karışmayacağım. Kendine zarar gelmeyecek şekilde yaşa. Tek söyleyebileceğim bu. Omlet ister misin?"

"Olur. Babam çıktı mı?"

"Çıktı, öğle tatilinde eve gelecek. Birlikte alışverişe çıkacağız. İstersen seni de okuldan alalım. Bizimle gel."

"Yok... Ben öğleden sonra okulda olacağım. Yani olmam lazım... Bu arada sana söylemem gereken bir şey var. Bana biraz para verebilir misiniz?"

"Neden? Yine bir cinayet işlendi de ülkeyi mi terk edeceksiniz?"

Gözlerimi devirdim. "Evet anne. Acil para lazım, ülkeden kaçacağız."

"Tamam, ne kadar lazım? Otuz lira yeter mi?" Kıkırdayarak baktım yüzüne çayımdan bir yudum aldığım esnada.

"Haftaya okulun yıldönümü balosu varmış. Ben de gideceğim, elbise ve ayakkabı almam gerekiyor. Bu yüzden para istiyorum."

"Ah, sen ciddi misin?" Annem bir anda heyecanlandı.

"Evet, neden?"

"Kızım uzun zaman sonra kızsal bir şey yapıyor!" dedi duygulanmış gibi. Yüzüne garip garip baktım. Kendimi tutamayıp gülmeye başladım.

"Al," diyerek kredi kartını uzattı bana, "Elbiseye ayakkabıya istediğin kadar harca. Yeter ki normal bir insan gibi davran, bana bunlarla gel." Annemin halini görseniz gülmekten ölürdünüz! Kartını alıp kıkırdayarak çantama attım.

"Babana haber vereceğim. O da çok sevinecek."

"Anne siz delirdiniz mi? Alt tarafı elbise alacağım."

"Bir ara seni kaybedeceğimizi ve bir daha eski Zeynep olmayacağını düşünüyorduk. Bu bizim için kutlama yapma sebebi. Omletin de hazır. Nasıl bir elbise düşünüyorsun?" Annem tabağıma omletimi koyarken sohbet etmeye devam ediyorduk, bir yandan hızla yiyor bir yandan anneme laf yetiştiriyordum.

"Sana şu önü açık arkası uzun elbiseler çok yakışır, boyunu uzun gösterir. Ve kırmızı almalısın. Hatırlıyor musun 23 Nisan töreninde giydiğin kırmızı elbiseni… Nasıl da yakışmıştı sana."

"Anne, yedi yaşındaydım. Bütün kızlar kırmızı giymişti. Hepimize yakışmıştı, çünkü çocuktuk."

"En çok sana yakışmıştı ama."

"Eminim hepsinin annesi öyle diyordur." Konuşmaya devam ettiğimiz sırada dışarıda çalan korna sesiyle çayımı hızla içip ayağa kalktım.

"Geldiler yine…" Annem söylenirken hızla onu öpüp kapıya yöneldim. Siyah botlarımı giydim, üzerime kot ceketimi geçirdim ve dışarı çıktım. Çantamı sıkı sıkı tutarak Mert'in arabasına doğru ilerledim. Onur yine öne oturmuştu… Arkaya, Burak'ın yanına geçtiğimde beni gülerek karşıladı.

"Günaydın atkuyruğu. Hoş geldin." diyerek elini atkuyruğuma atınca gülümsedim.

"Hoş buldum. Nereye gidiyoruz?"

"En yakın alışveriş merkezine. Hem bize takım hem sana elbise bakalım diyoruz."

"Tamam, harika plan. Üçünüz de geliyorsunuz yani baloya..." diyerek ağızlarını aradım. Burak başını salladı.

"Evet, tüm takım oradayız, merak etme." O an içime bir korku düştü. Hadi Burak ve Mert baloya bile şakasına birlikte giderlerdi de Onur tek mi gidecekti?

"Abi hayır ya, o gol tamamen ofsayttı."

"Yahu neresi ofsaytti onun?"

"Kardeşim, ölçmedik mi? Burak gitti cetvel getirdi. Kırk üç santimetreden ofsayt çıktı gol."

"Bırak Mert ya, bu Onur'a söz konusu oyunlar olunca laf anlatamıyorsun... Uğraşmayalım."

"Attığım her gole ofsayt derseniz kendimle uğraştırmam tabii abi."

"Cetvel benim hayalim miydi peki? Biz halüsinasyon mu gördük?"

Yol boyunca dün gece oynadıkları oyunun tartışmasını yapıp durdular. Ben de telefonumda takılıyordum. Tam o an telefonuma Rüzgâr'dan bir mesaj geldi.

"Günaydın, uyandın mı?" İsteksizce cevap yazmaya başladım.

"Uyandım. Sen?" Wow, harika bir soru. Acaba uyandı mı, çok merak ediyorum.

"Ben uyanmadım!" Yazmış ve bir sürü gülme emojisi koymuş.

"Hahaha..." Yazdım yüzümde gülümseme olmaksızın, *"Pardon. Biraz dalgınım da."*

"Okula geliyorsun, değil mi?"

"Geleceğim, ama öğleden sonra. Şimdi birkaç işim var."

"Tamam, gelmeni heyecanlı bekliyor olacağım. Görüşürüz."

"Görüşürüz." Mesajı yazıp telefonu cebime attığımda arabayla alışveriş merkezinin önünde durduk. Birlikte arabadan indik. Mağazalara bakmaya başladığımız sırada oldukça keyifsizdim. Birlikte

büyük bir abiye mağazasına girdik. Hem erkek hem kadınlar için kutlama kıyafetleri satılıyordu. Dördümüz de mağazaya dağılmış kendimiz için bir şeyler bakarken elbiselere bakmayı birdenbire anlamsız buldum. Bunalmış bir şekilde mağazanın koltuklarından birine oturup onları izlemeye başladım. Burak ve Mert hevesle takım elbiselere bakıyor, deniyorlardı. Onur'sa onların peşinde öylesine geziyor gibiydi.

Yaklaşık yarım saat sonra ellerinde birer takım elbiseyle döndüklerinde Onur'un elleri bomboştu. Beni koltukta öylece otururken bulduklarında Burak kaşlarını çattı.

"Lütfen bana elbise bulduğunu ve o yüzden oturduğunu söyle."

"Hayır. Bakmadım."

"Neden!"

"Bilmiyorum. İçimden gelmedi."

"Tamam, hadi Zeynep'e beraber elbise bakıyoruz. Kalk bakalım." Burak beni kolumdan tutup çekiştiririrken Mert ve Onur da peşimizden geliyorlardı.

"Bu nasıl? Kırmızı sana yakışır." diyerek kısa kırmızı taşlarla süslenmiş bordo bir elbise gösterdi Burak.

"Güzel."

"Tamam, deneyelim."

"Bu nasıl? Boyunu uzun gösterir." dediğinde kaşlarımı çattım.

"Benim boyum kısa mı ya? Ayrıca sen bunların hepsini nereden biliyorsun?"

"Ben bilirim. Ben her şeyi bilirim. Üstelik evet, boyun kısa Zeynep. Acı gerçekler..."

"Bakın şu da yakışır." Mert yan reyonden bir elbiseyle geldiğinde gözlerimi kırptım. Elinde mavi uzun bir elbise tutuyordu. Burak elbiseyi kaptığı gibi koluna yerleştirdi ve önüme siyah önü kısa arkası uzun bir elbiseyle daha geldi.

"Hadi, bunları dene, biz de görelim."

"Tamam..." İstemeye istemeye elbiseleri alıp giyinme odalarına yöneldiğim sırada üçü birlikte giyinme odasının önündeki koltuklardan birine oturdular. Odaya girerken rafların birinden denemek için rastgele bir topuklu ayakkabı aldım. Odaya girdim ve önce mavi uzun elbiseyi giydim. Aynada kendime baktığımda elbiseyi kendime hiç ama hiç yakıştıramadım. İsteksizce giyinme odasından çıkıp önlerine doğru ilerledim. Onur pek ilgilenmedi bile. Burak ve Mert ise gülüyorlardı.

"Rahibe olmuşsun!"

"Bu elbisenin sana bu kadar uzun geleceği aklımın ucundan geçmemişti!" Gözlerimi devirerek giyinme odasına geri döndüğümde bu sefer üzerime kırmızı kısa elbiseyi giydim. O an aynaya baktığımda kısa çaplı bir şok yaşadım. Bu da fazla kısaydı! Ve şaka gibi, benim bacaklarım bu kadar güzel miydi? Siyah topuklu ayakkabılar, mini bir elbise ve gerçekten güzel bacaklar... Şaşkınlıkla giyinme odasından çıkıp önlerine ilerlediğimde Burak ve Mert'in şok içinde bana baktıklarını, hiçbir şeyle ilgilenmeye Onur'un beni görünce kaşlarının çatıldığını gördüm.

"Arkadaşlar, en yakın kız arkadaşımız gizli bir mankenmiş." diye mırıldandı Burak.

"Bence bunu almalısın." Mert hayranlıkla konuşurken Burak Onur'a döndü.

"Değil mi Onur? Harika durmamış mı?" Oysa Onur'un yüzünde garip bir bozulmuşluk vardı.

"Göbeğini çıkarmış." diye mırıldandı. Yüzüne şok içinde baktım.

"Ne?"

"Göbeğin var gibi göstermiş... Beni ilgilendirmez. Ama pek iyi durmuyor."

"Abi sen deli misin? Harika durmuş!" Burak Onur'a şaşkınlıkla söylenirken sinirle cevap bile vermeden giyinme odasına döndüm. İçten içe bu söylediğini kıskançlıktan söylediğini biliyordum. Buna adım gibi emindim. Göbeğim olmasını da sorun edecek bir insan değildim, herkesin kusurları vardır. Ama şu tavrı beni deli ediyordu. Açık açık kıskandığını söylemek yerine böyle yalanlar bulması beni deli ediyordu. Sinirle kırmızı elbiseyi çıkarıp kendi kıyafetlerimi giydim. Pantolonumu, kazağımı, botumu üzerime geçirip odadan çıktım. Burak beni öyle görünce gözlerini devirdi.

"Bu ne şimdi?"

"Elbise deneme havamda değilim. Siz takım elbiselerinizi alın, ben arabanın önünde bekliyorum." diyerek mağazanın kapısına yöneldim. O sırada Burak'ın Onur'a dönüp söylendiğini duydum.

"Bilerek yapıyorsun, kızı kıskandın ve söylemek yerine bunu yapıyorsun. Bu inatlaşmayı sürdürürseniz bir gün ikinizden biri diğerine çok feci patlayacak."

Onur'un cevabını bile dinlemeden mağazadan uzaklaştım. Alışveriş merkezinden çıkıp arabanın yanına doğru ilerledim. Arabaya yaslanıp öylece beklemeye başladım. Belki benim yerimde bir başkası olsa tüm bu olanlara mutlu olurdu. Onur beni kıskandı diye düşünüp sevinirdi. Ama öyle olmuyordu işte. O tertemiz saf masum duyguları rafa kaldırmış, birbirimize bir savaş açmıştık. İkimiz de kazanmak istemiyorduk, ama işte ikimiz de kaybetmek istemiyorduk...

On dakika sonra ellerinde poşetlerle dönerlerken Onur'un elleri tabii ki bomboştu. Gözleri bendeydi, sanki az önce söyledikleri için pişman olmuş gibi bakıyordu. Gözlerimi ondan kaçırıp Mert'in kapıları uzaktan anahtarıyla açmasıyla anında arka koltuğa geçtim. Onlar da koltuklarına yerleşirlerken Burak'ın poşetinin içine baktım.

"Siyah kravat mı aldın? Mert sen ne renk aldın?"

"Ben de siyah. Takım olacağız yani."

Mert arabayı çalıştırdı. Okula doğru yola çıktık. Bakışlarım cama doğru çevrildiğinde derin bir nefes aldığım sırada Burak bana döndü. "Eee, sen elbiseni kimle alacaksın?"

O an içime bir kez daha ufak bir intikam ateşi düştü. Bunu neden yapıyordum ya da o neden yapıyordu bilmiyordum. Ama bir şekilde bir o bir ben birbirimizi kırmaya çalışıyorduk.

"Rüzgâr'la." diye mırıldandım acımasızca. O sırada Onur'un tek elini yumruk yaptığını gördüm. Arabada kısa bir sessizlik oldu. Bu cevabıma Burak bile tepki veremiyordu. Çünkü artık ikimiz arasındaki bu gerilimden onlar bile bıkmışlardı. Sıkıntılı bir iç çekişle bir kez daha camdan dışarı bakmaya başladım. Verdiğim cevap ağır mı olmuştu? Rüzgâr'la filan elbise bakmayacaktım. Ama ona öyle demek istemiştim işte, Allah kahretmesin, çok mu abartıyordum? Çok mu abartıyorduk?

Okul bahçesine girdiğimizde Mert arabayı park eder etmez Onur'un bir saniye bile beklemeden arabadan indiğini görmek kalbimi hafifçe sızlattı. Durmadı, beklemedi, öfkeli adımlarla okula doğru ilerledi. Arabadan inip ardından bakakaldığımda Burak'ı yanı başımda buldum.

"Siz birer salaksınız." diye mırıldandı.

"Çok mu ağır oldu?"

"O da sen de çok büyük yanlış yapıyorsunuz Zeynep." diye söze girdi Mert.

Okula doğru yürürken konuşmanın devamını Burak devraldı. "Bir kendinize gelin artık. Bak en azından sen akıllı davran. Bundan sonra abartılı tepkiler verme, ona karşılık verme, ona alınma, kızma. Bir durun artık. Sular durulsun. Dinginleşsin. Bir izin verin. Savaşmayın abi ya!"

Haklıydı, çok haklıydı hem de.

"Tamam. Söz veriyorum artık onu üzecek bir şey dememeye çalışacağım. Abartmayacağım. Çok ileri gittim." Birlikte okula girer girmez konuyu değiştirdik. Sohbet ederek sınıfa çıktığımız sırada Rüzgâr'ın oturduğu sıradan bana gülümsediğini gördüm. Elimi kaldırarak selam verdim.

"Yine mi bunun yanına oturacaksın?" diye mırıldandı Burak.

"Evet. Onur'dan uzak olmam en iyisi."

Onur sınıfta değildi. Ben Rüzgâr'ın yanına ilerleyip yanına oturduğum sırada Rüzgâr konuşmaya başlamıştı bile.

"Tarih dersinde feci konular işledik. Notlarımın fotoğrafını çekebilirsin."

"Tamam, teşekkür ederim."

"Bugün ne kadar güzel olmuşsun. Saçını toplamak yakışmış."

"Yakışmış mı?"

Rüzgâr'la sohbet ettiğimiz sırada beklemediğim bir şey oldu. Onur sınıfa girdi, girdi evet. Ama tek başına değil. Yanında biriyle. Kumral saçlı uzun boylu bir kızla. Şok içinde onlara baktım. Sohbet ediyorlardı. Anında korkuyla Burak'a döndüm. Bana doğru eğildi. "Bu kız bizim eski mahalledendi. Arkadaşımızdı."

"Burak, Mert. Hazal'ı hatırladınız mı? Koridorda karşılaştık." Onur yanındaki kızı Burak ve Mert'in yanına götürürken kafayı yiyecektim. Ne oluyordu? Burak ve Mert gülümseyerek ayağa kalktılar.

"Ya bu sıska Hazal değil mi, büyümüşsün!" Hayır, hayır. Başka bir kızla öyle konuşmayın. Kafayı yiyeceğim.

"Sakin ol..." Rüzgâr'ın elini kolumda hissettiğim sırada başımı ona çevirdim. Başımı salladım.

"Tamam. Sorun yok." diye mırıldandım. Sorun yoktu, sohbet ediyorlardı. Eski bir arkadaşlarıydı işte. Bu kadar. Dersin başlamasına iki dakika kalmıştı, dibimde konuştukları için her dediklerini duyuyordum. Ve tamamen çocukluk anılarından bahsediyorlardı.

"Benim artık sınıfıma geçmem gerek." diye mırıldandı kız, aynen öyle, güle güle.

"Tamam, teneffüste yine görüşürüz." diye cevap verdi Onur. Delirecektim, ne görüşmesi? Karşılaştınız ve oldu bitti işte. Bıraksana kızı.

"Ha bu arada," dedi Onur, "sen okulun yıldönümü balosuna gelecek misin?" Şok içinde başımı o yöne doğru çevirdim. Burak korkuyla bana bakıyordu. Kız gülerek başını salladı.

"Evet, yani birini bulabilirsem!" Onur etkileyici bir şekilde gülümsedi. Hayır, yapma. Yapma.

"Benimle gel." Yaptı. Kalbim deli gibi atıyor, gözlerim dolmak üzere, ellerimin buz olduğunu hissediyorum. Bunu yaptı. Başka bir kızı kendisiyle birlikte baloya gelmesi için çağırdı.

"Ciddi misin? Senin birlikte gideceğin kimse yok mu?"

"Yok." dedi sert bir sesle. O "Yok." deyişi beynimin içinde tekrarlanıyordu. Tekrar ve tekrar dinliyordum cevabını kendi içimde. Bir şeyler yıkılıyordu beynimin ve kalbimin tam orta yerlerine. İçimde deprem oluyordu. İçim sarsılıyordu, sallanıyordu.

"Tamam, bana uyar. O zaman birlikte gidiyoruz! Oh, rahatladım şu an. Kimseyi bulamam sanıyordum. Ben şimdi derse yetişeyim, haberleşiriz." Kız sınıftan hızla sırıtarak çıkarken başımı önüme çevirdim. Dolan gözlerimle sınıfın karşı duvarına baktım. Bitmeyecekti, durulmayacaktı aramızdaki bu savaş. Bir o vuracaktı, bir ben. Ama o bana darbelerin en büyüğünü vurmuştu.

Kalbimin donduğunu hissettim o an.

İkinci gününü göremeyeceğini bilmeyen bir kelebek gibi her anım umutlanarak geçti, her umudum bir darbeyle yıkıldı.

İşte bu da o anlardan biriydi. Bu yıkılan kaçıncı umudumdu saymadım, ama bildiğim tek bir şey vardı, o da son olmayacağıydı.

Keşke o oturma odasında o koltukta oturduğumuz anı ölümsüzleştirebilseydim. Keşke donsaydık o an, öylece dip dibe sessizce kalsaydık sonsuza kadar. Çünkü kelimeler insanın ruhuna birer oktu ve benim ruhum yediği oklardan ayakta kalabilecek halde değildi.

Ruhum yere düşmek üzereydi ve onu tutabilecek tek el başkalarının ruhunu tutmaya hazırlanıyordu şimdi.

...belki de kurtarılmayı istemiyordum.
Belki de **unufak** olmayı,
toz haline gelmeyi istiyordum...

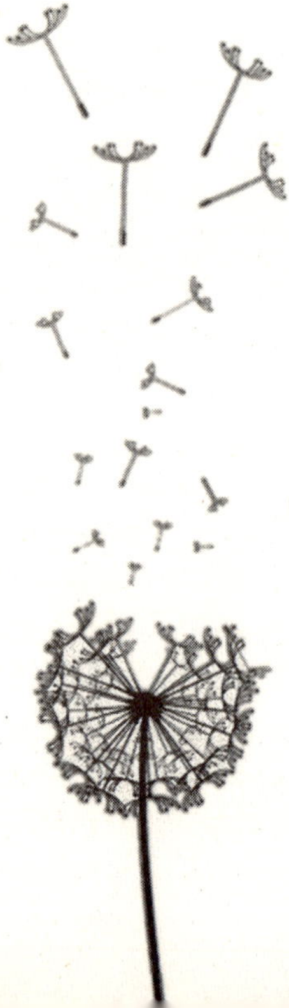

13. Bölüm

Öpücük

Çıkmaz bir sokağa girmiştik, karşımdaki duvarı yıkmaya gücüm kalmış mıydı ölçemiyordum.

Günler geçti, bir santimetre yol kat edemedik. Ne Onur ne ben birbirimize bir adım atıyorduk, inadımızdan vazgeçmeden burnumuz nereyi işaret ediyorsa o yöne gidiyorduk. Rüzgâr benim yanımdaydı, Hazal ise Onur'un. Yanında kimse olması gereken yerde değildi. Bu durum en çok Mert ve Burak'ın canını sıkıyordu biliyordum. Ama sanırım yavaş yavaş bir devir kapanıyordu. **Mahşerin Dört Atlısı bitiyordu**, belki bir daha onlarla görüşmeyeceğim günlere doğru ilerliyorduk...

Rüzgâr çok iyi bir çocuktu. Bir sürü ortak noktamız vardı, üstüne üstlük bana flörtümsü konuşsa bile asla ileri gitmediği bir arkadaşlık duygusuyla yaklaşıyordu. Onur'un bana bakıp bakmadığını söyleyip duruyordu. Bu yüzden onu yanımdan ayırmak istemiyordum, çünkü Onur'un Hazal adımından sonra benim gidebileceğim başka bir yer kalmamıştım. Sığınabileceğim hiçbir liman kalmamıştı.

"Elbise aldın mı?"

Rüzgâr'ın sorusuyla birlikte başımı önünde durduğumuz duvar panosundan çevirip ona baktım. Koridorda bir panonun önünde durmuş sohbet ediyor, duyuruları inceliyorduk. Koridorun bir diğer köşesinde Burak, Mert ve Onur sohbet ediyordu. Hazal yanlarında yoktu, nedenini deli gibi merak ediyordum.

"Elbise mi? Ne için?" Kaşlarımı çatarak baktığım sırada Rüzgâr gülümsedi.

"Ooo, senin kafan iyice uçmuş. Baloya çok az kaldı. Balo elbisesinden bahsediyorum."

"Haa... Almadım. Pek umurumda da değil. Son anda bir şeyler bulup alırım. İçimden gelmiyor."

"Sen pantolon kazakla gelsen de baloda tüm gözler senin üzerinde olacak. Bir de tabii benim. Çünkü yanında ben olacağım." Gülerek gözlerimi devirdim.

"Bu okulda Hazal gibi bir kız varken bunu söyleyebiliyor musun gerçekten?"

"Hazal mı? Şu seninkinin dibinden ayrılmayan kız mı? Dünyada bir o bir ben kalsam dönüp ona bakmam Zeynep. Yüzünde bomboş bir ifade var. Beyni yokmuş gibi bakıyor. Seninki bayağı zevksizmiş."

"Ya, lütfen ona benimki deme artık. Yollarımız ayrıldı. Bu kesin bir şey." Yüzüme şeytani bir gülümsemeyle baktı.

"Yollarınız ayrıldı mı, emin misin?"

"Evet. Eminim. Yani... Belki bir veda konuşması yapmadık. Ama onu da yaparız çok yakında, ya da onu bile yapmayız. Onu bile çok görürüz birbirimize. Ama onun içinde de benim içimde de bir şeyler bitti. Bunu biliyorum, görüyorum."

"Ben neden göremiyorum, mesela şu an koridorun karşısında kıskançlıktan deliren bir Onur Zorlu olduğunu hissediyorum. Ayağını stresle yere vurup duruyor. Elini yumruk yapmış. Çünkü yavaş yavaş seni kaybettiğinin farkında. Yavaş yavaş seni bana kaptırdığının farkında." Gözlerine derin derin baktım.

"Beni sana mı kaptırıyor?"

Başını salladı. "Aynen öyle oluyor. Sen ona adım atmadığın sürece, o sana adım atmadığı sürece belki haftalar sonra içinizde birbirinize dair hiçbir şey kalmayacak. Ve belki... ben sana aşık olacağım."

"Rüzgâr... ben... yani... böyle bir şey..."

"Tamam, tamam!" dedi gülerek, "Sakin ol, konuşma yetini kaybetme. Olacağından değil, ama kaderinizi bu yönde seçerseniz gelebilecek seçeneklerden bahsediyorum." Başımı önüme eğdim. Yutkunarak koridorun yerini izlerken Rüzgâr birden elini uzatıp çenemi nazikçe tuttu. Ben şaşkınlıkla kaşlarımı çatarken başımı yavaş yavaş kaldırdı ve kendisine bakmamı sağladı.

"Rüzgâr..." dedim anlamayarak.

"Saçların çok güzel olmuş. Sana dalgalı saç çok yakışıyor."

Elini kaldırdı, yüzüme düşen bir tutam saçımı yavaş yavaş kulağımın arkasına attı. Aramızdaki bu kısa etkileşim öylesine ağır ve yanlış anlaşılacak kadar yakın görünüyordu ki kendimi geri çekme ihtiyacı hissettim. Tam kendimi geri çekeceğim sırada elini indirdi, gülerek yüzüme baktı. Gözlerim gözlerine şaşkınlıkla bakıyordu. O sırada bir şey oldu... Bir ses duydum.

"Onur!"

Burak'ın seslenişiyle başımı telaşla o yöne çevirdiğimde Onur'un bana doğru yürüdüğünü gördüm. Öfkeden, sinirden yerinde duramaz bir şekilde bize doğru ilerlerken ne olduğunu şaşırdım. Birden anlamadığım bir şekilde sıkıca kolumu tuttu, beni kendisiyle birlikte çekiştirip yürümeye devam ederken şaşkınlıkla konuşmaya çalıştım.

"Onur, ne yapıyorsun!" Canımı yakmıyordu, olabildiğince nazik olmaya çalışıyordu ama karşımda delirmiş bir Onur vardı. Rüzgâr Onur'un kolunu tuttuğu an içimde büyük bir korku hissettim,

"Canını yakacaksın!" Rüzgâr'ın cümlesi Onur'u çok daha sinirlendirirken olduğu yerde durdu, eli hâlâ sıkıca kolumu tutarken Rüzgâr'a döndü. Korkuyla Burak ve Mert'e baktığımda hemen arkamızdalardı.

"Ben mi onun canını yakacağım?" dedi öfkeyle. O sırada Mert Rüzgâr'ın omzuna elini koydu.

"Gel kardeşim. Sadece konuşacaklar, üstüne gitme." Mert Rüzgâr'ı geriye doğru çekerken Onur sinirle yürümeye devam etti. Peşinden korkuyla ilerlediğim sırada müzik odasının kapısını açtı. Beni içeri sokup kapıyı kapattığında şok içinde ona döndüm.

"Sen ne yaptığını sanıyorsun!" dedim sinir dolu bir haykırışla. Oysa o benden daha öfkeliydi.

"Asıl sen ne yaptığını sanıyorsun!"

"Ne yaptım ben? Hayatıma devam ediyorum. Normal bir insan gibi, normal bir genç kız gibi. Ne yaptım? Ne yapıyorum!"

"Zeynep..." Delirmemek için sakinleşmeye çalışıyor gibiydi. Odada bir ileri bir geri yürüyor yumruk yaptığı elini dudaklarının üstünde bekletiyordu.

"Onur... Beni hayatında istemedin, ben de hayatıma devam ettim. Ne yapmalıydım, sana yalvarmalı mıydım?"

"Ben mi seni hayatımda istemedim?"

"Evet! Şaka mı yapıyorsun, tabii ki sen istemedin!"

Gözlerini devirdi. "Beni hiç anlamadın, değil mi? Hiç de anlamayacaksın... Bakışlarımla anlatmaya çalıştığım şeyleri anlardın eskiden, sözlerime inanmazdın. İçimden geçenleri bilirdin, konuşmama ihtiyaç duymazdın. Şimdi hiçbir şey anlamıyorsun, değil mi? Hem de hiçbir şey..."

"Ne anlamalıyım, Onur? Beni istiyor musun, istemiyor musun? Çünkü haftalardır bana dünyanın en istenmeyen insanıymışım gibi davranıyorsun."

"O çocukla sadece ve sadece beni kıskandırmak için vakit geçirdiğini sen de ben de çok iyi biliyoruz. Ve bu beni deli ediyor. Bu beni deli ediyor. Delirtiyor. Çünkü hiçbir hissin yok, hiçbir duygun yok, tek amacın beni delirtmek ve bunu başarıyorsun. Bak, delirdim. Görüyorsun, değil mi? Amacına ulaştın." Ve gerçekten delirmiş gibi konuşuyordu. Korkuyla baktım yüzüne.

"Ne saçmalıyorsun sen? Rüzgâr benim arkadaşım."

"Elini yanağına, çenene koyan bir arkadaş. Saçlarını okşayan bir arkadaş."

"Ne okşaması Onur! Saçımı kulağımın arkasına attı."

"Ciddi misin, çok özür dilerim. Ben saçını okşadı sanmıştım. Kulağının arkasına mı atmıştı, epey arkadaşça bir tavırmış. Gerçekten özür dilerim. Biz Burak ve Mert'le de sık sık birbirimizin çenesine dokunup saçlarımızı kulağımızın arkasına atarız." Onur'u ilk kez böyle görüyordum. İçi içine sığmıyormuş gibiydi, duvarları kapıları yumruklamak istiyor gibiydi.

"Onur, sen iyi değilsin..."

"Değilim, evet. Çünkü..."

"Çünkü ne?"

"Açık ve net soracağım... Rüzgâr senden apaçık hoşlanıyor. Üstüne üstlük bunu sana belli de ediyor. Eğer ona karşı duyguların varsa susacağım. Kabulleneceğim. O yüzden soruyorum, onunla beni kıskandırmak için mi vakit geçiriyorsun?"

"Senin tek umurunda olan bu değil mi?" dedim acımasızca.

"Evet, bu. Onunla ne yaptığın benim umurumda bile değil." Acıyarak baktım yüzüne.

"Hiç öyle görünmüyor, biliyor musun? Onunla yakın olduğum her an deliriyorsun. Onunla konuşmam bile seni deli ediyor."

"Bunların hiçbiri umurumda değil Zeynep. Benim tek bilmek istediğim onunla beni kıskandırmak için vakit geçirip geçirmediğin?"

"Tek merak ettiğin bu yani..."

"Evet, bu." Başımı acımasızca salladım.

"Onunla seni kıskandırmak için vakit geçirmiyorum Onur. Onunla vakit geçirmek hoşuma gidiyor. Eğleniyorum. Onunla konuşmak beni mutlu e..." Elini kaldırdı. Alt dudağını ısırarak başını dikleştirdiğinde tahammülsüzce başını salladı.

"Tamam... Madem öyle... O zaman sence de aramızdaki bu savaşa son vermenin vakti gelmedi mi?" Kaşlarımı çattım. Korkuyla yüzüne baktım.

"Ne yani, beni hayatından mı çıkarıyorsun?" Lütfen yapmasın, lütfen.

"Hayır. Birbirimize düşman gibi davranıyoruz. Ve ben artık buna bir son vermek istiyorum." Hayal kırıklığına uğramış bir şekilde başımı salladım.

"Yani... benimle arkadaş olmak istiyorsun." Başını sallayarak cevap verdiği sırada o da ben de hayal kırıklığı doluyduk.

"Hayatımıza başkası girebilir, başkalarıyla olabiliriz, ama birbirimizi de arkadaş olarak tutacağız. Öyle mi?" diye sordum dolu gözlerle.

"Evet, senin tercih ettiğin şekilde."

"Ben mi tercih ettim bunu?"

"Hayatına birini aldın. Sen tercih ettin bunu."

"Onur! Beni buna sen ittin!"

"Zeynep..." İçten içe deliriyor gibiydi, "Beni hayatında istemeyen sen olsan ben ne yapardım biliyor musun?" Kaşlarımı çattım merakla.

"Ne yapardın?" Söylemek istediği ama söyleyemediği bir şeyler vardı. Neydi bilmiyordum, anlamıyordum. Ama içinde tuttuğu şey her neyse tüm konuşmayı değiştirecek gibiydi.

"Bak, Zeynep... Bu konuşmanın devam etmesine gerek yok. Madem onunla olmak seni mutlu ediyor, onunla ol. Sen mutlu olmayı hak ediyorsun. Sana bir düşman gibi davranmayacağım, sen de bana davranma. Sorun yok, arkadaşız, tamam mı?" Bana elini uzattığı sırada kafam almıyordu. Bedenim, kalbim, ruhum bunu kabullenmek istemiyordu. Ondan beklediğim bu değildi, ondan farklı cümleler duymak istiyordum.

"Ne söyleyecektin Onur? Benim yerimde sen olsan ne yapardın? Neden konuyu değiştiriyorsun?"

"Hiçbir önemi yok. Elimi sıkmasan da ben bundan sonra sana düşmanımmışsın gibi davranmayacağım. Olan oldu, kaybedeceğimizi kaybettik, en azından elimizde kalan son bağı kaybetmeyeceğim. Sana hayatı daha fazla zehir etmeyeceğim. Mutlu olacağın yere git, mutlu olacağın insanlarla ol. Ben şimdi sınıfa dönüyorum. İstediğin zaman yanımıza gelebilirsin."

Onur yanımdan çıkıp giderken öfkeyle yumruk yaptığım elimi ısırdım. Bu neydi şimdi? Arkadaş mı kalacaktık hiçbir şey olmamış gibi! Gürcistan'da ben uyurken yanı başıma gelip, "Sen benim sevgilimsin..." diyen Onur nereye gitmişti? Şimdi bir başkasıyla olmamı kabul mu ediyordu, her şeye rağmen yüzüme bakıp gülebilecek benimle sohbet filan mı edebilecekti? O an içime büyük bir korku düştü. Sanki Hazal'dan hoşlanmış da onunla olmak istiyor ve bunu yaparken beni kaybetmemek için benimle böyle bir konuşma yapıyor gibiydi.

Öfkeyle ve korkuyla sınıftan çıktım. Onur, Burak ve Mert koridorda değillerdi. Büyük ihtimalle ders başlamıştı, Rüzgâr ise derse girmek yerine beni koridorda bekliyordu. Ona doğru yürüdüğüm sırada bana merakla baktı.

"Ne oldu?"

"Konuştuk."

"Sonuç?"

"Arkadaş kalacağız. Öyleymiş yani... Artık birer düşman değiliz. Harika haber değil mi?" Rüzgâr gözlerini devirdi.

"Onur hep mi böyleydi, böyle öfke dolu..."

"Hayır. Son zamanlarda hayatında pek çok kötü şey oldu. Ve sanırım artık öfkeden delirme noktasına geldi. Normalde böyle değildi, böyle davranmazdı. Neyse, bir önemi yok. Derse girelim mi?"

"Girelim. Sen iyi misin?"

"İyi olmaya çalışacağım." Birlikte sınıfa girdiğimizde başım önümdeydi. Hocamızdan özür dileyip yerimize geçtiğimiz sırada moralim yerlerde bir şekilde defterimin boş bir sayfasını karalıyordum. Yan sırada oturan Burak'ın sesini duyduğumda başımı kaldırdım.

"Zeyno, çok güzelsin." Yüzüne hüzünlü bir gülümsemeyle baktım.

"Sen de Burak." Sırıttı.

"Biliyorum, çok güzelim." İstemsizce gülerek önüme döndüm.

Neler yaşamıştık. Neler görmüş geçirmiştik birlikte, şimdi yanlarında bile değildim. Uzaktan uzağa konuşuyor, birbirimizin yüzüne bakmadan birbirimize bir şeyler fısıldıyor sonra susuyorduk. Sanki bir duvardık dördümüz, sarsıldığımız an benim olduğum taraf yıkılmıştı... Hem de benim üstüme. Şimdi taşların altında kurtarılmayı bekliyordum. Ama belki de kurtarılmayı istemiyordum. Belki de un ufak olmayı, toz hâline gelmeyi istiyordum... Ve bu gidişle bir toz tanesinden farkım kalmayacaktı. Üfleyecekleri üzerime, uçup gidecektim...

Dersler geçip giderken kendimde değil gibiydim. Kimsenin dediklerini anlamıyor, algılamıyordum. Bomboş etrafa bakınıp duruyordum. Dersler bittiğinde ise Onur'lara bakmadan Rüzgâr'la birlikte sınıftan çıktım. Birlikte bahçeye indiğimizde sohbet ederek ilerliyorduk.

"Şimdi siz Onur'la arkadaş kalmaya mı karar verdiniz?"

"Evet."

"Sen ne düşünüyorsun bu konuda?"

"Hiçbir şey. Kabullendim. Onunla arkadaş kalacağım, hayatıma devam edeceğim." Rüzgâr'ın yüzünde anlam veremediğim bir mutluluk gördüm bir anda.

"Kusura bakma. Aklıma bir şey geldi de ona gülüyorum." Ben gözlerine anlamsızca bakarken Rüzgâr yüzüme umutla bakıyordu.

"O zaman sana açık açık soruyorum. Bana bir şans verecek misin?"

İçime sinmeyen bir şeyler vardı. Bir yola giriyordum, hayatım apayrı bir yola giriyordu. Onur'la arkadaş kalacağım ve belki Rüzgâr'ı hayatıma o anlamda alacağım bir yola giriyordum. Bu içime sinmiyordu. Bunu kabullenmek istemiyordum ama beni buna iten Onur'du. Deli gibi beni kolumdan çekip götürmesini, bana beni sevdiğini söylemesini istemiştim. O ise benimle arkadaş kalmayı seçmişti.

"Ben... Bilmiyorum Rüzgâr."

"Seni istemedi Zeynep. Aranızda ne geçti, ne yaşadınız bilmiyorum. Ama seni kolundan tutup götürmüş ve arkadaş kalmak istemiş. Bu benim asla yapmayacağım bir şey. Onun yerinde ben olsam seni hayatta başkasına bırakmazdım. Oysa o bırakıyor, kendi elleriyle seni bana bırakıyor. Bunu görüyorsun, değil mi?" Yutkundum. Gözlerim arka bahçeye kayarken Burak, Mert ve Onur'un Hazal denen kızla konuştuklarını gördüm. Hüzünle onlara baktım. Gülüşüyorlardı, hayatımda hiç ama hiç bu kadar ihanete uğramış hissetmemiştim, hiç bu kadar kırılmamıştım.

"Haklısın..." diye mırıldandım titreyen sesimle, "O beni hak etmiyor."

"O seni asla hak etmiyor." Burnumu çektim. Başımı dikleştirdiğim sırada Onur'un gözlerinin bir saniye kadar bize bakıp hemen Hazal'a döndüğünü fark ettim. Derin bir nefes aldım.

"Sen bir şansı hak ediyorsun Rüzgâr." diye mırıldandım. "Ondan vazgeçebilir miyim bilmiyorum. Ama sen kesinlikle bir şans hak ediyorsun." Rüzgâr keyifle sırıtırken gözlerimi gözlerine çevirdim.

"Yani bana bu şansı veriyorsun, değil mi?" dedi heyecanla. Hüzünle başımı salladım. Gözlerimden bir damla yaş akarken Rüzgâr elini uzatıp yanağımdaki yaşı sildi.

"Biliyor musun, çok güzel yanakların var. Seni gördüğüm ilk andan beri şu yanaklara dokunasım geliyor." Sinir bozukluğuyla gülerek burnumu çektim. O sırada beklemediğim bir şekilde Rüzgâr bana doğru eğildi, yanağıma bir öpücük kondururken kalbimin hızlandığını hissettim. Bu çok fazlaydı. Şok içinde ona baktığım sırada etkilenmiş bir ifadeyle kendini geri çekti. Gözlerim anında Onur'a kaydı. Ve gözlerindeki yıkılmışlık ifadesiyle bize takılı kaldığını gördüm. Hayır, hayır, bunu görmemeliydi. Bu her şeyi bitirirdi!

Sanki çevremizdeki her şey durmuştu. O bana bakıyordu, ben ona. Rüzgâr bana bir şeyler söylüyordu, duymuyordum. Hazal ona bir şeyler söylüyordu, duymuyordu. Aramızda metrelerce bir yol vardı ama birbirimize kilitlenmiştik. Ve ben o gözlerde çok büyük bir hayal kırıklığı görüyordum. Çok büyük bir hataydı bu öpücük. Ve Onur'un gözleri önünde yaşanmıştı. Bana inanamıyor gibi bakarken içinin acısı yüzüne vuruyordu. Sanki aramızdaki hiçbir şey yukarıda yaşadığımız konuşmada bitmemişti de şimdi bitmişti.

Sanki hâlâ birbirimize tutunduğumuz dal kalmıştı ve şimdi o da kesilmişti. Kopmuştu, koparılmıştık. Ama buna izin veremezdim. Vermemeliydim. Ne yapacaktım, ne yapabilirdim bilmiyorum! Bir başkasını istemiyordum, onu istiyordum. İçimde kasırga telaşı belirmişti, karnımın ağrıdığını hissediyordum. Rüzgâr'ın dudakları yanağıma değdiğinde, Onur'un gözleri gözlerimle buluştuğumda kendimi ona yapabileceğim en büyük kötülüğü yapmış gibi hissettim. Ama dönüşü var mıydı, yok muydu bilmiyordum. Çıkmaz bir sokağa girmiştik, karşımdaki duvarı yıkmaya gücüm kalmış mıydı ölçemiyordum. İçimden bir ses "Seni buna o itti!" diye beni sakinleştirmeye çalışırken bilinçsizce ona doğru bir adım attım. O an Hazal'a gözlerini benden ayırmadan bir iki şey söyleyip arkasını döndü. Arabasına doğru ilerlerken Burak ve Mert'in Onur'un peşinden gittiklerini gördüm. Olduğum yerde öylece kalakaldım... Sanırım her şeyi bitiren o oldu derken her şeyi asıl bitiren ben olmuştum. Artık benden nefret edecekti. Buna adım gibi emindim.

KARANTİNA

Otobüsün en arkasında,
sınıfın en sığ köşesinde,
hastane koridorlarının
en tenha tarafında
oturanlar,
bekleyenler bilir içimize
attıklarımızın
ne kadar ağır olduğunu.

14. Bölüm

Bu Bir Yağmur Mu?

Toza döndüm, Onur üfledi ve uçtum gittim...

Eve döndüğümde aklım tamamen Onur'daydı. Sadece Onur değil, Burak ve Mert de beni Rüzgâr'la o hâlde görmüşlerdi. İçim içime sığmıyordu. Rüzgâr beni yanağımdan öptü, Onur arkasını dönüp çekip gitti ve kalbimi de benimle birlikte bırakmadı, sanki onu da alıp gitti... Beni öyle görmeleri bu dünyada isteyeceğim son şeydi. Rüzgâr'a tek kelime bile etmeden oradan uzaklaştım. Eve dönerken ne haldeydim bir ben biliyorum. Saatlerdir onları arasam mı aramasam mı, mesaj atsam mı diye düşünüp duruyorum. Çünkü onlardan, Burak'tan bile ses çıkmıyor.

"Zeynep, tatlı yiyeceğiz, gelecek misin?"

Annemin aşağıdan gelen sesini duyduğumda isteksizce yanıtladım "Hayır anne."

Artık hiçbir şeyime karışmıyorlar, ısrar etmiyorlardı. Sanırım yaşadığımız onca olaydan sonra beni biraz olsun özgür bırakmaya karar vermişlerdi. Aynı Onur'un yaptığı gibi... Ve ben özgür kaldığım ilk an soluğu bir başkasının yanında almıştım. Onur haklıydı. Ben ona çok ama çok büyük bir haksızlık etmiştim. İçimdeki inatlaşmaya son verip merakıma yenik düştüm ve telefonumu çıkardım.

Direkt Onur'u aradım. *"Aradığınız kişiye şu anda ulaşılamıyor. Lütfen daha sonra tekrar deneyiniz."*

Öfkeyle aramamı kapatırken meraktan deliriyordum. Hemen sonra Mert'i aradım. *"Aradığınız kişiye şu anda ulaşılamıyor. Lütfen daha sonra tekrar deneyiniz."*

Neredelerdi? Ne yapıyorlardı? Titreyen ellerimle Burak'ı aradığımda en sonunda çalmaya başladı. Heyecanla beklemeye başladığımda Burak telefonu hiç ama hiç beklemediğim bir şekilde açtı.

"Mutluyuum belki been, sen sularımda ölürkeeen, güldüm... keyfimden! Neydi ya devamı? O beniim güneş sistemiim..." Ağzını yaya yaya şarkı söyleyen bir Burak'la karşı karşıyaydım, şok içinde telefonun başında kalakaldığım sırada anlam veremeyerek konuştum.

"Pardon... ben... yanlış mı aradım?"

"Siz kimi aradınız? Ahaha telefondaki kıza şarkı söyledim abi! Ses tonu çok güzel kızın. Allah bana telefondan kız yolladı!"

"Burak?" Anlam veremiyordum. Ağzını yayarak konuşması, bu saçmalıklar da neydi böyle?

"Siz adımı nereden biliyorsunuz ya? Taciz ediliyorum!"

"Burak iyi misin sen?" Bir dakika, sarhoş muydu bu?

"İyiyim, sizi duydum daha iyi oldum!"

"Sen sarhoş musun? Ben Zeynep, delirdin mi?"

"Zeynep mi? Haa, o hain! Senin telefonlarını açmayacaktım Allah kahretsin ya, unuttum. Abi Zeynep aramış, yanlışlıkla açtım. Kapatayım mı?" Birden telefon yüzüme kapanınca şok içinde ekrana baktım.

Sarhoştu.

Sarhoşlardı!

İçmeye gitmişlerdi!

Anında telefonu tekrar çevirip Burak'ı aradım. Bir kez daha açacağından adım gibi emindim. Nerede olduklarını öğrenip yanlarına gitmem gerekiyordu! Ve Burak beni yanıltmadı, telefonumu tekrar açtı.

"Buyurun?" Burak'ın sarhoş ses tonunu duymalıydınız!

"Burak ben Zeynep, neredesiniz?"

"Abi Zeynep arıyor ya. Yanlışlıkla açtım!" Burak'ın IQ'sü alkolle birlikte yarıya inmişti.

"Dur! Dur kapatma!"

"Beni dinle Burak... Biliyorum bana kızgınsınız. Ama içinde bir yerlerde beni anlaman lazım. Beni buna Onur itti. Üstelik ben hiçbir şey yapmadım. Beni yanağımdan öpen Rüzgâr'dı! Lütfen... Lütfen bana bir şans ver. Yerinizi söyle, geleyim. Lütfen." Telefon birden yüzüme kapanınca çok büyük bir hayal kırıklığıyla içimin acısıyla öylece odamın ortasında kalakaldım.

Bir daha aramayacaktım, bir daha arayamazdım. Yapabileceğim hiçbir şey yoktu, beni yanlarında istemiyorlarsa bunu kabullenecektim. Tek çarem kabullenmekti. Telefonumu hüzünle yatağıma bırakıp gözümden öylesine akan tek bir damla yaşı sildiğimde telefonum çalmaya başladı. Burak arıyordu. Heyecanla telefonu açtığımda Burak'ın sesini duydum.

"Taksim Dorock'tayız. Çatıda oturuyoruz. Benim söylediğimi söyleme, tuvalete geldim sanıyorlar." Ağzını yaya yaya verdiği bilgiye minnettarca gülümsedim.

"Tamam! Çok teşekkür ederim. Geliyorum." Telefonu kapatıp çantama attım. Hemen üzerime kırmızı kazağımı, siyah yırtık pantolonumu geçirdim. Dalgalı saçlarımı topuz yaptım. Saat 8'i yeni geçmişti, annemlerden bir şekilde izin almak zorundaydım. Aceleyle merdivenlerden indiğim sırada babam bana döndü.

"Bu kız yine kaçıyor."

"Baba... anne... Biliyorum pek güvenilecek bir çocuk olmadım. Ama arkadaşımın doğum günü kutlamasına gitmem gerekiyor. Lütfen, aceleyle çıkmam lazım. Eğer söylenecekseniz de bunu ben döndüğümde yapın. Lütfen..." Babam ellerini havaya kaldırdı.

"Ta... mam! 12'den önce dönmüş ol." Başımı sallayarak yapmacık bir gülümsemeyle kapıya doğru ilerledim. Annem peşimden geliyordu.

"Kızım, yine mi bu çocuklarla ilgili bir durum var? Lütfen Zeynep, kendini harap ediyorsun, etme."

"Hayır anne, onlarla ilgili değil... Merak etme geç dönmeyeceğim."

"Onlarla ilgili olmasın da. Tamam, hadi bakalım. Haber ver bize."

"Tamam anne."

Evden hızla çıktım. Kulağıma kulaklığımı takıp otobüs durağına doğru yürümeye başladım. Sokakları geçtim, caddede usulca ilerledim. Gökyüzünde ay, ayağımın altında Arnavut kaldırımı... İçim hiçbir zaman bu kadar rahatsız olmamıştı kendime dair. Onur'un okul bahçesindeki bakışı, arkasını dönüp gidişi aklımdan çıkmıyordu. Onun yerinde ben olsaydım, eğer o bir başka kızın yanağını öpseydi ben onun yüzünü bile görmek istemezdim. Onu anlıyordum, ama beni buna o itmişti. Benim suçum yoktu ve o bunu anlamayacaktı. Otobüse biner binmez en arkaya geçip oturdum.

Otobüsün en arkasında, sınıfın en sığ köşesinde, hastane koridorlarının en tenha tarafında oturanlar, bekleyenler bilir içimize attıklarımızın ne kadar ağır olduğunu. İnsanın içi dolup taşarken insanlardan kaçıyor, çünkü etrafında içindeki ağırlığın da oturabileceği bir boşluk olsun istiyor. Bir şeyler geldi başımıza... Geleceğini göremediğimiz, gelmesini beklemediğimiz bir şeyler. Bir şekilde geldiler, bir şekilde oldular ve bittiler. Bizi bir araya getirdiler. İçimde bir yerlerde biliyorum ki biz bu dünyada bir araya gelmek zorundaydık. Ve geldik de... Şimdi ne oluyor peki? Şimdi de ayrılmak zorunda olduğumuzdan mı tüm bu yaşananlar? Sonumuz mu birlikte değil? Bu yüzden mi tüm bu olanlar? Oysa buna inanmıyorum... Onur'la her yan yana geldiğimde bizim hayatımız boyunca yan yana olmak zorunda olduğumuzu hissediyorum. Şimdi nasıl vazgeçerim bu histen? Nasıl vazgeçerim yanında olmaktan?

Otobüs Taksim durağında durduğu ana kadar düşündüm durdum. İşin içinden çıkamadım, çıkamayacaktım. Beni hayatında istemedi, gittim. Beni arkadaşı olarak istedi, tamam dedim. Beni buna o itti. Kafamın içinde bu cümleyi yüz kez tekrarladım belki de. *"Beni buna o itti, beni buna o itti, beni buna o itti, o itti..."*

Duraktan çıkıp İstiklal'de yürümeye başladım. İnsanlara çarpa çarpa hızla ilerliyordum. Telefonumu çıkarıp Dorock Bar'ın olduğu sokağın adresine baktım. Haritaya baka baka ilerledim, sokağa girdiğimde gürültülü bir müzik sesi karşıladı beni. Dorock karanlık bir bardı, başımı yukarı kaldırıp terasına baktığımda hiçbir şey göremedim. Kalbim hızla atarken merdivenlerden çıkmaya başladım. Terasa girerken bir görevliyle karşılaştım.

"Hoş geldiniz..."

"Hoş buldum." Terasa adımımı attığım an onları gördüm. Üçü birlikte terasın en köşesinde oturmuş bira içiyorlardı. Tereddütle birkaç saniye orada durup onlara baktım. Burak gülerek şarkı söylüyor, Onur ciddi bir ifadeyle birasını kafasına dikiyor, Mert'se Onur'la ciddi bir konu konuşuyordu. Cesaretimi toplayıp yanlarına ilerledim. Burak'ın yanına, Onur'un karşısına oturuncaya dek beni fark etmediler. Oturduğum an bakışları bana çevrildi. Gözlerim Onur'un ela gözlerindeydi. Bana benden nefret ediyor gibi bakıyordu.

"Merhaba..." diye mırıldandım.

"Burak sen söyledin değil mi?" Mert'in sorusuyla birlikte araya girdim.

"Ben ısrar ettim. Söylemek zorunda kaldı."

"Gelmek hakkıydı abi. Geldi işte, o da içsin, siz ciddi ciddi konuşuyorsunuz. Biz şarkı söyleriz Zeyno'yla. Değil mi Zeyno? Ne içersin?" Burak'tan buram buram alkol kokusu geliyordu.

"Hiçbir şey içmem. Ben konuşmaya geldim."

"Zeynep, biliyorum konuşmak istiyorsun. Ama çok doğru bir zaman değil." dedi Mert anlayışlı bir sesle.

"Doğru bir zaman olmak zorunda. Çünkü benden nefret ediyorsunuz."

"Kim!" Burak sarhoş şaşkınlığıyla sordu, "Biz mi! Biz sana âşığız âşık!" Kendi kendine gülerek önüne döndüğünde onu dinlemiyorduk bile. Mert gözlerime merhametle baktı.

"Öyle bir şey yok Zeynep. Kimse senden nefret etmiyor." Gözlerim Onur'a döndü.

"O ediyor..." diye mırıldandım. Bana bakmıyordu, bakışları terastan aşağısını izliyordu. Hiçbir şey demedi, hiçbir cevap vermedi.

"Hayır o da etmiyor Zeynep. Ama görmek istemeyeceğimiz bir ana tanık olduk. Hazır değildik."

"Benim bir suçum yok. Bir anda oldu. Size yemin ederim kendimi hemen geri çektim!"

"Ben bunları dinlemek istemiyorum." dedi Onur sertçe.

"Hani arkadaştık!" dedim öfkeyle, "Hani beni istemiyordun!" Gözlerimden yaşlar akarken sinirden delirmek üzereydim.

"Sen söyledin bunları bana. Beni sen istemedin, Türkiye'ye döndüğümüzden beri bana yaklaşmıyorsun, benimle konuşmuyorsun. Aramızdaki savaşı bitirip arkadaş olalım dedin. Beni öpmesini ben istemedim, ama bunu sen istedin!" Sesim titriyordu. Çaresizce kendimi açıklamaya çalışırken Onur'un da gözlerinin öfkeyle dolduğunu gördüm.

"S*keyim arkadaşlığı..." diye mırıldandı titreyen sesiyle, "Olamayız işte arkadaş filan. Olamıyormuşuz."

"Onur, özür dilerim... Bunu görmeni istemezdim..."

"Ama gördüm. Artık bir şeyler için çok geç."

Öylesine öfkeliydi ki benden vazgeçtiğini düşünecektim. Korkuyla Mert'e döndüm. Gözlerime beni sakinleştirmek ister gibi bakarken Onur'un omzuna dokundu.

"İkiniz de iyi değilsiniz. Birbirinize biraz zaman verin... Bu öfkeyle konuşursanız birbirinizi inciteceksiniz."

Ellerim titriyordu. Onur yüzüme bile bakmazken ben ısrarla gözlerimi ondan ayırmamaya devam ettim. Titreyen dudaklarımı araladım. "Bana okulda söylemediğin şeyler neydi Onur? Sen benim yerimde olsan ne yapardın?"

"Önemi yok." Delirecektim. Bu konuşma bir bitişe doğru ilerliyordu. Bir şeylerin bitişine doğru ilerliyorduk.

"Zeynep, sen gel benimle. Gel aşağı inip biraz konuşalım. Onur da biraz yalnız kalsın."

"Onur kardeşimi bana bırakın. Ben şimdi ona bir Son Feci Bisiklet söyler, kendine getiririm."

"Lütfen Onur'u rahat bırak Burak. Sessizce düşünsün, sen kendi halinde takıl." Mert Burak'ı uyarırken ayağa kalkıp elini bana uzattı. Harap haldeydim. Beni kaldırıp kapıya yöneltirken aklım Onur'daydı.

O sert görüntüsünün altında yıkılmış görünüyordu. Ve onu ben yıkmıştım. Ama beni buna o itmişti... Bininci kez tekrarlıyorum. Beni buna o itmişti...

Mert'le birlikte aşağı inip barın önüne çıktık. Mert endişeyle bana döndüğünde sıkıntılı bir nefes verdi.

"Ah Zeynep ah..."

"Mert..." dedim hüngür hüngür, "Benim bir suçum olmadığını biliyorsun, değil mi?" Başını salladı.

"Sana arkadaş kalmak istediğini mi söyledi bugün?"

"Evet. Bu savaşa bir son verelim dedi. Kimle mutluysan onunla ol dedi. Arkadaş kalalım dedi... Ama sana yemin ederim Rüzgâr'ın beni öpmesini ben istemedim."

"Biliyorum. Bak Zeynep, Onur'u da anlamaya çalış."

"Nasıl, neyini anlayayım?"

"Sana zarar gelmesinden korktuğu için senden uzak duruyordu. Ve senden uzaklaştığı ilk an senin dibinde bir başkası bitti. Ve sen o kişiyi kabul ettin. O da senin onunla daha mutlu olacağına inandı. Senden vazgeçmeye çalışıyordu, ama bugün gördüğü şey çok fazlaydı."

"Ne yaptı? Ne dedi bu konuda?"

"Yıkıldı." dediği an karnıma bir ağrı girdi.

"Ne dedi?"

"Onur'u tanıyorsun. Üzgünken konuşamaz. Ve hiç konuşmadı. Ama gözlerinin bu kadar dolduğunu ilk kez gördüm. Arabada giderken bir ara geri dönmek istedi. Sanırım sinirini Rüzgâr'dan çıkarmak istedi birkaç saniyeliğine... Sonra sustu. En iyisinin susmak olduğuna karar verdi."

Kendimi tutamayıp başımı Mert'in göğsüne yasladım. Hüngür hüngür ağladığım sırada beni kollarıyla sardı.

"Şşş, tamam, tamam... Bak, bir şekilde halledeceğiz. Tamam mı? Sadece zamana ihtiyacınız var. Ben bunu biliyorum. Birbirinize zaman verin, her şey hallolacak."

"Ama benden vazgeçmesini istemiyorum Mert." dedim başımı göğsünden ayırıp ona bakarak.

"Kendini salma Zeynep. Onur senden hemen vazgeçebilecek bir hâlde değil, merak etme."

"Ama bana öyle bakıyor... Benden nefret eder gibi."

Mert sinirle güldü. "Onur ve senden nefret etmek... Sen buna kendin inandın mı? Hadi gel, toparla kendini. Yukarı çıkalım. İkiniz de sakin olmaya çalışın." Burnumu çekerek başımı salladım. Birlikte bara girdik, merdivenleri çıkarken başımın döndüğünü hissettim. Terasa girdiğimizde Burak gülerek Onur'a bir şeyler anlatıyordu, Onur ise tepkisiz bir şekilde onu izliyordu. Ağır ağır ilerleyip masaya oturdum. Konuyu kapatacaktık. En azından bu gece bu hâldeyken konuşmayacaktık.

"Burak sen kaç tane içtin?" diye mırıldandım konuyu değiştirmek için.

"Hatırlamıyorum Zeynep. Saatimin kaç olduğunu hatırlamıyorum, kaçı kaç geçtiğini ve yıllardan hangisi olduğunu..." Burak saçmalarken derin bir nefes aldım. Tereddütle Mert'e baktım.

"Hadi artık kalkalım. Önce Zeynep'i evine bırakalım, sonra bize gidelim..."

"Ben size gelmeyeceğim." diye mırıldandı Onur.

"Ender'e mi gideceksin?"

"Hayır. Evime gideceğim."

"Abi eşyaların gelmedi daha. Saçmalama, bize gidelim."

"Kimseyle vakit geçirmek istemiyorum. Çok içtim, uyuyacağım."

"Tamam, biz de seninle gelelim o zaman. Yerde filan yatarız, hallederiz bir şekilde."

"Ben koltukta yatarım!" diye atladı Burak keyifle, Mert gözlerini devirirken Onur başını kaldırdı.

"Ben eve tek gideceğim. Yarın okulda görüşürüz." Mert sıkıntıyla nefesini verirken ayağa kalktı.

"Tamam, hadi kalkın. Önce Onur'u bırakıyoruz, sonra Zeynep'i. Gidelim."

Birlikte masadan kalktık. En önde merdivenlerden inmeye başladım, Burak arkamdan sendeleyerek şarkı söyleyerek iniyordu,

Onur da onun arkasından... Mert hesabı ödemek için dururken biz inmeye devam ettik. Burak kolunu omzuma attığı sırada Onur başını gökyüzüne çevirmiş yukarı bakarak yürüyordu.

"Araba nerede?" diye sordum. Cevap vermedi.

"Ne arabası ya, uçakla gidelim! Çok uzun sürüyor arabayla!" Burak saçmalarken Onur'un ara bir sokağa girmesiyle oraya yöneldik.

"Zeynep ben uçak kullanabileceğime inanıyorum. Bisiklet sürebiliyorum, uçak da sürebilirim değil mi?"

"Sürebilirsin tabii." dedim zorlukla. Burak tam o an yere düşecekken Onur'la birlikte onu tutmak için yöneldik.

"Tamam, tamam! İyiyim, bir şövalye asla düşmez!"

Onur benim Burak'ı tuttuğumu görünce yanımızdan uzaklaştı. Öfkeyle Burak'a baktım. "Burak tamam ya anladık sarhoşsun!"

Onur'un benden uzaklaşmasıyla ona patladım. Burak ise keyifle yüzüme baktı. "Vay be, kızın içinden canavar çıktı."

O sırada Onur'un arabanın kapısına yaslandığını gördüm. Elini başına koydu. Bir an için sanki başı dönüyormuş gibi durunca korkuyla ona baktım. İyi misin diye sormak istiyordum, ama soramıyordum... Ona artık nasıl olduğunu bile soramıyordum. Ama hiç iyi görünmüyordu.

"Geldim." Mert arkamızdan gelip arabanın kapılarını uzaktan açtığında Onur ağır ağır ilerleyerek arabanın ön koltuğuna oturdu. Mert Burak'ı benim kollarımdan alıp arka koltuğa oturttuğunda Burak'ın yanına geçip oturdum. Gözlerim ön koltukta oturan Onur'daydı. Başını koltuğa yaslayıp gözlerini kapatmıştı. İçim gidiyordu.

Mert arabayı çalıştırdığında radyo otomatik olarak açıldı. Radyoda çalan şarkıyla birlikte yola çıktığımızda Onur da Burak da sızmıştı. Şarkı "Bu bir yağmur mu..." diyordu, "Göğsüme doğru..." Bu aralar şehre her gün yağmur yağıyordu. Şimdi hafif hafif atıştıran yağmura döndüm. Derin bir nefes aldım. Hani hep insanın içinden bir ses her şeyin güzel olacağını söyler ya, benimki artık öyle demiyordu. Her şey bir felakete gidiyordu. Bunu ikinci kez hissediyordum.

"Onur..." Mert Onur'un evinin önünde durduğumuzda Onur'un omzuna dokundu. Onur korkarak uyandığında ona endişeyle bakıyordum.

"Geldik mi?"

"Geldik. Ama sen iyi görünmüyorsun. Bence burada inme. Gel bize gidelim."

"İstemiyorum. Yukarı çıkıp uyuyacağım."

"Of be Onur, of! Tamam, gel seni çıkarayım."

"İstemiyorum. Kendim çıkarım. Arabadan inmeyin. Hiçbir şeyim yok, iyiyim ben." Onur arabadan sertçe inip kapıyı sesli bir şekilde kapatınca Mert gözlerini devirdi.

"Mert peşinden git." dedim endişeyle.

"Şimdi gidersem tartışacağız. Bırak çıksın, yatsın uyusun." Onur binaya girdi, eliyle alnını ovuşturarak kapıyı kapattı.

"Dur... arabayı çalıştırma..." dedim korkuyla.

"Ben gidip bakacağım. Lütfen bekleyin beni."

"Zeynep gitme! Kırıcı olacak. Halini görmüyor musun? Bırak gidip uyusun."

"Bana hiçbir şey diyemez. En azından gidip koltuğa yattığından emin olmak istiyorum." Arabadan inatla indim. Binaya doğru koşuşturdum. Kapının şifresini ezberlemiştim. Hızla şifreyi girip binaya girdim. Hemen asansörlerden birinin tuşuna bastım. İçine girip dokuzuncu kata bastığımda telaşla kapının açılmasını bekliyordum. Dokuzuncu kata geldiğimizde Onur'u kapının önündeki merdivenlere oturmuş hâlde buldum.

"Onur!" dedim endişeyle, "İyi misin?" Başını ağır ağır kaldırdı.

"Neden geldin?" Burnunu çekti. Anında sendeleyerek ayağa kalktı. Yardım etmek için ona doğru ilerlediğim sırada tutmaya çalıştığım elini çekti.

"Onur..."

"Zeynep neden geldin?" Yüzüme bomboş bakıyordu. Bomboş ve bu en kötüsüydü. Keşke nefretle baksaydı bana. Keşke benden nefret etseydi.

"Senin... iyi olduğundan emin olmak istedim."

"İyiyim." Kapıya doğru döndü, kapısının şifresini girerken ona doğru konuşmaya başladım.

"Bana kız, öfkelen, bağır gerekirse... Ama böyle yapma. Ve bil ki benim hiçbir suçum yok. Buna beni sen ittin."

"Artık umurumda değil." diye mırıldandı, evine girdi. Kapıyı elinde tutarken bana doğru döndü.

"Kızgın değilim, öfkeli değilim, bağıracak bir hâlde de değilim. Hiçbir şey hissetmiyorum."

"Onur..."

"Zeynep... Benim bugün sana karşı olan tüm hislerim bitti. **Bugün o çocuk seni öptüğü an içimdeki her şey öldü.** Tek bir şey bile hissetmiyorum sana karşı. Nefret, öfke, kızgınlık, sevgi, özlem, aşk, hiçbir şey... Sana karşı hiçbir şey hissetmiyorum. Bomboş, sıfırım. Artık takma beni kafana. Yaptığın hiçbir şeyde suçluluk hissetme, çünkü ben kızgınlık hissedecek evreyi geçtim." Sonra durdu, kapıyı tam kapatacakken bana baktı. Tereddüt eder gibi dudaklarını araladı ve o an kalbimi yaralayan içimi parçalayan beynimde gök gürleten o cümleyi kurdu.

"Ben seni beklerdim." Şok içinde yüzüne baktım.

"Ne?"

"Eğer aynı durumda olan sen olsaydın seni beklerdim Zeynep..." Gözlerimin dolduğunu hissettim. Bana söylemek istediği şey buydu. Bana anlatmak istediği şey buydu.

"Onur..."

"Psikolojim berbattı. Gürcistan'dan döndüğümüzde bitik hâldeydim. Yakınımda olan herkesin zarar göreceğine inanıyordum. O yüzden ne seni ne Burak'ı ne Mert'i yanımda istiyorum. Size, sana zarar geleceğinden korkuyordum. Geceleri bunun kâbuslarını görüyordum. Kaç defa kalbin durdu biliyor musun rüyalarımda, kaç defa bir köprüden düştüğünü gördüm, seni tutmak için koştum. Tutamadım... Defalarca bir denizde boğulduğunu gördüm, defalarca kalbinin durduğunu gördüm. Uyudum, uyandım, bu kâbuslar bitsin diye tekrar uyudum ama bitmediler. Her gece aynı kâbusları gördüm. Yüzüne baktığımda, yanında olduğumda içimde bir şeyler beni senden uzağa itiyordu. Sanki patlamaya hazır bir bombaydım, bari senden uzak olayım hatta tek başıma kalayım da tek ölen ben olayım diyordum."

Nefes alamaz hâldeydim. Tüm bunlar, bu cümleler beni altı delinen bir kum torbasının yere yığılan kum taneleri gibi dibe çekiyordu. Onur'a çok büyük bir haksızlık etmiştim. Her şeyi mahvetmiştim.

"Onur..." Titreyen dudaklarım başka hiçbir şey demiyordu. Diyemiyordu. Ki Onur da konuşmama izin vermiyordu.

"Beni anlamanı beklerdim. Kafamdan geçenleri tahmin etmeni beklerdim. Hiç değilse... Hiç değilse bana zaman vermeni beni beklemeni beklerdim. Ama sen zaten bir başkasını hayatına almaya hazırmışsın. Ben sana dokunmaya kıyamazken bir başkası senin saçlarına dokundu, seni öptü."

"Onur, hayır! Ben kimseyi hayatıma almaya hazır değildim! Sana yemin ederim ona karşı hiçbir şey hissetmiyorum. Yemin ederim! Buraya döndüğümüzde her şey düzelecek sandım ve bir anda senin beni kendi hayatından ittiğini görünce şoka uğradım! Sen de beni anla, o üzüntüyle seni anlayamadım, sana kızgındım. Bilmiyorum belki de sana bir ders vermeye çalıştım!" Gözlerini gözlerime çevirdi. Dolmuş ela gözleriyle bana acı içinde baktı.

"Sence de yaşadığım son aylar boyunca bana yeterince ders verilmedi mi Zeynep? Sence daha fazla dersi hak ettim mi ben?" Ayakta duramayacak kadar titriyordum.

"Onur..."

"İyi geceler Zeynep. Uyumam lazım, pek iyi değilim."

Yüzüme son kez baktı, kapıyı yüzüme kapattı.

O kapı benim yüzüme kapandı, o merdivenlerde donakaldım, titrediğimi hissederken titremekle aynı anda donakalmak neymiş bunu tattım. Bana karşı hiçbir hissi kalmamıştı. Ben artık onun için yoktum. Sevmiyordu, kızmıyordu, nefret etmiyordu, beni bitirmişti. Onur'un kalbinde ben bitmiştim, o an bedenimin de yok olduğunu hissettim. Ruhum uçtu gitti. Ben o an orada o merdivenlerde önce un ufak oldum, sonra yok oldum... *Toza döndüm, Onur üfledi ve uçtum gittim.*

Böylesine güzel bir ruhu nasıl mahvettiniz?

15. Bölüm

Ay ve Gece

Ay gitti, gece bitti, sıra güneşin doğuşundaydı...

Onur'un evinden çıktığımda yitik hâldeydim. Yılmış ve yitik hâle gelmiştim. Titreyen ellerimle çiseleyen yağmurun altında arabanın arka kapısını açıp Burak'ın yanına oturduğum sırada Burak hâlâ uyuyordu. Mert arabayı çalıştırır çalıştırmaz gözleri aynaya kaydı, yüzümün hâlini görünce şok içinde konuşmaya başladı.

"Tartıştınız mı? Ne oldu?" Hüngür hüngür ağlıyordum. Nefes alamayacak kadar kötüydüm.

"Hayır..." demeye çalıştım zar zor.

"Ne oldu o zaman! Zeynep, sen iyisin, değil mi?"

"Mert... İyi değilim..."

"Bir hastaneye gitmemizi ister misin? Abi bu çocuk neden böyle oldu ya! Neden böyle yapıyor?"

"Onun hiçbir suçu yok..." dedim içim acıya acıya.

"Ne oldu, anlat. Kafayı yiyeceğim, her şey düzeldi diyoruz her şey daha da berbat bir hale geliyor!"

"Onu beklememi bekliyormuş... Ona zaman vermemi bekliyormuş... Psikolojisi iyi değilmiş, bana zarar geleceği için benimle olmak istememiş...

"Zeynep..."

"Eğer ona zaman verseydim her şey düzelecekti Mert. Ben bir aptalım. Ben beyinsiz bir aptalım. Her şeyi mahvettim."

"Bir dur, bir sakin ol!"

"Benden uzaklaşır uzaklaşmaz bir başkasının kollarına koştum. Hem de onun gözlerinin önünde!"

"Kıskandırmak için yaptığını hepimiz çok iyi biliyoruz, sakin ol, ben konuşacağım onunla! Ağlama, dur bir dakika!"

"Kıskandırmak için yaptım... Ama bana yakın olmasına izin verdim. Onur'a göstere göstere yakınlaştım onunla. Ben berbat bir insanım." Ağlamaktan zar zor konuşuyordum. Mert bana ön koltuktan su şişesini uzattı. Uzattığı su şişesini alıp bir yudum içip ağlamaya devam ettim.

"Sen berbat bir insan değilsin. Sadece Onur'u anlayamayacağın kadar kızgındın ona. Onur senden sana zarar gelmesin diye vazgeçti."

"Biliyorum, biliyorum... O sadece bana zarar vermek istemedi. Her şeyi bunun için yaptı. Ama ben ona zarar verdim. Kalbini kırdım, onu üzdüm."

"Ona zaman vermeliydin... Of, biliyorum bunları duymak seni daha çok üzüyor. O yüzden söylemeyi keseceğim, şimdi unut bunları. Seni evine bırakalım, yat dinlen. Söz veriyorum ben Onur'la konuşacağım. Ne kadar pişman olduğunu söyleyeceğim. Her şeyi düzelteceğiz, tamam mı?"

Arkama yaslandım. Hıçkıra hıçkıra ağlamaya devam ettiğim sırada arkama yaslandım. Derin derin nefesler alarak sakinleşmeye çalışırken aklım Onur'daydı. Aklımın her yeri her bir milimi ondaydı. Ne kadar üzülmüş olabileceğini düşünüp duruyordum. Ne kadar kırılmış olabileceği aklımın her bir köşesini kaplıyordu. Gözlerinin önünde bir başkasıyla gülüşmüştüm, bir başkasıyla yakınlaşmıştım. Gözlerinin önünde beni kaybediyordu, bunu ona ben yaşatmıştım. Hem de hiç hak etmediği bir halde. Ben büyük bir aptaldım. Çok büyük bir aptal.

"Sizin evin ışıkları yanmıyor." Mert'in cümlesiyle duran arabanın camından eve baktım. Islak gözlerimi silerken çantamı kucağıma aldım.

"Annemler uyumuştur."

"Bu saatte mi?" Mert kolundaki saate bakıp devam etti. "Saat daha on. Emin misin?"

"Genelde erken uyuyorlar. Merak etme."

"Tamam, iyi geceler o zaman. Lütfen hiçbir şeyi kafana takma. Söz veriyorum her şeyi yoluna koyacağız. Tamam mı?"

"Tamam..." Başımı sallayarak arabadan indim. Hiçbir şey bana bir anlam ifade etmiyormuşçasına bir ifadesizlikle eve doğru yürüdüm. Kapının önüne geldiğimde anahtarımı çıkardım, kapıyı açtım. Koridorun ışığını açtığım sırada ayakkabılığa asılı bir not gördüm. Kaşlarım çatılı bir şekilde notu elime aldım.

"Eve gelince bizi ara."

İçime düşen korkuyla birlikte önce yukarı doğru seslendim,

"Anne?" Ses gelmedi.

"Baba?"

"Anne?" Ses gelmeyince telaşla telefonumu çıkardım. Annemi aradım. Telefon üçüncü çalışında açıldı. Annem kısık sesle konuşmaya başladı.

"Alo... Zeynep..."

"Anne, ne oldu? Neredesiniz, kötü bir şey mi oldu?"

"Ya kızım güzel bir şey oldu aslında. Otobüsteyiz."

"Ne otobüsü, ne oldu?"

"Kızım Ayşen Yengen doğum yapmış, dayının karısı. Afyon'a gidiyoruz. Birkaç gün kalacağız. Bak istersen hemen bir otobüse atla otogara git, oradan bulduğun ilk otobüsle sen de gel. Seni bekleyemedik, dayın çok acil çağırdı. Yengene bir şey olmuş, böyle psikolojik bir sorun mu ne olmuş, bebeği görmek istemiyormuş... Ağlıyormuş sürekli. Dayın da ne yapacağını bilememiş, beni çağırdı."

"Ben gelmem anne. Okul var."

"Biz de öyle düşündük. O yüzden seni beklemeden yola çıktık. Defalarca aradık seni ama duymadın sanırım."

"Duymadım anne. Siz dayıma geçmiş olsun dediğimi söyleyin. Bir de hayırlı olsun dediğimi. Ben sonra ararım onu."

"Tamam yavrum, hadi ben kapatıyorum. Kapıları camları iyice kilitle."

"Tamam anne. İyi yolculuklar."

"Hadi öpüyorum, iyi uykular kızım."

"Ben de öpüyorum."

"Zeynep..."

"Efendim anne?"

"Senin sesin kötü geliyor gibi, bir şey olmadı değil mi?" Titrek bir nefes aldım.

"Hayır anne, her şey yolunda..."

"Tamam o zaman. Hadi kapatıyorum, görüşürüz. Sabah ararım."

"Tamam, görüşürüz." Telefonu kapatıp çantamı omzuma atıp ağır ağır merdivenlerden yukarı çıktım. Çantamı bir kenara bırakıp üzerimdekileri çıkardım. Üzerime yeşil şortumu ve siyah kısa kollu tişörtümü geçirip yatağa geçtim. Telefonumu da alıp odamın ışığını kıstım. Sonra yataktan kalkıp camın perdesini, tülünü kapatıp yatağa geri döndüm.

Yağmur cama vurdukça içimdeki hüzün tekrar ve tekrar ortaya çıkıyordu. Whatsapp uygulamasına girip Onur'un profil fotoğrafını açtım. Fotoğrafına dakikalarca baktım. Siz hiçbir fotoğrafı açıp dakikalarca gözünüzü ayırmadan baktınız mı? İşte ben şimdi bakıyordum... Ama kendime acı çektirmek istemiyordum. Hasta olmaktan korkuyordum. Her şeyi içime atıp zamana bırakacaktım. Ve bundan sonra Onur'a hak ettiği gibi davranacaktım. Derin bir iç çektim... Sonra doğruldum, telefonu yatağın kenarına koydum. Komodin çekmecemi açıp deodorantımı ararken gözüm eski günlüklerime çarptı. Belki moralimi düzeltir umuduyla ikinci sınıfta yazdığım en eski günlüğümü çıkardım. Günlüğümü kucağıma koyup yatakta oturur pozisyona geçtim ve sayfalarını okumaya başladım. Bir insanın tutabileceği en mantıklı günlüğü sekiz yaşımda tutmuştum.

Pazartesi: Bugün denize gittik.

Salı: Bugün köfte patates yedik. Annem çok güzel yapmıştı.

Çarşamba: Bugün babam beni elleriyle uçurdu.

Perşembe: Bugün annem sahilde kayıp düştü. Dizi kanadı. Babam çok güldü.

Cuma: Bugün dişim düştü.

Cumartesi: Bugün bir çocukla oynadım. Sonra saçımı çekti. Ağlamaya başladım. Sonra o da ağladı.

Pazar: Bugün babam anneme kızgınlıkla bağırdı.

Pazartesi: Bugün annemin çiçeğine meyve suyu döktüm.

Salı: Annemin çiçeği ölmüş.

Çarşamba: Bugün annem bana çiçekli bir elbise aldı. Çok mutluyum günlük.

Perşembe: Bugün sokakta bir çocuk bana Zeyno dedi, çok üzüldüm. Ağladım ve eve gittim. Benim ismim Zeynep.

Cuma: Bugün babam beni elleriyle uçururken yere düşürdü. Ağladım.

Cumartesi: Bugün annemle babamın evlilik doğum günleri. Birlikte pasta yedik. Babam annemi öptü. Çok güzeldi.

Pazar: Bugün hiçbir şey yapmadım.

Günlüğümün sayfaları devam ettikçe sinirden ağlamaya başladım. Sebepsiz yere sayfaları okuyor hem gülüyor hem ağlıyordum. Sekiz yaşındaydım, günlük tutmayı sadece önemli birer olayı yazmaktan ibaret sanıyordum. Ve pek de iyi bir çocukluk geçirmemiştim, her şeye ağlayan bir çocukmuşum. Geleceğim de aynen öyle olmuş. Günlüğümü kapatıp çekmeceye geri koyduğum sırada gözyaşlarımı silip sinir bozukluğuyla yorganımın içine girdim. Gözlerimi kapattım, uyuyabilmek için içimden sessiz bir şarkı mırıldanmaya başladım.

Tam o sırada bir şey oldu. Yorganı korkuyla üstümden atarken nefesimi tuttuğumu fark ettim. Alt kattan gelen ufak tefek sesler duyuyordum. Annem ya da babamın gelmiş olma ihtimali yoktu. Konuştuğumuzda otobüstelerdi. Sesler gelmeye devam ederken korkuyla ilerleyip odamın kapısını kilitledim. Allah kahretmesin, evin kapısını kilitlemeyi unutmuştum. Camları kontrol etmeyi de unutmuştum. Kulağımı korkuyla odanın kapısına dayadığım sırada seslerin merdivenden yukarı yaklaştığını duydum. Korkudan kalbim duracak gibiydi, sessizce telefonumu elime aldım. Aklıma gelen ilk kişi oydu. Onu aradım.

"Hadi Onur... hadi..." Açmıyordu. Telefon çalıyordu, ama cevap bile vermiyordu. Telefonu kapatıp hemen Mert'i aradım. Sonra aramanın aptalca olduğunu anlayıp telefonu kapattım. Konuşma sesimi duyabilirdi. Evde her kim varsa ya da bu seslerin kaynağı her neyse telefonla konuşmam aptallık olacaktı. Anında CİNAYET Whatsapp grubumuza girdim. Telaşla yazmaya başladım.

"Rahatsız etmek istemiyorum. Ama annem ve babam Afyon'a gitmiş. Evde tekim ve şu an evin içinde yürüme sesleri duyuyorum. Bilmiyorum, kime haber vereceğimi bilemedim. Belki de kimse yoktur. Belki de sesler başka yerden geliyordur, boşuna polise haber vermek istemedim. Ama korktum da."

Tek tik. Çift tik. Mavi tik. Ve telefon çalmaya başladı.

Onur Arıyor. Telefonu korkuyla kapattım. Mesaj sayfasına girdim, tam o sırada telefon tekrar çalmaya başladı.

Onur Arıyor. Tekrar kapattım ve mesaj yazmaya başladım.

"Aramayın, konuşamam. Biri varsa beni duyacağından korkuyorum."

Mert Kişisinden Bir Yeni Mesaj

"Bekle, hemen geliyoruz. Sakın sesini çıkarma. Odanda otur. Geldiğimizde camdan anahtarı at."

"Tamam. Ama belki de polise haber vermeliydik?"

Cevap yok. Korkuyla kulağımı kapıya dayadığımda ufak tefek tıkırtılar duyuyordum. Kalbim deli gibi atıyordu. Kapının önünde yere çömelip oturdum. Polise haber verip vermeme fikri aklımı karıştırıyordu. Polis kapının önüne geldiğinde adam belki de beni rehin almaya çalışacaktı! Bilmiyorum, aklımdan bin tane şey geçiyordu. Hayatım asla sıradan bir hayat olmayacaktı, değil mi? Asla durulmayacaktı, asla dinmeyecekti. Her zaman kalbim hızlanacaktı, her zaman korkacaktım, üzülecektim. Her zaman belayı üzerime çekecektim. Telefonumun titremesiyle yerde duran telefonumu elime alıp baktım. Mesaj gruptan değildi, Onur özel olarak atmıştı.

"İyi misin?"

"*Evet.*" Yazdım.

"İki dakikaya oradayız."

Onur da geliyordu. İçten içe acaba gelmez mi diye düşünmüştüm. Ama geliyordu... Ayağa kalkıp sessizce çantamdaki evin yedek anahtarlarını çıkardım. Tülü ve perdeyi açıp camı sessiz olabildiğince açtım. Kapının önünde duran arabadan önce Onur indi, koşarak camımın altına geldiğinde o kadar endişeli görünüyordu ki içim içimi yiyordu. Anahtarı hiçbir şey demeden bana uzattığı ellerine attım. Hızla ilerleyip kapının önünde Burak ve Mert'le buluştu. Kapıyı açtıklarını duyduğumda üzerimden koca bir yük uçup gitti.

Artık güvendeydim.

Olduğum yere adım atmışlardı ve artık güvendeydim...

Merdivenlerden çıktıklarını duydum. Tek tek evin bütün ışıklarını açarak geliyorlardı, sonra bir el kapıyı tıkladı. Önce korktum, tereddütle beklediğim sırada Onur'un sesini duydum,

"Benim..." Kapıyı hızla açtığımda Onur'u gördüm. Yüzüne korkuyla bakıyordum. O da benden farksızdı. Yüzüme öyle bir bakıyordu ki bana sarılıp güvende olduğumu hissettirmek istiyordu, biliyordum.

"Geldik," dedi, "Korkma." Sarılmadı. Sarılmayacaktı. Gözümden düşen bir damla yaşla başımı salladım.

"Mert ve Burak odalara bakıyorlar."

"Burak sarhoş değil mi?"

"Üç fincan kahve içmiş. Bir saat uyumuş. Kendine gelmiş. Bir de senin haberini duyunca ayağa fırlamış."

"Abi bu odalarda biri yok."

Mert'in sesiyle rahatladığımı hissettim. "Bodruma bakacağız Burak'la."

Onur bana döndü. "İyisin, değil mi? Yüzün bembeyaz olmuş..."

Başımı salladım. "Evet. Korktum sadece."

Onur yüzüme baktı. "Ben de korktum. Aklıma farklı şeyler geldi. Benimle alakalı... sana zarar vermek isteyen birileri olabileceği geldi... Mesajını gördüğüm andan buraya gelene kadar kafayı yedim."

Umutla gözlerine baktım. "Teşekkür ederim Onur. Ama korkma, seninle ilgili başıma gelebilecek hiçbir şey kalmadı. Basit bir hırsızlık olayıydı belki ya da belki bir fare vardı. Bilmiyorum." Onur başını salladı. İçi acır bir ifadeyle yüzüme baktı.

"Gördün değil mi? Evine biri girdi diye geldiğim bu hâli gördün. Şimdi neden senden uzaklaşmak istediğimi anlıyor musun?" Başımı salladım. Biliyordum, anlıyordum. Çok geç olmuştu, ama anlamıştım. O an kendimi tutamadım. Hiç beklemediği bir şekilde hatta benim de kendimden beklemediğim bir şekilde Onur'a sarıldım. Kollarımla sıkıca sardım onu. Gözlerimden yaşlar birer birer akıp tişörtünü ıslatırken tek ihtiyacım olan şey ona sarılmaktı. O bana sarılmadı, olsun... Kollarıyla sarmadı beni, olsun... En azından ona sarılmama izin verdi. En azından ona sarılıyorum, olsun...

Onur'dan ayrıldığım sırada ellerimle gözyaşlarımı sildim. Bana yüzünde garip bir yumuşamayla bakıyordu. Burnumu çeke çeke arkamı döndüğüm sırada derin nefesler alarak kendime gelmeye çalıştım.

"Özür dilerim. Kendimi tutamadım. Buna ihtiyacım vardı." Onur başını salladı.

"Önemli değil. Gel, aşağı inelim. Büyük ihtimalle evden bir şey çıkmayacak."

"Abi, hırsızı bulduk!"

Burak'ın korku dolu sesini duyduğumda korkuyla Onur'a baktım. Onur kaşlarını çatarak beni odanın içine doğru itti. "Sen burada kal. Ben bakacağım."

"Hayır, ben de geleceğim!"

"Zeynep hayır!"

"Onur, geleceğim!" Onur'la birlikte merdivenlere yöneldiğimiz sırada Onur beni eliyle arkasında tutuyordu. Ağır ağır merdivenleri indiğimizde Burak'ın bodrumdan çıktığını duyduk. Merdivende Onur önde ben arkasında korkuyla bodrum merdivenlerine bakarken Burak elinde minik bir kediyle merdivenlerden çıktı!

"Ne!" Şaşkınlıktan ölecektim.

"Bu hain hırsız eve girmiş! Televizyonu çalmaya çalışırken yakaladım! Sırtlamış götürüyordu!" Gülerek Burak'ın elindeki minik kediye bakarken Mert'in büyük bir kahkahayla elinde bir başka yavru kediyle bodrumdan geldiğini görünce şokum iki katına çıktı.

"Oğlum bunlar ne!" Onur'un sesi hayret ve gülmemeye çalışma ifadesiyle doluydu!

"Bunlar hırsız. Biri televizyonu almış, biri koltuğu. Polise haber verin hemen. Alıp götürsünler." Sonra kedilerden biri çirkefçe miyavladı! Hep birlikte kahkahalara boğulduğumuzda Burak kediye döndü.

"Hayır, sözlerinle bizi etkileyemezsin."

"Dur, şunları sorguya çekelim."

Mert elindeki yavruya bakarak sormaya başladı. "Hırsızlık için bu evi çok önceden mi seçtiniz yoksa olaylar anlık mı gelişti?" Kedi Mert'e boş boş bakarken gülmekten ölecektim.

"Bu konuşmayı bilmiyor sanırım."

"Aynen Mert diğeri bayağı iyi konuşuyor."

Burak'ın cümlesine kahkahalar atarken şaşkınlıkla sordum. "Ya bunlar nasıl içeri girmiş, camdan mı girmişler! Ve bir kez bile miyavlamadılar siz gelmeden önce."

"E kızım hırsızlık için girdikleri evde ses çıkarmamaları gerektiğini biliyorlar. Profesyonel bunlar, tipe bak." Şefkatle ilerleyip Burak'ın elindeki yavru kedinin kafasını okşadım.

"Annem evinde kedi dolaştığını görse beni öldürür."

"Abi şaka gibi iki tane kedi için mi geldik buraya? Gelmişken tutuklayıp Sinop Cezaevi'ne nakledelim bari." Sonra Burak elindeki kediye âşık olmuş gibi baktı.

"Şakayı filan geçtim de abi bunlar çok güzel ya. Benim bunları bu havada sokağa bırakmaya içim elvermez. İkisini de eve götüreceğim."

"Ciddi misin?" diye sordum şaşkınlıkla.

"Ciddiyim. Koyarız bahçeye, birer de kulübe yaparız. İçinde yaşarlar. Şunlara bak!"

"Dur, isim koyalım o zaman bunlara!"

"Kaçak 1 ve Kaçak 2." diye mırıldandı Burak.

"Kod adı mı koyuyorsun kedilere abi, düz isim koyacağız işte iki tane."

"Pamuk ve Boncuk." Burak'ın bulduğu ikinci isimlere gözlerimi devirdim. Bir insan isim bulmakta bu kadar başarısız olurdu. Sonra Onur ilk kez kedilere doğru ilerledi. Kafalarına yavaşça dokundu ve konuşmaya başladı.

"Biri bembeyaz, biri simsiyah..." diye mırıldandı, "Ay ve Gece. Nasıl?" Onur'a hayranlıkla baktığım sırada aklım aylar öncesine gitti... Aylar önce okulda yaşadığımız o ana gitti... Onur'un edebiyat yarışmasında yaptığı o konuşmaya...

"Ben geceyi ikiye bölerim hep, insanlar cama balkona çıktıklarında izleyecekleri iki seçenek vardır. Ya geceyi yani karanlığı izleyeceklerdir, ya da ayı yani aydınlığı izleyeceklerdir. Gece denen şey ikiye ayrılır. Biri gecedir, evet. Ama diğeri aydır. Biri karanlıktır. Biri aydınlık. Bu yüzden madem âşık olmuşum, ben geceyi ikimize paylaştırmayı isterdim. Karanlığı sevmeyen birine âşık olabileceğimi sanmıyorum. Karanlık aydınlıktan çok daha güzel. Sırf o karanlığı sevsin diye aydınlığı almaya razı olurdum. Duvarına bir ay resmi çizerim, sonra aklıma gelen ilk şarkı sözünü yazardım, 'ay benim... gece senin...' Sonra ışıkları kapatır çıkardım."

Gözlerimi kırparak o anı aklımdan atmaya çalıştım. *"Böylesine güzel bir ruhu nasıl mahvettiniz?"* dedim içimden. *"Böylesine temiz bir kalbi nasıl kirlettiniz?"* Ne çok değişmişti Onur. Ama gözlerine baktığımda hâlâ o naifliği görüyordum, ben onun gözlerine baktığımda o güzel ruhu hâlâ görüyordum. Onun o güzel ruhunu kirletememişlerdi, kirletememiştik. O her zaman temiz kalmayı başarmıştı ve biliyordum ki onun ruhu her zaman temiz kalacaktı.

"Yemin ederim o kadar güzel isimler ki ben bu isimleri çocuklarıma bile koyarım! Hatta mahkemeyle adımı değiştirip Gece yapasım geldi." Burak Onur'un bulduğu isimlere hayranlıkla tepki verirken benim gözlerim de hayranlıkla Onur'u izliyordu.

"Rahat rahat kitap okumayı, müzik dinlemeyi özledim. Şiir okumayı, makale okumayı..." Onur'u hayranlıkla izlediğim sırada cümlesi içimde bir şeylerin değiştiğine dair bir umut ışığı yaktı.

"Okursun..." diye mırıldandım. "Artık her şey değişti. Normal hayatlarımıza döndük. Sen de eskiye dönebilirsin." Yüzüme etkileyici bir derinlikle bakıyordu.

"Döneceğim." Cevabı içimi kıpır kıpır yapmıştı. Onur eskiye dönecekti, Onur normale dönecekti. Ve artık bundan emindim.

"Ne yapıyoruz şimdi, Zeynep'i alıp bize filan mı götürsek?" Mert'in cümlesiyle birlikte başımı kaldırdım.

"Hayır, gerek yok. Ben camları kapatıp kapıları kilitler yatarım. Siz gidebilirsiniz." Onur kedilerden birinin başını okşarken bana bakmadan cevapladı.

"Ben burada kalacağım." Yutkundum. Gerçekten her şeye rağmen burada mı kalacaktı?

"Ben iyiyim." diye mırıldandım formaliteden, "Gerçekten gidebilirsiniz." Lütfen gitmeyin.

"O zaman beşimiz burada kalıyoruz." Burak'ın cümlesine şaşkınlıkla kaşlarımı çattım.

"Beşiniz?"

"Ben, Onur, Mert, Gece ve Ay." Kıkırdayarak beyaz kedinin başını okşadım.

"Annem beni öldürecek. Tam bir kedi fobiktir."

"Lütfen çocuklarıma kedi demezsen sevinirim Zeynep. Onların birer ismi var." Gülerek gözlerimi devirdim. Onur kedilerden siyah olanını eline alıp ilerledi ve koltuğa oturdu. Kucağındaki kediye dikkatle bakıyor, başını okşuyordu. Şu an o kadar güzel bir görüntü vardı ki gözlerimin önünde etkilenmemek elde değildi.

"Onur, Gece'nin uyku vakti geldi. Alabilir miyim onu?" Burak kendi esprisine büyük bir kahkahayla güldüğünde Onur'da hiçbir tepki yoktu. Siyah kediye odaklanmış gözlerine derin derin bakıyordu. Pardon, kedi değil. Gece'ye... Gece de ona bakıyordu sanki aralarında bir iletişim varmış gibi. Onur'un kocaman ellerinde kayboluyordu küçücük Gece.

"Kahve içer misiniz?" diye sorduğumda sırada Burak bir koltuğa Mert de elinde Ay'la diğer koltuğa oturmuştu. Yani beyaz kediyle... Böyle söyleyince o kadar karışıyordu ki!

"Ben içerim."

"Ben de."

"Onur?" Onur o an ilk kez gözlerini Gece'den ayırdı.

"Ben de içerim..." Mutfağa girerken içimde anlam veremediğim bir huzur vardı. Onlar yanımdaydı, Onur'a sarılmıştım, onu anlamıştım ve kendimi affettirmek için her şeyi yapabilecek cesarete ulaşmıştım. Ve her şeyden ötesi, Onur normale dönüyordu. Hayatının normale döneceğini kabullenmişti, sıradan bir hayata alışmaya başlamıştı. Kafasının içi düzelmeye başlamıştı. Bana karşı ne hissediyordu bilmiyordum, dediği gibi bütün hisleri bitmiş miydi bunu da bilmiyordum. *Ama bildiğim bir şey vardı, Onur'un kalbinin içindeki yerim yıkılmıştı ve şimdi kendi ellerimle yıkılan binamı inşa edecektim.* Birbirimizi üzmüştük, birbirimize kızmıştık, birbirimizi kırmıştık, ama artık parçalarımızı birleştirme vaktimiz gelmişti. Ben artık ondan ayrı bir gün yaşamak istemiyordum. Ben artık onu üzgün görmek istemiyordum. Âşık olmak neydi biliyor musunuz, âşık olmak, âşık olduğunuz kişiyi her an mutlu görme isteğiyle yanıp tutuşmaktı. Ve ben artık onu mutlu etmek istiyordum, içine güneş gibi doğmak istiyordum. **Ay gitti, gece bitti, sıra güneşin doğuşundaydı...**

KARANTİNA

Gökyüzünde yağmur, yeryüzünde biz.
Bulutlar mı sırılsıklam saçlarımız mı?
Saçlarımızdan damlayan sular mı ıslatıyor
yerdeki karıncaları, bulutlar mı?
Yoksa biz de karıncaların bulutları mıyız?

16. Bölüm

Her Şey Daha Farklı Olabilirdi

Ama olmadı... Yapamadık...

"Bunların ikisi de kız sanırım, abi iki tane kızım oldu ağlayacağım sanırım ya. Kız babası olmak harika bir şey. Umarım siz de bir gün bu duyguyu tadarsınız."

Gecenin ilerleyen saatlerine kadar Gece ve Ay'la oynadık. O kadar ufaklardı ki hepimizin avucuna sığıyorlardı. Avuçlarımızdan bize öyle masum bakıyorlardı ki sanki içimiz onlar baktıkça temizleniyordu. Sanki gözleriyle bütün karanlık geçmişimizi alıp götürüyorlardı, bize tertemiz yeni bir gelecek vadeder gibi bakıyorlardı. Dünyaya geleli birkaç gün olduğuna emindim, çünkü ufacıklardı. Ama gözleri yıllardır bu dünyada görmüş geçirmiş gibi bakıyordu. Dünyada yaşamamış, sadece görmüş geçirmiş gibi. Bu dünyada yaşayıp bu kadar temiz gözlerle bakabilmek mümkün değildi çünkü. Sadece uzaktan bir yerlerden izleyip bu gözlerle bakabilmek mümkündü bu dünyada. Sanki gökyüzünden bizi izleyip bizi seçip gelmişlerdi hayatımıza. Burak'ı seçmişlerdi, beni seçmişlerdi, Onur'u, Mert'i. Başka kime gitseler bu kadar güzel isimleri olurdu mesela? Başka hangi kedinin ismi Gece'ydi, Ay'dı. Onur eli değen her şeyi güzelleştiriyordu. Gözünün değdiği her şeyi iyileştiriyordu. Gözleri şimdi kendine değmişti, herkesi iyileştirmişti, artık sıra kendini iyileştirmesindeydi...

"Yarın okulda balo provası olacakmış." Mert'in cümlesine üçümüzde şaşkınlıkla tepki verdik.

"O ne abi? Ne yapacağı kıyafetleri gidip dans filan edip prova mı yapacağız?"

"Hayır oğlum ya. Baloda konser verecek grup yarın okul bahçesinde prova yapacakmış. Biz de gidip izleyelim."

"Hangi grup geliyor?" diye sordum merakla.

"Yedinci Ev diye bir grup. Hiç duymadım." Heyecanla atladım.

"Benim çok sevdiğim bir grup, ciddi misin? Baloda onlar mı çalacakmış!"

"Evet, büyük ihtimalle grubu tek tanıyan sen olacaksın."

"Maalesef sizin gibi ruhu ölülere müzik yapan bir grup değil. Merak etme çok fazla tanıyan olacaktır." Gözlerimi devirdim. Sevdiğim şarkılara, şarkıcılara, gruplara laf edilmesine tahammül edemiyordum.

"Ben tanıyorum." diye mırıldandı Onur oturduğu yerden.

O an şok içinde ona döndüm. "Sen... Yedinci Ev'i tanıyor musun?"

Etkileyici bir ciddiyetle başını salladı. "En sevdiğim gruplardan biri." Gülmemek için kendimi zor tutuyordum. Ve iki, sevdiğim grupları, şarkıları, şarkıcıları seven insanlar benim için bir adım öne geçiyordu.

"En sevdiğin şarkıları hangisi?" Onur başını kaldırdı.

"Sevsene beni." diye mırıldandı. Bir an şok oldum. Şarkı ismi söylediğini anlayamadım.

"Ne?" diye mırıldandım, "Se... seveyim mi?" Onur kendini tutamayıp gülmeye başladı.

"Yani şarkı adı. En sevdiğim şarkıları Sevsene Beni." Utançla gözlerimi devirip televizyona baktığım sırada Onur, Burak ve Mert halime gülüyorlardı.

"Eee Zeyno, senin en sevdiğin şarkıları ne?"

"Utanıyorum Hâlimden." diye mırıldandım.

"Saçmalama neden utanıyorsun?" diyen Burak'a bilmişçe gülümsedim.

"Şarkının ismi Utanıyorum Hâlimden Burak. Ne oldu az önce bana gülüyordunuz?" Onur büyük bir kahkaha atarken bu sefer bomboş bakan Burak'tı.

"Abi gerçekten böyle şarkı isimleri mi var! Gitmiyorum ben ne provaya ne baloya. Sinirlendim şu an." Kıkırdayarak Burak'a baktığım sırada gerçekten sinirli görünüyordu!

"Ya bir insan bu kadar kolay sinirlenebilir mi?" Burak sinirle televizyonun kanallarını değiştiriyordu.

"Benim sinirim on beş saniye kadar sürüyor şimdi geçer."

"Saat üç olmuş." diye mırıldandı Mert, "Yarın okula gideceksek yatalım." Başımı salladığım sırada öfkesi geçen Burak kedilerden birini eline alıp yüzümün dibine doğru tuttu.

"Zeynep Teyze ben acıktım süt verir misin!" Büyük bir kahkahayla kafamı kediden uzaklaştırırken hepimiz yıkılıyorduk.

"Halası olmuyor muyum ben, ne teyzesi?"

"Doğru ya. Halacığım süt verir misin çok acıktım?"

Burak kediyi yüzüme yüzüme tutup konuşturdukça gülmekten ölecektim. Koltuktan zar zor uzaklaşıp buzdolabına gittim. Dolaptan sütü çıkarıp raftan iki kâse aldım ve yarılarına kadar sütle doldurdum. Kâseleri içeri götürdüğüm sırada Burak yine o lanet olası şakayı yapmaya başladı.

"Halacığım çok teşekkür ederim, sen harika bir anne olacaksın!" Bir de sesini değiştiriyor ince bir sesle konuşuyordu!

"Burak lütfen yapma!" Onur ve Mert arkada gülmekten yıkılırlarken süt kâselerini yere koydum. Burak elindeki Ay'ı yere bıraktığında Ay paytak yürüyüşlerle süte doğru ilerledi. Onur elindeki Gece'yle ayağa kalktı ve Gece'yi bizzat kendi elleriyle süt kâsesinin başına koydu.

"Hadi, için bakalım." diye mırıldandı.

Onur olduğu yerden doğrulup bana döndü. "Annenler nereye gitti?"

"Dayımın eşi doğum yapmış. Afyon'a gittiler... Bir iki güne dönerler sanırım." Başını salladı.

"Evde tek kalma... Bizim de her gün burada olmamız doğru olmaz. Yarın gece bende kal, eşyalarım gelmiş olacak." Tereddütle yüzüne baktım.

"Gerek yok... Ev güvenli, merak etme. Kapıları kilitleyip camları kapattığım zaman hiçbir sorun olmaz. Bu gece gereksiz yere korkuttum sizi."

"İçinde tek başınaysan hiçbir ev güvenli değildir Zeynep. Hele senin gibi bir bela mıknatısıysan... Buna izin vermeyeceğimizi biliyorsun. O yüzden ısrar ettirme." Gözlerimi kırptım.

"Tamam... Yarın akşam sana gelirim." Başını sallayarak koltuğa geçti.

"Ben size yastık, örtü filan getireyim."

"Yardım edeyim, dur." Burak ayağa kalkarken kaşlarımı kaldırdım.

"Gerek yok ya otur sen. Ben getiririm."

"Bu kızın gerek yokları beni öldürecek ya. Gerek yok diye diye başına gelmeyen kalmadı en son mutfak dolabında sallanıyordu. Tamam hadi getir bakalım."

Gülerek merdivenlere yöneldim. Merdivenleri çıkıp karşıdaki ilk kapı olan annemlerin yatak odasının kapısını açtım. Işığı açıp dolabın kapağını açtım, içindeki yastıklardan üç tane çıkardım. Üç tane de örtü çıkarıp üst üste koydum. Yalnız yastıklar o kadar büyüktü ki ciddi anlamda birinin yardımına gerek varmış! Yastıkları üst üste dizdim, örtüleri de üst üste koyup kucağıma aldım. Harika, önümü göremiyordum! Ama yine de merdivenlerden inebilirdim, sorun olmazdı. Odadan ışığını dahi kapatmadan çıktım. Merdivenlerden ağır ağır önümü görmeden inmeye başladım. Üçü de televizyon izliyorlardı ve televizyonda gördükleri şeyden bahsediyorlardı.

"Zeynep!" Onur'un sesiyle kendimi yerde yastıkların üzerinde bulmam bir oldu. Merdivenin son iki basamağını inemeden düşmüş, yastıkların üstünde kalakalmıştım. Allah'tan yastıklar vardı da hiçbir şey olmamıştı. Onur ellerini belime sarıp beni kaldırırken dağılmış saçlarımla onlara baktım.

"İyi misin?"

"Evet, evet iyiyim. Bir şey yok. Yastıkların üzerine düştüm."

"Umarım bir gün kendi başına iş yapmaya çalışırken ölmezsin."

Onur sinirle söylenerek yastıkları toplarken Burak araya girdi. "Ben Zeynep'le arkadaşlığımı devam ettirmemeye karar verdim. Bu kız bizi ölüme götürür. Ben size diyeyim." Ve o an araya Mert girdi.

"Hayatımda ilk defa Burak'a katılıyorum. Ben eve gidiyorum, hoşça kal Zeynep. Dikkatli ol." Aralarında gülüşürlerken saçlarımı düzeltiyordum.

"Ben olmasam dalga geçip gülüp eğlenebileceğiniz biri olmayacak."

"Evet bak, doğru noktaya parmak bastın." Burak gülerek yanıma gelip saçlarımı karıştırırken Onur örtüleri ve yastıkları koltuklara yerleştiriyordu.

"Koltuklardan biri çok küçük, buna üçümüzden biri hayatta sığmaz." Onur'un gösterdiği ikili koltuğa bakıp başımı salladım.

"Yer yatağı yapalım, yere yorgan filan serelim biriniz orada yatsın. Hatta ben de bu ikili koltukta yatayım, aynı odada olmuş oluruz."

"Vay, pijama partisi yani." diye mırıldandı Mert.

"Siz pantolonla yatacaksınız ama!"

"Ya senin Mickey Mouse'lu bir pijaman vardı. Çok beğenmiştim onu, bana versene uyurken giyeyim." Burak'a gülerek baktığım sırada bana dilini çıkardı.

"Sana biraz büyük gelebilir."

"Yorganlar nerede?" Onur'un sorusuyla başımla merdivenleri işaret ettim.

"Annemlerin odasında. Yardım etmek istersen gel, alalım."

"Yardım etmek zorundayım, bir dahaki gelişinde büyük ihtimalle onuncu basamaktan uçarak gelirsin." Gülerek merdivenlere yöneldik. Sessizce merdivenleri çıkıp annemlerin odasına girdik.

"Bu dolapta, şurada. Üstteki yorganlardan birini alacaksın. Ben de örtü ve yastık alayım."

"Tamam." Onur dolabın üstüne uzanıp yorganlardan birini alırken eğilip dolabın altından bir örtü bir yastık daha aldım.

"Düşünsene annenler gecenin bir yarısı geliyormuş, eve bir giriyorlar kızları üç erkekle birlikte oturma odasında uyuyor."

Gülecektim ama olay o kadar korkunç geldi ki gülemeyip yüzüne korku dolu bir ifadeyle baktım. "Babam hepinizi tek tek vuruyor!" Gülüştüğümüz sırada örtüyü yorganın üzerine koyuyordum. Onur'un beni izlediğini fark edip tereddütle yüzüne baktım.

"Biz... artık... konuşuyor muyuz? Yani her şey normalmiş gibi?" Onur cevap vermedi. Yüzüne bakmaya devam ettiğim sırada derin bir nefes aldı.

"Hayatımı düzeltmeye çalışıyorum." dedi. "Kendi omuzlarıma çok fazla yük bindirdim."

"Peki ya biz," diye sordum ısrarla. "Bana karşı hiçbir şey hissetmediğini söylüyordun..."

"Bu konuları konuşmak istemiyorum. Daha sonra konuşuruz. Yorganı indirelim mi?" Başımı salladım.

"Tamam..." Onur yorganı ve yastığı kucaklayıp kapıya yönelirken örtüyü elime aldım. Işığı ve kapıyı kapatıp hüzünle peşinden ilerledim. Onur yorganı yere serdi, üzerine yastığı koydu. Ben de elimdeki örtüyü yere koydum ve ikili koltuğa geçtim.

"Ben yerde yatarım." diyerek olaya atladı Burak, "En sevdiğim şey. Bazen odamda da yatağımda yatmak yerine yerde yatıyorum."

Mert gülerek Burak'a baktı. "Manyaksın oğlum sen!" Burak keyifle yer yatağına geçerken Onur benim başucumdaki üçlü koltuğa yattı. Mert de tam karşıya yatarken koltuktan kalkıp odanın ışığını kapattım, sonra bir ses duyuldu.

"Miyav..." Kedi miyavlıyordu!

"Kızım!" Burak telaşla kalkarken gülmekten ölecektim. Bir baba ve kızının yıllar sonraki buluşma anına tanıklık ediyor gibiydik. Burak ayağa kalkıp ışığı açtı. Gece uyumuştu, Ay ise miyavlıyordu. Burak Ay'a doğru eğilip kafasını okşamaya başladı. Ve şaka gibi bir ana tanıklık ettik, saniyeler sonra o da uyuyakaldı.

"Vay be, sen gerçekten baba oldun!" dedim şok içinde. Burak gülerek doğruldu, ışığı tekrar kapatıp yer yatağına geçti.

"Çocuklarım yanımda, arkadaşlarım yanımda... daha ne isterim ki." Tam o sırada Onur konuşmaya başladı.

"Acaba bu çocuğu bir gün olsun ciddi konuşurken duyacak mıyız? Her cümlesi espri, her cümlesi şaka."

"Duyamayacağız. Abi hadi uyuyun. Saat dört oldu." Koltukta arkamı dönüp gözlerimi kapattım. Ve o an Burak'ın espriyle dediği huzuru hissettim. Arkadaşlarım yanımdaydı, güvendeydim. Her şeyden ötesi Onur yanımdaydı. Ve her şeyden ötesi, hayatımız düzeliyordu...

Sabah uyandığımda aramızda ilk uyanan ben olmuştum. Karşılaştığım görüntüyle birlikte kaşlarımı çattım. Gece Onur'un kolları arasına girmiş kucağında uyuyordu. Ay da Burak'ın! Onur ve Gece öyle güzel görünüyorlardı ki... Telefonumu alıp sessizce bir fotoğraflarını çektim. Onlara hayranlıkla baktığım sırada Mert'in alarmı çalmaya başladı. Dördü de kıpırdanarak gözlerini açtılar. Gözlerim Onur'daydı. Birden kaşlarını çattı, kucağındaki kediyi görünce şaşkınlıkla bakakaldı.

"Sen kucağıma mı geldin?" diye mırıldandı. Derin bir iç çektim. Onur Gece kucağında doğrulup onu severken koltuktan kalkıp mutfağa gittim. Bir bardak su içip mutfaktan çıktım. Üçü de uyku mahmuruydu. Mert telefonuna bakıyor Onur ve Burak kedileri seviyorlardı. Sessizce üst kata çıktım. Odama girip üzerimdeki pijamaları çıkardım, üzerime lacivert pantolonumu ve siyah kazağımı geçirdim. Kot ceketimi de giyip saçlarımı hızla özensiz bir şekilde topladım. Çantamı alıp aşağı indiğimde üçü de koltukların üzerindeki örtüleri toplamış ayaklanmışlardı.

"Kedileri ne yapacağız?" diye sordum onlara doğru ilerlerken.

"Poşete koyup taşırız elimizde." Burak'ın fikrine güldüğüm sırada birden ciddi bir hâle büründü.

"Bir dakika, şu an hayatımda bir şeyleri değiştiriyorum. Madem espri yapmamdan bıktınız, şu andan itibaren ciddi oluyorum. Yol üstünde bana uğrarız, kedileri eve bırakırım. Oradan okula geçeriz. Zaten çoğu ders yapılmayacakmış bugün, sabah okulun grubuna yazdılar. Okula geçer şu prova konseri izler döneriz."

"Vay be!"

"Oha!"

"Ciddi konuşabiliyormuş!" Üçümüz de Burak'ı tebrik ederken gözlerini devirdi.

"Onur, Zeynep. Siz arka koltukta oturun. Gece ve Ay'ı kucağınızda tutun. Bir yere filan çarpmasınlar, dikkat edin."

"Ciddi ciddi konuşmaya devam ediyor, şu an şoktayım." Burak bize aldırış etmeden kapıyı açtı. Mert oturma odasına dönüp bakarken konuşmaya başladı.

"Burayı da toplamamız lazımdı..."

"Ben döndüğümde toplarım. Merak etmeyin." Birlikte evden çıktık. Mert'in arabasına doğru ilerledik. Burak bizim için arka kapıları açarken Onur'la birlikte elimizde kedilerle arka koltuğa oturduk. Kedileri korkutmamak için yol boyunca hareketsiz kalmaya çalıştık. Onur kedilere âşık olmuş gibiydi. Gözlerini Gece'den ayıramıyordu, tabii Ay'ı da arada dönüp seviyordu ama diğeriyle arasında büyük bir bağ oluşmuştu sanki... Onu böyle izlemek beni o kadar etkiliyordu ki size anlatamazdım. Yol boyunca pek konuşmadık. Son ses müzik dinliyorduk. Ki dün geceden beri konuşmaktan yorulmuştuk.

"Siz kedileri verin bana, ben eve bırakıp geleyim." Burak'ın evinin önünde durduğumuzda Burak arka kapıyı açıp elimizden kedileri aldı. O an garip bir şey hissettim. Sanki Onur Gece'yi Burak'ın ellerine verirken bunu istemeyerek yapıyordu. Sanki bu onu mutsuz etmişti. Hüzünle yüzüne baktığımda yutkunup burnunu çekti. Yüzüne ciddi anlamda üzgün bir ifade vardı.

Burak arabaya elleri boş bir şekilde geri dönüp ön koltuğa bindiğinde Mert müziği tekrar açtı. Birlikte tekrar yola çıktığımızda aklım Onur'daydı. O kediye bağlanmıştı ve bırakmak istememişti. Bunu çok net biliyordum... Onur başını camdan dışarıya çevirip dışarıyı izlerken ben de kendi yanımdaki cama döndüm. Müzik, yanından geçtiğimiz ağaçlar ve huzurlu bir yolculuk. İşte buna ihtiyacımız vardı. Dördümüz de susmuş huzurla etrafı izliyorduk... Okula girdiğimizde bahçede büyük bir kalabalık vardı. Yedinci Ev grubu sahnede hazırlıklarını yaparken herkes bahçede gülüşüyor, konuşuyordu. Mert arabayı park eder etmez arabadan indik. Birlikte kalabalığın en arkasına biraz uzak ve tenha bir köşeye geçtik. Tam o an kadrajıma istenmeyen biri girdi. Hazal denen o kız! Gülerek yanımıza yaklaşırken Onur da ona gülümsedi.

"Merhaba, siz de konsere gelmişsiniz!"

Sonra bana döndü. "Ben Hazal." diye mırıldandı, "Siz?"

"Ben Zeynep." dedim sertçe.

"Memnun oldum."

Burak Hazal'a döndü. "Zeynep en yakın arkadaşımız. Ayrılmaz dörtlümüzün dördüncü parçası." Hazal yapmacık bir gülümsemeyle başını sallarken sahneye doğru döndü.

"Grubu tanımıyorum, ama kalabalığı görünce geldim." diye mırıldandı. Tanımanı beklemezdik zaten. Hazal yanımızda öylece dikilirken sahneyi izliyorduk ama aramızda soğuk, gergin bir hava oluşmuştu. İşte tam o an kadraja biri daha girdi, Rüzgâr.

"Zeynep!" Rüzgâr yanımıza doğru yaklaşırken samimiyetsiz bir gülümsemeyle başımı salladım.

"Naber?" diye mırıldandı, "Sana mesaj attım. Dönmedin." O an sırf Hazal duysun diye açıklama yapmaya başladım.

"Dün gece Onurlarlaydım. Sabaha kadar birlikteydik. Telefona hiç bakasım gelmedi." Rüzgâr karşımda bozulurken Onur'un yüzünde hafif bir oynama hissettim.

"Anladım..." Sonra bundan rahatsız olmuş gibi kolumu tuttu, "Biraz konuşalım mı?" Kaşlarımı çatarak kolumu çektim.

"Şimdi konseri izliyorum."

"Prova bu. Yarın gerçeği olacak. Boş ver konseri."

"İzlemek istiyorum."

Sonra kulağıma doğru eğildi. "İstiyorsan gel birlikte başka bir yerden izleyelim." Kendimi geri çektiğim sırada Onur'un bakışlarının bize döndüğünü hissettim. Rüzgâr'a büyük bir nefretle bakıyordu.

"Hayır," diye mırıldandım, "Burası iyi. İstiyorsan sen de bizimle izle."

"Sizinle?" Rüzgâr kaşlarını çattı.

"Evet bizimle." En başından beri olması gereken buydu. Benim önceliğim yeni tanıştığım biri olmamalıydı, Onur olmalıydı. En başından beri yapmam gereken buydu. Tabii Rüzgâr'a da ayıp olmuştu, ama bunu yapmak zorundaydım.

"Ben konseri izlemek istemiyorum. Kantinde oturacağım. Konser bitince haber verirsen sevinirim. Konuşalım."

Başımı salladım. Rüzgâr sinirle yanımızdan ayrılırken Burak'ın mırıldanışını duydum. "Ağlaaa, kuduur..." Mert kahkahalarla gülerken gözlerimi devirdim.

"Yapmayın." Tamam Rüzgâr'ın duyabileceği bir şekilde söylememişti. Ama yine de rahatsız olmuştum. Gözlerimi sıkıntıyla sahneye çevirdim. Yedinci Ev bir şarkı çalmaya başlamıştı bile.

"Satırlar bile bıktı benden, anlatamıyorum seni..."* O kadar harika başlamışlardı ki tüylerimin diken diken olduğunu hissettim. Yüzüme düşen ufak tefek yağmur damlalarıyla başımı gökyüzüne çevirdim. Yağmur çiseliyordu. Kollarımı göğsümde birleştirip ısınmaya çalıştığım sırada rüya gibi bir an yaşıyordum tek başıma. Ya da Onur'la... Sanki o an burada sadece ben ve Onur vardık.

"Hiçbir şey bulamadım seni anlatan, konuşmadı kimse, yetmedi rüyalar..." Ne Hazal vardı yanımızda, ne Rüzgâr uğramıştı buraya. Sadece ikimizdik. Yan yana, konuşmadan, dokunmadan.

"Hiçbir şey bulamadım, seni unutturan. Geçemedi yerine, melekler bile." O an Onur'un bakışlarını üzerimde hissettim. Bana birkaç saniyeliğine baktı, ben ona döndüğümde ise gözlerini kaçırdı.

"Çocuklar ben şarkıyı pek sevmedim. Yağmur da başladı. İçeri kaçıyorum, yarın baloda görüşürüz!" Hazal yanımızdan gülerek ayrılırken bozulmuş bir ifadeyle gözlerimi sahneye çevirdim. Onun yeri buydu işte, onun yeri bizden uzaktaydı. Her şey bittiğinde, her şeyin ötesinde bir dördümüz yan yana kalacaktık. Çünkü bir Mahşerin Dört Atlısıydık... Her şeyi birlikte yaşamıştık, birlikte korkmuş, birlikte üzülmüş, birlikte gülmüştük. Hayat bizi yan yana getirmişti, kimse ayıramayacaktı. Benim salaklığım bile bizi ayıramayacaktı...

Yedinci Ev – *Utanıyorum Halimden*

"Dokundum, dokundum, ezberlettim tenime..." Yarın balo vardı. Onur Hazal'la gidecekti. Belki dans edeceklerdi, yan yana olacaklardı... Ve bu benim yüzümden olmuştu. İçim içimi yerken Onur konuşmaya başladı.

"Üşüyor musun?"

Başımı salladım. "Evet ama ben üşümeyi severim."

Üzerindeki kot ceketi çıkarıp omuzlarıma koydu. "Ama sen üşüyeceksin!" Gözlerime derin derin baktı.

"Ben de üşümeyi severim. Ama senin üşümen pek hoşuma gitmiyor." Donakalmış bir şekilde baktım yüzüne, grup ikinci şarkıları olan Anlat Ona'ya geçmişti. Onur'la saniyeler kadar kısa bir süre birbirimize baktıktan sonra yüzlerimizi sahneye çevirdik. Hâlâ çok ama çok üşüyordum. Hava birdenbire öyle soğumuştu ki tir tir titriyordum. Bu hoşuma gitse de anormal bir şekilde titriyordum. Ne Onur'da ne Burak'ta ne Mert'te titremeye dair hiçbir şey yoktu. Burak'ın gözleri bana takıldı.

"Zeynep sen hâlâ üşüyor musun? Dur..." Üzerindeki polar ince hırkayı çıkardı, ben kaşlarımı çatmışken Onur'un üzerime örttüğü kot ceketinin üzerine kendi hırkasını örttü.

"Hatta dur!" Ben şok içinde gülerken Mert de üzerindeki ince sweati çıkarıp üzerime örttü. Şu an üzerimde üçünün de hırkaları vardı! Halime kahkahalarla güldüğüm sırada üçü de bana bakıp gülüyorlardı.

"Biz Zeynep'imizin üşümesine izin vermeyiz." diyerek yanıma geldi, kolunu omzuma attı, başımı göğsüne yasladım. Bir yanımda Onur bir yanımda Burak. Öbür tarafta Mert... Kendimi çok ama çok mutlu hissediyordum. Her şey o kadar olması gerektiği gibiydi ki...

"Denedim defalarca, sana anlatmaya... Susturdun beni de, küstürdün hayata." Burak'la bir sağa bir sola sallanıyor gülüyorduk.

"Söyle nefesim söyle anlat ona, dokunmadı ellerim asla başkasına..." O an Onur'un bize bakıp güldüğünü gördüm. Tüm o hırkaların altında kafam görünmüyordu neredeyse!

"Burak, gel kahve alalım." Mert Burak'ı çağırırken Burak başını sallayarak kolunu omzumdan çekti.

"Tamam, alalım da Zeynep üşümesin."

"Ya saçmalamayın, terledim ben! Kahve almayın!"

"Bu sefer de biz üşüdük kızım!"

Burak ve Mert yanımızdan ayrılırlarken hem Onur'un hem benim yüzümde gülen bir ifade vardı. Sonra o şarkı çalmaya başladı, "Sevsene Beni."

Kalabalık yavaş yavaş dağılmaya başlamıştı. İnsanlar yağmur altında kalmayı sevmiyorlardı. Oysa hayat böyle yaşanmazdı, buna yaşamak denmezdi. Güneş yakmıyorsa sizi, yağmur ıslatmıyorsa, Rüzgâr üşütmüyorsa buna yaşamak denir miydi... Denmezdi.

"Onunla beni kıskandırmak için vakit geçiriyordun, değil mi?" diye mırıldandı gözleri sahnede, yağmurun altında. O an deli cesaretiyle başımı kaldırdım.

"Evet." diye mırıldandım. Gülümsediğini gördüm. Yüzüme bakmıyordu, sahneye bakıp belli etmemeye çalışarak gülümsüyordu hoşuna gitmiş gibi.

"Konuşulmayacak bir çocuk değil. Onunla konuşmak güzeldi, belki arkadaş oluruz dedim. Ama her şey seni kıskandırmak için başladı." Başını salladı.

"Peki ya sen... Hazal'la..." derken sözümü kesti.

"Çocukluk arkadaşım. Ve ben kimseyle yakınlaşmadım. Birkaç kez konuştuk, o kadar." Huzursuzca sıkıntılı bir nefes aldım.

"Onu baloya davet ettin."

"Evet. Rüzgâr'ın seni davet ettiği gibi etmesem de. Öylesine söyleyiverdim."

"Eee..." dedim yüzüne bakarak, "Ne yapacağız Onur?" Umutla baloya birlikte gidelim demesini bekliyordum. Yüzüme bakarken gözleri meraklıydı.

"Ne yapacağız derken?"

"Yarına baloya... onlarla mı gideceğiz?" Güldü.

"İki insana yarın gece onların yanında olacağımıza dair söz verdik ve onlarla olacağız. Her şeyi bir kenara bırakıp gecenin tadını çıkaracağız." O an gözlerimin dolduğunu hissettim. Gerçekten de onunla baloya gidecekti. Gözlerimin doluşunu görmemesi için gözlerimi ondan kaçırıp sahneye baktım. Saçlarımız sırılsıklam olmuştu, yağmur giderek artıyordu.

"Ben belki gelmem..." diye mırıldandım. Kaşlarını çattı.

"Neden?"

"Bilmem... Canım istemiyor... Zaten elbise bile almadım." Derin bir iç çekti. Kollarını göğsünde birleştirdi, sahneye döndü.

"Böyle olmak zorunda değildi, biliyorsun, değil mi? Her şey daha farklı olabilirdi..." Başımı salladım.

"Her şey daha farklı olabilirdi. Ama olmadı..."

Gökyüzünde yağmur, yeryüzünde biz. Bulutlar mı sırılsıklam saçlarımız mı? Saçlarımızdan damlayan sular mı ıslatıyor yerdeki karıncaları, bulutlar mı? Yoksa biz de karıncaların bulutları mıyız?

Şarkılar çaldı, kahvelerimizi içtik, öylesine konuştuk, bazen sustuk. İçimizde bir yerlerde Onur da ben de her şeyin pişmanlığını taşıyorduk. Hiçbir şey böyle olmak zorunda değildi, her şey daha farklı olabilirdi. Ama olmadı, yapamadık, olduramadık. Şimdi hatalarımızın sonuçlarını kabullenip o sonuçları yaşayacaktık. Olsun, bugün benim en mutlu günümdü. Onlarlaydım, yanımdalardı ve her şey düzelecekti. Biliyordum...

Ruhlarımızı
temizlemek için yağıyor
bu yağmurlar sanki.

17. Bölüm

Burası Benim Evimdi...

Ve ben artık evimdeydim.

Konserden sonra derslere girmedik. Akşam Onur'da kalacağım için eve gidip evi toplamak, eşyalarımı hazırlamak istedim. Onur beni kapının önünde bekleyeceğini söylese de onu evine yollayıp beni akşam almasını söyledim. Saatlerdir evi temizliyorum ve kafamda tek bir soru var. Yarın baloya gitmeli miyim? Onur'u Hazal'la tek başına bırakmak istemiyorum ve tabii Rüzgâr'a karşı büyük bir sorumluluk hissediyorum. Ona haksızlık etmek istemiyorum. Bugün konserden sonra onunla konuşmadım, konuşamadım. Ama yarını heyecanla beklediğini biliyorum. Sıkıntıyla yatağıma oturdum ve telefonumu çıkardım. Rüzgâr'ı arayıp sıkıntıyla telefonu açmasını bekledim.

"Alo, Zeynep. Nihayet."

"Selam..." diye mırıldandım suçluluk hissederek.

"Okulda yanıma gelmedin."

"Yağmurda çok ıslandım. Hemen eve dönmek zorunda kaldım."

"Anladım, evet... Bugün olanlar neydi böyle? Barıştınız mı?" Derin bir nefes aldım.

"Sanırım barışıyoruz. Yani... aramızda ne olur bilemem. Ama her şey yumuşadı. Özür dilerim, sana öyle davranmak istemezdim."

"Önemli değil. Sevindim. Merak etme, sana âşık değildim zaten. Hatta yaptığım çoğu şeyin sebebi Onur'u kendine getirmekti. Çünkü dediğim gibi, ben insan sarrafıyım. Onun gözlerinde seni, senin gözlerinde onu gördüm. Ortalığı biraz kızıştırayım dedim, yoksa bu noktaya geleceğiniz yoktu." Şaşkınlıkla kaşlarımı çattım.

"Yani... onu kendine getirmek için mi benimle yakınlaştın?"

"Yani aslında senden hoşlanmadım değil. Ama sen ona âşıksın Zeynep. Bu her halinden belli. O yüzden hislerimi geride tutuyordum, sana kapılmama izin vermiyordum. Sanırım sizi bu hale ben getirdim." Gülümsedim.

"Katkın oldu. Teşekkür ederim."

"Peki balo? Baloya birlikte mi gideceksiniz?"

"Hayır. Sana bir söz verdim ve onu tutacağım. Baloya birlikte gidiyoruz."

"Onur buna ne tepki verecek?"

"O da Hazal'la gidiyor... Bir tepki vermeyecek yani."

"Bak görürsün, yarın akşam Hazal'ın ya da benim değil, sizin geceniz olacak. Yaz bunu bir yere. Seve seve izleyeceğim." Gülümsedim.

"Umarım..."

"Elbise aldın mı peki?"

"Hayır almadım. Bilmiyorum... Geçen sene dayımın düğününde giydiğim güzel bir elbisem var. Belki onu giyerim. Düşüneceğim..."

"Ne giyersen giy göz kamaştırıyor olacaksın."

"Teşekkür ederim. Rüzgâr sen çok iyi bir insansın."

"Biliyorum." deyince kıkırdadım.

"O yüzden lütfen beni affet. Onur benim için çok önemli. Şu hayatta en değer verdiğim insan."

"Onu da biliyorum." Bir kez daha güldüm.

"Sen gerçekten insan sarrafısın! Şey, şimdi kapatmam lazım... Hazırlanıp dışarı çıkacağım da."

"Onur'la buluşacaksın."

Kaşlarım çatıldı. "Evet... Yani... Bunu nereden bildin?"

"Onur'un yerinde olsaydım bu saatte benim dışımda kimseyle görüşmene izin vermezdim. Oradan bildim. Tamam o zaman, size iyi eğlenceler. Yarın seni kuaförden alırım. Balolarda hep böyle oluyor."

"Tamam! Ben sana adresi atarım. Görüşürüz!"

"Görüşürüz." Telefonu kapattığım sırada telefonum çalmaya başladı. Onur arıyordu, heyecanla cevap verdim.

"Alo!"

Onur'un sesi ise soğuktu. "Kimle konuşuyordun?"

"Ne?"

"Az önce seni aradım... Meşgul çaldı." Kıskanıyordu. Sonunda beni kıskanıyordu.

"Rüzgâr'la konuşuyordum."

"Neden?"

Yüzümde aptal bir sırıtış belirdi. Kıskanılmak hoşuna giden kızlara dönmüştüm! Yani dünyadaki bütün normal kızlara.

"Baloya gelip gelmeyeceğimi konuştuk. Başka bir şey konuşmadık. Sadece o kadar." Kısa bir sessizlik.

"Tamam... Seni almaya geleyim mi hazır mısın?"

"Hazır sayılırım. Sen yola çık, gelene kadar hazır olurum."

"Tamam, on beş dakikaya kapınızın önündeyim."

"Tamam, bekliyorum."

"Görüşürüz. Öptüm." Ne? Öptü mü? Deli gibi sırıtıyordum.

"Ben de öptüm Onur."

Onur'un gülme sesini duydum. Gülerek telefonu kapattığında ayağa kalktım. Gözlerim aynaya takıldı. O kadar mutlu görünüyordum ki gözlerim bile bu halime inanamıyordu. Aylar sonra ilk kez gözlerimin içi gülüyordu, aylar sonra ilk kez mutluydum. Hem de gerçekten, gerçekten mutluydum.

Çantama birkaç parça kıyafet koyduktan sonra dolabımın en sağdaki kapağını açtım. Dayımın düğününde giydiğim siyah uzun elbiseyi çıkarıp hiç bakmadan çantama koydum. Ne giyeceğim umurumda bile değildi. O baloya öylesine gidecektim. Hatta aslında kuaföre gitme niyetim bile yoktu. Çantamı hazırladıktan sonra saçlarımı açıp tekrar topladım, yüzüme hafif bir makyaj yaptım. Parfümümü sıkıp boynuma bir kolye taktıktan sonra üzerime ince sarı montumu geçirdim. Çantamı sırtıma takıp aşağı indim. Evden çıkıp kapıyı kilitledim, Onur'u bahçede beklemek istiyordum. Hava almak istiyordum... Bahçenin önündeki sokak banklarından birine oturdum. Telefonumu çıkarıp annemi aradım.

"Alo? Zeynep, kızım..."

"Anne... Ne yaptınız? Bebek nasıl, dayım ve yengem nasıl?"

"Gayet iyiler. Yengen bebeği görünce üstüne binen sorumluluktan korkmuş biraz. Ama biz onu kendine getirdik. Bebekle uyuyorlar şimdi."

"İyi bari. Ne zaman döneceksiniz?"

"İki üç güne döneceğiz anneciğim. Sen iyi misin?"

"İyiyim anne... Bahçede oturuyorum şimdi. Yarın baloya gideceğim."

"Aaa, unuttum onu! Elbise aldın mı kendine?"

"Hayır, almadım anne..."

"Babanın kartını sana bırakmıştık neden almadın?"

"Bilmem. İçimden gelmedi ya..."

"E ne giyeceksin? Pantolon kazak giyersin sen kesin!"

Gülmeye başladım, sanırım annemi özlemiştim. "Dayımın düğününde giydiğim elbiseyi giyeceğim."

"Hah, tam senlik hareket. Tipik umursamaz Zeynep hareketi... Aferin kızım. Sim de döktür kafana. Gelinin kız kardeşi gibi gidersin baloya." Gözlerimi devirerek sıkıntılı bir nefes aldım.

"Anne balo pek umurumda değil. Gidip geleceğim işte. Hadi ben kapatıyorum. Siz bebekle ilgilenin. Bu arada ismini ne koydular?"

"Pek hoşuma gitmedi ismi... Onur koydular." Şaşkınlıkla kaşlarımı çattım.

"Neden? Yani neden Onur koydular?"

"Yengenin babasının adıymış. Babası genç yaşta ölmüş. Yengenin annesi de çok ısrar etmiş, o yüzden Onur koymuşlar." Annem fazlasıyla bozulmuş gibiydi.

"Ben sevdim ismini. En kısa zamanda Onur'u sevmeye geleceğim." dedim gıcıklık olsun diye.

"İyi, gel. Pek bir meraklısın Onurlara." Kıkırdayarak gözlerimi devirdim.

"Evet anne bayılıyorum Onurlara."

"İyi, aferin. Kapatıyorum şimdi, Onur ağlıyor."

"Ay, kıyamam. Ağlatma Onur'u anne." Annem bana o kadar gıcık oluyordu ki şu an telefonun başında delirdiğine emindim!

"Tamam, kapatıyorum hadi, görüşürüz."

Annem telefonu yüzüme kapattığı sırada kendi kendime gülüyordum. Annemin bu Onur nefretini ne şekilde yenecektim bilmiyordum. O sırada caddenin karşı sokağında Onur'un arabası göründü. Sokaktan geçip caddeye girdiğinde bankta önümde durdu. Gülerek ilerleyip şoför koltuğunun yan koltuğuna bakan kapısını açtım, Onur'un yanına oturdum.

"Merhaba..." diye mırıldandım.

"Selam. Neden gülüyorsun?"

"Hiç." *Seni her gördüğümde gülüyorum.*

"Beni gördüğün için mi gülüyorsun?" dedi gülerek. O an şaşkınlıkla kaşlarımı çattım. Acaba içimden söylediğimi sandığım şeyi dışımdan mı söylemiştim?

"Bir şey soracağım..." dedim tereddütle, "Ben bunu dışımdan mı söyledim?" Onur büyük bir kahkaha attı.

"Hayır da içinden öyle mi düşünüyordun? Artık dışından söylemiş oldun sanırım." Alt dudağımı ısırdım. Ben ne tür bir salaktım ya? Utançla önüme döndüğümde yola çıkmıştık. Ve Onur yine fazlasıyla yakışıklı olmuştu. Kot pantolonu, kahverengi tişörtü, lacivert sweatiyle muhteşem görünüyordu. Saçlarının gözleriyle uyumu bana kendimi onun yanında sönük kalıyormuşum gibi hissettiriyordu. Başımı hayal kırıklığıyla yola çevirdim. Yollar karanlıktı, sessizdi... Uzun zaman sonra Onur'la ilk kez sadece ikimizdik. İki normal insan gibi, birbirinden hoşlanan iki normal insan gibi. Ve bu beni mutlu ediyordu. Önce bu karanlık ve sessiz yola benzetmiştim ruhumu. Sonra düşünce şeklim bir anda değişti, ruhum bu yolsa artık ışıkları yanmaya başlamıştı. Hava hâlâ karanlıktı, Rüzgâr hâlâ vardı, yağmur hâlâ çiseliyordu, yol hâlâ sessizdi... Ama artık ışıkları yanıyordu. Bu yol benim ruhumdu. Ta kendisiydi.

Bir anda hapşırdım. Ve üşüdüğümü hissetmeye başladım. Onur bana kaşları çatılı bir şekilde bakarken gülümsedim.

"Bütün gün yağmurun altında kaldım diye hapşırıyorum... Merak etme."

"İşte bu yüzden senin üşümen hoşuma gitmiyor dedim. Dur..." Arabayı kullanırken dikkatlice üzerindeki sweati çıkardı, bana uzattı.

"Al, bunu giy..."

"Ya saçmalama, sen de üşüyeceksin. Bunu hep yapıyorsun." Tam o an bir kez daha hapşırdım!

"Çok yaşa Zeynep giyer misin onu!" Gözlerimi devirerek sweatini omuzlarıma attım. Gerçekten feci üşüyordum. Başımı koltuğa yasladım, gözlerim camdan uzaklara daldığında Onur hafif bir müzik açmıştı. Müziğin huzuruyla gözlerim yağmur damlalarının camdan kayışını izliyordu.

"Bu aralar hep yağmur yağıyor." diye mırıldandım.

"Sanki bizi temizlemek için." dedi Onur, "Ruhlarımızı temizlemek için yağıyor bu yağmurlar sanki."

"Bizim ruhlarımız zaten temiz Onur. Kirletemediler."

"Bizi mahvettiler Zeynep. Kendimi genç gibi hissetmiyorum, enerjim kalmadı, heyecanım yok. Hiçbir şey beni heyecanlandırmıyor."

O an garip bir cesaretle kendimin bile beklemediği bir şey yaptım. Elimi uzattım, Onur'un direksiyonun üzerine koyduğu elini tuttum. Onur şok içinde yüzüme baktı.

"Bu seni heyecanlandırmıyor mu?" Nefesini tutmuş gibiydi.

"Heyecanlandırıyormuş." diye mırıldandı. "Hem de bayağı..."

Gülümseyerek elimi çektiğimde yüzüme baktı. "Çekme." dedi sessizce.

"Ne?"

"Elini..." dedi, "Çekme... Elimin üzerinde dursun." O an hipnoz olmuş gibiydim. Başımı salladım, elimi uzatıp direksiyonun üzerindeki elinin üzerine koydum. Sıcacık elinin üzerindeki buz gibi elim durumundan memnundu. Ve Onur'un da bu durumdan memnun olduğuna emindim. Yüzü huzurlu görünüyordu, aynı benim gibi... Dakikalarca öyle el ele gittik. Ne o konuştu, ne ben... Onur'un kapısının önüne geldiğimizde araba durdu. Ama Onur kıpırdamadan ellerimize bakıyordu. Yağmur sesleri cama vururken elimi Onur'un elinin üzerinden çekmeye yeltendim, elimi diğer eliyle tuttu. Şimdi onun eli direksiyonda, benim elim üzerinde, diğer eli de elimin üzerindeydi.

"Ama geldik." dedim çekinerek.

"Gelelim..." dedi, "Gelmemiş gibi davranırız, eğer geldik diye elini çekeceksen..." İçimin pır pır ettiğini hissettim, karnımda bir şeyler hareket ediyordu sanki.

"Onur... Eğer sen istersen ben elimi elinin üzerinden hiç çekmem." Hiçbir şey demedi, gözleri ellerimizdeydi, gözleri yaşadığımız bu ilk teması üzerindeydi. Derin bir nefes alıp başını kaldırdı.

"Bizi zor günler bekliyor Zeynep Akay." diye mırıldandı.

"Neden?"

"Çünkü birbirimize kavuşmak istiyoruz. Ve dünya bunu istemiyor."

"Onur..." dedim korkuyla, "Hani bana karşı hislerin bitmişti." Gözlerini gözlerime çevirdi, gözleri dudaklarımda gezdi, boynumda...

"Sen buna inandın mı?"

"Ben... Bana benden nefret eder gibi bakıyordun... Sonra hislerinin bittiğini söyleyince..."

"O hisler bitmiyormuş öyle kolay... Bitti sandım, bitiririm sandım. Ama bitirilmiyormuş. Kafama elimle vura vura mermi soksam daha kolay olurmuş." Yutkundum. Oluyordu, işte o konuşmayı yapıyorduk. Yapıyorduk!

"Şimdi bunları konuşmayalım, gel eve çıkıp uyuyalım. Yeterince üşüdük ve yorulduk."

"Tamam..." diye mırıldandım. Elimi ellerinin arasından çektiğimde içi gider gibi oldu. Kapıyı açıp yağmurlu havaya indim. Hızla binanın kapısına ilerleyip şifreyi girdim. Onur peşimden gelip açtığım kapıdan girdi. Birlikte asansöre bindik, yukarı çıktık... Tir tir titriyorduk. İstanbul en soğuk kışını yaşıyordu. Ve en yağmurlu...

Onur evin kapısını açtığımda kendimi direkt içeri attım. Evi gerçekten de fazlasıyla güzelleşmişti. Koltuk takımı tamamlanmıştı, yemek masası ve komodinleri gelmişti. Duvarda büyük bir ayna vardı. Perdeleri takılmıştı. Mutfağı eksiksizdi. Yatak odasında kocaman yuvarlak bir yatak, büyük bir aynalı dolap vardı. Yatak odasının karşı duvarına bir sürü koli yığmıştı. Daha düzenlenecek çok şey vardı ama şu haliyle bile çok güzel bir evi vardı...

"Sen üstünü değiştir, sonra ben değiştireyim." diye mırıldandı. Yatak odasının kapısını kapatıp çantamdan çıkardığım taytımı ve tişörtümü üzerime geçirdim. Odanın kapısını açıp Onur'a seslendim.

"Giyindim." Onur odaya girdiğinde çıkardığım kıyafetlerimi katlıyordum.

"Sen," dedi tereddütle, "Hâlâ balo elbisesi almadın mı?" Başımı salladım.

"Almadım. Evde bulduğum bir elbiseyi giyeceğim." Birden arkasını döndü, dolabın üzerine doğru uzanıp bir paket indirdi. Paketi bana uzattığında kaşlarımı çattım.

"Bu ne?"

"Aç... Sana hediyem." Şok içinde paketi yatağa koyup açmaya başladım. Kalbim heyecandan deli gibi atıyordu. Paketi hızla açtığımda karşıma kırmızı bir elbise çıktı!

"Onur... Bu ne?"

"Balo elbisen..." Şok içinde elbiseyi kaldırdığımda nutkum tutuldu. Muhteşem bir elbiseydi bu, uzun, kırmızı, askıları taşlarla işlenmiş bir elbise. Hayatımda gördüğüm en güzel elbiseyi tutuyordum ellerimin arasında. Titreyen ellerimle elbiseye baktıktan sonra gözlerimi ona çevirdim.

"Bu... muhteşem... Nereden aldın, neden aldın, nasıl aldın!?"

"Almadım." dediğinde çok daha büyük bir şok yaşadım.

"Nasıl yani?"

"Bu elbise çok eski... Annemin mezuniyet elbisesiymiş. Dolabında saklıyordu. Çok uzun süre eşyalarıyla birlikte bir sandıkta durdu. Ve bugün gidip bu elbiseyi senin için o sandıktan çıkardım. Çünkü bu elbise en hak eden insana gitmeliydi. Yaşayan bir insana, kalbi sevgi dolu bir insana..."

"Onur ben bunu kabul edemem."

"Edersin."

"Onur..." Hayranlıkla bir elbiseye bir Onur'a bakıyordum.

"Onu güzel taşı, tamam mı? İçinde hüzün olmadan, hiçbir şeye üzülmeden giy." Dolmuş gözlerle gözlerine baktım. Başımı salladım.

"Tamam... Söz..." Dakikalarca elbiseyi inceledim. Sonra paketine koydum, oturma odasının masasına bıraktım. Onur odada üzerini değiştirdikten sonra odaya döndüm. Ona hayranlıkla bakıyordum.

"Ben koltukta yatacağım. Sen burada yat." dediğinde başımı bir sağa bir sola doğru salladım.

"Hayır," dedim, "Sen de ben de burada uyuyacağız. Ve sen bana sarılacaksın." Onur'un kaşları çatıldı. Hiçbir şey demeden odanın kapısını kapattım, sonra ışığını kapattım. Onur'un elinden tuttum, yatağa doğru götürdüm.

"Yat." diye emrettim.

"Zeynep?"

"Onur, yat..." Onur sessizce yatağa uzanıp yorganı üstüne alınca ben de yanına geçtim. Sonra ona arkamı döndüm, kollarını üzerime doğru çekip bana sarılmasını sağladım. Vücudu vücuduma değdiğinde, kolları belimi sardığında aramızda bir sıcaklık hissediyordum, kalbim deli gibi atıyordu.

"İyi geceler Onur." diye mırıldandım.

"İyi geceler..." diye fısıldadı. Sıkıca sardı beni.

Biz o gece birbirimize sarıldık, o gece birlikte uyuduk. Biz o gece tüm geçmişimizi, şimdimizi, geleceğimizi unuttuk. O gece sadece birbirimizi hatırladık... O gece her şeyin miladı olan geceydi. Bundan sonra ne o eski Onur olacaktı ne ben eski Zeynep. Duvarı yıkmıştık, binayı devirmiştik, surları suya gömmüştük. Aramızdaki soğuk savaş bitmişti. Şimdi ateşkes imzalıyorduk... Kendimi hiç huzurlu hissetmediğim kadar huzurlu hissediyordum. Meğer yıllarca arayıp durduğum yer onun kollarının arasıymış. Burası benim evimdi... Ve ben artık evimdeydim.

Birbirinin yanında olabilmek
için her şeyi yapabilecek
iki yapboz parçasıydık.

18. Bölüm

Özür Dilerim

En büyük zaferler... Kaybettiğini sananlarındır.

Sabah gözlerimi açtığımda gördüğüm ilk şey onun yüzüydü... Gözlerimi güneşin, bulutların hemen önünde açsam bu kadar mutlu uyanmazdım belki de. Onur'un yüzü güneşten, bulutlardan daha güzeldi benim için. Hatta geceden, yıldızlardan... Elimi uzatıp parmaklarımı sakallarının üzerinde gezdirdim. Onur yattığı yerde kıpırdanınca gülümsedim. O an beklemediğim bir şekilde uyuyor olmasına rağmen dudaklarını uzatıp avuç içimi öptü. Kalbim heyecanla çarparken derin bir nefes aldım. Buradaydım, yanında... Ve dünyada bundan daha güzel bir yer olamazdı. Bütün gece birlikte uyumuştuk, birbirimize sarılmıştık, birbirimizin kokusuyla uyumuştuk. Sakalları omzuma değmişti, sakalları yanaklarıma değmişti, boynuma... Sanki yıllardır kaybettiğim sevgilimi bulmuştum. Sanki yıllardır aradığım, özlediğim insanı bulmuştum. Ve sanki yıllarca daha görüşmeyecekmişçesine sarılmıştık birbirimize...

"Uyandın mı?" Onur'un gözleri kapalı sorusuyla birlikte başımı salladım.

"Uyandım..."

"Beni mi izliyorsun?"

"Evet..."

"Daha beni izlemek için çok vaktin olacak. Şimdiden harcama." Gözleri kapalıydı, sesi uyku mahmuruydu ve öylesine tatlı görünüyordu ki beşiğinde uyuyan bebeğimi izlesem bu kadar etkilenmezdim.

"Asla bıkmayacağım bundan. Harcasam da sorun değil." O sırada telefonumun çalmasıyla birlikte sıkıntıyla Onur'un sakallarından elimi çektim. Doğrulup yere doğru eğildim. Yerdeki çantamı yatağa alıp içinden telefonumu çıkardım. Arayan Rüzgâr'dı! Açmasam... Ama açmak zorundaydım. Çok ayıp olacaktı. İsteksizce telefonu açıp cevapladım,

"Rüzgâr?"

"Zeynep günaydın, günaydın diyeceğim de saat 3'ü geçti! Mesajlarıma dönmeyince seni arayayım dedim. Kuaföre gidecek misin?"

"Saat 3'ü mü geçti!"

"Evet... Balo 5'te başlıyor. Hazırlansan iyi olur."

"Tamam... Ben şimdi kapatıyorum. Kalkıp hazırlanacağım, kuaföre gittiğimde adresini sana haber veririm."

"Tamam, bekliyorum." Telefonu kapatıp çantama attığımda Onur'un gözlerini açtığını gördüm.

"O mu aradı?" Başımı salladım. Sesi fazlasıyla bozulmuş gibiydi.

"Evet... Saat 3'ü geçmiş. Kuaföre gitmem lazım. Rüzgâr beni kuaförden alacak. O yüzden aramış..." Gözlerini devirdi.

"Seni kuaförden alacak." diye tekrarladı gıcık olmuş gibi.

"Evet... Sen de Hazal'ı alacaksın, değil mi?"

"Sanırım evet." Gözlerini gözlerime çevirdi, derin derin baktı yüzüme.

"Zeynep..." diye mırıldandı, "Gelsene buraya." Kaşlarımı çattığımda kolunu kaldırmış beni yanına bekliyordu. Yutkundum. Utanarak yanına gittiğimde beni kolunun altına aldı. Yüzlerimiz arasında birkaç santim vardı. Ben onun gözlerine bakıyordum, o benim gözlerime...

"Bugün ayrı kaldığımız son gün olacak. Değil mi Onur?" diye mırıldandım. Yüzüme uzun uzun baktı... Cevap vermek yerine derin bir iç çekti.

"Çok güzelsin..." diye fısıldadı birden, "Aklımın hayalimin almadığı kadar güzelsin. Kusurlarınla, eksiklerinle, fazlalarınla... Çok gerçeksin, çok güzelsin..." Bir eli saçlarımda, gözleri gözlerimdeydi. Sonra bana yaklaştı ve dudakları dudaklarıma değdi o an. Beni öpmedi, dudaklarını dudaklarımın üzerinde öylece bekletti... Sanki dudaklarımız kavuşmayı yıllardır bekliyordu... Birbirlerine değdiklerinde bir şeyler tamamlandı sanki. Her şey o an gerçeğe döndü. Sanki o ana kadar Onur bir hayaldi, o an gerçek oldu... Sonra dudaklarını dudaklarıma sıkıca bastırdı. Muhteşem bir özlemle beni öperken gözümden yastığa ufak bir damla yaş düştüğünü hissettim. Mutluydum, hem de çok mutluydum. Dudaklarını dudaklarımdan çekip alnını alnıma yasladı.

"Bu öpücüğü hiç unutma, tamam mı?" diye fısıldadı.

"Unutmam... Ama bu ilk değil, son olmayacak. Sen de bunu unutma." Dudaklarını dudaklarıma tekrar değdirdi, sonra geri çekti, ufak ufak defalarca öptü beni. Sonra yanaklarımı öptü, burnumu öptü, boynumu öptü. Sanki benden ayrı kalmaya hazırlanır gibi beni öpebildiği kadar öptü.

"Kuaföre gitmem lazım!" diye mırıldandım. Onur'un güldüğünü duydum.

"Benden ne çabuk bıktın?"

"Bıkmadım! Tamam, o zaman bir fikir sunuyorum. Baloyu ekelim! Rüzgâr ve Hazal birlikte eğlensinler, biz de bütün gün yataktan çıkmayalım. Nasıl fikir?" Bana etkileyici gözlerle baktı.

"Yataktan çıkmama kısmı harika. Ama maalesef, verdiğimiz sözleri tutacağız." Bir anda doğruldu. Beni de elimden tutup kaldırdı ve yataktan kalktı.

"Hazırlanmamız lazım." Gözlerimi devirdim.

"Bu balo işine gerçekten bulaşmak zorunda mıydık!"

"O teklife hayır deseydin bulaşmak zorunda kalmayacaktık." Yataktan kalkıp bilmiş gözlerle yüzüne baktım.

"Sen neden Hazal'ı baloya davet ettin peki?" Tek kaşını havaya kaldırdı.

"Sevdiğim kız baloya bir başkasıyla giderken onu orada o başkasıyla baş başa bırakamazdım." Birden gülümsedim.

"Sevdiğin kız?" Onur alaycı bir gülümsemeyle arkasını dönüp dolabı açtı. Kendine bir şeyler çıkarırken arkasında sırıtıyordum.

"Sevdiğin kız? O ben mi oluyorum?" Cevap vermeyince sorumu tekrarlamak zorunda kaldım. Başını bir sağa bir sola salladı.

"Bu soruya cevap vermeyeceğim. Sen hangi kuaföre gideceksin?"

"Yolda gördüğüm ilk kuaföre gireceğim. Yalnız benim hemen çıkmam lazım!"

"Tamam, sen giyin caddeye in, biraz ilerlediğinde bir kuaför göreceksin zaten. Hemen Migros'un yanında. Ben de üzerimi değiştirip Hazal'ı almaya gideyim." O kadar gıcık oluyordum ki bu duruma yüzüm bembeyaz olmuştu.

"Al tabii." diye mırıldandım. Arkamı dönüp kıyafetlerimi aldım. Oturma odasına geçtim, odanın kapısını kapatıp üzerimi hızlıca değiştirdim. Hemen sonra yatak odasına döndüğümde Onur üzerine simsiyah bir kumaş pantolon, beyaz bir gömlek geçirmiş düğmelerini ilikliyordu. Birkaç saniyeliğine ona bakakaldım.

"Ne oldu? Sanırım beni beğendin..." Utanarak gözlerimi kapattım.

"Yani... İyi olmuşsun." Gülerek bana doğru yaklaştı. Birden beni belimden yakalayıp gülerek alnını alnıma yasladı. Yüzüne utançla bakıyordum.

"Beni beğendiğini söyle." dedi gülerek.

"Ne?"

"Beni beğendiğini söylemeni istiyorum. İyi olmuşsun diye değil..."

"Onur, bırak beni!" dedim kıkırdayarak.

"Hadi ama çok kolay! Seni beğendim diyeceksin, ben de egomu tatmin edeceğim." Biraz kıkırdamadan sonra gülerek gözlerimi kapattım.

"Seni beğendim." diye mırıldandım ve gülmeye devam ettim, "Şimdi bırak beni. Çıkmam lazım!" Onur keyifle beni öptükten sonra benden uzaklaştı.

"Elbiseni neden giymedin? Pantolonla mı geleceksin?"

"Kuaförde giyeceğim. Yanıma alıyorum. Ben hemen çıkıyorum! Akşam görüşürüz!"

"Tamam, mümkünse çok güzel olma." Göz kırptım.

"Elimden geleni yaparım!" Çantamı ve bana verdiği elbiseyi kutusuyla yanıma alıp telaşla evden çıktım. Asansöre binip hızla binadan ayrıldım. Migros tabelasını gördüğümde telaşla yürüyordum. Kuaför Migros'tan bir önceki binanın en alt katıydı. Hemen kuaföre girip içerideki görevliye gülümsedim.

"Merhaba, ben saçımı yaptıracaktım. Bir de hafif bir makyaj..." dedim nefes nefese. Kadın gülerek başını salladı.

"Hoş geldiniz! Ben Ayla, buyurun, oturun. Hemen bir model seçelim. Aceleniz var galiba." Başımı sallayarak aynalı masalardan birine oturdum.

"Çok acelem var."

"Nasıl bir model istiyorsunuz?"

"Bilmiyorum..."

"Bu elbiseniz mi?"

"Evet." Kadın ilgiyle kutuya baktı.

"Görebilir miyim? Ona göre bir model düşünelim." Başımı sallayarak kutuyu açtım, ayağa kalkıp elbiseyi dikkatle çıkardım. Kadın hayranlıkla elbiseye bakarken gözlerinin içi gülüyordu.

"Muhteşem bir elbise. Biraz nostaljik de... O zaman şöyle yapalım, siz modeli bana bırakın! Siz elbiseyi giyip gelin, saçınızı makyajınızı yapacağım. Buyurun, şu odada giyinebilirsiniz..." Başımı sallayarak elbiseyi aldım ve hızla kuaförün gösterdiği odaya doğru ilerledim. Burası boydan boya aynalı güzel bir giyinme odasıydı. Telaşla üzerimdekileri çıkarıp elbiseyi üzerime geçirdim, fermuarını kapatırken gözlerim anında aynaya kaydı. O an nutkumun tutulduğunu hissettim... Bu elbise benim için yapılmış gibiydi. Benim için tasarlanmış, benim için yaratılmış gibiydi... Kendime birkaç saniye hayranlıkla baktıktan sonra acelem olduğunu hatırlayıp anında dışarı çıktım. Kuaför beni baştan aşağı süzerken gözleri hayranlık doluydu.

"Muhteşem olmuşsunuz! Özel dikim mi? Tam üstünüze oturmuş!"

"Aslında bakarsanız bu benim elbisem değil... Bir başkasından ödünç alındı... Ve ben de üzerimde böyle durmasına şaşkınım şu an." Kadın gülümsedi.

"O zaman fazlasıyla şanslı olmalısınız." Başımı sallayarak makyaj koltuğuna oturdum.

"Evet... Başlayalım o zaman..." Kuaför saçımı yapmaya başladığında aklım Onur'daydı. Hazal'ı almaya gitmiş miydi, Hazal nasıl olmuştu, onu beğenecek miydi, aklım binlerce soruyla doluydu... Annesinin elbisesinin içinde onun yanında olması gereken kişi bendim. Bir başkası değildi... Ama bugün onunla ayrı kaldığımız son gündü. Bundan sonra ayrı kalmak yoktu, bundan sonra aramıza kimseyi almayacaktık.

Kuaför saçımı iki yandan örüp yukarıdan sarıp birleştirdi, aşağıda bıraktığı kısımla da alta ufak bir topuz yaptı, saçımın önüne çok küçük iki tutam bırakıp onları öne doğru sarkıttı. O sırada Rüzgâr'a kuaförün adresini yazdım ve daha sonra kuaför yüzüme hafif bir makyaj yapmaya başladı. Yüzüme önce güzel bir fondöten sürdü, maskaramı, eyeliner'ımı sürdükten sonra elmacık kemiklerimi allıkla hafifçe boyadı. Dudağıma vişne çürüğü renginde bir ruj sürüp ruju parmağıyla dağıtarak hafifletti.

"Evet, gördüğüm en güzel genç kızlardan biri oldun." dedi bana gururla bakarken. Gözlerimi aynaya çevirdiğimde gördüğüme inanamadım. Bu ben miydim? Yüzümün bu kadar güzel olduğunu hayatımda ilk kez fark ediyordum. Gözlerimin büyüklüğü ortaya çıkmış, dudaklarımın dolgunluğu belirginleşmişti. Kendimi dakikalarca hayranlıkla izlediğim sırada kuaförün gülüşünü duydum.

"Sanırım kendimize âşık olduk." Hipnoz olmuş gibiydim, kendime bakıyor ve gözlerimi ayıramıyordum. Gözlerimi kendimden zar zor ayırdığımda kuaföre baktım.

"Çok... çok teşekkür ederim." Kadın gülerek bir espri yaptı,

"Allah'a teşekkür etmelisin. Ben pek bir şey yapmadım. Yüzün zaten fazlasıyla güzeldi." Gülerek ayağa kalktığım sırada gözlerim beni şoka sokan bir noktaya kaydı,

"Haydaa!" dedim bir anda sessizce. Bu kelime bana Burak'tan bulaşmıştı.

"Ben ayakkabı almayı unuttum!" Kadın şaşkınlıkla bir bana bir ayağımdaki botlarıma baktı.

"Ciddi misiniz? Çok kötü oldu bu. Gideceğiniz yere gitmenize ne kadar kaldı?" Saatime baktım, 5'e çeyrek vardı. Ve balo 5'teydi. Şimdi bile zar zor yetişecektim.

"Ayakkabı alamayacağım kadar... Botlarla gitsem çok mu garip olur?" Kadın yüzüme bana acır gibi baktı.

"Kaç numara giyiyorsunuz?"

"37." Gülümseyerek başını kaldırdı.

"O zaman şanslısınız, normalde pek kimseye güvenmem. Ama sizin gibi cici bir kız bana güven verdi açıkçası. Ben size bendeki ayakkabılardan birini vereyim. İstediğiniz zaman geri getirin. Geri getirmezseniz de canınız sağ olsun, iyilerin dünyası böyle işliyor."

"Ya, sizde uygun bir ayakkabı varsa onu sizden satın alabilirim!" Kadın başını salladı.

"Hayatta olmaz. Ödünç olsun ya da hediye. Hatta şu an içimden geldi. Size hediyem olsun. Bir dakika." Kadın giyinme odasına girdiğinde içimden kendi dikkatsizliğime sövüyordum. Kuaför odadan beyaz topuklu ayakkabılarla çıktığında alt dudağımı ısırdım. Bu ayakkabılar ciddi anlamda güzeldi!

"Ya, inanılmaz teşekkür ederim size! Hayatımda gördüğüm en iyi insansınız!" Kadın gülümseyerek ayakkabıları bana uzatınca telaşla alıp giymeye başladım.

"Önemi yok, bende büyük bir ayakkabı koleksiyonu var. Bu da bu güzel gece için size hediyem olsun." Ayakkabıları giyip boy aynasında kendime döndüğümde nutkum tutuldu. Bu ben miydim? Bu gerçekten ben miydim?

"Çok güzel oldunuz. Gecenin yıldızı siz olacaksınız." Gülümseyerek minnettar gözlerle kuaföre döndüm.

"Çok teşekkür ederim. Bana nasıl bir iyilik yaptığınızı bilemezsiniz! Benim şimdi aceleyle çıkmam lazım, ödemem ne kadar acaba?"

"100 lira." Başımı sallayarak çantamdan cüzdanımı çıkardım, 100 lirayı cüzdanımdan çıkarıp kadına uzattım.

"İyi eğlenceler!" dedi gülümseyerek, başımı salladım.

"Çok teşekkürler!" Çantamı ve elbisenin kutusunu alıp kuafördan çıktım. Çantamı bir yere bırakmam gerekiyordu ve bu kutuyu da... Hah, Rüzgâr'ın arabasında bırakabilirdim. Kuaförün kapısının önünde telefonumu çıkarıp Rüzgâr'ı aramaya başladığım sırada kapının önünde beyaz lüks bir araba durdu. Kaşlarımı çattığım sırada Rüzgâr'ın kafasını camdan çıkardığını gördüm. Eliyle bana selam verip arabadan indi. Hoş olmuştu, saçlarını öne doğru bırakmış, gri bir gömlek ve siyah bir takım giymişti. Beni görünce gülerek ıslık çaldı.

"Vay canına, bu kadarını beklemiyordum! Gülümsedim."

"Ben de!" Kıkırdayarak ona doğru ilerlediğim sırada benim için arabanın kapısını açtı.

"Sanırım gecenin en şanslı erkeği benim. Onur delirecek!" Gülerek arabaya bindim, kapı üzerime kapanınca çantamı ve elbisenin kutusunu arka koltuğa bıraktım. Telefonum kucağımda Rüzgâr'ı bekliyordum. Rüzgâr şoför koltuğuna geçer geçmez arabayı çalıştırdı.

"Gerçekten beklediğimden katbekat güzel olmuşsun Zeynep! Şu an şoktayım. Onur seni gördüğünde umarım bana kıskançlıktan bir zarar vermeye kalkmaz." Kıkırdayarak yüzüne baktım.

"Merak etme, bu gece sana kimse zarar vermeyecek... Bu arada, benim merak ettiğim bir şey var."

"Ne merak ediyorsun, sor bakalım?"

"O gün seninle alışveriş merkezine gittiğimizde..."

"Evet?"

"Tuvalete gidip dönmemenin sebebi gerç..." derken sözümü kesti.

"Tabii ki ailevi bir sebep değildi. Seninkiler beni tuvalette sıkıştırdı diyebilirim." Şok içinde yüzüne baktım.

"Ne yaptılar!?"

"Yani köşeye çekip kendilerince konuştular. Onur yoktu ama. Sadece Burak ve Mert. Ve genellikle Burak konuştu. İşte o bizim yengemiz filan falan..." Ne kadar kızgın olsam da o an yanlışlıkla güldüm!

"Kusura bakma... kendimi tutamadım. Yenge mi!"

"Aynen öyle. Arkadaşlar Kurtlar Vadisi'ne bağlamış. Daha doğrusu Burak bağlamış. Mert benimle medenice konuştu. Onur'un senden hoşlandığını, iki kişi arasına girmememin en doğrusu olduğunu söyledi. Sonra Burak şöyle ekledi, 'Yoksa senin için kötü olur!' Burak garip bir çocuk." Büyük bir kahkaha attım, çok ayıp oluyordu ama kendimi tutamıyordum!

"Ya özür dilerim! Burak'ı öyle hayal ettim de!"

"Önemli değil, cidden komik görünüyordu."

"Ya sen ona bakma. Burak hiç öyle bir çocuk değildir. Sadece lafta söyler bunları. Hiçbir şey yapmaz." O an Rüzgâr birden kaşlarını çatıp yüzüme baktı.

"Sen cidden de bu üçünü çok seviyorsun... değil mi?"

"Neden böyle dedin?"

"Gözlerinin içi gülüyor." O an gerçekten de çok fazla güldüğümü fark ettim. Onların bahsi geçtiğinde bile içimi bir huzur kaplıyordu. Gözlerimi yola çevirdim.

"Onlar..." diye mırıldandım, boğazım düğümlenirken o cümle çıktı ağzımdan, "Onlar benim her şeyim."

"Biliyorum. Bunu görebiliyorum. Seninle bu kadar yakın arkadaş olabilmeyi isterdim."

"Onlarla durumum çok farklı. Çok şey yaşadık birlikte. Artık kardeş gibi olduk."

"Onur hariç tabii."

Başımı salladım. "Onunla durumumuz farklı tabii..." Bakışlarımı kaçırdığım sırada Rüzgâr susmayı seçti. Sonra birkaç dakikalık bir sessizlik sonucu konuştu.

"Emin ol aynı şeyleri hissediyor. Onun gözlerinde de aynı ışığı görebiliyorum." Ona minnettarca gülümsedim.

“Bunu bana söylediğin için teşekkür ederim...”

“Ne demek. Ben de her şeye rağmen bu gece benim yanımda olacağın için teşekkür ederim. Kendimi çok şanslı hissediyorum.” Gülümseyerek önüme döndüğümde yolculuğun kalan kısmı sessiz geçti. Zaten on dakika sona okuldaydık. Balo okulda yapılacaktı ama bildiğim kadarıyla balo için okul bahçesine, bahçedeki kafeye çok büyük hazırlıklar yapılıyordu. Ve okula girdiğimiz an anladım ki durum bildiğim gibiydi. Tam ortaya ışıklandırılmış, yeşillendirilmiş bir çardak koymuşlardı. Bahçedeki kafenin her yeri ışıklandırılmıştı, içeriden bangır bangır müzik sesi geliyordu. Kafenin önüne bir sahne kurmuşlardı, Yedinci Ev şarkılarını oradan söyleyecekti. Ve insanlar kafede dans edecek, yiyip içecekti... Herkes abiye elbiseleriyle, takımlarıyla oradan oraya dolaşmaya başlamıştı. Arabadan inerken gözlerim Onur'u arıyordu. Rüzgâr koşarak gelip bana elini uzattı. Gülerek başımı kaldırdım.

“Teşekkür ederim.” Arabadan düşmeden indiğimde gözlerim korkuyla bahçeye kaydı.

“Hadi bakalım. Gece başlıyor.”

O an içimde garip bir korku hissettim. Kaşlarımı çattım. “İçimde bir korku var.” diye mırıldandım.

“Kıskançlık korkusudur o. Merak etme Onur'un gözleri senin üzerinde olacak. Hazal'ın değil.” Rüzgâr'ın koluna girip balo salonuna yani kafeye doğru ilerlemeye başladım. Salona girdiğimizde herkes oradaydı, herkes! Gözlerim telaşla Onur, Burak ve Mert'i arıyordu.

“Sen geç, ben ikimize birer içecek alayım.” Başımı salladım. Rüzgâr beni kapıda bırakırken korkuyla insanlara baktım. Tam o an birinin kolumu tuttuğunu hissettim.

“Aman Allah'ım!” Burak!

“Burak!”

“Siz beni tanıyor musunuz, çünkü ben sizi tanımıyorum!” Burak bana hayranlık dolu gözlerle bakarken gülmeye başladım.

“Ben Zeynep...” dedim elimi uzatarak. “Zeynep Akay...”

"Ben de Burak, tanıştığımıza memnun oldum..." derken bir anda gerçeğe döndü.

"Kızım ne oldu sana! Tövbe estağfurullah bir şey olmuşsun! Hayatımda gördüğüm en güzel Zeynep'sin sen şu an!"

"Teşekkür ederim! Ben de bu gece kendime âşığım."

"Bak sen, Zeyno'dan beklenmeyen sözler!" Gülerek kulağına doğru eğildim.

"Peki Onur geldi mi?" Başını salladı.

"Geldiler. Hazal'la. Gel de yanlarına gidip Onur'a seni gösterelim. Alnındaki damar belirecek, yüzü kızaracak, yutkunacak. Bu üçü olduğu an sana âşık olduğunu anlayacaksın. Gel." Burak beni elimden tutup çekiştirerek kalabalığa soktuğunda heyecandan ellerim titriyordu. Sonra onu gördüm, onları... Orada bir masanın etrafında Mert'le birlikte duruyorlardı. Mert ve Hazal sohbet ederken Onur'un gözleri etrafı inceliyordu, beni arıyordu, biliyordum... Sonra gözleri beni buldu. O an donakaldığını hissettim. Yutkundu. Gözlerim alnında beliren damara kaydı, yanakları yavaş yavaş kızarırken ona gülümsedim. Gözleri şaşkınlıkla beni süzüyordu. Şok olmuştu, şoktaydı...

"Merhaba, size kız arkadaşım Zeynep'i tanıştırayım. Zeynep bunlar Onur, Mert ve Hazal." Gülerek başımı salladım.

"Memnun oldum."

"Kızım sen ne güzel olmuşsun! Sen buraya fazlasın yalnız! İbiza'ya filan götürülmen lazım!" Mert'in tepkisine güldüğüm sırada Onur donakalmıştı.

"Değil mi abi kız mutasyon geçirmiş. Tabii Zeyno hep güzeldi ama bugün bir farklı olmuş." Gülerek Burak'a döndüm.

"Eee, sizin balo partnerleriniz kim?" Burak gözlerini devirdi.

"Kimseyi bulamadık, Mert'le partner olduk biz. Değil mi aşkım?" Kıkırdayarak Mert'e baktığımda öfkeyle gözlerini devirdi.

"Lütfen benden uzak dur Burak. Artık yanlış anlaşılıyoruz."

"Neden aşkım?" Kahkahalarla güldüğüm sırada gözlerim Hazal'a kaydı. Yeşil, kısa bir elbise giymişti. Saçlarını gelinin kız kardeşi gibi dalgalı yaptırmıştı. Keyifle Onur'a döndüğümde ise Onur hipnoz olmuş gibi beni süzüyordu. Sonra omzumda bir soğukluk hissettim. Kaşlarımı çatarak arkamı döndüğümde Rüzgâr içeceklerimizle arkamda duruyordu. Bana bir bardak uzatıyordu, bardağı alıp ona gülümsedim.

"Ne bu?"

"Ananas suyu."

"Teşekkür ederim!" Başını sallayıp aramıza girdiğinde aramızda gergin bir ortam oluşmuştu. Burak ve Mert dışında kimse konuşmuyordu. Ve Onur somurtmaya başlamıştı!

"Abi biz çantalarımızda votka getirdik. Birazdan arabada içip partiye öyle döneceğiz. İsteyen var mı?" Başımı hayır anlamında salladım.

"Onur?"

Onur da kafasını aynı şekilde sallayınca Burak sıkıntılı bir iç çekti. "Bunların içi ölmüş içi! Gel Mert, konser başlamadan içip gelelim." Burak ve Mert yanımızdan ayrılırlarken dünyanın en saçma dörtlüsünü yan yana bırakmışlardı. Hazal, Onur, ben ve Rüzgâr. Dördümüz de sessizce etrafa bakınıyorduk. O sırada Yedinci Ev sahneye çıkıyordu. Arkamı dönüp sahneye doğru bakmaya başladığım sırada arkadan Hazal'ın sinir bozucu sesini duydum.

"Onur, şarkı başlayacak. Gel dans edelim! Hatırlıyor musun küçükken Burak'ın doğumgünü partisinde dans etmiştik."

"Hatırlamıyorum." Onur'un cevabına mı gülsem Hazal'ın dans etme istemesine mi sinirlensem bilmiyordum.

"Cidden hatırlamıyor musun! Çok güzel bir andı." Tam o sırada Yedinci Ev Utanıyorum Halimden'in melodisini girmeye başladı, Hazal keyifle Onur'un kolunu tuttu, "Hadi, gel dans edelim!" Onur'un gözleri bana kaydı. Ona benim için sorun değil der gibi bir bakış attım.

"Ben dans etmeyi pek sevmem." Gülümseyerek onlara arkamı döndüm. Şarkıya odaklandım.

"Hadi ama, çocukluğumuzun hatrına."

Hazal Onur'u çeke çeke ortaya götürürken birkaç çift daha dans ediyordu. Gözlerimi onlara çevirdim. Hazal kollarını Onur'un boynuna doladı, Onur da soğuk bir şekilde ellerini Hazal'ın beline koydu. O an içimin acıdığını hissediyordum. Rüzgâr bana doğru eğilirken burnumu çektim.

"Hadi gel, Onur'u delirtelim." Başımı sağa sola doğru salladım.

"İstemiyorum. Bu bana yanlış geliyor..."

"Güven bana! Aynı şeyi o da yapıyor."

"Ama o beni kıskandırmak için yapmıyor, buna eminim."

"Olsun, o kızla dans ediyor sonuçta. Gel, biz de dans edelim." Rüzgâr beni elimden tutup dans edenlerin arasına soktuğunda Onur'un sinirli gözleri üzerimizdeydi. Onu kıskandırmak için çabalamak istemiyordum. Bunu yapmak istemiyordum, ama buraya Rüzgâr'la gelmiştim ve onun gecesini de zehir etmek istemiyordum.

"Dans etmeyi biliyor musun?" Rüzgâr'ın ilgili sorusuyla gözlerimi ona çevirdim.

"Biraz." Rüzgâr ellerini belime koyarken kollarımı istemeyerek boynuna doladım.

Yanlış yerlerdeydik. Bu eller yanlış yerlerdeydi, bu kollar yanlış yerdeydi. Belimde yanlış eller, gözlerim yanlış gözlerde, bacaklarım yanlış bacaklara değiyor, yanlış bir yüz gülüyor yüzüme. Yanlış bir parçayla eşleştirilmeye çalışan bir puzzle parçası gibi hissediyordum. Kenarlarımız uymuyordu, ama zorla yan yana getirilmeye çalışıyorduk. Oysa bizim eşleşmemiz gereken parça bir başka parçayla yan yanaydı. O oradaydı, ben burada. Birbirinin yanında olabilmek için her şeyi yapabilecek iki puzzle parçasıydık. Ve yan yana olmamıza çok az bir zaman kalmıştı.

"Onur'un gözleri senden ayrılmıyor. Zavallı Hazal." Rüzgâr'ın dediğini duyunca gözlerimi Onur'a çevirdim. Bana içi acıyor gibi bakıyordu. Sanki Rüzgâr'dan uzaklaşmam için yalvarıyor gibiydi.

"Rüzgâr..." diye mırıldandım, "Ben dans etmek istemiyorum."

"Tamam, sen bilirsin. Israr yok." Rüzgâr gülerek benden ayrılırken birlikte masaya döndük. Oysa Onur'un dansı hâlâ bitmemişti. Gözlerimi onlardan kaçırıp sahneye çevirdim.

"Evet gençler, harika bir enerjiniz var. Bu gece her şarkıyı üçer kez söyleyeceğiz! Geç saatlere kadar buradayız! Biz Yedinci Ev ve konserimize hoş geldiniz!" Çığlıklar yükselirken mutsuzluğum kat kat artıyordu. Onu bir başkasıyla görüyor olmak beni öldürüyordu. Dakikalarca dans etmeye devam ettiler. Onur Hazal'a bakmıyordu bile, yüzü asık bir şekilde dans etmeye devam ediyordu. Oysa ellerinin o kıza değiyor olması bile beni mahvediyordu...

"Bu elbiseyi nereden aldın? Hayatımda gördüğüm en güzel elbiselerden biri." Rüzgâr'ın sorusuyla gözlerimi ona çevirdim.

"Bunu bana Onur hediye etti. Annesinden hatıra kalmış."

"Hatıra derken... Annesi yaşamıyor mu?"

"Hayır... Maalesef..." Rüzgâr o an bana kaşları çatık bir şekilde baktı.

"Bir şey söyleyeceğim, şu ana kadar durumunuzun bu kadar ciddi olduğunu fark etmemiştim. Ama bu çocuk sana cidden değer veriyor ve cidden âşık. Annesinden hatıra kalan elbiseyi sana vermesi... çok büyük bir hareket. Ben bunu kimseye yapmazdım. O seni seçmiş. Bu çok büyük bir şey Zeynep." Yutkundum.

"Biliyorum... Ama onunla dans ediyor olması şu an beni mahvediyor."

"Kimle dans ederse etsin senin üzerinde onun annesinin elbisesi. Sana dünyasını vermiş. Bunun değerini bil." Başımı sallayarak gözlerimi Onur'a çevirdim. Gözleri bendeydi. Gözlerini benden ayırmadan ellerini Hazal'ın belinden çekti. Hazal'a bir şeyler söyleyip onunla birlikte bizim yanımıza doğru yürümeye başladı. Yanımıza geldiklerinde dördümüz de enerjisiz bir şekilde konseri izliyorduk. Yaklaşık yarım saat boyunca öylece konuşmadan dikildik. En sonunda telefonum çaldığında elimde tuttuğum telefonumu kaldırıp ekrana baktım. Mert arıyordu. Önce Onur'a baktım. Bana soran gözlerle bakarken gürültüden beni duymayacağı için hiçbir şey demeden telefonu açıp hızla bahçeye çıktım.

"Alo!" dedim bağırarak. Mert konuşmaya başladı.

"Alo, Zeynep!" derken arkadan Burak'ın sesi duyuldu.

"Çaldığın o kalbiiii, yerine koy lütfeeen, eğer hislerindeeen pek emin değilseeen!" Şok içinde kaşlarımı çattım.

"Mert, ne oluyor?"

"Ya... Bu geri zekâlı çok içti. Şarkı söyleyip kusuyor! Tek başıma ne yapacağımı bilemedim! Yanımıza gelin, vallahi öldüreceğim şimdi! Hayır ben de sarhoşum, başım dönüyor zaten!"

"Ta... tamam..." derken Onur'un hızla bahçeye çıktığını ve yanıma geldiğini gördüm, bana elini kaldırıp "Ne oluyor?" der gibi bir hareket yaptı. Parmağımı kaldırıp bir dakika beklemesini işaret ettim.

"Mert, neredesiniz!"

"Okulun içindeyiz! Erkekler tuvaletinde!"

"Kaçıncı kat!"

"Bilmiyoruz!"

"Tamam... Biz buluruz sizi." Telefonu kapattığımda telaşla okula doğru yürümeye başladım. Onur peşimden geliyordu.

"Ne olmuş!"

"Sarhoş olmuşlar! Burak şarkı söyleyip kusuyormuş, Mert'in başı dönüyormuş, midesi bulanıyormuş!"

"Hay Allah'ım ya deli edecekler beni. Neredeler?"

"Erkekler tuvaletinde. Ama kaçıncı katta olduğunu bile bilmiyorlar."

Hızla okula doğru yürürken Onur birden bana sinirle konuştu. "Sen de zor ayrıldın Rüzgâr'ın yanından."

"Ne? Sana bakmasam iki gün daha dans ederdin kızla."

"Ben en azından kızın yüzüne bile bakmıyordum. Senin Rüzgâr'la muhabbetin gayet iyiydi."

"Senden bahsediyorduk."

"Ne?"

"Evet. Detaylarını sorma. Onunla muhabbet etmiyordum yani." Birlikte okula girdiğimiz gibi koşarak ilk katın erkekler tuvaletine girdik.

"Mert?" Ses yoktu.

"Yoklar. Üst kata bakalım." Koşarak merdivenlere yöneldiğimizde sesler duymaya başladık.

"Bendeki bu sihriii, keşke görebilseen, inan oynatırdınnn, aklını yerindeen!" Burak şarkı söylemeye devam ediyordu.

"Buradalar, bu çocuğu öldüreceğim ya. Şarkıya bak." Onur sinirle ikinci katın erkekler tuvaletini açtığında yere oturmuş bir Mert, yere uzanmış şarkı söyleyen bir Burak bulduk.

"Açarım kapıları hazırım dündeen! O sen olsan baarii, sen olsan bariii..."

"Burak, başlatma şimdi o sen olsan'ına."

"Abi, hoş geldiniz." diye mırıldandı Mert karnını tutarak.

"Ne yaptınız oğlum, kırk dakikada nasıl bu halde geldiniz?"

"Bir dikişte birer şişe içtik, bu ikinciden de biraz içti. Biraz güldük eğlendik bu bahçeye kusmaya başladı. Zar zor buraya getirdim. Benim kafam iyi de midem kötü, Burak'ın beyni kayboldu, midesi de berbat."

"Of ulan of! Kalkın. Revire bakalım biri var mı? Balo var diye açıktır belki."

"Zeyneeeep! Yengem gelmiş!" Burak'ın bana elini uzatmasıyla içerideki kusmuk kokusundan iğrenerek içeri doğru bir adım attım.

"Burak hadi kalk. Sizi revire götüreceğiz."

"Bana Aleyna Tilki'yi getirin. Lütfen. Ölmeden önce son isteğim onunla düet yapmak..."

Gözlerimi devirerek elini tuttum ve onu kaldırmaya çalıştım. "Hadi kalk. Yoksa cidden öleceksin."

"Zeynep sen Mert'i kaldır, Burak biraz zor olacak." Onur beni Mert'e doğru ilerletirken Burak'ın elini bıraktım.

"Gel Mert." diyerek Mert'e elimi uzattığımda Mert eli karnında gözleri kapalı bir şekilde ayağa kalktı.

"Umarım kusmam!" diye mırıldandığında yüzümü buruşturdum.

"Lütfen kusma, yalvarıyorum sana!" Mert'i tuvaletten çıkarırken Onur da Burak'ı getiriyordu. Burak bağıra bağıra şarkı söylemeye devam ediyordu.

"Oğlum lütfen sus ya! Okuldan attıracaksın bizi, revire gitmemiz bile doğru değil. Hangi akla hizmet okula alkol soktunuz!"

"Abi alkol sokmadık," dedi Burak ağzını yamulta yamulta, "Alkolü dışarıda içtik!"

"İyi yapmışsınız, aferin!"

"Dur, dur, bir dakika." Burak Onur'u durdururken biz de Mert'le durduk.

"Abi lütfen durmayın ben kusacağım yoksa!" Mert acı içinde kıvranırken Burak parmağıyla yukarıyı gösterdi.

"Kuş seslerini duyuyor musunuz?" Şok içinde Onur'la birbirimize baktık. Kuş sesi filan yoktu.

"Cik cik cik sesleri duyuyor musunuz?"

"Burak saçmalama abi ne kuşu ya! Yürü hadi!"

"Çok güzel ötüyorlar be abi." Burak delirmişti. Beyni bedenini terk etmişti.

"Evet," dedim, "Harika ötüyorlar. Hadi gidelim."

"Değil mi? Harika ötüyorlar... Böyle cik cik cik..." Sinir bozukluğuyla gülerek önüme döndüm. Onur Burak'ı yürütürken ben de Mert'e destek oluyordum. Merdivenlerden inerken Burak bir kez daha kafayı bulmuştu.

"Merdivenler uçuyor abi, değil mi?"

"Evet," diye mırıldandım, "Uçuyorlar." Onunla başa çıkmanın tek yolu buydu.

Birlikte aşağı inip revirin ışıklarının yandığını gördüğümüzde içim rahatladı. Hızla onları revire soktuk. Doktor bizi görünce kaşlarını çatarak ayağa kalktı.

"Merhaba," diye mırıldandı Onur bir sedyeye Burak'ı bir sedyeye Mert'i yatırırken.

"Doktor Bey, biliyorum siz bir okul doktorusunuz. Kuralların çiğnenmesinin ne kadar kötü bir şey olduğunun da farkındayım. Ama bu terbiyesiz arkadaşlarım okul bahçesine alkol sokmuş, fazlasıyla içmişler. Kusuyorlar, mideleri ağrıyor, berbat haldeler... Bu olay aramızda kalacak şekilde bir tedavi uygulasak..." Doktor Onur'a göz kırparak güldü.

"Biz de genç olduk. Normalde böyle bir şey müdürün kulağına bizzat benim aracılığımla gider. Ama madem parti var, bende kalacak.

Merak etmeyin. Şimdi sizi dışarı alayım. Arkadaşlarınıza birer iğne yapacağım, birer serum takacağım. Kırk dakika sonra gelip alabilirsiniz." Başımızı salladık.

"Tamam, kırk dakika sonra buradayız." Birlikte dışarı çıktığımızda gülerek Onur'a döndüm.

"Çaldığın o kalbii, yerine koy lütfeen!" dedim keyifle. Onur gülerek gözlerini devirdi.

"Lütfen yapma!" Kıkırdadığım sırada birlikte bahçeye çıktık. Hava mis gibiydi. Herkes içeride dans ediyordu, eğleniyordu. Kimse çardakta değildi. Onur birden elimden tuttu.

"Gel, bu gece başkalarıyla yeterince ilgilendik. Sıra birbirimizde." Elimi sıkıca tutarak beni ışıklarla süslenmiş çardağa doğru götürdü.

"Adımlarına dikkat et..." diye mırıldandı, eteğimi tuta tuta çardağa çıktım. Çardağın tam ortasında durduğumuzda bana doğru döndü, iki elimi de tuttu. Yüzüme uzun uzun baktı.

"Zeynep..." diye mırıldandı alnını alnıma yaslayıp.

"Onur?"

"Bu elbise bir anneme böyle yakışırdı, bir sana..." Cümlesi içimi kıpır kıpır ederken gözlerimi kırptım.

"Onur sen benim bu hayatta tanıdığım en mükemmel insansın. Hayatımda olduğun için, olacağın için sana çok teşekkür ederim." dedim birdenbire. Güldü.

"Neden bunu söyledin şimdi?"

"Bilmiyorum. İçimden geldi..."

"Ben de sana teşekkür ederim Zeynep. Hayatıma girdiğin için, hayatımda var olduğun için, beni kendine âşık ettiğin için..." Kendimi geri çektim, şok içinde gözlerine baktım.

"Bana âşık mısın?" Etkileyici bir şekilde gülümsedi. Ama cevap vermedi!

"Hadi dans edelim."

"Onur! Cevap vermeyecek misin?" Beni kollarıyla sararken ellerimi boynuna doladım.

"Zamanı geldiğinde cevap vereceğim. Hadi şimdi sadece dans edelim."

Yedinci Ev "Şimdi." şarkısını çalıyordu, "Sen varmışsın gibi, ağlayamam ki omzunda..." diyordu şarkı, ışıklar bizi aydınlatıyorken yağmur olmamasına rağmen gök gürlüyordu. Onur'un elleri belimi sıkıca sarmıştı, kollarım boynunu sıkıca dolamıştı. Birbirine ait iki yapboz parçası birbirini nihayet bulmuştu. Biz birbirimize aittik, biz yan yana olmak zorundaydık. Ve işte buradaydık, yan yanaydık...

"Sanırım artık sıradan bir hayatımız var." diye mırıldandım. Onur gülümsedi.

"Aylardır hayalini kurduğum hayat."

"Artık bir evin var. Yeni bir okula gidiyorsun, hayatın düzeliyor, sen değişiyorsun..."

"Ve sen varsın."

"Ve ben varım." dedim gülerek, "Sanırım artık normal şeylerden bahsetmeliyiz. Mesela sinemaya gitmeliyiz, dondurma yemeye gitmeliyiz, caddelerde boş boş dolaşmalıyız, tartışmalıyız, küsmeliyiz, birbirimize trip atmalıyız!" Onur keyifle güldü.

"Sen bana trip atmak mı istiyorsun?"

"Evet! Her genç kız gibi sana trip atmak istiyorum."

"Sen trip filan atamazsın Zeynep. Diğerlerinden farklısın."

"Öyle mi? Bekle, günler ilerlesin de gör bakalım."

"Yalnız şu an beni korkutuyorsun!"

Tek kaşımı kaldırıp gülümsedim. "Korkmalısın." dedim. Aramızda gülüşürken dans etmeye devam ediyorduk.

Gece birdenbire huzurlu bir geceye dönüşmüştü. Onun yanında olduğum her an olduğu gibi içim huzur doluydu. Kalbim heyecanla atıyordu, oysa ruhum sakindi. Güvendeydim, biliyordum... Tüm geçmişimizi unutmuştum. Geleceğimiz umurumda değildi. Aklım şu anla kaplıydı. Ve arkadaşlar... Şu an çok güzeldi.

"Seninle akşamları yürüyüş yapmaya mı başlasak, sahilde?" diye sorduğum sırada Onur gözlerime parlayan gözlerle baktı.

"Bildiğimiz yürüyüş mü?"

"Evet! Telefondan müziğimizi açacağız, sahil kenarında yürüyeceğiz, konuşacağız! Ben artık seni yeni tanışmışız gibi tanımak, dinlemek istiyorum Onur." Bana hayranlıkla baktı.

"Söz veriyorum sana, yarından itibaren bu dediğini yapmaya başlayacağız. Birbirimizi yeni tanışıyormuşuz gibi tanıyacağız, hobilerimizi keşfedeceğiz, anılarımızı dinleyeceğiz..."

"Sonra şey yapalım..." derken elimi boynundan indirdiğim sırada elim Onur'un ceketinin cebine çarptı. Ceketinin cebinde hissettiğim bir sertlikle kaşlarımı çattım.

"Bu ne?" diye mırıldandım.

"Ne ne?"

"Cebinde bir şey var..."

"Ne var?" Elimi cebine soktum. Cebinden buruşturulmuş bir kâğıt çıkardım. Kaşlarım çatılı bir şekilde Onur'a döndüm.

"Çöp mü bu?" diye sordum.

"Bilmem, hiç hatırlamıyorum. Çöp herhalde." Merakla buruşturulmuş kâğıdı açarken Onur'un elleri hâlâ belimdeydi, ellerimi boynundan çekip kâğıda odaklandım. Kâğıtta bir şeyler yazıyordu. Yazıyı okumadan önce gözlerimi Onur'a çevirdim, yüzüne korkuyla baktım.

"Ne yazıyor?" diye sordu. Bu kâğıdın sandığım şey olmaması için dua ederken kalbim deli gibi atıyordu. Onur ellerini belimden çekti. Başımı kâğıda çevirdim. Titreyen ellerimle yazanı okumaya başladım.

"En büyük zaferler,
Kaybettiğini sananlarındır.
En büyük savaşlar,
Bitmek üzereyken başlayanlardır.
Bir asker tanıdım,
Evine zaferle dönen.
Savaşın bittiğini sanan bir asker,
Oysa tam evinin kapısında,
Kalbinin tam altına giren bir kurşunla yere yığılan bir asker.

Savaşı evinin kapısında kaybeden bir asker.
Oysa bazı askerleri öldürmek için
Onu vurmak yetmez.
Bazı askerleri öldürmek için,
O silahı biraz yana çevirmek gerekir.
İşte bu ikinci perde prenses.
Sahne senin,
Hikâye senin,
Ve şimdi... Bir kurşun.
Birinizi vurmak için.
Ve bir kurşun,
hepinizi öldürmek için."

Şok içinde başımı kaldırdığım sırada hiçbir tepki veremeden, hiçbir şey diyemeden bir şey hissettim. Önce bir ses, bir silah sesi.

"Zeynep!" Sonra bir acı, göğsümün tam altında. Kalbimin aşağısında. Balo salonundan gelen çığlıklar. Onur'un bağırışları.

"Zeynep! Zeynep!" Gözlerimin Onur'un gözlerinde kalışı, Onur'un kolları arasına yığılışım... Onur'un şok içinde korkuyla beni tutuşu, dizleri üstüne benimle birlikte düşüşü.

Hatırladıklarım bunlar...

"Zeynep!" Kelimeleri bitti sanki o an. Söyleyecek hiçbir şeyi kalmadı, korkuyla bağırıyordu sadece. Bense acı içindeydim, ama canımın acısı değil. Biliyor musunuz, o an kurşun acısı umurumda değildi. Onur'un hissettiklerini düşünüyordum, acı çekiyordum. Onun acı çekişini hissediyordum ve acı çekiyordum.

"Onur..." diye fısıldadım titreyen sesimle.

"Zeynep... Zeynep... Ambulans çağırın!" Onur delirmiş gibiydi. Bağırıyordu, çırpınıyordu, beni kolları arasında yaralı bir kuşu tutar gibi tutuyordu. Etraftaki çığlık sesleri umurumda değildi, bize doğru koşan insanları görmüyordum bile. Gözlerim Onur'un gözlerine son kez bakıyordu.

"Sevgilim dayan! Dayan bebeğim! Dayan, özür dilerim, özür dilerim! Allah benim belamı versin özür dilerim!" Onur mahvoluyordu.

Gözlerimin önünde ruhu paramparça oluyordu. Elim kanayan yaramda, gözlerimden yaşlar akıyor, acı içinde ona bakıyordum. Onun kendini suçlaması, acı çekmesi beni mahvediyordu.

"Onur..." diyebildim sadece. Acıdan konuşamıyordum, sadece ağlıyordum. Onur gözlerinden akan yaşlarla yanaklarımı öptü.

"Özür dilerim, özür dilerim! Lütfen ölme! Lütfen ölme Zeynep, seni seviyorum! Lütfen beni bırakma!"

Gözlerim yavaş yavaş bulanıklaşırken son duyduklarım Onur'un sözleriydi. "Her şey benim yüzümden! Lütfen dayan bir tanem, lütfen beni bırakma! Özür dilerim, özür dilerim..." Sonra gözlerim yavaş yavaş kapandı. Elim kucağımdan düşerken Onur'un son bağırışlarını duydum.

"Zeynep! Zeynep! Siktiğimin ambulansını çağırın bir şey yapın revire gidin!"

Vücuduma girecek onlarca kurşuna razıydım Onur'u böyle görmek yerine. O mahvolacağına benim bedenim mahvolsaydı, kalbim parçalansaydı, beynimden vursalardı beni canım bu kadar yanmazdı. Şimdi ben sevdiğim insanın çırpınan kollarında üşüyordum. Bu ne demek biliyor musunuz? Kimse sevdiği insanın kollarında üşümezken ben üşüyordum. Çünkü ters giden bir şeyler vardı. Çünkü her şey mahvoluyordu. Onur'un ruhu bir kez daha gözlerimin önünde dağılıyordu, un ufak oluyordu. Onur gözlerimin önünde küçülmüş, ruhunu gökyüzüne teslim etmişti. Belki vurulan bendim, evet. Ama o beni böyle gördüğü anda benden önce ölmüştü. Belki ben iyileşecektim, belki bu kurşunu çıkaracaklardı bedenimden, evet. Ama Onur'un ölen ruhu bir daha asla nefes almayacaktı. Bu sahnede kurşun yiyen bendim, oysa ölen Onur'du...

İşte bu, bizim hikâyemizin asıl bitişiydi.

Ben vuruldum, Onur öldü ve hikâyemiz burada bitti.

KARANTİNA

19. Bölüm

Her Şey Kayboldu

Ve siyahtan daha karanlık bir renkle tanıştım o an.
Hiçlik rengi.

Bir bebek doğdu, ağladı...
Annesinin kucağına verdiler, sustu.
Karnı acıktı, ağladı...
Sütünü içirdiler, sustu.
Gazı vardı, ağladı...
Sırtını okşadılar, sustu.
Elini çarptı beşiğine, ağladı...
Babası öptü parmaklarından, sustu.
Annesini göremedi, korktu, ağladı...
Annesi yanına koştu, sustu.

Bir bebek doğar, ağlar. Karnı acıkır, ağlar. Altına yapar, ağlar. Annesini özler, babasını özler, korkar, canı yanar, ağlar... Bir bebek hep ağlar, çünkü konuşamayan bir canlının derdini anlatma şekli ağlamaktır. Canım yanıyor diyemez, anne seni özledim diyemez, baba beni kucağına al diyemez, acıktım diyemez, ağlar... Ağlamak birilerine ihtiyacımız olduğunun dışarı vuruş şeklidir aslında. Konuşamayan insan, ağlaya ağlaya "Sana ihtiyacım var." der.

Ben o gece çok ağladım. Konuşamıyordum, acıdan kasılan bedenim dudaklarının arasından hiçbir kelime çıkaramazken gözlerimden yaşlar aktıkça yenileri geliyordu. Yaşlar yanaklarımı ıslatıyordu, dudaklarımı ıslatıyordu. Yaşlar boynuma düşüyordu. Konuşamıyordum, elimi kıpırdatamıyordum, oysa ağlıyordum. Onur'a ihtiyacım vardı, anneme ihtiyacım vardı, babama... Ağlarsam her şey düzelecekmiş gibi ağlıyordum. Gözlerim kararırken duyduğum son cümleler Onur'un yakarışlarıydı. Özür dileyişleri, bağırışları... Oysa ben ondan özür dilemek istiyordum. Ona hayatının düzeldiğini söylediğim için, onu mutlu ettiğim için, onu dünyanın en kötü yanılgısına soktuğum için, kolları arasında boylu boyunca yattığım için, annesinin elbisesinin kan içinde kaldığı için ondan özür dilemek istiyordum.

"Sen bunları hak etmedin Onur." demek istedim, dudaklarım aralanmadı.

"Yalvarırım özür dileme!" demek istedim, ağzım açılmadı.

"Onur lütfen ağlama!" demek istedim, nefes alamadım.

Nefesim bir düğüm gibi boğazımı tıkıyor boğazımdan aşağı inmiyordu. Nefes aldıkça boğuluyor gibiydim. Nefes aldıkça bacaklarım kasılıyor, göğsüme giren sancıyla kıvranıyordum. Bilincim yavaş yavaş kaybolurken Onur'un elini göğsümün hemen altındaki o acı kaynağına bastırdığını hissettim. Sonra başka sesler duymaya başladım.

"Ne oldu burada?" diyen tanımadığım şok içinde bir ses.

"Zeynep!" Rüzgâr'ın sesi... "Onur ne oldu!?"

"Ambulansı aradım geliyor!" Tanımadığım telaşlı bir ses daha.

Onur'un yüzüme damlayan gözyaşları ve artık konuşmuyor oluşu beni fiziksel acımdan daha çok mahvediyordu. Hali kalmamıştı, acı içinde yüzüme bakıyor, hayatına lanet ediyordu.

"Zeynep... Zeynep..." diye fısıldadığını duydum gözyaşlarının arasında, alnını alnıma yasladı, "Lütfen ölme. Benimle kal." Sesi titriyordu. Sol gözümden bir damla yaş akıp giderken nefesimin boğazımdan içeri giremiyor olması kalbimi deli gibi attırıyordu.

Etraftan iki yüzden fazla telaşlı insan sesi geliyordu.

"Oğlum ne oldu burada! Ambulansı aradınız mı!" Deliye dönmüş öğretmen ve müdür sesleri, telaşlı öğrenciler, her kafadan çıkan bir ses ve Onur'un beni kucağından bir saniye bile bırakmayışı içinde bulunduğumuz cehennemin özetiydi. Oysa ben kendimi bırakacaktım, bilincim sanki ipince bir ipin üzerinde yürüyormuş gibi kaybolup gidecekmiş hissi veriyordu bana. Kendimi bıraksaydım beynim tüm sistemini kapatacaktı. Ama Onur'u yalnız bırakamazdım, onu duymak istiyordum, çektiği acıyı duymak istiyordum, yalnız kalmasını istemiyordum. Her şeyden ötesi ben ölmek istemiyordum... Ölürsem Onur ne yapacaktı? En çok da bu yüzden, bu yüzden ölmek istemiyordum.

"Zeyno! Zeyno! Onur, ne oldu oğlum ne oldu!"

"Zeynep! Zeynep!" Burak ve Mert'in deliye dönmüş seslerini duyduğumda kapalı gözlerimden onlarca damla yaş aktı. Burak'ın yarı yolda dengesini sağlayamayıp yere düştüğünü duydum, Mert zar zor yanımıza geldiğinde cehennemi yaşıyorduk.

"Ne oldu?" Mert'in titreyen sesini duyduğumda havanın soğuduğunu hissettim. Hem de onlarca derece eksiye düştüğünü. Sonra birinin bana doğru koştuğunu ve üzerime doğru eğildiğini fark ettim, bir parmak boynuma uzandı. Parmak boynuma bastırıldı ve hemen sonra eklendi.

"Nabzı çok yavaş. Ambulansı aradınız mı!" Bu doktordu. Nabzım yavaşmış, öyle diyordu. Oysa ben kalbimin deliler gibi attığını hissediyordum.

"Bilincini kaybedecek!" dediğini duydum zar zor. Sonra doktorun eli elimi tuttu.

"Beni duyuyor musun! Duyuyorsan elimi sık!"

"Lütfen Zeynep lütfen..." Onur'un yalvaran sesiyle elimden geleni yapmaya çalıştım. Doktorun elini sıkmaya çalıştım ama olmuyordu. Sıkamadım, ellerim kıpırdamıyordu, bacaklarım kıpırdamıyordu, çok üşüyordum. Giderek bir bebek çaresizliğine giriyordum.

Çok üşüyordum, birden tüm beynim bu düşünceyle doldu, her şeyi unutup sadece ne kadar üşüdüğümü düşünmeye başladım, çok üşüyordum... Titriyordum... Çok soğuktu...

"Ambulans geldi! Çekilin!" Doktor beni Onur'un kucağından almaya çalışırken Onur'un acı içinde konuştuğunu duydum.

"Kucağımdan almayın! Yalvarırım benden almayın onu, bir yerine bir şey olur!"

"Sakin ol. Bak ben doktorum, sence ona zarar verir miyim?"

Sonra bir başka telaşlı ses duyuldu. "Çekilin!" O an iki yapboz parçasını birbirinden ayırır gibi Onur'un kucağından aldılar beni. Beni ondan aldılar ve ben o an kendimi tamamen bıraktım. Onur'un kucağında kendimi bırakamayan bedenim işte acıyla o an tanıştı. Onu üzmemek için tuttuğum çığlığım başka bir kucağa alınınca ağzımdan çıktı.

"Zeynep! Zeynep! Abi acı çekiyor abi!" Onur deliriyordu. Mert onu sakinleştirmeye çalışırken acı içinde sızlanıyordum. Susmaya çalıştım, kendimi durdurmaya çalıştım ama içimde büyük bir alev topu vardı sanki, göğüs kafesimin içinde bir oraya bir buraya koşturan bir top.

"Onur, gel buraya sakin ol! Düzelecek! Sana yemin ederim düzelecek!"

"Ben de ambulansa bineceğim, onu bırakamam!" Beni sedyeye yatırdılar, ambulansa bindirilirken Onur'un peşimden koştuğunu duydum.

"Ben de bineceğim!" Sesi sert, öfkeli, kızgındı.

"Birinci dereceden akrabası mısınız?"

"Hiçbir prosedürünüz umurumda değil ben bu ambulansa bineceğim yoksa olay çıkar!"

"Ateş 39. Nabız çok düşük. Kalbinde bradikardi görünüyor! Kurşunu göğsünün altından yemiş. Acil ameliyata alınması lazım!" Ambulans hareket ederken o an benim tamamen kendimi bıraktığım andı. Durumumu öğrenmiştim, ambulansa alınmıştım, kalbimin altında bir kurşun vardı, vücuduma bir şeyler takılıp sökülüyordu ve Onur yanımdaydı. Artık kendimi tutmak zorunda değildim. Ta ki bir ses duyana kadar.

"Nabzı çok hızlandı! Şimdi de taşikardiye geçiyor! Uyanık kalmaya çalışın! Eğer duyuyorsanız uyanık kalmaya çalışın! Hastanın ismi neydi?"

"Z-zeynep... Zeynep Akay."

"Zeynep duydun mu! Uyumaman lazım!" Oysa bu mümkün değildi, beynimin kafamın içerisinde uçtuğunu hissediyordum. Bir bulutun üzerinde uzanıyordum sanki, ne vücudumu hissediyordum ne bulutu. Gözlerim kapalı olmasına rağmen yuvalarında kayarlarken son kez onları geri getirmeye çalıştığımı hissettim, sonra geri döndürülemez bir şekilde kaydılar, kaybettim.

Kaybettim.

Bilincimi, kendimi, dengemi, yolumu kaybettim. Ondan sonrasını hatırlamıyorum. Tek hatırladığım simsiyah sessiz bir boşluk. Simsiyah bir boşlukta uçtuğumu hatırlıyorum. Acımın dindiğini, seslerin sustuğunu, hislerin kaybolduğunu.

"Ölmek bu mu?" diye düşündüğümü hatırlıyorum.

"Ölüyor muyum? diye düşündüğümü...

Kimsenin beynimde yeri kalmadı. Tanıdığım kimse kalmadı beynimin içinde. Hislerim, duygularım, düşüncelerim kalmadı. Bir anda tüm dünyam yok oldu. Hayatımda ilk defa boşluk hissini rüyamda görüyordum. Evet, bu bir rüyaydı. Ben bir rüyadaydım. Kapkaranlık, simsiyah, bomboş bir rüya. Sonra yavaş yavaş bir şeyleri hatırlamaya başladım.

Bir gün bir okula başladım, üç insanla tanıştım. Ve hayatım değişti. Âşık oldum, arkadaş oldum, kardeş oldum, sevdim, sevildim, üzdüm, üzüldüm. Ben bir gün birileriyle birlikte mahvolmayı öğrendim. Bir gün geldi savaşı tattım, kaosu tattım. Olmaz dediğim ne varsa olduğunu gördüm, imkânsız dediklerimin gerçekleştiğini gördüm.

Bir gün birine âşık oldum, o da bana âşık oldu. Birbirimizin yaralarını kapattık, iyileştik sandık, sonra göğsümün altında iyileşmeyecek bir yara açıldı. Ben bir gün bir asker oldum, bir savaşı yaşadım. En ön cephede savaş bittikten sonra vuruldum.

Benim bir annem vardı, bir babam, bir sevgilim, kardeşlerim... Ardımdan ağlayacak bir sürü insan. Ama eğer... eğer benim ölmem her şeyi bitirecek noktaysa ben ölmeye tam şu an razı oldum. Gözlerimi açtım, bembeyaz bir tavan gördüm. Bana doğru eğilmiş maskeli yüzler, hızla atan kalbimin sesi... ve gözlerimi kapattım. Simsiyah o karanlığa bir kez daha daldım. Sesler karanlığımı deldi, içeri girdi.

"Kaç yaşındaymış?"

"18."

"Çok genç. Biri böylesine genç bir kızı neden vurmak ister?"

"Bilmiyorum hocam. Dışarıda arkadaşları mahvolmuş hâlde. Polis bugün ifade almaya gelecekmiş, onlardan öğreniriz."

"Ailesi nerede bu kızın?"

"Ailesine haber verildi. Şehir dışındalarmış ama yola çıktılar. Babası şok oldu. Gencecik kız..."

"Penseyi verin..."

"Buyurun hocam..."

"Kurşun iki kemiğin arasında sıkışmış kalmış. Rastlanacak şey değil, göğüs kafesi kalkan olmuş sanki. Kan grubunu öğrendiniz mi?"

"0 RH+ hocam."

"Hazırda kan bekletin, ameliyat uzun sürecek. Kan lazım olabilir. Nabız kaç?"

"Şu an 135 hocam."

"Stabi[1] tutmaya çalışmak zorundayız."

Sonra sesler sustu, kendi karanlığıma bir kez daha gömüldüğüm sırada karanlık beni boşluktan bir yeşilliğe sürükledi. Yolda yürüdüğümü görüyordum, burası benim çocukluğumun geçtiği sokaktı. Kapının önünde gördüğüm tanıdık yüzle donakaldım, babamı gördüm... Tam babama doğru bir adım atıyordum ki küçük bir kız çocuğu gülerek babama doğru koşturdu. Kaşlarımı çattım, bu kimdi? Babamın sevecen bir tavırla küçük kızı kucağına aldığını gördüm, bu bendim. Ben! Çocukluğum! Şok içinde bu görüntüyü izlerken bir ses duydum.

"Hocam nabız yavaşladı. 120 oldu." Yutkundum. Ve bir anda kendimi annemin kucağında buldum. Başımı dizlerinin üzerine yaslamış yatıyordum. Saçlarımı okşayan annemin gözlerine dikkatlice baktım. Bana gülümsediğini gördüm.

"Hocam tekrar 130."

"Bu kadar sık değişim bizim için iyi değil."

Sonra bir sahilde buldum kendimi. Burak'ı gördüm önce, gülerek denize doğru koşturduğunu. Ona gülerek el salladım. Sonra Mert'in bana el salladığını gördüm. Ona da güldüğüm sırada gök gürlemeye başladı. Hava karardı, ben şaşkınlıkla denize bakarken denizin yükselmeye başladığını gördüm. Korkuyla Burak'a döndüğümde Burak'ı denizde göremedim. Sonra arkama döndüm, Mert'in de yok olduğunu gördüm.

"Hocam nabız 140!"

"Hadi kızım hadi, yapma, sakinleş!"

Sonra kendimi bir kez daha karanlıkta buldum. Göğüs kafesimde hissettiğim acıyla birlikte Onur'un bana seslendiğini duyuyordum. "Zeynep!" diye bağırıyordu, sanki beni arıyordu. Ama ben dudaklarımı aralayamıyordum. Konuşamıyordum. Sesimi çıkaramıyordum. Hiçbir şey diyemiyordum. Karanlıkta koşturuyordum, onu bulmaya çalışıyordum, ama onu bulamıyordum! Onur'u bulamıyordum!

"Hocam 170!"

Sonra acı içinde dizlerimin üzerine düştüğümü hissettim. Nefes alamıyordum! Nefes alamıyordum! Hayatımda ilk kez nefes alamıyordum! Sonra son bir cümle duydum. "Kalbi duracak!"

Ve siyahtan daha karanlık bir renkle tanıştım o an. Hiçlik rengi. Sessizlik, kimsesizlik, yersizlik, hissizlik... Sesler kayboldu, insanlar kayboldu, yerler kayboldu, hisler kayboldu. Hatta acım bile kayboldu. Her şey kayboldu. Hiçbir şey kalmadı. Ve o an bittiğini kabullendim.

"Her şey bitti." Kendime söylediğim son cümle buydu.

"Her şey, bitti..."

KARANTİNA

Bir kurşun,
birinizi vurmak için.
Ve bir kurşun,
hepinizi öldürmek için...

20. Bölüm

Yaşıyor mu?

Onun kalbi Zeynep'ti.

(Yazarın Anlatımıyla)

"Hastanın kalbi durdu!" Telaşla koşturan hemşire, kendisine bir başka hemşire tarafından yöneltilen "Ne oldu!" sorusuna cevap verirken Mert şok içinde yere çöktü, Burak acı içinde ağlıyordu. En büyük tepki tepkisizliktir bilir misiniz? Herkes acı haberler aldığında ağlar, kendini mahveder, belki bağırır, belki kendinden geçer... O gün hayatlarındaki en önemli insanın canı yanmıştı. Canı canından alınmak istenmişti, kalbini durdurmak, nefesini kesmek istemişlerdi. Mert ağlıyordu, Burak ağlıyordu. Oysa Onur, duvara yasladığı sırtı yavaş yavaş yere doğru kayarken kıpırdamıyordu, ağlamıyordu, tepki vermiyordu. Ağlaması imkânsızdı, çünkü kalbi duran bir insan ağlamazdı. O an kalbi duran tek insan Zeynep değildi.

Duygularına felç inmiş gibi. İçi acıyordu ama tepki veremiyordu. Kafasından geçen tek şey eğer Zeynep'e bir şey olursa bir saniye bile düşünmeden kendi yaşamını da sonlandıracağıydı. Çünkü onun hayatı zaten Zeynep'ti. Onun kalbi Zeynep'ti. O an bir kez daha emin oldu. Şimdi kalbi duran tek insan Zeynep değildi, Onur'un da kalbi durmuştu.

Onur da nefes alamıyordu. Kendini hayatı boyunca hiçbir şey için bu kadar suçlamamıştı. Zeynep'in hayatı kendisi yüzünden mahvolmuştu, böyle hissediyordu. Sanki elini Zeynep'in kalbine sokup kendi elleriyle durdurmuştu o kalbi, böyle hissediyordu. Boğazını sıkıp nefesini kendisi kesmişti sanki... Her şeyin sorumlusu oydu, her şey onun yüzündendi. Hayatı boyunca hiç manevi bir güce inanmamış Onur Zorlu içinden dua ediyordu.

"Lütfen alma onu benden..." diyordu içinden, yalvarıyordu. Gözlerini ameliyathanenin kapısına dikmişti, gözlerini ayırmadan harabe bir hâlde kapıya bakıyordu. İçindeki güdü kapıyı açıp içeri dalıp Zeynep'i uyandırmak istiyordu.

"Abi Allah kahretsin!" Burak koridorun en köşesinde ağlarken Mert ayağa kalktı. Mahvolmuş bir yüzle bir hemşireyi durdurdu.

"Arkadaşımız içeride! Ne olur bir bilgi verin, lütfen!"

"Üzgünüm, ameliyatına ben girmedim. Hiçbir bilgim yok." Mert ağzından bir küfür savurarak Onur'un başına gitti, Onur'a doğru eğilip elini omzuna koydu.

"Abi lütfen kendini kaybetme, sakin ol!" Oysa Onur'un ruhu ölmüştü, yitmişti, gitmişti.

"Kalbi durmuş." diye fısıldadı Onur.

"Onur yapma!"

"Zeynep'in... kalbi durmuş..."

"Tamam, tamam siktiğimin kalbi durmuş! Ama tekrar atacak abi! Geri atacak!" Onur gözlerini karşıdan ayırmadan, kıpırdamadan, ifadesizce tekrarlıyordu.

"Kalbi durdu."

"Onur!"

"Benim yüzümden kalbi durdu."

"Kimsenin yüzünden değil!" O an Onur olayı yeni idrak etmiş gibi Mert'e şok içinde baktı.

"Zeynep'in kalbi durdu!" dedi birden şok içinde, mahvolmuş bir hâlde zar zor ayağa kalktı, hızla ameliyathanenin kapısına koştu.

"Onur, dur!"

"Zeynep! Zeynep!" Kapıyı yumruklarken Mert Onur'u zar zor çekiştirerek duvara yasladı.

"Abi dur, Allah aşkına dur!"

"Kendinize mukayyet olun! Burası bir hastane, acınız büyük ama burada bir sürü hasta yatıyor! Yoksa güvenlik çağıracağım." Hemşirenin biri büyük bir tepkiyle onlara baktığında Burak ayağa kalktı.

"İyi değil... Biz onu sakinleştireceğiz..." Onur o an hastaneye geldiğinden beri ilk kez hüngür hüngür ağlamaya başladı.

"Benim yüzümden... benim yüzümden... Allah benim belamı versin benim yüzümden!"

"Onur... Kardeşim yapma... Kimsenin yüzünden değil! Allah aşkına yapma!"

Onur gözlerini Mert'e çevirdi. Ağlayarak baktı yüzüne. "Mert... Ben onsuz yapamam... Ben onsuz ne yaparım..." Canlarından can gidiyordu. Ruhlarından ruh gidiyordu. Onur yavaş yavaş kayıp halsizce yere otururken Mert korkuyla başına doğru eğildi.

"Onur! Hemşire hanım, arkadaşım iyi değil!"

Saatler geçti, aynı koridordan bir sürü insan geçti ağlayarak. Bir sürü insan geçti acı içinde. Onur saatlerdir uyutuluyordu. Rüyalarında Zeynep'ini görerek, elinden tutmuş onu buradan götürdüğünü görerek uyuyordu. Kalbi acıyordu. Ne olduğunun bilinmezliğiyle uyutulurken Zeynep'i ne haldeydi bilmiyordu.

Gözlerini saatler sonra açtığında kendini bir hastane odasında buldu. Koluna takılmış seruma baktıktan sonra başına gelenleri bir bir hatırladı. Aklı kendinde değildi, kendisi umurunda değildi. Aklı Zeynep'teydi! Şok içinde doğrulurken Mert'in eli Onur'un omzunu tuttu.

"Kalkma abi, kalma! Serum takılı." Onur bakışlarını Mert'e çevirdi, gözleri kıpkırmızı olmuş Mert'i gördüğünde korkudan kalbinin durduğunu hissetti.

"Öldü mü?" diye fısıldadı o an hayata yenilmiş gibi. Mert gözyaşları içinde Onur'un yüzüne baktı. Onur dudaklarının titrediğini hissediyordu. Mert'in dudakları arasından çıkacak tek bir kelimeye bakıyordu. Tek bir kelime kalbini durduracak ya da onu yeniden yaşatacaktı.

"Yaşıyor..." Mert ağlayarak Onur'a sarıldığında Onur şoktaydı, Zeynep'i yaşıyordu, Zeynep yaşıyordu!

"Yaşıyor mu!" dedi titreyen dudaklarıyla, "Zeynep yaşıyor mu!"

"Yaşıyor kardeşim, yaşıyor! Yoğun bakıma aldılar! Kalbi çok kısa bir süreliğine durmuş."

Onur anında kolundaki serumu canının yanmasını umursamadan söktü attı. Mert Onur'u durdurmaya çalışmaması gerektiğini biliyordu. Onur koridora çıktığında sendelemiyordu bile. Yeniden nefes alıyordu, yeniden güçlenmişti, kalbi yeniden atıyordu. Zeynep'le birlikte o da hayata dönmüştü. Mutluluktan koridorda gördüğü herkese sarılmak istiyordu.

"Burak ve babam yoğun bakımın kapısındalar. Haber bekliyorlar."

Yoğun bakımın önüne geldiklerinde Burak oturduğu yerden kalkıp hızla Onur'a doğru geldi ve kardeşine sarıldı. Birbirlerine sıkı sıkı sarıldıktan sonra Burak Onur'a baktı.

"Yaşıyor abi..." diye mırıldandı, "Zeyno yaşıyor..."

"Onur... Oğlum, çok üzgünüm. Ne gerekiyorsa yapacağız." Onur Mert'in babasına sarılırken Mert'in babası Onur'un sırtını bir baba gibi sıvazlıyordu.

"Ne gerekiyorsa ben yapacağım." diye mırıldandı Onur, "Ama şimdi Zeynep'i görmek istiyorum. Tek isteğim bu."

"Tamam, ben senin için doktorla görüşeceğim." Onur minnettarca gözlerini kırptıktan sonra yoğun bakımın camlarına doğru yürüdü. Camların perdeleri kapatılmıştı, Mert'e doğru döndü.

"Lütfen söyle..." dedi halsizce, "Perdeleri aralasınlar... Onu göreyim..." Mert başını salladı. Onur yoğun bakımın camının önünde çaresizce beklerken sadece birkaç dakika sonra perdeler aralandı. Onur o an kalbinin teklediğini hissetti, oradaydı. Zeynep oradaydı. Âşık olduğu kız içeride yatıyordu. Her yerine kablolar bağlanmıştı, kolunda bir serum takılıydı ama Zeynep hâlâ çok güzeldi... Onur başını cama yasladı, yanına gelen Burak ve diğer yanına gelen Mert de çaresizce başlarını cama yasladıklarında dördünün birbirine olan bağının ne kadar güçlü olduğu görünüyordu.

O yatakta baygın yatan sadece Zeynep değildi. Dördü de o yatakta yatıyorlardı sanki. Bir olmak buydu. Onlar birdi... Notta dediği gibi, "Bir kurşun, birinizi vurmak için. Ve bir kurşun, hepinizi öldürmek için..." Bir kurşunla, dördü birden vurulmuştu.

"Zeynep'in annesi... babası..." diye mırıldandı Onur sorar gibi.

"Hâlâ yoldalar. Çok kötüler, ama onlara Zeynep'in iyi olduğunu söyledik. Annesi delirmiş gibiydi..."

"Benden nefret edecekler..."

"Abi... Yani... Sormak istemiyorum ama... Ender hafızasını kaybetmemiş olabilir mi?" Burak'ın sorusuyla birlikte Onur elini kaldırdı.

"Konuşmak istemiyorum. Tek isteğim Zeynep'i görmek."

"Onur, evladım. Doktor Bey sana Zeynep'in durumu hakkında bilgi verecek." Mert'in babası arkalarından seslendiğinde telaşla onlara doğru yürüyen doktorun başına toplandılar.

"Arkadaşınızın durumu şu an için stabil. Şu an bir hayati tehlikesi yok. Ameliyat esnasında beş saniyelik bir kalp durması yaşadık. Ama bu ona zarar vermedi, hemen geri döndürdük. Şimdi yoğun bakıma aldık, üç saattir serum ve hava veriyoruz. Şimdi tek mesele onun uyanmasında. Hepimiz onun uyanmasını bekleyeceğiz. İçeri girmek isteyen hanginiz?"

"Ben!" diye atladı Onur.

"Özel ricayla seni içeri alacağım, ama sadece üç dakikan var. Daha fazla değil. Lütfen beni yanıltma. Ağlamak yok, hastayı strese sokmak yok. O şu an her şeyi hissediyor ve duyuyor. Lütfen buna göre hareket et." Onur hızlanan kalbiyle başını salladı.

"Hemşire Hanım, ziyaretçiyi üç dakikalığına içeri alıyoruz."

"Buyurun." Onur hemşirenin peşinden giderken Burak Onur'u durdurdu.

"Abi... benim için de bir şeyler söyle... Burak seni çok seviyor de... bir şey de..." Onur Burak'a gözlerini kırptıktan sonra hemşirenin peşinden ilerledi. Hemşire Onur'a giymesi gereken yoğun bakım kıyafetlerini verdikten sonra bir de maske verdi. Onur hepsini hızla üzerine geçirince yoğun bakımın kapısını açtı.

"Üç dakika." Onur başını sallayarak içeri girdiğinde bacakları titriyordu. Zeynep gözleri önünde yoğun bakım yatağında bir kuş gibi yatarken gözünden bir damla yaş aktığını hissetti. Süresini boşa kullanmak istemiyordu, Zeynep'i üzmek istemiyordu. Başına doğru ilerledi, eldivenli ellerinden birini Zeynep'in saçlarına hafifçe dokundurttu.

Yüzü bembeyaz, dudakları kupkuruydu... Mahvolmuş bir haldeydi. Sanki bir günde on kilo birden vermişti.

"Sevgilim..." diye fısıldadı, "Ben buradayım, ben geldim..." Elini uzatıp Zeynep'in eline dokundu.

"Burak burada, Mert burada. Annenler geliyor ve hepimiz seni çok seviyoruz..." Zeynep kıpırdamıyordu, hiçbir tepki göstermiyordu.

"Lütfen uyan Zeynep... Sen hayatımda gördüğüm en güçlü insansın. Lütfen aç gözlerini." Zeynep'i böyle görmek Onur'u içten içe mahvediyordu. Yine de Zeynep'in bunları duyduğunu bildiği için kendini tuttu.

"Biliyorum. İyileşeceksin, gözlerini açacaksın. Uyanacaksın." O an garip bir şey oldu. Zeynep'in sol gözünden ufacık bir damla yaşın yanağından aşağı kaydığını gördü. İçi acırken Onur'un da gözlerinden ikişer damla yaş düştü.

"Acı çekiyorsun, biliyorum. Tüm acını alıp kendim çekebilmek için her şeyi yapmaya hazırım... Lütfen acı çekme..." Hemşire kapıda görünüp sürenin dolduğunu el işaretiyle anlatırken Onur Zeynep'e doğru son kez eğildi.

"Zeynep... Özür dilerim..." diye fısıldadı, "Affet beni..."

Onur Zeynep'ini burada, bu soğuk odada bırakıp giderken ruhunu onunla bırakmıştı. Bu acı, daha önce hiç tatmadığı bir acıydı. Kendini asla affetmeyecekti. Ona yaşattığı bu acıyı asla affetmeyecekti. Şu an tek istediği Zeynep'in gözlerini açmasıydı. O gözlerini açmadığı sürece dünya Onur için karanlık kalacaktı...

KARANTİNA

dünyanın dönüşünü durduracağım...
senin için...

21. Bölüm

Söz Konusu Sensin...

Ve ben bütün dünyayı karşıma alacağım.

(Yazarın anlatımıyla)

"Ne kadar acı, yenildim kendi savaşımda." diyor bir şarkı. Onur hastanenin koridorunda yere çömelmiş oturuyor, Burak hastane koridorunun koltuklarında gözlerini kapatmış uyukluyor, Mert elinde bir tepsi kahveyle onlara doğru yaklaşıyordu. Üçü de mahvolmuş bir halde öylece Zeynep'in uyanmasını bekliyorlardı. Mert'in aklında çok daha kötü bir düşünce vardı, Zeynep'in anne ve babası buraya geldiklerinde ne olacağını düşünüp duruyordu. Onur'u suçlamalarından korkuyordu, Onur'un daha da üzülmesinden korkuyordu.

"Abi... Kalk, yerde oturma. Gel koltuklara oturalım. Ne olursun kendini yorma. Hadi." Mert Onur'u kaldırırken Onur sessizce Mert'in sözlerine itaat edip ayağa kalktı. Burak'ın tam karşısındaki iki koltuğa oturdular. Mert masaya kahveleri bıraktıktan sonra Onur'a döndü.

"İyileşecek. Benim hislerim kuvvetlidir bilirsin. Zeynep'imiz gözlerini açacak." Onur burnunu çekti.

"O yaşasın da hiçbir şey umurumda değil."

"Sonra? Sonra ne yapacaksın?"

"Ne yapacağım belli... Olan şey gayet açık değil mi Mert? Ama şimdi bunlardan bahsetmek en son istediğim şey. Tek istediğim Zeynep'in gözlerini açması. O gözlerini açsın sonrasını sonra düşüneceğim."

"Açacak... İnan bana açacak kardeşim..."

"Onur!" Koridora giren telaşlı sesin sahibi tanıdıktı. Onur başını kaldırdığında karşısında Rüzgâr'ı gördü, öfkeyle ona bakarken arkasından gelen okul müdürü ve müdür yardımcısı oldukça endişeli görünüyordu. Onur isteksizce başıyla selam verdi onlara.

"Zeynep'in durumu nasıl! Bizi ameliyat katına zar zor aldılar. Saatlerdir aşağıda bekliyoruz." Onur Rüzgâr'a cevap vermek bile istemiyordu. Ki vermeyecekti de.

Mert durumu anlayıp araya atladı. "Ameliyattan çıktı. Yoğun bakıma aldılar... Şimdi uyanmasını bekliyoruz." Rüzgâr endişeyle arkasını döndü.

"Hocam ameliyattan çıkmış. Yoğun bakıma almışlar." Onur tahammülsüz bir şekilde gözlerini devirirken Mert bir kez daha araya girdi.

"Hocam hoş geldiniz."

"Hoş bulduk çocuğum hoş bulduk," diye başladı okul müdürü Hasan Bey konuşmasına, "Vallahi çok endişelendik yavrumuz için! Ne oldu, nasıl oldu, bir insan bunu niye yapar!"

"Bilmiyoruz hocam. Hiçbir fikrimiz yok... Biz de olayın ortaya çıkmasını bekliyoruz."

"Polisler okula geldi," diye devam etti müdür, "Kamera kayıtlarına bakmak istediler. Ortada kamera kayıtları yok! Ne okulun içinde, ne bahçesinde, hiçbir yerde son saatlere dair bir kayıt yok." Biliyorlardı... Bunu zaten biliyorlardı... Her şeyi tasarlanmış bir planda kamera kayıtlarına rastlanmayacağını zaten tahmin edebiliyorlardı.

"Zeynep'i görebilir miyiz?" diye atladı Rüzgâr konuşmaya. Onur kaşlarını çattı.

"Hayır." Rüzgâr anlayışla kabullenip sustuğunda müdür saatine baktı.

"Doktorunun ismi ne? İnip bir konuşayım, konuşmadan eve dönmeyeyim. Mutlaka beni haberdar edin her türlü durumdan."

"Doktorunun ismi Murat Çölak." dedi Mert.

"Tamam, tamam çocuklar... Size ve yavrumuza çok geçmiş olsun. Ben doktoruyla konuşacağım, mutlaka haberleşelim."

"Tamam hocam." Müdür ve müdür yardımcısı oradan ayrılırken Rüzgâr birkaç saniye ayakta yoğun bakımın camlarına bakındı. Onur Zeynep'i biriyle paylaşmanın öfkesi içerisindeydi. Ama Mert çok daha anlayışlıydı.

"Perdeleri aralı. İstiyorsan perdeden görebilirsin." diye mırıldandı. Onur Mert'in cümlesine tahammülsüz bir bakış atsa da Mert gözlerini devirdi. Rüzgâr başını salladı.

"Teşekkür ederim." Perdelere doğru ilerledi. Zeynep'e bir bakış attı... Zeynep kısa sürede de olsa onun arkadaşı olmuştu. Onun için değerli olmuştu... Ruhunu tanımıştı. Ve şimdi onu böyle görmek Rüzgâr'ı üzüyordu. Zeynep'i böyle görmeye pek tahammül edemedi, camın önünden ayrılıp Onur'un başına doğru ilerledi. Elini Onur'un omzuna koyduğunda Onur şaşkınlıkla Rüzgâr'a baktı.

"Güçlü ol," diye mırıldandı Rüzgâr, "İyileşecek ve sana tekrar o aşk dolu gözleriyle bakacak." Onur ciddi anlamda şaşkındı. Rüzgâr'dan böyle bir cümle duymayı beklemiyordu.

"Biliyorum, benden bunu beklemezdin. Ama hiçbir zaman kötü bir amacım yoktu. Ve gerçek aşkın önünde asla durmam."

Onur tereddütle ona baktı. "Teşekkür ederim..." diye mırıldandı. Rüzgâr gözlerini kırptı ve doğruldu.

"Ben gideyim... Lütfen bana da haber verin."

"Tamam," dedi Mert, "Haber veririz." Rüzgâr aralarından ayrılırken koridora birkaç davetsiz misafir daha girdi. Polisler...

"Onur... Polisler..." Mert Onur'u dürtüp ayağa kalkarken Burak'a doğru seslendi.

"Burak, uyan!"

"Ne? Niye? Ne oluyor? Zeyno'm uyandı mı!" Burak şaşkınlıkla uyanırken Mert gözlerini devirdi.

"Polis geldi. İfademizi alacak." Burak uyku mahmurluğuyla kalkıp üstüne başına çeki düzen verdi. Üçü birlikte ayakta polisleri beklerken polisler onlara yaklaşmıştı.

"Merhaba, geçmiş olsun... Zeynep Akay olayının tanıkları siz misiniz?"

"Evet, yani tanık benim. Bunlar da arkadaşlarımız, o gece oradalardı, ama olaya şahit olmadılar."

"Tamam, buyurun, alt kata inelim."

"Ama... Zeynep burada tek..." Onur'un itirazına polis şaşkınlıkla baktı.

"Yoğun bakımda yatıyor. Siz dışarıda beklerken de tek." Onur tahammülsüz bir şekilde nefes aldı.

"Tamam, inelim." Polisleri takip ederlerken Onur arkasına dönüp dönüp Zeynep'i görmeye çalışıyordu. Birlikte alt kata indiler, polislerden ikisi bir odaya girdi ve Onur'u içeri aldılar.

"Hepinizi sırayla alacağız." diyerek kapıyı kapattı kapıdaki polis. Burası bir doktor odasıydı. Polis, doktorun masasına oturup Onur'u karşısına oturttu. Önce kişisel bilgilerini aldılar. Sonra dosyayı açıp sorguya başladılar. Onur başını dikleştirip burnunu çekerek polisi dinlemeye başladı.

"Zeynep Akay'ın nesi oluyorsunuz?" Onur gururla cevapladı.

"Erkek arkadaşıyım."

"Bu gece vurulma anında neredeydiniz?"

"Bahçedeki çardaktaydık. Dans ediyorduk."

"Kaç el ateş edildiğini duydunuz?"

"Tek ateş."

"Silah sizi hedef almış olabilir miydi? Zeynep Akay'ın önünüze atlaması gibi bir durum söz konusu oldu mu?"

"Önüme atlamadı. Ama silah kimi hedef aldı bilmiyorum."

"O an etrafta başka kimse var mıydı?"

"Balodakilerin hepsi kafedeydi. Belki bir iki kişi bahçede olabilir, görmedim."

"Daha önceye dair şüphelendiğiniz bir durum, bir tehdit var mıydı?"

"Hayır."

"Zeynep Hanım'ın bir savcılık geçmişi olduğunu görüyorum ve sizin de bir süre tutuklu kaldığınızı..." Onur nefesini tuttu. Eski günleri hatırlamak kalbini tekletmişti.

"Dosyada görüyorsunuzdur. Suçsuzluğum ispatlandı ve çıktım. Zeynep'in ise hiçbir zaman hiçbir suçu yoktu."

"Şüphelendiğiniz biri var mı?" Onur kafasının dikine göre cevap verdi.

"Yok."

"Zeynep Hanım'ın ya da sizin düşman diyebileceğiniz birileri var mı?"

"Yok." Onur ne yaptığını çok iyi biliyordu. Hem de çok iyi.

"Zeynep Hanım'da son günlerde bir gariplik fark ediyor muydunuz?"

"Hayır, fark etmiyordum. Her şey normaldi."

"Peki Zeynep Hanım'ın kullandığı bir madde var mıydı? Bağımlı olduğu?" Onur sıkıntıyla nefes verdi.

"Hayır, yoktu."

"Olası bir hamilelik durumu?"

"Hayır, o da yoktu."

"Ailesine düşman olabilecek birileri olup olmadığını biliyor musunuz, onları da sorguya alacağız ama şimdilik size soruyorum."

"Bildiğim kadarıyla yok. Temiz, düzgün, kendi hâllerinde insanlar."

"Ambulansa siz mi haber verdiniz?"

"Hayır... Yani..." Onur sorulardan fazlasıyla sıkılmıştı, alt dudağını ısırıp birkaç saniye bekledikten sonra devam etti.

"Hayır, Zeynep benim kucağımdaydı. O yüzden olayı gören başkaları haber verdi."

"Tamam, sizinle yapacağımız sorgu bu kadar. Şuraya bir imza alabilir miyim?" Onur nihayet der gibi eğilip aceleyle imzasını attı ve dışarı çıkmak için ayağa kalktı.

"Arkadaşlarınızdan birini içeri yollayabilir misiniz?"

"Tamam." Onur telaşla dışarı çıktığı an Burak ve Mert'in anlam veremediği bir şekilde ikisine birden sarıldı! Onlar şok içinde Onur'un sarılmasıyla kaşlarını çatarlarken Onur onlara doğru fısıldadı.

"Ender'den bahsetmek yok. Hepimizin hayatı temiz, normal, şüpheli durum yok. Hiçbir şeyden şüphelenmiyorsunuz." Onur onlardan ayrılırken Mert ve Burak şaşkınlıkla birbirlerine bakıyorlardı. Mert içeri girerken Onur hiç beklemeden üst kata çıktı.

Mert'e de aynı sorular soruldu, aynı cevaplar alındı. Burak'a da. İkisi de bunu neden yaptıklarını bilmiyorlardı, ama arkadaşları bunun böyle olmasını istemişti ve dediğini yapacaklardı. Onur üst katta yoğun bakımın önünde Zeynep'i izlerken Burak'ın eli omzuna dokundu.

"Neden, abi?" diye sordu Burak. Onur arkasını döndüğünde kendisine endişeyle bakan Mert ve Burak'ı gördü.

"Çünkü bu benim meselem. Polisin değil."

"Onur, saçmalıyorsun!" Mert korkuyla konuşurken Onur Mert'i dinlemeden Zeynep'i izlemeye döndü.

"Bu konuda sizinle konuşmayacağım Mert. Bu konuda tek kelime bile etmeyeceğim."

Zeynep'i izlerken kıpırdanması için umutla ellerine bakıyordu, göz kapaklarına bakıyordu. Çaresizce saç tellerinden birinin Rüzgârla oynamasına bile razıydı. Mert ve Burak'ın ise bambaşka dertleri vardı. En yakın arkadaşları hayatını mahvedecek bir şeyler yapacaktı, biliyorlardı...

"Zeynep! Kızım! Kızım nerede?" Ve beklenen an geldi. Zeynep'in annesi ve babası koridordan koşturarak girdiklerinde Onur camın önünden çekildi. Korkuyla kenarda onları izlerken Mert ve Burak Onur'a tepki göstermemeleri için dua ediyorlardı.

"İyi mi!" Zeynep'in babası Mert'e dönüp korkuyla konuştuğunda annesi ağlamaktan ölmek üzereydi.

"İyi efendim... Uyanmasını bekliyoruz sadece."

"Yavrum, uyan, yavrum!" Annesi ağlamaya devam ederken babası telaşla etrafına bakındı.

"Ben doktor filan bir şey bulacağım!" Babası koşturarak aşağı inerken annesi ellerini cama dayamış ağlıyordu.

"Kızım... bebeğim... ne yaptılar sana? Kim yaptı bunu sana... yavrum..." Mert elini kadının omzuna koydu.

"Lütfen sakin olun, Zeynep iyi ve daha da iyi olacak..." Annesinin gözleri bir anda Onur'a kaydı. Onur başını kaldırıp mahcup gözlerle annesine bakarken kadın sinirle konuşmaya başladı.

"Senin yüzünden! Kızımın hayatına girdiğinden beri her şey mahvoldu!" Burak ve Mert direkt araya girdi.

"Lütfen!" dedi Burak, sonra Mert devam etti. "Kimsenin bir suçu yok, birbirimizi üzmeyelim! Hepimizin temennisi Zeynep'in iyileşmesi!" Kadın titreyen bedeniyle Onur'a doğru parmağını salladı.

"Sen kimin suçlu olduğunu gayet iyi biliyorsun!" dedi hüngür hüngür, Onur dolmuş gözleriyle başını salladı.

"Biliyorum..." diye fısıldadı.

"Hayır, Onur saçmalama! Onur en aşağı iner misin? Bahçede hava al. Siz de lütfen sakin olun, kimsenin suçu yok! Burada olan herkes Zeynep'i seviyor!" Zeynep'in annesi ise Mert'i duymuyordu bile.

"Bir daha..." diye mırıldandı zar zor, "Seni Zeynep'in çevresinde görmeyeceğim. Hayatında olmayacaksın." Onur gözyaşlarının akmaması için çabalarken başını dimdik kaldırdı.

"Üzgünüm..." dedi titreyen sesiyle, "Ama kızınızı şu an bırakamam... Zeynep benim her şeyim. O iyileşene kadar, tamamen iyi olana kadar siz kızsanız da istemeseniz de benden nefret de etseniz onun yanından ayrılamam... Lütfen bunu yapmama izin verin. Lütfen... Ama size söz veriyorum, Zeynep iyileştiği an hayatından çıkacağım. Hem de geri dönmemek üzere. Buralardan da gideceğim. Bir daha ne siz ne Zeynep beni görmeyecek..."

"Onur!"

Mert şok içinde Onur'a bakarken Onur titreyen sesiyle devam etti. "Söz veriyorum. Ama lütfen şimdi beni ondan ayırmayın. Yalvarırım." Zeynep'in annesi Onur'un gözlerinin içine baktı. O an anne yüreği karşısındaki bu genç delikanlının da bu halde olmasına dayanamamıştı. Üstelik içten içe çok da suçlamıyordu onu. Hikâyesini biliyordu, annesinin ölümünü biliyordu, ona böyle davrandığına anlık da olsa pişman olmuştu.

"Tamam..." diye mırıldandı, "Zeynep iyileşene kadar yanında olabilirsin. Ama Zeynep iyileştiğinde seni onun yanında istemiyorum. Biliyorsun... bu onun için en iyisi." Onur başını salladı.

"Biliyorum..." Burak ve Mert Onur'u omzundan tutup kenara çektiklerinde Onur'un içi biraz olsun rahatlamıştı. En azından Zeynep iyileşene kadar yanında olacaktı, sonrası için planı zaten kafasında hazırdı.

"Oğlum manyak mısın! Ne gitmesinden bahsediyorsun sen?"

"Lütfen konuşmayalım... Halim yok."

"Onur... Kafanda ne var bilmiyorum, ama o kafandakine izin vermeyeceğiz."

"Mert, lütfen... Bunu konuşmanın vakti değil." O esnada Zeynep'in babası telaşla koridora girdi.

"Görmemize izin verecekler. Durumu daha iyiymiş."

Onur umutla başını kaldırdı. "Bizim de... görmemize izin verecekler mi?" O an Zeynep'in annesiyle bakıştılar. Kadının içi acıyordu, kızgındı, öfkeliydi ama bu çocuğun gözlerindeki aşkı da görüyordu ve hiçe saymak istemiyordu.

"Hepimiz görelim..." dedi kocasına, "Lütfen söyle, sırayla hepimiz görelim... Bu Zeynep'ime iyi gelecek..."

Yetkililerle konuşmalar yapıldı, prosedürler tartışıldı, ama sonuç hepsi için umut verici oldu. Doktor beşinin de sırayla Zeynep'i görmesine izin verdi. Sırayla girecek, beş dakika kalıp çıkacaklardı. Önce annesi girdi içeri... Dördü camdan izlerlerken Zeynep'i gördüğü an zavallı kadının yüreği parçalandı. Hıçkırıklarını saklamaya çalışarak kızının başına doğru eğildi. Cevap alamadığı cümlelerini sıralamaya başladı.

"Kızım... meleğim..."

"Öyle güzelsin ki şu hâlinle bile gözlerimi kamaştırıyorsun..." Zeynep kıpırdamadı bile.

"Sen benim bu dünyadaki en değerli varlığımsın. Sen benim bu dünyadaki en güzel hediyemsin, sen bana bu dünyada bahşedilmiş bir meleksin." Sonra titreyen dudaklarını birbirine bastırdı.

"Sen bizim meleğimizsin... Ve biliyorum ki gözlerini açacaksın..." Burnunu çeke çeke sakinleşmeye çalıştı.

"Sen çok güçlüsün Zeynep! İyileşeceksin!" Kızının ellerini öptü, kokusunu için çekti.

"Hele bir iyileş, sana istediğin her yemeği yapacağım. İstediğin her yere birlikte gideceğiz. Bir daha babanla tartışmayacağız, sana söz veriyorum." Kalktı, alnını öptü maskesinin üzerinden.

"Hâlâ çok güzel kokuyorsun, hâlâ bebek gibi kokuyorsun..." Sonra baştan aşağı süzdü kızını.

"Allah acını alsın bana versin yavrum... Sen yeter ki iyi ol..." Süresi dolduğunda hemşire tarafından ağlaya ağlaya dışarı alındı. Koltuklardan birine yığıldığında eşi başındaydı. Karısını bu hâlde bırakıp içeri giremezdi, Burak'a başıyla işaret etti.

"Siz girin..."

Burak heyecanla odaya daldığında önce hızla kıyafetlerini giydi. Sonra yoğun bakıma doğru korkak bir adım atarken maskesini taktı. Zeyno'sunu bu hâlde görmek onu bir anlığına mahvetti. Zeynep'in yanındaki sandalyeye titrek ayaklarla ilerledi ve oturdu. Ne yapacağını bilemez gibi baştan aşağı inceledi Zeynep'i.

"Zeyno..." diye mırıldandı, "Ben geldim..." Yutkundu. Konuşamıyordu bile. "Kızım vallahi de billahi de çok seviyorum seni. Çok seviyoruz. Ne olursun uyan... Söz veriyorum eskisi kadar komik espriler yapacağım hatta kendimi daha çok geliştireceğim!" Eldivenli eliyle Zeynep'in elini tuttu. "Birlikte Aleyna Tilki şarkıları söyleyeceğiz, Son Feci Bisiklet konserlerine gideceğiz." Çaresizce gözlerini kapattı. "Seni ilk gördüğüm anda bile sevmiştim. Sen benim kardeşim oldun, sırdaşım oldun, arkadaşım oldun, beni en iyi anlayan insan oldun. Şimdi birdenbire hayatımdan çıkıp gidecek misin?" Sonra durup hırsla konuştu. "Gitmeyeceksin Zeyno. Gözlerini açacaksın. Sen benim yengem olacaksın. Hani bir kere seninle dağ tırmanışına gitme hayali kurmuştuk... Hatırlıyor musun? Tabii, cevap veremiyorsun... Soru sormak saçmaydı... Hatırlıyorsun, biliyorum. Sen uyanacaksın ve biz o dağa tırmanacağız Zeyno! Gördüğüm en güçlü kızsın sen, bunu da atlatacaksın, ayağa kalkacaksın! Tamam mı?" Gözlerinden bir damla yaş akarken ısrarla sordu. "Tamam mı!"

Hemşire odaya girip süresinin bittiğini söylediğinde Burak ağlayarak başını salladı. "Yine geleceğim, ve bu sefer gözlerin açık olacak!"

Burak odadan çıkar çıkmaz kendini koltuklara attı. Odadan her çıkan yıkılıyordu. Zeynep'i o hâlde gören herkesin bacakları titriyordu... Sıra Mert'teydi. Mert en matenetli olanları gibi görünse de o da içten içe acı içindeydi. Yoğun bakıma adım attığı ilk anda içinden "Haydaa..." diye bir ses geldi. Camdan göründüğünden daha kötü bir hâldeydi. Dudakları çatlamıştı, yüzünün rengi tamamen gitmişti. Korkuyla yanına oturup birkaç saniye Zeynep'i süzdü.

"Çok güzelsin." diye fısıldadı. "Her zamanki gibi çok güzelsin. Sana her baktığımda bunu düşündüm Zeynep. Yüzünden, saçından, kaşından değil. Hani bazı insanların ruhu dışarı vurur ya. İşte sen öyle bir güzelsin... Ruhun güzel..." Sonra uzanıp elini tuttu. "Bu eller ısınacak, o gözler açılacak, o dudaklar aralanacak ve sen car car konuşmaya başlayacaksın." Sonra durdu, çaresizce ekledi. "Değil mi Zeynep?" Ne diyeceğini bilemiyordu. "Seni çok seviyoruz. Sen benim için, Burak için birer kardeş oldun. Onur'umuzun sevdiği oldun. Onur, benim kardeşim. Ve ben onun çocukluğundan beri kimseye böyle baktığını görmedim. Bir tek sana be Zeynep... Bir tek sana. Ve şimdi sen o gözlerini açmadıkça o çocuğun da bizim de annenin babanın da içi kahrolacak... Kahraman olmak ister misin Zeynep? O gözleri açıp bizi kurtarmak ister misin?" Eğildi, Zeynep'in saçlarına bir öpücük kondurdu. "Sen bir insanın sahip olabileceği en iyi arkadaşsın. Ve seni asla kaybetmeyeceğiz. O gözleri açacaksın, bize geri döneceksin." Hemşire Mert'e saati işaret ederken Mert acı içinde ayağa kalktı. "Görüşeceğiz Zeynep..."

Mert odadan çıkarken Onur kapıda bekliyordu. Hatta telaştan kıyafetlerini beklerken giymişti. Mert çıkar çıkmaz yoğun bakıma daldı. Sevdiğini, sevgilisini bugün ikinci kez görüyordu... Heyecanla başına geçti. Elini tuttu. "Ben geldim..." diye fısıldadı. Diğer elini saçlarında gezdirirken yalvaran gözlerle Zeynep'e baktı. "Annen geldi, baban geldi... Hepimiz buradayız Zeynep..." Sonra titreyen dudaklarıyla devam etti. "Sıra sende... Biz yanındayız, sıra senin gözlerini açıp bizi görmende... Biliyorum beni duyuyorsun. Ellerimi hissediyorsun, biliyorum gözlerini açmak istiyorsun. Şimdi vakti sevgilim... O gözleri açmanın vakti..." Sonra içindeki suçlulukla konuşmaya devam etti. "Seni bu hâle ben getirdim. Ama sana söz veriyorum her şeyi düzelteceğim... Gözlerini aç, bana bir bak senin için dünyayı tersine çevireceğim." Eğilip Zeynep'in alnını öptü. "Sevgilim... Sen bir uyan, dünyanın dönüşünü durduracağım... senin için... Yalvarıyorum gözlerini aç, yalvarıyorum bana bak..." Onur gözlerini kapatmış alnını Zeynep'in alnına yaslamış ona yalvarıyordu. "Sana yalvarıyorum Zeynep... Yalvarıyorum gözlerini aç... Yalvarıyorum bana bak..."

O an şok edici bir an yaşandı. Onur'un kapalı gözleriyle yasladığı başının altında bir kıpırdanma oldu. Sonra hafif bir öksürük sesi. Onur şok içinde başını kaldırıp Zeynep'e bakarken Zeynep'in gözlerini yavaş yavaş araladığını gördü.

"Zeynep! Zeynep!" Zeynep gözlerini kozasından yeni çıkar gibi aralarken öksürmeye çalışıyordu. Onur'un içi içine sığmıyordu! Dışarı doğru seslendi.

"Uyandı! Gözlerini açtı!" Mert, Burak, Zeynep'in anne ve babası şok içinde camın önüne doluşurlarken Onur Zeynep'in kıpkırmızı olmuş gözlerine bakıyordu. Hemşire odaya daldığı an koşarak geri çıktı.

"Doktor çağıracağım!" Olmuştu işte, mucize gerçekleşmişti. Onur gözlerinden akan bir damla yaşla Zeynep'in üzerine doğru eğildiğinde Zeynep bulanık gözlerle Onur'u tanımaya çalışıyordu. Konuşamıyordu, ama öylece bakıyordu. Onur Zeynep'in yüzünü iki eli arasına aldı.

"Ben sana köpek gibi âşıkmışım." diye mırıldandı titreyen dudaklarıyla nefes nefese, sonra devam etti. "Söz konusu ben oldum. Sustum, ne olacaksa olsun diye bekledim. Kimseye karşı koymadım, koyamadım. Bana sundukları kaderi yaşadım. Bana verdikleri acıyı çektim. Ama yanlış kişiyi seçtiler Zeynep..." Zeynep Onur'a baygın gözlerle bakarken Onur son bir cümle kurdu. "Şimdi söz konusu sensin... Ve ben bütün dünyayı karşıma alacağım."

KARANTİNA

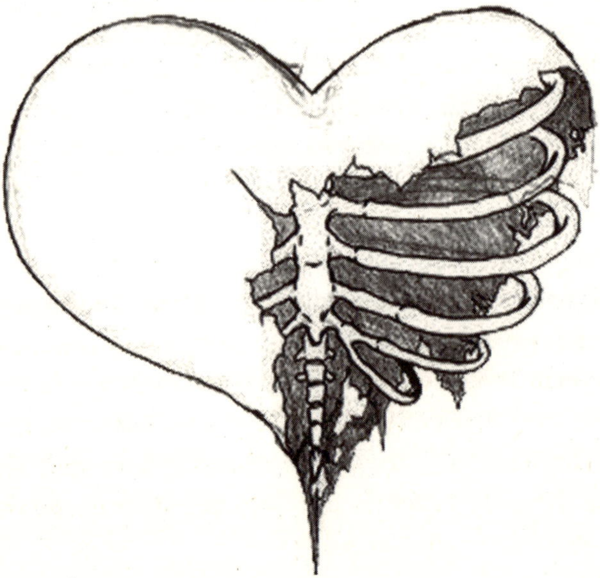

Senin çektiğin tetik isterse
kalbimi vursun.
Umrumda değil...

22. Bölüm

O Tetiği Ben Çektim

Hiçbir komutan tek başına savaşı kazanamazdı.

"Çekilin lütfen, sizi dışarı alalım." Onur Zeynep'in yanı başından zorla gözleri onda kalarak ayrılırken Zeynep gözlerini Onur'dan ayırmadan öksürüyordu. Bir şeyler olacağını biliyordu. Ne olacağını bilmese de Onur'un başını çok büyük bir belaya sokacağını hissediyordu. Kalkmak, ona engel olmak istiyordu, ama öksürmekten başka hiçbir şey yapamıyordu. Göğsündeki acı normal miydi? Peki ya kalbindeki acı, bu normal miydi?

"Uyandı..." Onur'un titreyen alçak sesi için için bağırmanın dışarı nasıl kısık yansıdığının özetiydi. Dışarı çıkar çıkmaz müjdeli haberi verdiğinde Burak ve Mert sevinçle Onur'a sarıldılar. Zeynep'in anne ve babası mutluluk gözyaşlarıyla camdan kızlarını izlerlerken Onur yüzündeki maskeyi çıkardı. Gözlerini yoğun bakımın camına çevirdiğinde gülüyordu Onur Zorlu, gözlerinden bir iki damla yaş aktı, ama gülüyordu...

"Yavrum! Yavrum uyandı!"

"Kızım, Allah'ım sana şükürler olsun!"

"Zeynep, bizi görüyor musun? Anneciğim..."

"Abi! Ben şu an bu haberi aldım ya şu saatten sonra bana hiçbir şey koymaz! Şu kız bir hastaneden çıksın kutlama yapacağız kutlama!" Burak keyifle konuşurken Mert Zeynep'in anne ve babasının yanında Zeynep'i cama izlemeye koyuldu.

"Dur, ben de bakayım Zeyno'ya!" Burak da onlara katılırken Zeynep'in gözleri yattığı yatakta kendisini izleyenlere kaydı... Annesine, babasına, Mert'e, Burak'a hüzünle bakarken aklında tek bir soru vardı, Onur neredeydi? Nereye kaybolmuştu?

Onur o sırada hastanenin koridorunda Zeynep'in odasına son kez uzaktan göz atmış, yüzündeki maskeyi çıkarıp bir çöp kutusuna atmış, galoşlarını elinde taşıyor, asker adımlarıyla yürüyordu. Başı dikti. Adımları sert ve yavaştı. Acelesi yoktu, çünkü biliyordu. Kendisinden kaçan yoktu. Kovalanması gereken biri yoktu. Ortada bir hesaplaşma vardı, bir konuşma, bir yüzleşme. Ve bu hikâyede, kaçan veya kovalayan yoktu. Artık kartlar açıktı, yerler belliydi, kimlikler gizli değildi, her şey apaçık ortadaydı.

"Onur!" Mert'in arkadan gelen sesi Onur'u durdurmaya yetmedi. Onur aldırışsız bir şekilde yürümeye devam ediyordu.

"Onur! Oğlum dur!" Burak ve Mert Onur'un peşinden koştururlarken Onur onları duymuyor gibiydi. Sanki kulakları tüm dış seslere kapanmıştı... Hatta tüm görüntülere ve hatta tüm dünyaya...

"Onur!" Mert sonunda Onur'u omzundan yakaladığında Onur öfkeyle durdu, tahammülsüzce onlara döndü.

"Nereye?" Mert'in sinirli sorusuyla birlikte Onur başını dikleştirdi.

"Nereye gittiğimi biliyorsunuz."

"Onur... nereye gidiyorsun abi?"

"Biliyorsun Mert."

Araya Burak girdi. "Başını belaya sokmaya gidiyor. Kendini de vurdurmaya gidiyor."

Onur başını salladı. "Bana ne olduğu umurumda değil," Sonra durdu, yediremiyormuş gibi sinirle konuşmaya devam etti, "O içeride yatan kız... O kıza âşığım ben." Bunu söyleyeceğini aklının ucundan bile geçirmiyordu. Mert anlayışla baktığında Onur'u kolundan tutup kenara çekti.

"Biliyoruz abi, biliyoruz. Ama bir dur, bir bekle. Olayı bize anlat, ne oldu ne bitti konuşalım Allah aşkına. Kendi kafana göre bir iş yapma!" Burak konuşmaya girdiğinden Onur'un tahammül sınırı dolmak üzereydi.

"Kardeşim bak biliyorum, çok zor bir durum. Ama eğer bunları yapan Ender'se adam apaçık delinin psikopatın teki. Kendini tehlikeye mi atacaksın!"

Onur kaşlarını çattı. "Bir dakika..." diye mırıldandı şok içinde. "Bunları yapan Ender'se mi? Sizin şüpheniz mi var?"

"Onur..." dedi Mert duraklayıp, "Bilmiyoruz... Yani... Adam hasta, hafızası yok..."

Onur öfkeden delirecekti. "Siz beyninizi mi kaybettiniz!" diye çıkıştı. "Adam rol yapıyordu rol! Başından beri tek amacı buydu! Başından beri tek ama tek amacı Zeynep'in canını alıp beni mahvetmekti! Hayatımı düzeltiyor gibi gösterip beni umutlandırıp bir anda her şeyimi elimden almak istedi. Ve alıyordu da! Zeynep benim her şeyim. Beni öldürsün, beni mahvetsin, bana ne yaparsa yapsın, s*-kimde değil. Ama ona dokunursa, ona bu dünyayı dar ederim. Ve ona dokundu. Ve ben ona bu dünyayı dar edeceğim!" Onur harekete geçip merdivenlere yöneldiğinde Mert bir kez daha kolundan yakaladı Onur'u.

"Senin bu yaptığın mermi dolu silahın önüne atlamaktan farksız!"

Onur Mert'e acımasızca bir bakış attı. "Gerekirse atlarım. Gerekirse o kurşunu yerim. Gerekirse ölürüm. Ama benden önce o ölecek." Sonra durdu... Kaşlarını çatarak Mert'in ceketinin cebine baktı. Mert'in cebindeki tokluğu gördü.

"Baban arabanı getirmişti değil mi?" diye sordu.

"Evet, tamam abi birlikte gidelim araba aşağıda." Onur gözlerini Mert'e çevirdi. Birden Mert hazırlıksız bir haldeyken ceketin cebinden Mert'in arabasının anahtarını aldı ve hızla merdivenlere yöneldi. Onur merdivenlerden durdurulamaz bir şekilde inerken Burak ve Mert peşindeydi. Hızla merdivenlerden inerlerken herkes onlara bakıyordu.

"Allah kahretmesin manyak mısın Onur? Oğlum dur!" diye bağırdı Burak. "Abi sen kafayı yemişsin, anahtarımı aldı delireceğim!"

"Allah aşkına bir dur Onur."

Onur durmuyordu. Dinlemiyordu, duymuyordu, görmüyordu. Onun kafasının içinde şu an bir set yıkılmıştı, Zeynep uyanmıştı. Ve zincirlerinden kopmuş gibi hesap sormaya gidiyordu. Hesap soracaktı, dağıtacaktı, bağıracaktı, Onur Zorlu o adamın dünyasını yıkıp yakacaktı. Çünkü onun da dünyası yıkılıp yakılmıştı. İçinde deprem olmuştu. Şu an tek istediği o adama aynılarını yaşatmaktı.

Bahçeye indiklerinde Onur hızla arabaya doğru ilerliyordu. Arabanın kapısını sertçe açtı, Mert ve Burak ona yetişmek üzerelerken koltuğa oturup kapısını kapattı ve tüm kapıların kilit tuşuna bastı. Arabayı çalıştırırken Burak ve Mert tam yanına ulaşmışlardı. Oysa kapılar kilitliydi.

"Onur! Delirdin mi sen! Oğlum aç şu kapıyı!" diyen Mert'in cümlesini Burak devam ettirdi.

"Yemin ederim kafamla kırarım bu camı!"

Onur dinlemedi bile. Arabayı çalıştırdı. Hastanenin kapısına doğru sürmeye başladı.

"Onur!"

"Onur!"

"Burak taksi bulalım, hemen taksi bul, çabuk!"

"Ambulans mı çalsak yetişemeyiz abi ya!"

Burak ve Mert koşarak dışarı çıktıkları sırada caddede taksi arıyorlardı, oysa taksiden eser yoktu. Taksi aradıkları sırada Onur'un arabasının peşinde koşarak ilerliyorlardı.

"Koşarak gidelim abi vallahi ben yetişirim bu adrenalinle!"

"Ya dur şimdi dur, saçmalamayı kes bir dakika. Durum ciddi. Onur Ender'in evine gidiyor aklın alıyor mu senin? Bu çocuk o evden canlı çıkamayacak Burak." Burak ve Mert telaşla etraflarına bakınırlarken resmen gökte aradıklarını yerde bulurlar gibi bir taksi belirdi önlerinde.

"Taksi mi arıyorsunuz?"

Burak hemen kapıyı açıp atladı. "Evet abi Allah razı olsun!"

Telaşla taksiye atladıklarında Mert acele acele Ender'in evini tarif etti. Yola çıktıkları sırada Onur çoktan yolu yarılamıştı. Arabada oturmuş olabildiğince hızla ilerliyordu, başına gelebilecek her şeyi kabullenmişti. Kendisi umurunda değildi, başına her ne gelirse gelsin korkmadan saklanmadan canından çok sevdiği insanı korumaya çalışırken gelecekti. Bundan gurur duyacaktı. Aklı hâlâ Zeynep'teydi, onu ardında bırakmış olmanın verdiği hüzün ve merak içini kemiriyordu. Aslında planı bu değildi... Zeynep eve çıkacaktı, tamamen iyileşecekti. Ve tüm bunlar olana kadar yanından ayrılmayacaktı. Ama Zeynep'in gözlerini açtığını gördüğünde içinde bir şeyler değişti... Öyle bir kıyamıyordu ki o an Zeynep'e, öfkesine hakim olamadı. "Bu güzel yüze nasıl kıydın?" düşüncesi, "Bu güzel kalbi nasıl mahvetmeye kalktın?" düşüncesini kovalarken kendini koridorda hızla ilerlerken bulmuştu. Ve şimdi arabadaydı, yolda gidiyordu.

Zeynep'i bir daha görüp göremeyeceğini bilmiyordu. O an arabayla yavaşladığını hissetti. Geri mi dönmeliydi? Daha çok mu erkendi? Onu bırakıp gitmesinin vakti gelmiş miydi?

"Allah kahretsin..." diye düşündü, arabayı sağa çekti.

"Zeynep... Zeynep... Zeynep... Allah kahretsin." Aklındaki düşünceler Zeynep'ten başkasına ait değildi. Başını direksiyona yasladı, düşünmesi gerekiyordu. Ender'e giderse ne olacaktı, hesap soracaktı. Karşılığında ne alacaktı, bunu tahmin etmesi o kadar zor değildi. Ve bir daha Zeynep yoktu, Burak yoktu, Mert yoktu...

Bir an gözlerini kapattı, Zeynep'i ilk gördüğü anı hatırladı. Her şey kaostan ibaretti, ama o an birkaç saniyeliğin durup Zeynep'in güzelliğinden şoka girdiğini hatırlıyordu.

Sonra gözlerini tekrar açtı ve tekrar kapattı. Gözlerinin önüne Zeynep'i mahkemede görüşü geldi. Kırmızı elbisesi içinde ellerindeki kelepçeleri bile unutturacak kadar hayran kaldığını hatırladı.

Sonra gözlerini tekrar açtı ve tekrar kapattı... Annesinin elbisesi içinde bu kadar etkileyici görüneceğini Onur bile tahmin edememişti. Zeynep'i o balo salonunda Rüzgâr'la gördüğünde kafayı yediğini hissetmişti. Elinden tutup o salondan çıkarıp götürmek istediğini hatırladı. Sonra kendi kendine mırıldanmaya başladı.

"Onu buradan alıp götürecektim... Götürecektim..." Başını kaldırdı. Öfkesini bastırmaya çalıştı. Hayır, Ender'e gitmeyecekti. Şimdi zamanı değildi, Zeynep'i bu kadar erken bırakamazdı. Ayrıca Mert ve Burak'ın da peşinde olduğunu biliyordu. Onların da başını belaya sokacaktı. Sıkıntıyla derin bir nefes aldı. Telefonunu çıkarıp Mert'i aramaya başladı.

O sırada Mert ve Burak takside telaşla ilerliyorlardı. Korkudan, endişeden elleri titriyordu. Onur onların çocukluk arkadaşıydı, Onur onların her şeyiydi. Ona zarar gelmesi hayatlarına devam edemeyecekleri anlamına geliyordu. Onur ölürse, onlar yaşayamazdı. Mert'in telefonu çalmaya başladığında elini telaşla cebine götürdü, şok içinde Burak'a baktı.

"Abi Onur arıyor!"

"Aç! Ender arıyor olmasın!"

"Ya saçmalama." Mert telefonu kulağına götürüp cevap verdiğinde korku içindeydi. Onur'un sesini kötü duyacak olmaktan korkuyordu.

"Dönün." diye mırıldandı Onur, "Gitmiyorum. Vazgeçtim."

"Onur, eğer oraya gelmememiz için bunu söylüyorsan..."

"Mert... Dönün dedim. Zeynep iyi olana kadar onu bırakamam. Ve sizi de peşimden tehlikeye sürüklemeyeceğim."

"Ha, yani diyorsun ki birkaç gün daha bekleyip öyle gideceğim, hem de sizden habersiz."

"Mert... Hastaneye dönüyorum. Orada görüşürüz."

"Kapatma abi dur!" Onur telefonu Mert'in yüzüne kapattığında Burak merakla Mert'in durumu anlatmasını bekliyordu. Mert taksiciye doğru eğildi.

"Abi, bizi getirdiğin yere geri götürür müsün?"

Adam beklenmedik bir soru sordu. "Neden?" Mert ve Burak şaşkınlıkla baktıklarında adam elini kaldırdı.

"Pardon, tabii götürürüm. Dönüyorum buradan." Mert anında Burak'a döndü.

"Onur dönüyormuş."

"Neden!"

"Ya, Zeynep'i bu hâlde bırakamam filan dedi."

"Ha, daha sonra gidecek yani!"

"Resmen planı bu. Zeynep'i iyi gördüğünde bizi de yanına almadan o adamdan hesap sormaya gidecek. Resmen hayatından vazgeçmiş."

"Ama buna izin vermem. Veremeyiz." diye söze girdi Burak, "Ya... Şu olay tam olarak nasıl oldu onu bile bilmiyoruz. Yani dans ederlerken birden vuruldu mu Zeynep?"

"Hastaneye gittiğimizde detaylarını soracağım."

Onur yolunu hastaneye çevirmişti, Burak ve Mert de. Üçünün de hastaneye ulaşmaları on beş dakikalarını aldı. Onur Mert'in arabasını bahçeye park ettiği sırada Mert ve Burak taksiden inmiş bahçeye giriyorlardı. Onur yüzünde donuk bir ifadeyle onlara doğru ilerledi. Arabasının anahtarını Mert'e uzattı. Mert anahtarı aldı ve başını kaldırdı.

"Kardeştik biz. Bizi bırakıp, arabayı alıp kaçacak noktaya mı geldin?" Onur derin bir nefes aldı.

"Sizi de peşimden sürükleyemezdim. Bunu biliyorsunuz."

"Bilmiyoruz." dedi Burak, "Bu zamana kadar birlikteydik, şimdi tek olamazsın. Sen değil miydin her seferinde 'Benimle misiniz?' diyen, biz hâlâ seninleyiz Onur. Ve bundan vazgeçmeyeceğiz." Onur etrafına bakındığı sırada Mert konuşmaya girdi.

"Şimdi anlat. O gece ne oldu?" Onur gözlerini onlara çevirdi, anlatmak istemiyordu ama anlatmak zorundaydı.

"Tamam... gelin." diye mırıldandı. Hastanenin arka bahçesine doğru ilerlediler. Üçünün de üzerinde darmadağın olmuş takım elbiseler vardı. Onur'un gömleğinin çeyreği kan içindeydi.

Mahvolmuş görünüyorlardı. Arka bahçeye ulaştıklarında Onur tenha bir köşeye geçip onlara döndü.

"Dans ediyorduk..." diye başladı.

"Zeynep'in eli cebime değdi... Cebimde bir şey olduğunu hissetti... Elini cebime soktu. Sonra bunu çıkardı." Onur cebinden buruşmuş kâğıt parçasını çıkarıp Mert'e uzattığında şok içinde kâğıdı aldılar.

"Not mu abi bu?"

"Yine mi o s*ktiğimin notları!"

"Okuyun..." Mert ve Burak kâğıdı iyice açtıklarında Burak sessizce okumaya başladı.

"En büyük zaferler,
Kaybettiğini sananlarındır.
En büyük savaşlar,
Bitmek üzereyken başlayanlardır.
Bir asker tanıdım,
Evine zaferle dönen.
Savaşın bittiğini sanan bir asker,
Oysa tam evinin kapısında,
Kalbinin tam altına giren bir kurşunla yere yığılan bir asker.
Savaşı evinin kapısında kaybeden bir asker.
Oysa bazı askerleri öldürmek için
Onu vurmak yetmez.
Bazı askerleri öldürmek için,
O silahı biraz yana çevirmek gerekir.
İşte bu ikinci perde prenses.
Sahne senin,
Hikâye senin,
Ve şimdi... Bir kurşun.
Birinizi vurmak için.
Ve bir kurşun,
hepinizi öldürmek için."

"Allah kahretmesin ya... Başa mı döndük? Benim anlamadığım şey şu, Ender'in hafıza kaybını, beyin darbesini bütün doktorlar onayladı. Aklım almıyor... Bu adamın ardında bıraktığı bir başkası olabilir mi? Bir sağ kolu filan..."

"Bilmiyorum," diye mırıldandı Onur, "Kimin neyi niye yaptığı umurumda da değil. Benim işim Ender'le. Hayatımı mahvetti, ama sizin hayatınızı mahvetmeye kalktığı an hayatı mahvolacak olan o olacak, ve..." dediğinde bir an öfkesine hakim olabilmek için durdu, "Ve Zeynep'e dokunmayacaktı abi... Ona dokunmayacaktı..." O an Onur Zorlu'nun gözlerinin dolduğuna şahit oldular. Mert ve Burak içlerinden büyük bir parça kopmuş gibi ona baktıkları sırada Onur ağlamamak için yukarı bakıyordu.

"Onur..."

"Yediremiyorum. O kızın bu hâlde olmasını yediremiyorum."

Onur yukarı bakmasına rağmen gözlerinden bir damla yaş aktı. "Kuş gibi yığıldı kaldı kucağıma. Ne yapacağımı bilemedim, bir anda gözleri kapandı... Kafayı yedim, delirdim. Düşünsenize... düşünsenize ya... Kucağıma yığılıp kaldı!"

"Yemin ederim şu an gidip o adamı ellerimle boğasım geldi." diye söze girdi Burak.

"Or*spu çocuğu!" Mert öfkeyle başını dikleştirirken Burak birden Onur'a sarıldı.

"Her şeyi düzelteceğiz kardeşim. Zeynep'i iyileştireceğiz, sen bizi bırakıp hiçbir yere gitmeyeceksin. Ve bir şekilde her şeyi yoluna koyacağız."

Onur böyle olacağına asla ama asla inanmıyordu. İçinde planı hazırdı, şimdilik sadece birkaç günlüğüne ertelemişti. O adam ne Onur'u ne sevdiklerini rahat bırakmayacaktı. Evet belki tek başınaydı, koskoca bir cephede tek başına savaşacaktı. Ama çaresi yoktu. Tüm ordusu ölen komutanlar ne yapardı, kaçıp evine mi dönerdi, cephede sonuna kadar savaşır mıydı? Hiçbir komutan tek başına savaşı kazanamazdı, Onur bunu biliyordu. Öleceğinin farkındaydı, kabul etmişti. Ve bunu seve seve karşılayacaktı...

Aradan günler geçti. Tam üç gün boyunca aynı kıyafetlerle aynı hastanede Zeynep'i beklediler. Onur Zeynep'in anne ve babasını rahatsız etmemek için üç gündür yukarıda birkaç dakikadan fazla kalmıyordu. Zeynep'in yüzüne bakacak halde değildi. Onun yüzüne bakacak yüzü yoktu... Kendisi yüzünden bu hâle gelmiş olması kendini suçlu hissettiriyordu. Zeynep ise yavaş yavaş kendine geliyordu. Odaya alınmıştı, hâlsiz olsa da birkaç kelimeyle cümlelere cevap veriyordu, zar zor da olsa ayağa kalkıyordu... Doktor üçüncü günün sonunda eve gidebileceğini, fakat her gün pansumana gelmek zorunda olduğunu söylediğinde Onur bu haberi Mert'ten aldı. Burada, hastanenin bahçesinde beklerken Zeynep'in güvende olduğunu biliyordu. Oysa şimdi eve dönecekti, evine girmesinin imkânı yoktu. Ve şimdiden içine büyük bir korku düşmüştü. Zeynep'i doya doya görmek istiyordu, onunla konuşmak istiyordu. Ama buna yüreği elvermiyordu...

"Al," Burak bahçedeki banklardan birinde oturan Onur'a bir poşet uzattı.

"Babam sana, bana, Mert'e kıyafet getirmiş. Bunları banyoda giyelim. Abi üç gündür bunlarlayız yemin ederim kokuyoruz ya. Ayrıca birazdan Zeynep'i göreceksin, üç gün içinde o da ilk kez seni görecek." Onur tedirgin bir ifadeyle başını kaldırdı.

"Beni görmesin... Ben onu uzaktan izlerim. Lütfen..."

"Onur, kıyafetlerini giy. Zeynep'i göreceksin, o da seni görecek. Kız seni sorup duruyor."

"Beni mi soruyor?"

"Üç gündür sadece ve sadece seni soruyor. Neden gelmediğini soruyor, nerede olduğunu soruyor, nasıl olduğunu soruyor. Hadi, çıkmak üzere. Şunları giy de seni böyle görmesin." Onur o an içinde büyük bir heyecan hissetti. Burak'a aynı şeyleri söyletmeyip kalkıp tuvalete doğru ilerledi. Burak ve Mert de yan yana tuvaletlerde giyinirlerken Onur üzerine Burak'ın beyaz tişörtünü, siyah gömleğini ve siyah pantolonunu geçirdi. Kanlı kıyafetleri poşetin içine koyup çöp kutusuna attı. Tuvaletten çıkıp ellerini, yüzünü, boynunu yıkadı.

"Vay kardeşim, Zeynep seni çok beğenecek." Burak tuvaletten çıkar çıkmaz Onur'u izlemeye başladığında Onur telaşlıydı.

"Hadi çıkalım... Kaçırmayalım. Abi ben Zeynep'i eve tek göndermek istemiyorum. Yani ailesi var evet... Ama güvende olmayacak."

"Ne yapacağız?" Onur başını kaldırdı, kararlı gözlerle Burak'a ve Mert'e baktı.

"Kapılarının önünde bekleyeceğiz, gece gündüz..."

"Kapılarının önünde mi bekleyeceğiz!" diye sordu Burak şaşkınlıkla.

"Evet. Hani her şeyde birlikteydik. Şimdi tekrar soruyorum, benimle misiniz?" Burak ve Mert birbirlerine baktılar, ikisi de tereddüt etmeksizin Onur'a döndü.

"Seninleyiz."

"Her zaman."

Onur kararlıydı. Zeynep iyi olana kadar, onu bırakıp gidip onları Ender'den kurtarana kadar gece gündüz Zeynep'in kapısının önünde bekleyecekti. Zeynep'ten uzak olmak nefes almasını bile engelleyecekti, bunu biliyordu.

"Hadi," dedi Mert, "Arabaya binecekler. Gidip bizim kızı görelim."

Birlikte tuvaletten çıktılar. Üçü aynı anda emin adımlarla bahçeye doğru ilerlediler ve tam o an o üzücü sahneyi gördüler... Zeynep bir tekerlekli sandalye üzerinde annesi ve babasının onu arabaya bindirmesini bekliyordu. Onur Zeynep'i pijamalar içinde bembeyaz olmuş yüzüyle iki büklüm tekerlekli sandalyede görünce içinde fırtınalar koptuğunu hissetti.

"Ben... içeri gideceğim... bakamayacağım..." Onur kapıdan dönerken Zeynep'in başı kapıya çevrildi. Onur'u gördüğü an dolmuş gözlerle ona baktı. Neredeydi bunca gündür, ne yapıyordu, neden gelmemişti! Zeynep Onur'a kızgındı, kızgındı evet. Ama onu öylesine çok seviyordu ki ona öfkeyle ağlayarak sarılmak istiyordu. Ona kızgındı ve teselliyi onun kollarında bulmak istiyordu. Zeynep'in gözlerinden bir damla yaş akarken Burak Onur'un kolunu tuttu.

"Abi gitme... Seni gördü... Sana bakıyor..." Onur başını kaldırdı. Korkakça Zeynep'e baktı. Onun o gözlerindeki hüznü gördüğünde kendini binlerce kez yanında duran duvara çarpmak istedi. Bu kız bu hale onun yüzünden gelmişti. Önce tereddüt etti... Bir adım attı, sonra durdu.

"Yürü Onur, yürü." Mert'in cümlesiyle adımını ikiledi, sonra üç... Zeynep ona dolmuş gözlerle bakarken Onur hızla yürüdü ve Zeynep'in önünde diz çöktü. Zeynep şaşkınlıkla ve öfkeyle Onur'a bakıyordu. Annesi ve babası arabanın içini Zeynep için düzenlerlerken dışarıyı görmüyorlardı bile. Onur Zeynep'e hayranlıkla ve içi acıyarak bakıyordu.

"Ağlama." diye mırıldandı, "Ağlama." Onur da kendini ağlamamak için çok zor tutuyordu... Zeynep burnunu çekti.

"Hep... yanımda... seni görmek istedim. Ama yoktun." Onur Zeynep'in gözlerinin en derinine baktı.

"Gelemezdim... Korkuyordum..."

Zeynep öfkeyle başını salladı. "Gelebilirdin Onur. Gelmedin."

"Zeynep... Seni bu hâle ben getirdim."

Zeynep zar zor konuşmaya çalıştı. "Beni... bu hâle... sen getirmedin... Ben senin elinde bir silah gördüğümü hatırlamıyorum."

"O tetiği ben çektim Zeynep. Her şey benim yüzümdendi."

"Öyleyse umurumda değil. Senin çektiğin tetik isterse kalbimi vursun. Umurumda değil. O tetiği sen çekmedin Onur. Senin hiçbir suçun yok. Ama sen beni bu hastane odasında yalnız bıraktın..." Onur ağlamamak için kendini o kadar kasıyordu ki yüzü kızarmıştı.

"Her gece geldim, sen uyurken seni kapıdan izledim."

Zeynep başını salladı, "Sağ ol..." diye mırıldandı. Onur'a kızgındı. Yanında olmasını istediği tek insan yanında değildi. Başını başka yöne çevirdiğinde Onur ona yalvaran gözlerle bakıyordu.

"Zeynep, araba hazır. Gel kızım." dedi babası tavırlı bir sesle. Onur istemeye istemeye ayağa kalktığında babası Zeynep'i kucağına aldı. Zeynep arabaya bindirilirken Onur arkasından öylece bakıyordu.

Zeynep'i arabaya bindirdiler, Onur'u geride öylece bıraktılar. Araba yola çıktı, Onur arkalarından bakakaldı... Hayatının sonuna yaklaştığını biliyordu, bunu hissediyordu. Omzuna bir el değdi, sonra diğer omzuna bir el daha... Burak ve Mert yanındaydı.

"Düzelecek kardeşim." dedi Mert.

"Düzelteceğiz." dedi Burak.

Oysa Onur biliyordu, düzelebilecek tek bir şey vardı. Onun da ne olduğu belliydi...

KARANTİNA

Benimle misin Onur Zorlu?

23. Bölüm

Son Yürüyüş

Ay benim, gece senin...

Günlerden ne olduğunu bilmiyorlardı, oysa mevsim kıştı. Her gün bir çiçek açar, bir çiçek solardı... Gökyüzü bir kararır, bir açılırdı. Hayatın tanımı bu değil miydi zaten? Hayatta siyah ve beyaz yan yana olamazdı. Yan yana olurlarsa karışır, gri olurlardı. Gündüz ve gece, bir arada kalamazlardı. Aşağısı ve yukarısı bir olamazdı. Başını kaldırdığında aşağıyı göremezdin, başını eğdiğinde yukarıyı. Bu dünyada bir arada olabilecek pek çok şey vardı. Ama bir arada olamayacak şeyler birbirlerine en çok yakışanlardı...

Onur Zorlu ve Zeynep Akay. Bir yere kadar beraber yürümüş iki insan. Yan yana olmaya çalışmış, ellerinden gelen her şeyi yapmış iki insan. Oysa biri buzdu, biri ateş. Yan yana oldukları an biri eriyecekti, ya da biri sönecek. Biri geceydi, biri gündüz. Biri aşağısı, biri yukarısı. Oluru olmayan bir yan yana olmaktı bu. Sonu görünmeyen, ne için kim için bu kadar imkânsız düştükleri bilinmeyen bir yan yanalık...

Onların hikâyesi yıllar önce başlamıştı aslında... Onların hikâyesi, doğdukları gün başlamıştı. Her şey o an belliydi, her şey o an netti... Biliyor musunuz, Onur doğduğunda hiç ağlamamıştı. Ölü doğdu sanmışlardı, sonra gözlerini açtığında annesinin huzur dolu çığlığı tüm hastaneyi doldurmuştu. Sanki gelecek için biriktiriyordu tüm hüznünü, annesini kaybedişi için, babası sandığı adamın onun hayatını mahvedişi için. Yaşayacağı tek aşkın âşık olduğu kıza zarar verişini izlemek için.

"Eee, sabaha kadar burada mıyız?" Burak oturduğu çimenliğin üzerinden başını kaldırıp sorduğunda Onur tam karşısında ayakta dikilmiş etrafı inceliyordu. Mert ise Burak'ın yanında oturmuş, duvara yaslanmış Onur'u izliyordu.

Saatlerdir Zeynep'in evinin bahçesindelerdi. Zeynep, annesi ve babası bu durumdan bihaberken Onur, Burak ve Mert saat gecenin 2'si olmasına rağmen bahçeden bir kez olsun ayrılmamışlardı.

"İstiyorsanız gidin." diye mırıldandı Onur, "Ben buradayım."

"Saçmalama abi, biz de buradayız. Ama daha mantıklı bir çözüm bulabiliriz." diyen Burak'a çatılı kaşlarla baktı Onur.

"Mesela polis koruması istemek gibi!" Onur başını hayır der gibi salladı.

"O adam bu şehirde hatta bu ülkede ve hatta bu dünyada yaşarken kendim ve sizin dışınızda kimseye güvenemem. Merak etmeyin, çok kalmayacağız... Ben sadece Zeynep'in biraz daha iyi olduğunu görene kadar buradayım. Sonrasında korkacak bir şeyiniz de olmayacak zaten."

Mert öfkeyle başını kaldırdı. "Seni bırakacağımızı sanıyorsun, değil mi? Öylece git diye bırakacağımızı sanıyorsun. Ölüme git diye..."

"Ve Zeynep'in senden sonra iyi olacağına inanıyorsun. Aynen abi, kız da bunu bekliyordu. Biz de bunu bekliyorduk. 'Oh be Ender'den kurtulduk, Onur da gitti ama olsun artık harika bir hayatımız olacak!' moduna filan gireceğimizi mi düşünüyorsun? Parti veririz hatta." Onur hüzünle başını kaldırıp Zeynep'in camına baktı.

"Hüzün geçer. Kalp acısı iyileşir. Yeter ki kalp atıyor olsun... Her şey bir şekilde atlatılır." Burak ve Mert öfkeden delireceklerdi.

"Sen var ya..." Mert araya girdiği sırada bahçeden gelen bir sesle üçü aynı anda korkuyla kapıya baktılar. O an şoka girdiler. Zeynep'in annesi elinde büyük bir tepsiyle onlara doğru geliyordu.

Yüzünde ağlamaktan şişmiş bir hal vardı. Burak hemen koşup kadının elinden tepsiyi aldığı sırada kadın sessizce konuşmaya başladı.

"Eşim size pek sıcak bakmıyor. Ben de bakmıyordum. Ama ben bir anneyim, kızım sizi bu kadar seviyorken size kötü davranmaya içim elvermez... Masada yiyebilirsiniz. Ben sabah gelir alırım."

"Çok teşekkür ederiz." dedi Mert minnetle, "Zeynep nasıl?"

"Zeynep iyi. Yatıyor, arada kalkıp biraz yürümeye çalışıyor... Merak etmeyin. Ama lütfen siz de burada beklemeyin. Hava soğuk, evlerinize gidin. Sizi içeri almak isterdim ama durumu biliyorsunuz... Ve lütfen sabah olduğunda babası sizi burada görmesin..." Onur Zeynep'in kalbini kimden aldığını şimdi görüyordu. "Eğer onu görmeden gitmek istemiyorsanız..." diye mırıldandı kadın düşünceli bir ifadeyle, "İki dakika sonra Zeynep'in camına bakın, tamam mı?" Üçü de şaşkınlıkla bakakaldıkları sırada kadın soğuktan koşuşturarak içeri girdi. Burak yemek tepsisini bank masasına taşırken Onur'un gözleri heyecanla Zeynep'in camına çevrildi. Önce odanın ışığı yandı... Burak ve Mert de Onur'a katıldıkları sırada bu soğuk kış gecesinde üçü birden bahçede durmuş umutla cama bakıyorlardı.

Sonra perde aralandı ve Zeynep göründü... Annesi tarafından kolundan tutulan Zeynep camın arkasından arkadaşlarına bakıyordu. Onları orada gördüğü sırada annesine döndü. "Yeni mi geldiler?"

"Hep oradalardı..." Zeynep'in dikişleri veya göğsü değil, içi acıyordu. Bunlar onun sevdiği insanlardı, bunlar onun arkadaşlarıydı, bu çocuk onun âşık olduğu insandı.

Burak cama doğru elini kaldırıp Zeynep'e gülerek el salladığı sırada Zeynep akan bir damla yaşını silerek elini kaldırdı, cama yasladı. Onur hayranlıkla Zeynep'ini izliyordu... Sonra göğsünün altına ufak bir acı hissetti Zeynep. Elini göğsünün altına koyup alt dudağını ısırdığı sırada aşağıda bekleyen Onur korkuyla cama doğru bir adım attı. Öylece kaldı... Annesi Zeynep'i ağrısı olmasın diye yatağına yatırıp perdeyi kapattığı sırada bu Onur'a yetmemişti. Onunla konuşmak istiyordu...

"Ben yukarı çıkacağım." dedi bir anda delirmiş gibi.

"Abi delirdin mi, babası seni öldürür." Onur çaresizce etrafına bakındı.

"Birazdan uyurlar..." diye mırıldandı, "Zeynep'in camından gireceğim. Onunla konuşmam lazım..."

Yaklaşık bir saat boyunca bahçede beklediler. Burak ve Mert duvara yaslanmış telefonlarından bir oyun oynuyorlardı. Onur ise elleri ceplerinde gözlerini Zeynep'in camından ayırmadan oraya bakıyordu. Sonra Zeynep'in ışığı kapandı ve tek tek tüm odaların... Onur telaşla ellerini cebinden çıkardı. Saat 3'ü geçmişti. Eve hızlıca bir göz attıktan sonra zikzaklı su borusuna doğru ilerledi.

"Onur?"

"Sessiz olun."

"Ciddi ciddi yukarı çıkacak." dedi Burak şaşkınlıkla, "Hadi abi, biz de!" Ayaklandılar. Onur su borusunun üstüne basıp elleriyle cama tutunduğu an kendini ellerinin gücüyle çekip camın mermerlerinin üstüne atladı. Burak ve Mert aşağıdan Onur'u izliyorlardı.

"Nasıl açacaksın camı şimdi abi!"

"Bilmiyorum!" dedi Onur öfkeyle, "Bunu hiç düşünmemiştim." Camı dikkatlice biraz ittirmeye çalıştı.

"Vallahi babası uyanacak şimdi, in aşağı!"

"Onur, o cam açılmaz! Çok cam açtık çocukluğumuzda, ama o cam açılmaz baksana!" Mert haklıydı. Camın açılabilecek bir tarafı yoktu. Onur öfkeyle sıkıntılı bir nefes verip mermerin üzerinde öylece etrafa bakındığı sırada birden perde hareketlendi. Onur korkuyla cama baktığı sırada Zeynep'i gördü. Elini karnına koymuş camı açıyordu. Onur şok içinde cama baktı.

"Gir..." diye fısıldadı Zeynep.

"Kim o abi babası mı geldi! Atla aşağı atla!" Burak ve Mert telaşla cama bakarlarken Onur onlara doğru döndü. O sırada Zeynep camda görününce sevinçle yukarı baktılar.

"Zeyno!"

Zeynep onlara gülümsediği sırada Onur camdan içeri girdi, o sırada Burak ve Mert de su borusuna tırmanmaya başladılar. O an,

Onur'un günlerdir beklediği andı... Zeynep'in karşısında duruyordu, kalbinin titrediğini hissediyordu. Karşısında zayıflamış, halsizleşmiş, yorgun bir Zeynep vardı. Başını kaldırıp Onur'a baktı. Sonra gözlerini kaçırıp ağır ağır yatağına ilerledi. Yatağına yattığı sırada Onur yutkunup ağır ağır Zeynep'in peşinden ilerledi. Konuşacaklardı... Baş başa konuşacaklardı... Ama şimdi değil.

Onur Zeynep'in yatağının yanındaki koltuğa geçip endişeyle ona bakarken Zeynep'in gözleri camdaydı. Odaya önce oldukça gürültülü bir şekilde Burak girdi. Burak sevinçle Zeynep'e doğru kollarını açtı.

"Oh be!" Zeynep gülümserken Burak'la dikkatlice kucaklaştıkları sırada odaya Mert girdi. Girer girmez camı kapatıp Zeynep'e döndü.

"Zeynep, sonunda!" Mert de Zeynep'e sarıldığında Zeynep kendini daha iyi hissediyordu. Tamamlanmış gibi... Oysa eksik kalan ufak bir yanı vardı, o da Onur'la arasındaki bu mesafeydi.

"Kızım İbrahim Tatlıses bile malum kazayı bu kadar çabuk atlatmadı, çelik yelek mi giyiyordun baloda? Hemen bir güzelleşmişsin, serpilmişsin..." Zeynep sessizce gülerken göğsünün altında hissettiği acıyla fısıltıyla inledi. Üçü de aynı anda korkuyla kalkıp Zeynep'e yöneldiler.

"Zeynep!" dedi Onur korkuyla.

"İyiyim... iyiyim... Güldürmeyin."

"Güldürmeyeceksek ben bu gece susuyorum. Siz konuşun." Burak yerine geri otururken Zeynep acı içinde Burak'a bir kez daha güldü. Onur tereddütle başını kaldırdı o sırada.

"Zaten... Zeynep'i görün diye sizi de yanımda getirdim. Ama sizden bir şey istiyorum. Bizi biraz yalnız bırakır mısınız?" Zeynep şaşkınlıkla Onur'a baktı, günlerdir yanında olmayan Onur Zeynep'le yalnız kalmak mı istiyordu?

"Tamam abi, zaten kız yorgun. Hadi Burak. Bir kez daha sarıl, inelim."

Mert ayağa kalkıp Zeynep'e doğru eğildi, Zeynep'in yanağını öpüp gözlerine baktı. "İyi olacaksın, tamam mı?"

Zeynep başını salladı, "İyiyim!" dedi. Mert Zeynep'e gülümseyip cama doğru ilerlerken Burak Zeynep'e sıkı sıkı sarıldı.

"Dur, yavaş!" dedi Zeynep gülerek, "Öleceğim!" Burak korkuyla kendini geri çekti.

"Ben bir ayıyım." diye mırıldandı, Zeynep acı içinde gülerken Onur, Burak'a baktı.

"Lütfen daha fazla espri yapmadan git de Zeynep hastanelik olmasın."

Burak gülerek Zeynep'e son kez baktı. "Yarın iyileşiyorsun, birlikte sinemaya gidiyoruz. Tamam mı?"

Zeynep gülerek başını salladı. "Tabii. Koşuya ve yüzmeye de gidelim, çünkü üç gün önce vurulmadım!"

Burak gülerek cama ilerledi. Mert ve Burak odadan çıkar çıkmaz Onur kalkıp camı kapattı. Perdeyi de çekti ve Zeynep'e doğru döndü. "Eee, sonunda benimle konuşacaksın." dedi Zeynep halsizce. Onur birkaç saniye boyunca Zeynep'in yüzüne baktı. Sonra yavaş yavaş ilerledi, ayakkabılarını çıkarıp Zeynep'in yatağına girdi, Zeynep şaşkınlıkla Onur'a bakıyordu. Onur yorganın altına girip tereddütsüzce Zeynep'i kolunun altına aldı ve göğsüne yatırdı. Zeynep bir anda gözlerinin dolduğunu hissetti. "İşte..." diye mırıldandı, "Tüm ihtiyacım olan buydu..."

"Biliyorum." dedi Onur, "Ama yapamazdım. Yüzüne bakacak halim yoktu."

"Lütfen bir aptal gibi konuşmayı kes Onur. Hiçbir suçun olmadığını biliyorsun!"

"Suçum seni hayatımda tutmamdı, suçum seni sevmemdi, suçum sana âşık olmamdı Zeynep. O adama inanmamdı. O adama senin hayatını kendi hayatımdan üstün tuttuğum göstermemdi. Bunlar benim suçumdu."

"Hiçbiri senin suçun değildi. Senin hayatına seve seve girdim, bu kurşunu seve seve yedim. Eğer bunlar başıma senin yüzünden geldiyse bunlarla gurur duyuyorum. Ölmeye de razıyım Onur."

Onur tahammülsüzce başını kaldırdı. "Ben senin tek bir noktana bile zarar gelmesine razı değilim Zeynep. Ve buna asla izin vermeyeceğim."

Zeynep nefesinin sıkıştığını hissedip susması için elini kaldırdı. "Lütfen... bunları konuşmayalım..."

Sonra sustular. Birkaç dakika boyunca ikisi de birbirleriyle içlerinden tartışmaya devam etti. İçlerinde kaosu yaşıyorlardı. Oysa tek ihtiyaçları olan birbirleriydi... Onur yanağını Zeynep'in saçlarına yasladı. Gözlerini kapattı, Zeynep de ondan farksızdı. İkisi de gözlerini kapatıp öylece dakikalarca sustular.

"Bana sorduğun sorular vardı... Bilmek istediğin şeyler..." diye mırıldandı Onur. Oysa Zeynep yavaş yavaş uykuya dalar gibiydi.

"Hepsinin cevabını vereyim. Sana aşığım Zeynep. Bunu bilmek istiyordun. Sana kör kütük âşığım. Ve sen benim sevgilimsin. Ne olursa olsun, şunu bil ki sen benim sevgilimsin. Seninle arkadaş değiliz, sen benim arkadaşım değilsin. Sen benim sevgilimsin."

Zeynep ağır ağır gözlerini kapattı. Onur bunu görüyordu, ama konuşmaya devam ediyordu. "Kollarım arasına yığıldığın an benim için hayatımın cehennemiydi. O an yeryüzünde ikinci kez cehennemi yaşadım. Eğer... eğer bir gün... uyandığında hayatından çıkmışsam... başıma ne geldiyse kalbimde sen varken geldi... Sen asla kalbimden çıkmayacaksın..." Sonra Zeynep'i kollarıyla iyice sardı. Gözlerini kapattı, başını Zeynep'in başına iyice yasladı.

Öylece belki bir belki iki saat birlikte yattılar. Zeynep o kadar huzursuz uyuyordu ki Onur içten içe bunun da acısını çekiyordu. Kâbuslar görüyor gibi sayıklıyordu, kıpırdanıyordu, Onur onu sardıkça sakinleşiyordu... Sonra bir ara Zeynep korkuyla yerinden sıçradı. Onur şok içinde gözlerini açtığı sırada yanında nefes nefese bir Zeynep buldu.

"Zeynep!" dedi korkuyla, "İyi misin!"

Zeynep başını salladı. "Kâbus gördüm..." Zeynep ter içinde başını Onur'a tekrar yasladığında Onur eliyle Zeynep'in alnındaki teri sildi. Zeynep beklediğinden kötü haldeydi... Bu kâbuslar, bu kıpırdanışlar, bu nefes nefese kalmalar Onur'a suçlu olduğunu katbekat hissettiriyordu. O adamdan hesap sormak zorundaydı. Bunu hemen, şimdi yapmak zorundaydı. Arkadaşlarını, âşık olduğu kızı belki bir daha göremeyecekti. Ama yanlarında olup bu halde olmaları cehennemden beterdi.

"Sana kimse zarar veremeyecek sevgilim..." diye fısıldadı uyuyan Zeynep'inin yanağına bir öpücük kondururken, "Korkma..."

Zeynep'i yavaş yavaş yatağına yatırdı. Sonra yataktan kalktı. Aklında son bir şey vardı... Gitmeden önce yapılacak son bir şey... Gözleri odanın içini hızla taradı. Çekmeceleri açtı, dolapları açtı, çalışma masasını inceledi... Sonra bir yapıştırıcı buldu ve bir sürü kâğıt... Kâğıtları küçük parçalar halinde kopardı, bir sürü parçası oldu. Sonra Zeynep'in tam karşı duvarına yapıştırıcı sürdükçe kâğıtları yapıştırmaya başladı. Küçük kâğıt parçalarıyla bir şey yazıyordu... Ona bir final notu yazıyordu... Gidişini anlamlı kılacak, hep hatırlanacak bir not. Son bir cümleyle silinip gitmek istiyordu bu güzel kızın hayatından.

Kâğıt parçalarından yapıştıra yapıştıra yaptığı harflerle yazısını tamamladı... Sonra duvara son kez baktı, derin bir nefes aldı. Zeynep'e doğru döndü, ağır ağır başına doğru ilerledi. Elini Zeynep'in yanağına koydu, ateşi vardı. Ve Onur bu ateşi söndürmeye gidiyordu. Zeynep'ini son kez dudaklarından öptü, kokusunu son kez içine çekti... Ayrılmak zor olsa da başından kalktı ve camdan aşağı baktı. Burak ve Mert bahçedeki banklarda uyuyakalmışlardı. Camı sessizce açtı, dışarı çıktı. İçeri hava girmesin diye tülü camın arasına sıkıştırdı ve camı arkadan çekti.

Onur Zorlu, su borularından indi... Arkadaşlarına son kez baktı. Zeynep'in evine son kez baktı. Derin bir iç çekip hafifçe gülümsedi. Sona geldiğini biliyordu, hissediyordu... Arkasını döndü, ellerini cebine attı. Ve yürümeye başladı, asker adımlarıyla...

"Ben hep asker olmak istemiştim..." diye düşündü içinden. Adımları sebepsiz yere sertti, sağlamdı. Zeynep'in hayran kaldığı bu adımlar, son kez atıyordu bu sokakta. Bu evin önünden son kez geçiyordu, bu sokakta son kez yürüyordu. Yavaştı, sakindi, Onur Zorlu son yürüyüşünü yapıyordu... Etrafına bakıyor, son kez gördüğü binaları, ağaçları, karanlık gökyüzünü izliyordu.

"Benimle misin Onur Zorlu?" diye düşündü içinden, hüzünle gülümsedi. Tek başınaydı. Yolun bundan sonrasında bir başınaydı artık...

Zeynep gecenin bir vakti uyanıp kaşlarını çatmış bir şekilde önce gözleriyle Onur'u aradı odasında. Sonra Onur'un olmadığını anladığında korkuyla doğruldu, o sırada gözü duvardaki kâğıt parçalarıyla oluşturulmuş harflere, kelimelere kaydı... Şok içinde duvara baktı.

"Ay benim, gece senin." Sonra beyninin içinde o gün canlandı, edebiyat yarışmasındaki Onur'un konuşması...

"Ben geceyi ikiye bölerim hep, insanlar cama balkona çıktıklarında izleyecekleri iki seçenek vardır. Ya geceyi yani karanlığı izleyeceklerdir ya da ayı yani aydınlığı izleyeceklerdir. Gece denen şey ikiye ayrılır. Biri gecedir, evet. Ama diğeri aydır. Biri karanlıktır. Biri aydınlık. Bu yüzden madem âşık olmuşum, ben geceyi ikimize paylaştırmayı isterdim. Karanlığı sevmeyen birine âşık olabileceğimi sanmıyorum. Karanlık aydınlıktan çok daha güzel. Sırf o karanlığı sevsin diye aydınlığı almaya razı olurdum. Duvarına bir ay resmi çizerim, sonra aklıma gelen ilk şarkı sözünü yazardım, 'ay benim... gece senin...' Sonra ışıkları kapatır çıkardım."

Zeynep şok içinde korkuyla yataktan kalkıp cama çıktı. Acısına aldırış etmeden aşağı baktı, Burak ve Mert'i uyurken gördüğünde kalbi yerinden çıkmak üzereydi. Onur yoktu!

"Onur yok!" diye fısıldadı dehşet içinde, "Onur yok!"

Onur Zorlu, sevgilisine geceyi hediye etmişti... Ve hatta ayı da bırakmıştı. Şimdi buz gibi yollarda, darmadağın, umudu kalmamış ama sonunun geldiğini bilen her insan gibi biraz rahatlamış yürüyordu. Karanlığın içindeydi ve gökyüzünde ay bile yoktu. Gece bile aydınlatmazken yolunu, içten içe artık karanlıktan başka hiçbir şeyi olmadığını biliyordu...

Bunlar son adımlarıydı, bunlar geçtiği son yollardı ve belki de... bunlar aldığı son nefeslerdi.

"Bu da benim vedam." diye düşündü içinden, *"Sokaklara, göklere, yerlere..."*

Burası neresi bilmiyorum.
Ama seni çok seviyorum.

24. Bölüm

Onur

Her şey durdu, sesler, görüntüler, hisler, korkular, her şey...

Sokakları geçti, caddeleri, yolları, ağaçları... Bulutları ardında bıraktı Onur. Ve çok daha önemlisi, Onur o gece o yollarda soyadını ardında bıraktı. O artık Onur Zorlu değildi. Bir soyadı yoktu. O artık sadece Onur'du... Kimsesi yoktu, tek başınaydı, bir soyadı bile kalmamıştı. Gökyüzüne baktı, son kez derin bir nefes aldı.

"Sona geldik dünya? Değil mi?" diye düşündü...

Ender'in evine yaklaşmıştı. Bahçesine girmek üzereydi. Hayatında hiç bu kadar korkusuz hiç bu kadar acımasız hissetmiyordu. Bir insanı, ancak öleceğini kabul etmek bu kadar korkusuzlaştırırdı. Bir insanı, ancak sevdiği insanın canının yandığını görmek bu kadar acımasızlaştırırdı. Bir insanı, ancak hayat bu hale getirirdi...

Onur ağır adımlarla evin bahçesinden içeri girdi. Bahçeye bakıp gülmeye başladı, sinirleri öyle bozulmuştu ki buradaki anılarını hatırlıyordu. Biricik babasıyla baş başa yediği bahçe yemeklerini, sohbetlerini... Delirmiş gibi gülüyordu. Bu, krizin başlangıcıydı...

Bahçedeki masa takımının sandalyesini eliyle yavaşça devirdi, sonra masaya bir tekme savurdu. Sonra Ender'in hamağını yerinden söküp sakince yere fırlattı. Yavaş yavaş merdivenlerden çıktı, anahtarını çıkarıp kapıyı açtı. Ev kapkaranlıktı, ışıkları teker teker açtı.

"Baba," diye seslendi, "Ben geldim. Oğlun."

Halden içeri doğru ilerledi. Elindeki anahtarı yere bıraktı, evet, yere bıraktı. Çünkü artık ona ihtiyacı olmayacaktı. Mutfağa gitti, kendine bir bardak su aldı. Son kez suyunu içti, bardağı yere bıraktı. Bardak kırılırken tepki bile vermeden buzdolabını açtı. Buzdolabından bir tabak İtalyan kaşarı çıkardı, en sevdiğinden... Bir dilimini ısırıp tabağı yere bıraktı.

"Baba, beni beklemiyor muydun?"

Salona doğru yürüdü, komodinde duran fotoğraflarına baktı tek tek. Annesinin, kendisinin ve pek sevgili babasının fotoğraflarına. Ne kadar mutlulardı... Sonra fotoğrafları tek tek yavaşça yere attı. Fotoğraflar yerde parçalanırken üstlerine basıp geçerek merdivenlere yöneldi. Merdivenleri çıktı, üst katın ışıklarını açtı, direkt olarak Ender'in odasının kapısında buldu kendini.

"Güzel fikir, ses çıkarmamak." Kapıyı açmaya çalıştı, kapının kilitli olduğunu görünce sinirle bir kahkaha attı.

"Ender..." diye mırıldandı, "Sonu gelen tek insan ben değilim. Sanırım sen de bunu anladın."

Geriye doğru çekildi, kapıyı omzuyla itti, kapı açılmadı. Onur derin bir nefes aldı. İçeride olduğunu biliyordu. Hem kendi sonunun, hem onun sonunun içeride olduğunu biliyordu. Kapıya bir tekme savurduğunda kapı anında açıldı. Oysa gördüğü görüntü Onur'u anlık bir şoka sokmuştu.

Ender yoktu...

Onur dakikalarca evin her yerini aradı. Tuvaletleri, dolapları, kütüphaneyi... Ender gitmişti. Sonra acı bir şey hissetti kalbinde.

"Acaba bu kadar mıydı?" diye düşündü bir anlığına, "Acaba intikamını aldı mı, her şey bitti mi?"

Birkaç saniyeliğine umutlandığını hissetti. Umutlanmamalıydı, her şeyin bitişine hazırdı, geri dönüş yoktu. Aynı şeyleri bir kez daha yaşayamazdı. Ama yine de içindeki o ses susmuyordu işte.

"Bitti mi... bitirdi mi intikam oyununu... artık beni rahat bırakacak mı?"

Odasına girdi, yatağına baktı, mantar panosuna... Burak'la, Mert'le fotoğraflarına baktı tek tek. Sonra gözüne masadaki bir zarf çarptı. O an anladı. Umutlanmak hataydı, bu zarfın içinde onun ölüm fermanı vardı. Ender Zorlu oyunu bitirmemişti. Zarfı delirmiş gibi gülerek eline aldı. İçini açtı, sonuna o kadar hazırdı ki korkmuyordu bile. İçinden çıkan kâğıdı açtı, okumaya başladı.

"Bitti sandın... değil mi? Dayan Onur, son bir adım kaldı. Uçurumdan aşağı..."

Kâğıdı katladı, masaya koydu. O an kendine acıdığını hissetti. Az önce bir anlığına bile olsa umutlanmıştı, nasıl bu kadar saf olabilirdi? Umutlanmasına nasıl izin verebilirdi?

"Uçurumdan aşağı..." diye fısıldadı kendi kendine. Sonu böyle olacaktı... Sonra yatağa döndü, yatağın üstündeki zarfı gördü. Tereddütsüzce ilerledi, zarfı aldı.

"Sen gideceksin bu dünyadan, sevdiklerin kalacak. Ne güzel bir haber, değil mi? Şimdi bu zarfı bırak, aşağı in. Bahçeden çık, gördüğün arabaya bin. Ve Onur... hoşça kal."

Onur korku bile hissetmiyordu. Ayağa kalktı, odasına son kez baktı. Neden yaptığını bilmeden mantar panosundaki Burak ve Mert'le olan resmini aldı, cebine koydu. Sonra masasına döndü, masasının çekmecesini açtı. Çekmecede bir saç tokası buldu, Zeynep'in saç tokası. İlk tanıştıklarında koridorda yürürlerken Zeynep'in saçından kayıp düşen, Onur'un alıp sakladığı toka... Tokayı alıp cebine koydu. Odasına son kez baktı. Nedense dudağının titrediğini hissetti bir an. Sonra başını sallayıp kendine gelmeye çalıştı. Korkmayacaktı. Korkmayacaktı!

Odasından çıktı, merdivenleri hızla indi. Artık bitsin istiyordu. Ne kadar çabuk onun için o kadar iyiydi. Çünkü zaman uzadıkça titrediğini hissediyordu. Zaman uzadıkça Burak, Mert ve Zeynep aklına geliyordu. Bu iyi değildi.

Aşağı indi, bahçeden hızla çıktı. Kapıda onu bekleyen bir araba gördüğünde hava hâlâ karanlıktı... Arabanın ön koltuğunda biri oturuyordu. Siyah saçlı, beyaz sakallı, kötü ruhlu olduğu her hâlinden belli bir adam.

"Atla." diye mırıldandı. Onur başını salladı, arabanın arka koltuğuna geçip oturdu. Adam arabayı çalıştırdı. Yol boyunca bir kez olsun konuşmadılar. Onur ellerinin titrediğini hissediyordu...

"Siktiğimin elleri..." diye düşündü bir an.

Titrememelilerdi. Korkmamalıydı. Korkmayacaktı, bunu anlayamıyordu! Neden böyle olduğunu anlayamıyordu! Gözlerini cama çevirdi, bir sürü sokaktan geçtiler, caddeye çıktılar. Onur'un aklında tek bir şey vardı, Zeynep duvardaki yazıyı görmüş müydü? Burak ve Mert uyanmışlar mıydı, ne hâldelerdi? Telefonunu sessizce aldığı için onlarla bağı tamamen kopmuştu.

"Keşke son kez sarılsaydım..." diye düşündü öfkeyle, "Keşke son kez öpseydim..." O an gözlerinin dolduğunu hissetti.

"Hayır, hayır," dedi içinden, "Yapma Onur. Korkmuyorsun, korkmuyorsun. Olması gereken bu. Onların hayatını kurtarmak için kendinden vazgeçmek zorundasın."

Ama işte, bunu kalbine anlatamıyordu. Onlardan ayrı kalacağını, onların hayatında olmayacağını, onların hayatlarına Onur'suz devam edeceklerini kendine kabullendiremiyordu. Acaba Zeynep bir başkasıyla olur muydu? Belki yıllar sonra bir başkasına sarılır mıydı? Bu düşünceleri aklından çıkarmaya çalıştı. Hiçbir şey düşünmeyecekti, hem de hiçbir şey...

Yaklaşık kırk beş dakika sonra araba bir uçurum kenarında durdu. Onur başını camdan dışarı çevirip denize baktı, demek ölümü tam bu denizin içinde olacaktı. Hep nasıl öleceğini düşünmüştü, demek böyle olacaktı...

"İn." dedi adam sertçe.

Onur sesini bile çıkarmadan indi. Adam Onur'u önüne katıp uçuruma doğru ilerledikçe Onur Zeynep'i düşünüyordu. Her adım atışında Zeynep'in bir sözü, bir hareketi geliyordu gözlerinin önüne. Şimdi başkasına mı öyle bakacaktı? Başkasına mı öyle gülecekti? Bir an durdu, içinde çok büyük bir arkasındaki adama tekme atıp her şeyi bırakıp Zeynep'i alıp buralardan gitme isteği vardı. Sonra az önce okuduğu mektupları hatırladı. Şu an burada canını feda etmezse Zeynep bir daha öyle gülemeyecekti, bakamayacaktı...

"Yürü." dedi adam, "Zorluk çıkarma."

Onur birkaç adım daha attı, kendini uçurumun kenarında buldu. Korkuyla denize baktı. İlk defa korku hissediyordu. Uçurum öylesine yüksekti ki yüksekten mi yoksa düşmekten mi korkuyordu bilmiyordu...

"Diz çök." diye mırıldandı adam.

Onur alt dudağını ısırdı. Sanırım bunu yediremeyecekti. Sonra Zeynep'i düşündü. O yaşamalıydı, o yaşamalıydı, o yaşamalıydı. Öfkeden dolmuş gözleriyle burnunu çekti, sonra yere diz çöktü.

Onur, bir uçurumun kenarında, yere diz çöküyordu...

Başına bir silah dayandığını hissetti. O an beyninin uyuştuğunu hissetti. Uyuşukluk birkaç saniye sonra geçtiğinde olayı idrak etti, başından vurulacaktı. Başından.

"Ben Erdem." dedi başındaki adam, Onur kaşlarını çattı. Cevap verecek hâlde değildi. Adam devam etti. "Ender'in kardeşiyim." Onur derin bir nefes aldı. Artık ölümü kesindi. Çünkü ona bu haksızlığı ya Ender yapabilirdi ya kardeşi.

"Bunu yapmak istediğimden değil... Zorunda olduğumdan yapıyorum." dedi adam sanki umursuyormuş gibi. Onur cevap bile vermiyordu.

"Senin küçüklüğünü bilirim, beni hatırlamazsın. Yıllardır yurtdışındaydım. Abim bana senin fotoğraflarını gönderip dururdu, oğlum derdi başka bir şey demezdi. Sonra bir gün fotoğraflar göndermeyi bıraktı. Aylarca göndermedi, sonra annenin ölüm haberini aldım. Türkiye'ye geldim, bana her şeyi anlattı. Annenin onu aldattığını... senin başkasının çocuğu olduğunu... Ona seni bir yurda vermemiz gerektiğini söyledim. Oysa... Ender'in psikolojisi iyi değildi. Kafayı yemişti, kendine zarar verecekti. Sana da zarar verecekti. Ender küçüklüğümüzden beri psikolojik sorunlar yaşayan bir çocuktu. Abi demiyorum, çünkü aramızda bir yaş var."

Onur öfkeyle sordu. "Bunları bana neden anlatıyorsun, vur gitsin."

"Bilmek hakkın... Küçüklüğümüzden beri defalarca ruh hastalıkları hastanesine yattı, çıktı... Ne şanssız ki anneni buldu. Bir şekilde yıllarca geçindiler. Sonra bu gerçeği öğrendi ve o gün yıllar sonra ilk kez bir atak geçirdi. Bu atak anneni canından etti işte..." Onur tahammül edemiyordu. Gözleri denizdeydi ve bunları duymak yerine o denize kavuşmayı tercih ederdi.

"Bunları duymak istemiyorum."

"Sana yaşattıklarını bilmiyordum... Vurulduğunu öğrendiğimde her şeyden haberim oldu. Bana her şeyi o anlattı, bütün test sonuçlarını bana değiştirtti."

Onur öfkeyle bağırdı. "Orospu çocuğu abin de sen de umurumda değilsiniz! Öldür beni!"

Erdem başını bir sağa bir sola salladı. "Zaten öldüreceğim." diye mırıldandı. "Abimin kafası sadece bu ihanetin ürünü olan sen yok olduğunda düzelecek. Sen yok olmadan hiçbir şey düzelmeyecek. Senin bu dünyada bir yerlerde yaşıyor olman onu her gün içten içe kemirecek. Her ne kadar istemesem de, Ender için her şeyi yaparım. Çünkü o benim için her şeyi yaptı." Onur tahammülsüzce başını dikleştirdi.

"Bir gün..." diye mırıldandı Onur. "Bu silah var ya... senin başına dayanacak. Sonra abinin. Bir gün siz de yaşadığınız o bok çukurunda kimin hayatını mahvediyorsanız onlardan biri tarafından öldürüleceksiniz, öleceksiniz. Kimse sizin bozuk psikolojinizin kurbanı olmak zorunda değil. Ben kendimi feda edeceğim, ama ben kaybetmeyeceğim. Bu savaşı asıl siz kaybedeceksiniz." Onur böyle konuştukça Erdem'in içi rahatlıyordu. Onu öldüreceği için duyduğu üzüntü azalıyordu. Ve hatta hak ettiğini düşünüyordu.

"Böyle konuştuğuna göre ölme vaktin gelmiş." diye mırıldandı.

Onur başını salladı. "Öldür beni orospu çocuğu." Erdem öfkeli bir nefes aldı. Silahı Onur'un kafasına iyice bastırdı. Onur tam o an öleceğini idrak etti, yutkundu. Gözlerini yumdu, oysa Erdem'in içi tam olarak rahat etmiyordu.

"Kafamda bir düşünce vardı... Ölmeden önce sana bir iyilik yapmak istiyordum..." diye mırıldandı. Onur gözlerini açtığında gözleri denizin dalgalarıyla buluştu.

"Son kez sevdiğin insanları arayabilirsin. Son cümlelerini söyleyebilirsin." dedi Erdem. Onur her şeye rağmen o an içinde bir umut daha hissetti. Onların sesini duyabilir miydi, son kez de olsa onları duyabilir miydi? Sesini bile çıkarmadı.

"Telefonun nerede?" diye sordu Erdem. Onur sesini çıkarmıyordu. Onları araması doğru muydu? Belki de habersizce çekip gitmesi gerekiyordu hayatlarından.

Erdem eğilip elini Onur'un sol cebine soktu ve tek seferde buldu telefonunu. "Burak, Mert ve büyük aşkın Zeynep... değil mi?"

Onur isimlerini duyduğu anda titrediğini hissetti. Gururluydu, ama ölürken gurur kimin umurundaydı. Gururunu ayaklar altına aldı ve başını salladı. "Evet..." dedi titreyen sesiyle.

"Zeynep'i arıyorum..." Erdem telefonu Onur'un kulağına tuttuğunda Onur kalbinin hızlandığını hissetti. Birazdan Zeynep'in sesini duyacaktı, Zeynep'inin sesini!

"Alo! Onur, neredesin! Delirdik, neredesin hemen söyle! Lütfen iyi olduğunu söyle!" Onur'un sol gözünden akan yaş dudaklarına ulaştığında tir tir titriyordu.

"İki dakikan var." diye mırıldandı Erdem. Onur burnunu çekti.

"Zeynep..." dedi titreyen sesiyle. "Benimle evlenir misin?"

"Ne!? Onur, neredesin Allah aşkına söyle! Bak ben iyi değilim, ne olur gel! Neredesin ne evliliği!"

"Zeynep..."

"Onur, çok kötüyüm! Yalvarıyorum nerede olduğunu söyle!"

"Seni ilk gördüğüm andan beri bu sorunun cevabını merak ediyorum. Lütfen cevap ver, benimle evlenir misin?" Ağlıyordu, mahvolmuştu.

"Onur, ne evliliği? Lütfen, lütfen söyle, neredesin, ağlıyor musun!"

"Cevap ver." dedi Onur titreyen sesiyle.

Zeynep o an durumun farkına vardı, Onur'a bunun cevabını vermek zorundaydı. Çünkü Onur her neredeyse her kimleyse iyi değildi ve bunun cevabını istiyordu. Yatağına oturdu, gözlerinden akan yaşlarla başını salladı. "Evet..." dedi titreyen sesiyle, Onur mutlulukla gökyüzüne baktı, belki bir başka hayatta birlikte olacaklardı... Belki bir daha gelecekti dünyaya...

"Şimdi lütfen söyle, neredesin?" Zeynep korkudan ölecekti. Elini kalbine götürdü.

"Son saniyelerin." diye mırıldandı Erdem. Onur burnunu çekti ve son cümlesini söyledi.

"Burası neresi bilmiyorum. Ama seni çok seviyorum. Hoşça kal Zeynep."

"Onur!"

Erdem telefonu Onur'un kulağından aldığında Onur'u vurmasına gerek kalmamıştı. Onur zaten artık bir ölüydü...

"Burak'ı arıyorum. İki dakikan var." Erdem telefonu Onur'un kulağına dayadığında Onur sakinleşmeye çalışıyordu.

"Alo! Onur, Allah'ıma şükürler olsun!"

"Burak..."

"Neredesin? Seni arıyoruz, Ender'in evine geldik kimse yok her yer kırıp dökülmüş. Sen neredesin?"

"Burak... Hani FIFA'da hile yaptığımı iddia ediyordun ya."

"Abi ne hilesi deli misin iyi misin sen!"

"Hile yapıyordum..." dedi Onur hâlsizce.

"Onur, sen iyi misin! Saatlerdir seni arıyoruz, her yere baktık! Allah aşkına, içtin mi sen!"

"Sen benden daha iyi FIFA oynuyorsun... Yıllardır bunu kabullenemedim..."

"FIFA'yı sikeyim neredesin delirdin mi!"

"Benden daha iyi CS Go oynuyorsun... Benden daha iyi Rocket League oynuyorsun..."

"Mert, bu çocuk kafayı yemiş! İçmiş mi bilmiyorum FIFA filan diyor, delireceğim! Onur, sen iyi misin lütfen söyle?"

"O hayal ettiğin şey var ya... Hani bir tek bana anlattığın... Yap onu Burak."

"Onur..." Burak o an yürüdükleri yolun ortasında durdu, Mert'i durdurdu, kaşlarını çattı. Bir gariplik olduğunu anlamıştı. Onur'un veda konuşması yaptığını anlamıştı.

"Seni çok seviyorum kardeşim!" diye fısıldadı Onur, "Zeynep'i sakın bırakmayın."

"Onur!"

Erdem telefonu kapatırken Onur daha fazla dayanacak hâlde değildi. Ama Mert'le de konuşmalıydı. Onun sesini duymadan her şeye veda etmek istemiyordu.

"Mert'i arıyorum..." dedi Erdem, telefonu Onur'un kulağına dayadı. Bu Onur'un hayatında yapacağı son telefon konuşmasıydı.

Telefon çaldı...

Bir kez daha çaldı...

Ve bir kez daha...

"Onur! Abi bak biliyorum, biliyoruz, kötü bir durumdasın! Biri seni tehdit mi ediyor ne oluyor bir şekilde bana gizlice yerini söyle!"

Onur gülümsedi. Her zamanki Mert'ti bu. Olayı çözmeye çalışıyordu. Oysa çözülecek olay kalmamıştı... Bu sefer Mert'in hiçbir yükü olmayacaktı.

"Star Wars'u sevmiyorum Mert." dedi Onur titreyen sesiyle, "Sana yıllardır yalan söylüyorum."

"Abi yapma, yapma! Veda konuşması yapma! Bir şekilde yerini söyle!"

"Ben Harry Potter seviyorum, sana bunun içinde de yalan söyledim."

"Ender mi yanında ya da bir başkası mı!"

"Bana verdiğin Yüzükler'in Efendisi DVD'sini düşürüp kırdım, sana da bana DVD vermedin diye yalan söyledim..."

Mert çaresizce yolun ortasında durdu. Olmayacaktı, bu sefer başaramayacaklardı. Onur'u kurtaramayacaklardı. Artık onların gücünün yeteceği bir durum yoktu ortada. Artık onlar bile Onur'u kurtaramazdı...

"Abi..." dedi Mert titreyen sesiyle, "Bu sefer seni biz bile kurtaramayız, değil mi?"

Onur bilgece gülümsedi.

"Kurtaramazsınız."

"Onur... Şimdi bitemez..."

"Bitiyor Mert." Hem Onur, hem Mert ağlıyordu. Mert'in tek istediği Onur'un yanına ışınlanabilmekti, çünkü artık gerçekten sona geldiklerini biliyordu. Onur burnunu çekti ve konuşmaya başladı.

"Zeynep'i bırakmayacaksınız..."

"Abi yapma... yalvarırım pes etme... her neredeysen ne oluyorsa kendi kendini kurtar! Bir şey yap!" Mert Onur'a yalvarıyordu, hayatta kalabilmesi için ona yalvarıyordu!

"Zeynep hep sizinle olacak. Onu yalnız bırakmayacaksınız, onun iyi olduğuna emin olacaksınız. Zeynep benim size tek emanetim. Tamam mı? Söz verin."

"Onur, kardeşim, bir şey yap!"

"Söz ver Mert. Son saniyelerim..."

"Onur!"

"Söz ver..."

Mert gözyaşlarının arasında öfkeyle bağırarak kaldırımın duvarına geçirdiği yumruğuyla bağırdı. "Söz, söz!" Onur başını salladı.

"Hoşça kalın. Sizi seviyorum." Telefon kapandı, sesler sustu, oysa çığlıklar aynı yerlerden yükseliyordu.

Mert ve Burak dağılmışlardı. Zeynep ise merdivenlerden aşağı iki büklüm inerken anne ve babasına dışarı çıkmasına izin vermeleri için ağlayarak yalvarıyordu.

"Anne lütfen!" diyordu, "Çekil, gitmem lazım! Onur'u kurtarmam lazım!"

"Yavrum, dikişlerin kanıyor! Hastaneye gideceğiz!"

"Gitmeyeceğim! Onur'a gideceğim!" Zeynep acı içinde kendini merdivenlerin zemininde bulduğunda dikişleri umurunda değildi, canından can gidiyordu, ruhundan ruh gidiyordu. İçinden Allah'a yalvarıyordu, Onur bir şekilde kurtulmak zorundaydı!

Mahalleler ötede Burak ve Mert hayatlarının en büyük darbesini yemiş arabaya atlamış arayabildikleri herkesi arayıp son hızda nereye gittiklerini bilmeden ilerliyorlardı.

"Eğer ona bir şey olursa o Ender'i bulur anasından doğduğuna pişman ederim!"

"Olmayacak, olmayacak!" Mert babasıyla konuşurken Burak deli gibi art arda Onur'un telefonunu arıyordu. Erdem telefon ekranına bakarak acı içinde gülümsedi.

"Arkadaşların senden vazgeçecek gibi değil." diye mırıldandı, "Sanırım bizi zor günler bekliyor."

"Onları rahat bırakacaksınız. İstediğiniz bendim, alıyorsunuz."

"O zaman bizimle uğraşmamaları için dua etmen gerekecek. Gittiğin yerde bol bol dua et." O an Onur'un içinde büyük bir farkındalık uyandı. Kaşlarını çattı, şok içinde başını kaldırdı, ama başındaki silah yüzünden hiçbir şey yapamıyordu.

"Onları..." dedi şok içinde, "Rahat bırakmayacaksınız değil mi!"

"Zeynep'in de ses tonu fazlasıyla güzelmiş. O gece onu o elbiseyle gördüğümde gözlerime de çok hoş gelmişti!" Onur şok üzerine şok yaşıyordu. Delirmek üzereydi! Oyuna gelmişti! Onları bırakmayacaklardı!

"Zeynep'i sen vurdun!" dedi şok içinde. "Zor vurdum. O güzelliğe bunu yapmak benim için çok zor oldu... Neyse ki telafi edeceğim."

"Orospu çocuğu ona dokunmayacaksın!" Onur öfkeyle ayağa kalkmaya çalıştığından Erdem telaşla tetiği çekti. Onur'u omzundan tutup sertçe yere oturttuğunda Onur öfkeden delirmiş gibi önüne dönmeye çalışıyordu!

"Hazır mısın Onur? Ölüyorsun." Onur bir anlığına kıpırdanmayı kesti! Gözlerini sıkıca kapattı, o an ölümün ona geldiğini hissediyordu.

Her şey durdu, sesler, görüntüler, hisler, korkular, her şey.

Aklındaki her şeyi unuttu ve yıllar sonra ilk kez kendine odaklandı Onur. Karnının ağrısına odaklandı, kolunun uyuşukluğuna odaklandı, başındaki sızıya odaklandı, kalbindeki acıya, hayal kırıklıklarına, hayatının sona ermek üzere oluşuna. Öfkesi bütün bedenini sarmıştı, ama ilk defa bu kadar çaresiz hissediyordu. İlk defa bu kadar kimsesiz hissediyordu, ilk defa bu kadar tek başına hissediyordu. Bir annesi yoktu, bir babası yoktu, bir soyadı yoktu, kimsesi yoktu. Tek istediği buradan kurtulup sevdiklerini korumaktı. Tek istediği buydu. Oysa sona geldiğini biliyordu. Ve öyle de oldu. Gözlerini iyice sıktı ve işte, artık ölüme gidiyordu.

O ses duyuldu. O silah sesi. Sonra bir "Ah!"

Bir nefes kesildi bir anlığına, ilk damla kan yere düştü.

* * *

Onur sıkıca kapattığı gözlerini şok içinde açtığında hâlâ dizlerinin üzerindeydi. Başındaki silahı hissedemeyince şok içinde korkuyla arkasına döndü. Gördüğü manzara karşısında dili tutulmuştu. Az önce kendisine silah doğrultan o adam, karnından vurulmuş kanlar içinde yerde yatıyor kıvranıyor ve bağırıyordu!

Sonra başını kaldırdı Onur, Erdem'i vuran adama baktı. Kumral saçlı, boylu poslu, uzun bir kaşe mont giymiş bu kızgın adama. Adam elinde tuttuğu silahı Erdem'e öfkeyle doğrultuyordu, kimdi bu adam!?

"Lütfen vurma beni!" diye bağırdı Erdem acı içinde, "Kimsin sen!?" Adamın yüzünde öyle bir nefret öyle bir öfke vardı ki bu uçurumu bakışlarıyla yıkmak üzereydi.

Başını sertçe salladı. "Ben Rıza Boysan." dedi tane tane ve bastıra bastıra. "Az önce öldürmeye çalıştığın bu çocuğun babasıyım." Onur şok içinde başını kaldırıp adama baktığında adam acımasızca yerde yatan Erdem'i kafasına sıktığı tek kurşunla öldürdü. Sonra bir kurşun daha sıktı, sonra bir kurşun daha, bir tane daha!

Sonra Rıza'nın ela gözleri, Onur'un ela gözlerine kaydı.

"Gözlerini benden almış..." diye düşündü içinden.

"Gidelim." diye mırıldandı.

Bu Rıza Boysan'dı. Yılların komutanı, Onur'un asker adımlarını aldığı adam. Onur'un babası, annesinin âşık olduğu adam. Ve şimdi, Rıza Boysan, oğlunu almaya gelmişti... Öyle de yapacaktı.

KARANTİNA

Duraklama dönemi
sona ermişti.
Savaş yeni başlıyordu.

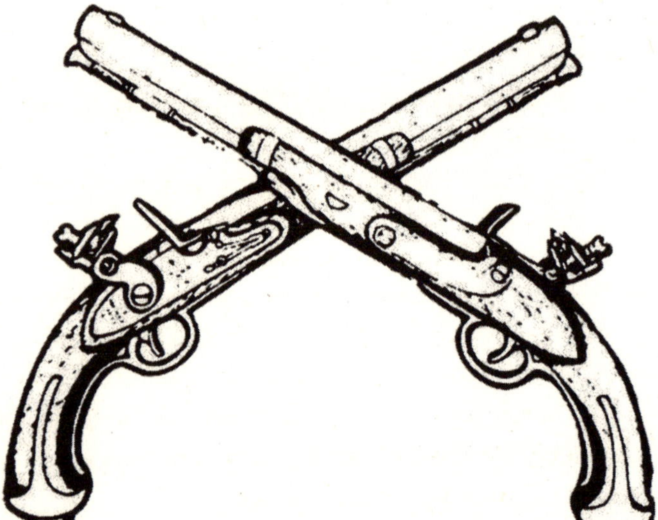

FİNAL

25. Bölüm

Mahşerin Beş Atlısı

Onur Zorlu şoktaydı. Öylece dizlerinin üstünde kalmış karşısındaki adamı izliyordu. Aklı adamın kendisine ne kadar benzediğine inanamazken kalbi acı içinde atıyordu. Tüm bu yaşananlar, tüm bu olanlar, tüm bu duydukları neyin nesiydi? Bu adam onun babası mıydı? Bu adam annesinin sevgilisi miydi? Bu adam, tüm bu olanların sebebi miydi? Başına gelen her şeyin...

"Sen..." diye fısıldadı şok içinde, "Kimsin?" Adam başını kaldırdı, oğluna gururla baktı.

"Kim olduğumu duydun." dedi, "Şimdi gidelim. O adamın kardeşini tek başına böyle bir göreve yolladığına inanmıyorum. İzleniyoruz. Birilerini yollamadan buradan gidelim." Adam öldürdüğü Erdem Zorlu'nun bedenini yavaş yavaş acımasızca ayağıyla iterek uçurumdan aşağı bıraktığında Onur babası olan bu adama baktı. Acımasızlığına, duygusuzluğuna, babalıktan uzak oluşuna...

"Kimsin bilmiyorum, seninle hiçbir yere gelecek de değilim."

"Kim olduğumu duydun," dedi Rıza bir kez daha sertçe.

"Ben Rıza." Onur öfkeyle ayağa kalktı.

"Bu mu, bu kadar mısın sen! Anlatsana annemin sevgilisi olduğunu, anlatsana benim gizli babam olduğunu, anlatsana tüm bunların senin yüzünden başıma geldiğini!" Rıza bunu bekliyordu. İşte bu yüzden Onur'a bir adım bile yaklaşamamıştı dakikalardır. Onur'un gözlerine dikkatlice baktı.

"Senden haberim yoktu." diye mırıldandı.

Onur öfkeyle güldü. "Ha, annem rüyana girip filan mı anlattı, şimdi nasıl haberin oldu?"

"Sana her şeyi anlatacağım... Ama buradan gitmek zorundayız. Lütfen beni seni zorlamak zorunda bırakma. Ölmek istemediğini düşünüyorum. Burada kalmaya devam edersen öleceksin." Onur ayağa kalktı, pantolonunu temizledi. Öfkeden delirecekti, bir adam bir anda çıkıp gelmiş ve ben senin babanım demişti. Annesinin babası sandığı adamı aldattığı adam... Tüm bunları kabullenip bu adamın arabasına mı binecekti şimdi?

"Beni zorlamak zorunda kalmak mı... Beni kimse hiçbir şeye zorlayamaz."

Rıza gözlerini devirdi. "Ben arabama gidiyorum. Ölmeye niyetim yok. Gelirsen gelirsin. Eğer annenle ilgili gerçekleri öğrenmek istiyorsun, gerçekleri bir de benim ağzımdan duymak istiyorsan, sevdiklerini korumamı istiyorsan gelirsin." Rıza ellerini birbirine vurarak temizledikten sonra uçurumun kenarına park ettiği arabasına doğru ilerledi. Uzun paltosu bacaklarına vururken arkadan tam bir mafya babası gibi görünüyordu.

Onur Rıza'nın arkasından uzun uzun baktı. O an Rıza'nın asker adımlarıyla yürüdüğünü fark etti. Sert, yavaş, kendinden emin... Aynı kendisi gibi. Gerçekler ne olabilirdi? Annesinin gerçekleri ne olabilirdi! Her şey apaçık ortadaydı işte. Değil miydi? Yoksa değil miydi? Peki ya sevdikleri... Bu adam onların tehlikede olduğunu nereden biliyordu? Ve bu adam kimdi ki onları koruyabilecekti?

Neden bilmiyordu ama Onur şu an bu adamın peşinden gitmek, o arabaya binmek istiyordu. Artık biriyle konuşmak, her şeyi öğrenmek istiyordu. Ve her şeyden öte... sanırım artık yalnız olmaktan yorulmuştu, güçsüz olmaktan yorulmuştu, bu adamdan nefret edecek olsa da arkasında bir güç istiyordu. Biri gelsin, sevdiklerini korusun istiyordu. Biri gelsin, onu kurtarsın istiyordu... Belki bu hâle gelmesinin sebebi bu adamdı, ama her şeyi düzeltmek zorunda olan yine bu adam olmalıydı.

Onur, yürümeye başladı. Asker adımlarıyla Rıza'nın arabasına doğru ilerledi, Rıza'nın yan kapısını açıp arabaya bindi. Rıza hiçbir şey demeden dimdik başıyla arabayı çalıştırdı, yola çıktı. İkisi de öyle gururlu öyle inatçıydı ki başları dimdikti. Uçurum boyunca arabayla ilerlediler sessizce. Sonra Rıza Boysan konuşmaya başladı.

"Ben Rıza." dedi tekrar. "Hayatımın yarısından fazlası askerlik yaparak geçti. Rütbelerimi saymaya kalksam konuşma uzayacak, bir gün anlatırım. Duygusuzluğu öğrendim, sertliği öğrendim, acımasızlığı öğrendim."

Öyle bir konuşuyordu ki sanki kelimeleriyle tek tek birilerini vuruyordu. "Askere ilk on altı yaşında gittim. Başlarda gitmek istememiştim... Sonra dönmek istemedim. O sırada bizim mahallede bir kız vardı, kızıl saçlı..." Onur o an annesinden bahsedildiğini anladı.

"Hayatımda görüp görebileceğim en güzel kızdı. Uzun, zarif, duru, doğal, sessiz sakin... Bütün gün kapısının önünde kitap okurdu. Hem de İngilizce romanlar... Bir gün yanına gittim, sordum..."

* * *

"Sen nasıl okuyorsun bu kitapları?" Zuhal başını kaldırdı, karşısındaki mahallenin delikanlısı Rıza'ya baktı. Rıza upuzun boylu, yapılı, ela gözlü, kumral saçlı yakışıklı bir çocuktu. Zuhal utandığını hissederek gülümsedi.

"Okuyorum işte..." diye mırıldandı sessizce. Rıza karşısındaki kızın bu utangaçlığına gülümsedi. Çok hoşuna gitmişti.

"İngilizcen var mı senin? Nereden biliyorsun?"

"Biliyorum..."

"Nasıl öğrendin?"

"Kendim..." Zuhal utancından konuşamıyordu.

"Sen hep böyle az mı konuşursun?" Rıza Zuhal'e hayranlıkla bakıyordu. Hayatında ilk defa bu kadar sakin bir insan görüyordu. Huzur dolduğunu hissetti bir an.

"Evet... genelde..."

"Benimle çok konuşacaksın. Yaz bunu bir kenara."

Bu cümle, her şeyi değiştiren, Zuhal'in kalbine Rıza'yı bir anda yerleştiren cümleydi. O an Zuhal hayatında ilk defa kalbinde bir kıvılcım hissetmişti. Ve bunu hisseden tek insan o değildi. Rıza da aynen böyle hissediyordu. Aralarına bir yıldırım düşmüştü sanki.

* * *

"Annen hep utangaçtı, hep... Yıllarca gezdik tozduk, konuştuk. Ben askerliğim boyunca izinlerimin hiçbirinde annenin yanından ayrılmadım. Çünkü onda farklı bir şeyler vardı. Apayrı bir şeyler... Yıllar geçti, annen İstanbul Üniversite'sinde Edebiyat bölümünü kazandı. Tabii bizim mahalle alışık değil mektepli kıza. Herkes ayıplıyor... Her gün gidiyorum okulun kapısında anneni gözetliyorum filan... Tabii kavgalar üstüne kavgalar yaşıyoruz..."

* * *

"Geldim, ders yeni bitti!" Zuhal üniversitenin kapısından çıkıp Rıza'ya doğru heyecanla yürürken Rıza Zuhal'e kaşlarını çatarak baktı, elindeki sigarasını yere attı.

"O kimdi?" dedi öfkeyle.

"Kim?"

"Yolun ortasında selamlaştığın o şerefsiz." Zuhal şaşkınlıkla Rıza'ya baktı.

"Arkadaşım, sınıf arkadaşım... Ne şerefsizi?"

"Bir daha kimseyle selamlaşmayacaksın, bir daha kimseyle görüşmeyeceksin!"

* * *

"Dayanamıyordum. Annen okulda her gün bir sürü erkekle görüşüyordu. Arkadaşlarıymış. Düşündüm durdum gecelerce. Ya onu biri elimden alırsa diye kafayı yedim. Anneme gidip ben bu kızla evleneceğim dedim. Sonra çok daha kötü bir şey oldu, annem istemedi anneni. Oturdu konuştu benimle. Oğlum bu kız mektepli dedi, adı çıktı dedi... Başımıza bela alırız gel sana köyden temiz bir kız bulalım dedi. Nasıl sinirlendim, bağırdım çağırdım. Ama sonra toparlayamadık işte. Zuhal'i eve getirdim, annemle tanışsın diye. Yani senin babaannenle... Annem bağırdı çağırdı, kovdu anneni evden. O gece bizim kopuşumuz oldu."

* * *

"İstemiyorum Rıza..." dedi Zuhal gözyaşlarının arasından.

"Zuhal! Sana yalvarıyorum yapma, annemi ezer geçerim, ayaklarımın altına alırım yine de senden vazgeçmem!"

"Böyle bir evlilik yapamam. Annen beni istemiyor, ben böyle mutlu olamam... Seni ailenden ayıramam..." Rıza öfkeyle dolduğunu hissetti. Bir an için Zuhal'in beyninin yıkandığına inandı.

"Okuldaki o orospu arkadaşların dolduruyor değil mi beynini böyle!" Zuhal o an şok içinde Rıza'ya baktı. Duyduklarına inanamıyordu.

"Orospu mu! Onlar benim arkadaşlarım Rıza, nasıl böyle konuşursun sen!" Zuhal birden öfkeyle gitmeye kalkınca Rıza Zuhal'i kolundan tuttu.

"Özür dilerim!" dedi, "Öyle demek istemedim." Ama Zuhal netti...

"Bırak. Her şey bitti!"

* * *

"Öyle dedi işte... Her şey bitmiş. Kaldıramadım bunu. Kapısında yattım, okulunda yattım. Ama o bitiş o bitişti... Bir daha istemedi beni annen. Aylarca ağladım, aylarca yalvardım. Ama öyle bir inat etmişti ki istemedi beni. Sonra duydum ki evlenmiş... Kendimi o dönem askerliğe adadım işte. Rütbem yükseldi, yükseldi, yükseldi... Parmakla gösterilen bir asker oldum. Yıllarca evime, mahalleye dönmedim. Ama anneni bir an olsun unutmadım. Hayatıma kimseyi alamadım... Sonra bir gün mahalleye döndüm, anneannen de orada oturuyordu hâlâ. Bir baktım annen anneannenden çıkıyor...

Önce görmezden geleyim dedim. Sonra bir an şok oldum. Annenin yüzünde morluklar vardı, kolunda kızarıklıklar. İçimin acıdığını hissettim. Tutamadım kendimi, yanına gittim, ardından yürüdüm. Kolunu tuttum... Annen korkuyla sıçrayınca o an anladım. Şiddet görüyordu... Baban sandığın o adamdan."

* * *

"Rıza..." Zuhal yıllar sonra sevdiği adamı karşısında görmenin şokuyla ve karşısına böyle çıkmanın üzüntüsüyle utanıyordu. Gözlerinin dolduğunu hissetti.

"Ne oldu sana?" dedi Rıza öfkeyle. Zuhal cevap vermek yerine ağlamaya başladı.

"Ne oldu! Ben sana kıyamazken ne oldu sana! Cevap ver, o adam mı yapıyor bunları sana!?" Zuhal arkasını döndü, koşarak ilerlemeye başladı. Rıza arkasından gidemeyecek kadar şoktaydı. Âşık olduğu kadını bu hâlde görmek onu öfkeyle doldurmuştu. Sakinleşmeye çalışıyordu, sakin olmaya çalışıyordu. Ama bu mümkün değildi.

* * *

"Annen kaçtı gitti. Ama ben anneni bırakmadım. Hele o adamı... O siktiğimin Ender'ini... Ender üniversitede hocaydı, annenden büyüktü. Annen de hocalığa hazırlanıyordu. Bir gün gittim üniversitenin kapısına. Akşama kadar bekledim. Baktım o orospu çocuğu Ender geliyor, takip ettim. Bir ara sokağa girdiğinde tuttum arkasından boynunu. Hiçbir şey demeden öyle bir benzettim ki kadına vurmak ne demekmiş gördü... Sonraları her gün annenin peşinde koştum, yalvardım, konuşmaya çalıştım. Başlarda beni istemedi, beni itti. Ama o kadar mutsuzdu ki bir güç arıyordu... İşte o aralar... anneme kalmaya gidiyorum diye çıkmış, birlikte Şirince'ye gittik. Birkaç gün kaldık. Ona evlenme teklifi ettim. Kocasından boşanacağını söyledi, her şey harikaydı... Sonra döndük, ben boşanma haberini beklerken bir buçuk ay kadar geçti. Bir gün geldi bana... Ben boşanmayacağım dedi. Ender'le aramızı düzelttik dedi..."

* * *

"Düzelttiniz mi?"

"Düzelttik..." Zuhal'in sesi titriyordu, Rıza öfkeden delirirken Zuhal ağlamamak için kendini zor tutuyordu.

"Nasıl düzelttiniz, artık seni haftanın her günü değil de üç gün mü dövecek!"

"Lütfen Rıza... kendi hayatına bak. Yaşadıklarımız hataydı. Ben kocamı seviyorum." Rıza duyduklarına inanamıyordu. Zuhal'i kolundan tuttu.

"Benle yaşadıkların neydi! Neden yaptın bunu bana!"

"Bırak beni... Kendi hayatına bak. Lütfen... Doğru olan bu..." Zuhal'in sözleri zırvalamaktan başka hiçbir şey değildi. Tir tir titriyor, zırvalıyordu...

* * *

"Sonra ben yurtdışında askerlik yapmak istediğimi kuruma bildirdim. Beni Afganistan'a yolladılar. Yıllarca orada kaldım. Bir ara gaza geldim, annene mektup yazdım. O da bana bir cevap yazdı... Annenle mektuplaşmaya başladık. En son annen bana bir itirafı olduğunu yazdı. İtirafı yazmadı. Ben merakla itirafını beklediğimi yazdıktan sonra mektuplar kesildi. Bir daha mektup gelmemeye başladı. Yıllarca mektup gelmedi. Sonra Türkiye'ye döndüm, baktım Zuhal'den iz yok. Annesinin evine gittim, kuzenine sordum. Bana dedi ki, Zuhal öldü..." Rıza durdu ve sıkıntılı bir nefes aldı. Devam etmesi çok zor olacaktı.

"Kendime gelemedim, aylarca hatta yıllarca... Şoktaydım. Afganistan'a geri döndüm. Aklımdan her şeyi çıkardım. Sonra aylar önce bir posta aldım... İçinde bir sürü zarf. Açtım zarfları. Yıllar öncenin, annenle mektuplaştığımız zamanların tarihleri. Şoka girdim, annen bana yetmiş beş tane mektup yazmıştı. Bana hiç ulaşmayan mektuplar. Bunları bana kim yolladı bilmiyorum, araştırıyorum. Sonra oturdum o mektupları okudum tek tek. Bir çocuğumuz olmuş, adını Onur koymuş. Bir keresinde ona çocuğum olursa adını Onur koyacağımı söylemiştim... Gözleri elaymış. Bana benziyormuş... Bana beni beklediğini yazmış, annen beni yıllarca umutla beklemiş... Ama benden cevap alamamış. Çünkü mektuplar bana hiç gelmedi... Bir tanesinde bir gerçeği anlatmış. Bu Ender şerefsizi psikopatın teki. Anneni benden ayrılırsan tüm aileni öldürürüm diye tehdit etmiş. O yüzden ayrılmamış. Anladığım kadarıyla senin onun oğlu olmadığını öğrendi. Sonra anneni... anneni..." Ölüm kelimesini kullanamıyordu. Onur acı içinde başını kaldırdı.

"Annemi öldürdü." dedi sertçe.

"Ben araştırmaya başladım. Birçok asker ve polis arkadaşım vardı. Tek tek seni araştırdım, okulunu, Ender'le yaşadığını... Seni takip ettirdim. Arkadaşlarını gördüm. Fotoğraflarınızı çektirdim. Başına gelen her şeyi öğrendim. Karantina olayını, cinayetleri, kanında çıkan ilacın yaptığı unutkanlık etkisini. İfadelerini okudum, arkadaşlarının ifadelerini de okudum. Ben bunları araştırırken sen Gürcistan'daydın, bunu da biliyordum. Her şeyin plan olduğunu anladım. O Ender psikopatı annenin intikamını senden alacaktı. Dönmeni bekledim... Tehlikede olana kadar hayatına adım atacak cesaretim yoktu. Sonra bir ara hayatın düzeldi, ayrı eve çıktın, mutluydun... Ama bir b*kluk çıkacağını biliyordum. O balo gecesi saat on ikiyi geçkin telefonum çaldı... Polis bir arkadaşım aradı, abi dedi senin oğlanın sevdiği kız vurulmuş, hastanedeler. Aha dedim o an, intikam devam ediyor. O an hayatına girmemin vaktinin geldiğini anladım. O hastanede günlerce seninle bekledim. Bahçede tam yanındaki bankta oturdum. Sizi gözetledim... Zeynep'in evinin sokağından geçip durdum. Ender'in evine giderken seni takip ettim. O arabaya bindiğinde peşinizdeydim. Uçurumda sizi uzaktan izliyordum. Ve o an zamanı gelmişti..."

Onur duydukları karşısında şoktaydı. Ne annesinin ne bu adamın hiçbir suçu yoktu... Ortada derin bir aşk hikâyesi vardı, ortada birbirine âşık iki insan ve bir psikopat vardı.

"Peki şimdi ne olacak?" diye sordu Onur, "Kardeşi öldü. Ender artık durmayacak."

Rıza nefretle başını dikleştirdi. "Ender öyle bir duracak ki... Onu doğduğuna pişman edeceğim." Sonra Onur'a baktı, öfkeyle ekledi, "Edeceğiz..."

Onur o an içinde bir boşluğun dolduğunu hissetti. Yalnızlık hissinin uçup gittiğini hissetti. Evet, bu adamı sevemezdi, bu adama baba diyemezdi. Ama en azından bu adam gelmişti, onu kurtarmıştı ve kurtaracaktı.

"Peki Zeynep, Burak, Mert?"

"Bir süre göremezsin, görüşemezsin. Haberleşemezsin. Ama onları kimse zarar veremeyecek. Seninle biraz uzaklara gideceğiz. Sonra da Ender'e bu dünyayı dar edeceğiz."

Onur başını camdan dışarı çevirdi.

Bu, başından beri Onur Zorlu'nun hikâyesiydi.

Önce soyadını kaybetti bu yolda. Onur oldu. Sonra ruhunu kaybetti, tek başına kaldı...

Ama bir anda birken iki oldu.

Ve artık bu hikâye, yapayalnız bir adamın hikâyesi değil.

Bu, Rıza ve Onur'un hikâyesi.

Birbirlerinden ayırılan, mutlu bir hayat yaşayabilecekken kaderlerinin yönü değiştirilen, aynı yolda gidecekken aralarına bariyer sokulan bir baba ve oğlunun hikâyesiydi. Duraklama dönemi sona ermişti. Savaş yeni başlıyordu. Ve bu sefer, iki tarafın da komutanı rütbeliydi...

Mahşerin dört atlısı, artık beş kişiydi.

Şimdi...

Hâlâ bizimle misiniz?

KARANTİNA

Sevgilim...
Buradasın biliyorum,
ama neredesin?

Veda Özel

Buradasın Biliyorum...

Ama neredesin?

(6 Ay Sonra)

"Ne zamandır bu halde?"

"Yaklaşık altı aydır."

"O olaydan sonra hiç mi konuşmadı?"

"Konuşuyor... Ama o çocuktan başka hiçbir şeyden bahsetmiyor... Tek düşündüğü o çocuk, okula gitmiyor, dışarı çıkmıyor, odasından adımını bile atmıyor. Tek konuştuğu o çocuk, tek bahsettiği o."

"Peki... Yanlış anlamayın ama... bu çocuğun öldüğüne emin miyiz?" Annesine psikolog tarafından yöneltilen bu sorunun tek bir cevabı vardı, o da Zeynep'teydi.

"Ölmedi." dedi Zeynep nefret dolu bir sesle. Psikolog, Zeynep'in ilk kez konuşmasına memnun olurken bakışları danışanının annesine döndü.

"Sizi dışarı alabilir miyim?" Annesi başını sallayıp endişeyle odadan ayrılırken psikolog Fırat, bakışlarını Zeynep'e çevirdi. Zeynep bitik bir haldeydi. Üzerindeki kırmızı kazak ona öyle büyük gelmişti ki kazağın içinde küçücük kalmıştı, yaşadığı son altı ayın etkisiyle yaklaşık on kilo vermiş, renksizleşmiş, zayıf düşmüştü. Psikolog Zeynep'in kıpkırmızı gözlerine odaklandı. Ağlamıyordu, sanırım artık acıdan kuruyan gözleri ağlama miladını çoktan doldurmuştu. Psikolog temkinli bir şekilde konuşmaya başladığında Zeynep duvarı izliyordu.

"Ne bekliyorsun?" diye mırıldandı psikolog. Zeynep boş boş duvara bakmaya devam etti.

"Onu mu bekliyorsun? Onur'u?" Bu, Zeynep'in aylar sonra Onur'un adını birinin ağzından ilk kez duyuşuydu. Annesi ve babası Onur'dan "o çocuk" diye bahsediyorlardı. Burak ve Mert de aylardır asla Onur'un adını ağızlarına alabilecek bir halde olamamışlardı. Zeynep Onur'un adını tam şu an altı ay sonra ilk kez birinin ağzından duymanın şokuyla kalbinin hızlandığını hissetti.

"Evet... Onu bekliyorum... O ölmedi. Gelecek." dedi Zeynep titreyen sesiyle.

"Öyledir, sana inanıyorum Zeynep. Peki ama sana bunu düşündürten ne?" Zeynep iliklerine kadar üşüdüğünü hissetti o an.

"Yaşadığını biliyorum..." dedi kesik kesik, "Biliyorum..."

"Peki ama nasıl biliyorsun?" Zeynep gözlerinden akan birer damla yaşla burnunu çekti.

"Çünkü eğer o bu dünyadan silinip gitmiş olsaydı ben şu an nefes alıyor olmazdım. Nefes alamazdım." Psikolog Zeynep'in kendisine açılıyor olmasından heyecanlanarak duruşunu dikleştirdi, önündeki kağıda birkaç not aldıktan sonra Zeynep'e döndü.

"Ondan hiç haber aldın mı?" Zeynep gözlerini yerdeki halıya çevirdi. Soruya cevap vermedi. Bu soruya cevap vermek istemiyordu. Hayır demek istemiyordu. Ondan haber almadığını ondan haber alamadığını itiraf etmek istemiyordu. Kendini bir kez daha kapattı.

"Yani... bir telefon, bir mesaj, bir mektup, ya da bir yakınından bir haber aldın mı?" Zeynep duyduğu soru karşısında içine saplanan acının vücudunu uyuşturduğunu hissetti bir an. Zar zor yutkundu.

Onur ona hiçbir şekilde haber vermemişti. Hayatındaki herkes ama herkes altı aydır ona Onur'un öldüğünü anlatmaya çalışırken Zeynep onların hiçbirine inanmamıştı. Ama Onur ona bir kez olsun bir haber bile vermemişti. Zeynep koskoca altı ayını ona inanarak, onu bekleyerek, geceleri onun duvarına yazdığı o şarkı sözlerini izleyerek geçirmişti. Oysa Onur ona bir mesaj, bir mektup bile yollamamıştı, çıkıp da ben ölmedim dememişti. Çıkıp da ben yaşıyorum dememişti. Psikolog bu şekilde Zeynep'ten bir cevap alamayacağını anladı.

"Peki..." dedi, "Nasıl biri Onur?"

İşte bu, Zeynep'in cevap vereceği bir soruydu. Zeynep burnunu çekerek başını kaldırdı. Umutlu gözlerle psikoloğa baktı. Çünkü psikolog "Onur nasıl biriydi?" dememişti, "Onur nasıl biri?" demişti. Onur ölmüş gibi konuşmamıştı, yaşadığını biliyor gibi konuşmuştu.

"Onur..." diye mırıldandı Zeynep gözyaşlarını silerken. Derin bir nefes alıp devam etmeye çalıştı.

"Onur'un ela gözleri var..." O an Onur'un ela gözleri kafasının içinde canlanırken kalbinin yavaşladığını hissetti.

"Turuncu gibi sakalları... karamel saçları..." Gözlerinden akan yaşlar hızlanırken Zeynep ellerinin titremeye başladığını hissediyordu.

"Çok güzel bir kalbi var..." dedi titreyen sesiyle.

"Hayatımda gördüğüm en güzel kalbe sahip. O gün beni aradığında, son cümlelerini kurduğunu biliyordum... Bana..." dedi ve gözyaşlarından devam edemedi. Psikolog telaşla bir bardak su ve bir paket selpak uzatırken Zeynep sadece suyu aldı. Titreyen elleriyle birkaç yudum su içip suyu masaya bıraktı.

"Bana evlenme teklifi etti..." Psikolog şaşkınlıkla kaşlarını kaldırdı.

"Bunu veda konuşmasında mı yaptı?"

"Evet... Beni ilk tanıdığı andan beri bunu merak ettiğini söyledi..."

"Öyle mi? Sen ne dedin?"

"Evet dedim... Kabul ettim... Benimle vedalaştığını bile bile kabul ettim teklifini..."

"Ve telefonu kapattı mı?"

"Evet... Cevabımı öğrendi ve bir daha onunla hiç konuşmadım. Annesi o çok küçük yaşlardayken öldüğü için hep bir yanı eksik büyümüş. Sonra başına öyle şeyler geldi ki hep onu korumak istedim, hep önüne atlamak istedim, kimse ona kırıcı bir söz bile söylemesin istedim. O bana çocuk gibi geliyordu... Kızgın, üzgün, annesiz bir çocuk gibi... Onu hep korumak istedim..." Zeynep tir tir titrerken gözyaşları içinde son bir cümle kurdu.

"Ama koruyamadım..."

"Ona ne olduğunu, şu an nerede olabileceğini biliyor musun?"

"Bilmiyorum... Ama size yemin ederim, o yaşıyor..."

"Geceleri uykuların nasıl?"

"Kâbus görüyorum... Her gece..."

"Bir ilaç kullanıyor musun?"

"Evet. Bir sakinleştirici kullanıyorum. Ama pek işe yaramıyor gibi."

"Peki anladığım kadarıyla siz dört arkadaşmışsınız... Diğer ikisi nerede, ne halde?"

"Burak ve Mert..." dedi Zeynep. Birkaç saniye duraksadıktan sonra devam etti.

"Onlar sadece Onur'u arıyor. Şehirlerce gezdiler, geziyorlar..."

"Onlar nasıl toparlandı?"

"Onlar da mahvolmuş durumda. Ama benim kadar güçsüz değiller. Beni bu yüzden yanlarına almak istemediler. Her gün ağlıyorum, sabahları kusuyorum, geceleri sayıklayarak uyanıyorum... Burak ve Mert hep yanımdalar aslında. Beni yalnız bırakmıyorlar... Her gün mesajlaşıyoruz, konuşuyoruz... Ama güç bulamıyorum... Kendimde en ufak bir güç bulamıyorum... Bazen dışarı çıkmak istiyorum... Belki Onur'u bir şekilde bir yerde görürüm diye. Ama çıkamıyorum. Hiçbir yere gidemiyorum..."

"Peki Onur'un en son nerede görüldüğü biliniyor mu?" Zeynep o an başını kaldırdı, psikoloğun gözlerinin içine korkuyla baktı.

"Evet..." dedi titreyen sesiyle.

"Nerede?"

"Bir uçurumun kenarında." Psikolog şaşkınlık içerisinde Zeynep'e baktı. Sonra toparlanmak için yutkundu. Tam söze girecekken Zeynep konuşmaya başladı,

"Ama denizin hiçbir yerinde Onur'u bulamadılar... Hâlâ arıyorlar... Ama boşuna arıyorlar. Onur orada değil."

Psikolog yavaş yavaş Onur'un gerçekten öldüğünü düşünmeye başlamıştı. Zeynep'in hiçbir haber alamaması, Onur'un en son bir uçurumun kenarında görülmesi, hepsi bir yapbozun parçaları gibi birleşiyor ve sonuç bir ölüme çıkıyordu. Onur'un ölümüne...

"Zeynep, sana bir ev ödevi vereceğim. Senden iyice düşünüp Onur'la olan telefon görüşmeni bir kâğıda yazmanı ve haftaya bana getirmeni istiyorum. Tamam mı?" Zeynep halsizce başını salladı.

"Şimdilik seansımızın sonuna geldik. Haftaya bugün görüşelim." Zeynep ayağa kalktı.

"Tamam... görüşürüz..."

"Görüşürüz Zeynep, kendine iyi bak."

Zeynep psikoloğun odasından çıkarken bekleme odasında onu bekleyen annesi umutla ayağa kalktı. Zeynep'in ellerini tuttuğunda Zeynep annesinin yüzüne bile bakmıyordu.

"Ne oldu kızım? Daha iyi misin?"

"Gidelim..."

"Kızım... bir şey demeyecek misin? İyi geldi mi konuşmak?"

Zeynep annesinin önüne geçip hiçbir şey demeden danışmanlık merkezinin merdivenlerinden hızla inerken annesi endişeyle peşinden geliyordu. Zeynep annesinin arabasına yöneldiğinde annesi arabanın kapılarını açtı ve telaşla peşinden ilerledi.

"Kızım, anlatmayacak mısın?"

"Şimdi konuşmak istemiyorum..."

Birlikte arabaya bindiler. Yola çıktıklarında Zeynep gözlerini camdan dışarı çevirmiş, sessizce sokakları izliyordu. Annesi de konuşmaya cesaret edemiyordu. Biricik kızı gözlerinin önünde defalarca kriz geçirmişti. Ve üstüne gidip onu bir kez daha kötüleştirmek istemiyordu. Annesi arabanın radyosunu açtığında Zeynep çıkan şarkının sözleriyle birlikte yolları izledi... İç çeke çeke gökyüzüne çevirdi başını.

"O kalbimin çocuk yanıydı." diyordu şarkı.

"Beni sevdi benden çok, çok..."

"Çıkarıp küçük kalbinin yerine koyduğu beni, benden çok sevdi..."

Zeynep gözlerinden akan bir damla yaşla birlikte burnunu çekti. Onur'u içten içe affedemiyordu, onun o denizin suları altında olmadığını biliyordu. Onun kalbinin durmadığını biliyordu, onun nefesinin kesilmediğini biliyordu. Çünkü insan aşık olduğu insanın kalbinin attığını hisseder ama nerede attığını bilemezmiş, Zeynep de hissediyor ama ne bilebiliyor ne bulabiliyordu işte.

Kıpkırmızı gözlerini gökyüzünden yanından geçtikleri kalabalık caddeye çevirdiğinde bir an ufak bir şok yaşadı. Kaşlarını çattı, sonra bir anda şok içinde annesinin direksiyondaki kolunu tuttu.

"Dur!" diye bağırdı, "Anne dur!"

"Ne? Kızım ne oldu!"

"Anne arabayı durdur, durdur!"

"Zeynep iyi misin ne oldu!"

"Anne Onur! Onur!" Gözleri camda, elleri delirmiş gibi titriyor, caddede gördüğü bu tanıdık görüntüyle şok içinde çırpınan bir Zeynep vardı arabanın içinde.

"Ne Onur'u Zeynep?"

"Anne durdur!"

"Zeynep kendine gel!"

"Ya durursun ya kendimi aşağı atarım anne!" Annesi koskoca trafiğin ortasında arabasını ani bir frenle durdurduğunda arabadan aşağı atladı Zeynep.

"Zeynep dur!"

Arkadaki arabaların kornalarına aldırmadan Zeynep önde annesi arkada tüm o arabaların arasından caddeye doğru koşuyorlardı. Burası trafiğe kapalı, insanlarla dolu bir alışveriş caddesiydi. Zeynep caddedeki kalabalığa daldığında deliye dönmüş gibiydi.

"Onur!" dedi titreyen sesiyle, onu gördüğüne emindi. Onu gördüğüne yemin edebilirdi.

"Zeynep, kızım!" Annesi Zeynep'i omuzlarından tutup kendine çevirdiğinde Zeynep korkuyla etrafına bakıyordu.

"Anne yemin ederim..." dedi nefesi kesilir gibi.

"Onur burada..."

"Kızım, Onur öldü. Öldü. Artık kabul et bunu!" Annesi artık çileden çıkmıştı. İlk defa böyle sert bir cümleyle Zeynep'e durumu açıklıyordu.

"Hayır! Hayır!" Zeynep arkasını döndü, kalabalığın içinde sağına soluna baka baka öfkeyle yürümeye başladı. Onur'u görmüştü, o olduğuna emindi. O saçlar, o gözler, o sakallar...

"Sakalları uzamış..." diye düşündü içinden, "Hem de çok uzamış..."

"Kızım, hayal görüyorsun! Onur yok!"

"Anne sus!" Zeynep annesini duymadan ona aldırmadan öfkeyle caddede ilerliyor yanından geçtiği her yüze bakıyordu.

"Kızım, canım kızım, lütfen yapma bunu kendine... Çocuk en son uçurumun kenarında görülmüş... Ne olmasını bekliyorsun?"

"Anne sus dedim, sus!" Zeynep delirmiş gibiydi, tir tir titriyor, vücudunun tüm enerjisini harcıyor, tüm bedeninin uyuştuğunu hissetmesine rağmen uyuşmuş bacaklarıyla yürümeye devam ediyordu.

"Onur!" diye bağırdı birden acı içinde. Herkes dönüp ona bakarken bu Zeynep'in umrunda bile değildi.

"Seni gördüm, burada olduğunu biliyorum..."

"Zeynep, yavrum, herkes bakıyor... Lütfen..."

"Anne bırak beni!"

"Zeynep!"

"Onur lütfen kaçma benden!" Tir tir titriyordu. Bitik bir halde zangır zangır titremenin vücut bulmuş haliydi o an.

"Onur..." derken çaresizce diz çöktü, "Sevgilim... buradasın biliyorum... ama neredesin?"

Bu sözler, çaresizliğin kelimelere dökülmüş haliydi. Zeynep artık tükenmişliğin zirvesini yaşıyordu. Yere çöküp kaldığı bu kalabalığın ortasında tüm gözler onun üzerindeydi, ama onun gözleri tek bir çift gözü arıyordu. Annesi acı içinde eğilip yavrusuna sarıldığında Zeynep sayıklıyordu.

"Onur..."

"Onur... Neredesin?"

"Onur...."

Gözleri yavaş yavaş kapandı, Zeynep yavaş yavaş annesinin kolları arasına yığılıp kalırken annesinin acı çığlığı duyuldu.

"Yardım edin! Ambulans çağırın!"

Tüm esnaf başlarına toplanırken kimileri ambulansı arıyordu, kimileri kolonya ve su getiriyorlardı. Oysa Zeynep'i ne bir ambulans kurtarabilirdi ne kolonya ne de su... Onun sadece Onur'a ihtiyacı vardı.

Zeynep, Onur'u gördüğüne emindi, oysa gördüğü gerçekten Onur muydu? Hayal mi görüyordu, peki ya gerçekten Onur'u gördüyse?

"Kızım, dayan!"

Ambulans sesleri, Zeynep'in sedyeye alınışı, annesinin ağlayışları, tüm bu kaosun ortasında Zeynep'in baygın bilincinden tek bir cümle geçiyordu, aylar önce kafasının içinden geçen bu cümle şimdi hayatının mottosu olmuştu.

"Ben onunla gideceğim yolun uçuruma çıkmasına da razıyım. Uçurumlar da denize bakıyor sonuçta..."

Gözlerini saatler sonra hastanede açtığında başında onları gördü... Burak ve Mert...

"Zeyno!"

"Hele şükür be kızım, korkuttun bizi!"

Bir yanında Burak, bir yanında Mert ikisi de birer elini tutmuş, dolu gözlerle Zeynep'e bakıyorlardı. Zeynep onlara Onur'un emanetiydi. Onur'un öldüğüne asla ama asla inanmıyorlardı. Arkadaşları, kardeşleri her neredeyse sevdiği kızı onlara emanet etmişti.

Burak ilk başlarda çok büyük bir bunalıma girmişti. Ağlıyor, içip içip sokaklarda sızıyordu. Onur'un gidişini atlatabilmesi haftalarını aldı. Sonra Onur'un ölmediğine kendini inandırdı, onu bulmak için ayağa kalkmak zorunda olduğunu biliyordu.

Mert ise bunalımı en çabuk atlatandı. Başta çok büyük bir yıkım yaşamıştı. Hatta kelimenin tam anlamıyla çılgına dönmüştü. Ama sonra Burak'ı da Zeynep'i de ayakta tutmaya çalışan o olmuştu. Onur'un ölmediğine emindi. Denizaltı aramalarının başında durmuştu, babasının adamlarıyla gece gündüz o uçurumda o aramaların bitmesini beklemişti... En sonunda Burak'ı da alıp Onur'u aramaya çıktı. Her yerde aradılar, herkese sordular. Hiçbir ize rastlayamamalarına rağmen asla pes etmiyorlardı...

"Mert..." dedi Zeynep halsizce, "Burak..."

"Söyle Zeyno. Annen bir şeylerden bahsetti ama..."

"Yemin ederim... onu gördüm." Burak ve Mert birbirlerine baktıklarında ikisinin de gözlerinde umut vardı.

"Nerede? Nasıl gördün?"

"Şu... Şişli'nin oralarda bir kapalı cadde var... Size yemin ederim Onur'u kalabalığın arasında gördüm... Oydu. Saçları onun saçlarıydı, gözleri onun gözleriydi... Sakalları uzamıştı..." Burak ve Mert tüylerinin diken diken olduğunu hissetti.

"Tam olarak o olduğuna emin misin?"

"Tam olarak nasıl görünüyordu!"

"Oydu..." dedi Zeynep gözyaşlarının arasından, "Oydu, yemin ederim oydu!"

"Tamam Zeyno, bir sakin ol. Bak biz sana inanıyoruz. Ama şimdi bize her şeyi anlatman lazım. Polise gideceğiz, güvenlik kayıtlarını inceleyeceğiz. Annen sağ olsun hiçbir bilgi vermiyor."

"Sakalları çok uzamıştı... Saçları asker traşı olmuş gibiydi..."

Burak ve Mert heyecanla birbirlerine baktılar. Üçünün de kalbi o an aylar sonra ilk kez umutla dolmuştu. Aylar boyunca içlerinde bir yerde bir gün Onur'u bulacaklarına inanmışlardı. Ve şimdi aylar sonra ilk defa o ana doğru bir adım attıklarını hissediyorlardı.

"Üzerinde ne vardı?"

"Siyah bir kot ceket. Pantolon. Gri bir tshirt sanırım..."

"Tam olarak saat kaçtı?"

"Saat... bilmiyorum..." Burak ısrarla sordu.

"Bir şekilde saati hatırlaman lazım Zeyno. Zorla kendini."

"Ben... bilmiyorum... hatırlamaya çalışıyorum..."

"Siz psikologtan çıkmıştınız, değil mi? Psikolog randevun kaçtaydı?" Zeynep'in gözleri bir anlığına parladı.

"Tam ikideydi. İçeride yaklaşık yarım saat kaldık. Sanırım ikiyi kırk geçe gibi gördüm onu..."

"Yani iki ve üç arası." dedi Burak umutla.

"Tamam. Biz gidip saat iki ve üç arasının kamera kayıtlarını bulmaya çalışacağız." Mert telaşla Zeynep'i öpmek için ona doğru eğilirken Zeynep itiraz edercesine doğruldu.

"Ben de geleceğim." dedi.

"Zeynep, iyi değilsin. Dinlenmen lazım."

"Ben de geleceğim! Bu zamana kadar sizi yalnız bıraktım. Ama artık olmaz. Onu gördüm... Onu gördüğüme eminim ve bir kez olsun onun o gözlerini görmüşken... bir daha beni geride bırakabilir misiniz sanıyorsunuz?"

Burak ve Mert tereddütle birbirlerine baktılar. Zeynep o sırada tekrar konuşmaya başladı.

"Biz mahşerin dört atlısıyız." diye mırıldandı.

"Ve hep öyle olarak kalacağız. Bu yüzden ben de geliyorum. Engel olmaya çalışmayın."

Ne olmuştu, ne oluyordu bilmiyorlardı. Bir anda bir araya getirilip bir anda birbirlerinden ayırılmışlardı. Ama evren onlara tüm bunları yaşatırken bir şeyi hesaba katmamıştı, birbirlerine öyle derin bağlanmışlardı ki nereye giderlerse gitsinler o bağ asla kopmayacaktı. Birinin canı yandığında diğeri hissedecek, birinin nefesi kesildiğinde diğerinin de nefesi kesilecekti.

Oysa şimdi hepsi nefes alıyordu.

Ve hiçbir şeyin sonunun gelmediğini adları gibi biliyorlardı.

Artık bir Onur Zorlu yoktu, aradıkları Onur Zorlu değildi.

Onlar Onur'u arıyorlardı...

Ve hiç kimse ne onların onurunu ayaklar altına alabilir, ne de Onur'larını onlardan saklayabilirdi...

Hikâye asıl şimdi başlıyordu...

MAHŞERİN BEŞ ATLISI

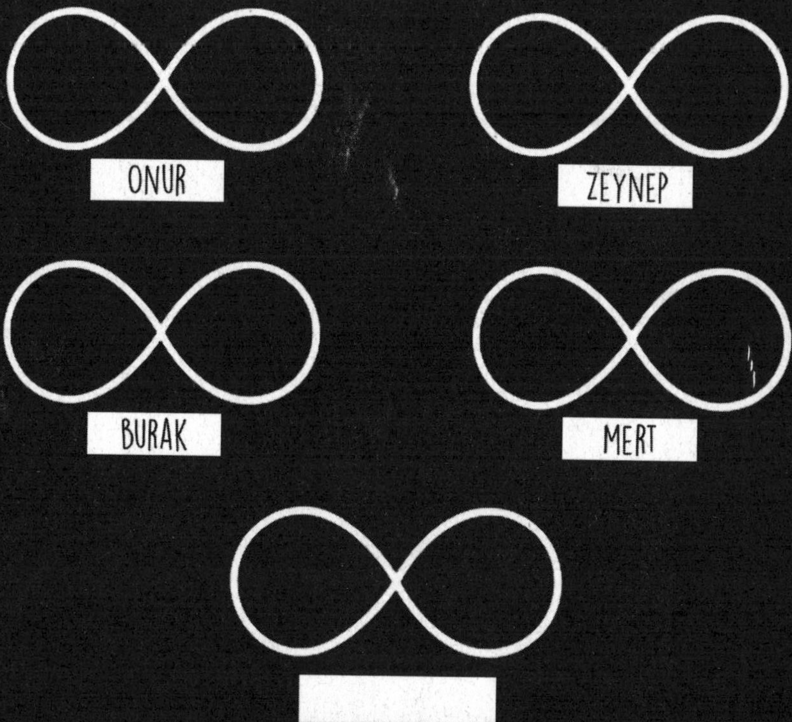

bu hikâyenin bir beşinciye ihtiyacı yok,
çünkü siz varsınız.